MÄDCHEN DER WUT

Rachel's Peril

Ein Thompson Sisters Roman

CHARLES SHEEHAN MILES

aus dem Amerikanischen von
Dimitra Fleissner

Bücher von Charles Sheehan-Miles

Fiktion
Republic
Insurgent

Die Thompson Sisters
Ein Song für Julia
Sternschnuppen
Vergiss nicht zu atmen
Die letzte Stunde

Thompson Sisters - Rachel's Peril
Mädchen der Lüge
Mädchen der Wut
Mädchen der Rache - erscheint in 2015/16

Nocturne (mit Andrea Randall)

Prayer at Rumayla
A Novel of the Gulf War

Saving the World on $30 a Day:
An Activist's Guide to Starting, Organizing
and Running A Non-Profit Organization

Mädchen
der
Wut

www.sheehanmiles.com

ISBN-13: 9781632021335

Cincinnatus Press
www.cincinnatuspress.com

v08042015

Widmung

Für Khalil
Ich bin stolz auf Dich

Danksagung

Auf dem Weg zur Vollendung des Buches hatte ich viel Hilfe. Ich werde vermutlich jemanden vergessen, aber ich möchte mich vor allem bei Lori Sabin für ihr fantastisches Lektorat und bei Sally Bouley und Jackie Yeadon für ihre umfassende Hilfe beim Korrekturlesen des Buches bedanken.

Danke an meine Beta-Leser: Tanya Hall, Kristen Teaff, Emma Corcoran, Kathy Baker, Wendy Wilken, Dimitra Fleissner, Laura Wilson, Bryan James, Michelle Kannan, Sarah Griffen, Amy Burt, Jennifer Mirabelli, Stacey Grice, Kirsten Papi, Beth Suit, Rita Jenkins Post, Kelly Moorhouse und Kirsty Lander. Ihr alle habt Euch eine Menge erster Entwürfe angeschaut und ich bin euch auf ewig dankbar.

Für die Baristas im The Thirsty Mind und im Amherst Coffee, wo ich den Großteil des Buches geschrieben habe: Ihr seid klasse.

Khalil und Amirah: Danke, dass ihr Euch mit einem Vater zufriedengegeben habt, der abgelenkt, überarbeitet und manchmal verwirrt war. Dies war eines der schwierigsten Jahre Eures Lebens und ich bin stolz auf Euch beide.

Für meine Partnerin und Liebe meines Lebens, Andrea Randall: Danke, dass Du Dir meine Geistesblitze und verrückten Ideen angehört hast, während ich an diesem Buch gearbeitet habe. Mit einem anderen Autor zusammenzuleben bedeutet, dass wir einander verstehen und es bedeutet auch, dass wir uns manchmal in unseren eigenen Welten befinden. Aber wir kehren immer zurück zueinander. Ich liebe Dich.

Hauptfiguren

Die Thompson Familie
Richard Thompson
Adelina Thompson
Julia Wilson (Thompson)
— Crank Wilson
Carrie Thompson-Sherman
— Ray Sherman
— Rachel Sherman
Alexandra Paris (Thompson)
— Dylan Paris
Sarah Thompson
Jessica Thompson
Andrea Thompson

Die Wakhan-Akte
Roshan al Saud
Leslie Collins
Mitch Filner
Vasily Karatygin
George-Phillip Patrick Nicholas
Chuck Rainsley

Diplomatischer Sicherheitsdienst
John "Bear" Wyden
Leah Simpson

The Washington Post
Anthony Walker

Prolog
Vertraust du mir?

Andrea Thompson. 1. Mai, 12.04 Uhr

„**D**ylan?"

Als sie die schlanke Person sah, die in der Dunkelheit auf sie zuhumpelte, trat Andrea Thompson aus ihrem Versteck. Dylan Paris kam auf wackligen Beinen durch den schlecht beleuchteten Eingang der Bethesda Metro Station auf sie zugelaufen. Er trug eine dünne Jacke, obwohl es dafür wirklich viel zu warm war, und hatte einen Canvas-Rucksack locker über die Schulter geworfen. Sein Gesicht war grimmig, sein Mund zu einer tiefen Falte gezogen und seine Augen schauten irgendwo anders hin, weit weg von ihr. Im ersten Moment dachte sie, er würde einfach an ihr vorbeigehen.

„Dylan?"

Er hielt an, seine Hände ballten sich zu Fäusten. Sein Stoppen gab ihr die Möglichkeit, ihn näher anzuschauen, aber er sah nicht sehr beruhigend aus. Sein Gesicht, das sowieso schon unrasiert gewesen war, hatte am Kinn dunkle Flecken. Eine seiner Hände zitterte und seine Schuhe waren nass. Warum?

Das letzte Mal hatte sie ihn gesehen, als sie über die Balkonbrüstung geklettert war. Er hatte in der Dunkelheit gestanden, mit Messern in der Hand, bereit, sie zu beschützen.

Geh in die Wohnung unter uns und triff mich... in dreißig Minuten. Am Kriegsdenkmal an der Norfolk. Wenn wir uns verfehlen, dann in der Metro-Station um Mitternacht. Verstanden?

Als sie ihn jetzt anschaute, fragte sie sich, was die Verspätung ihn wohl gekostet hatte. Bewaffnete Männer waren durch den Flur auf sie zugekommen. Sie schauderte, als sie realisierte, dass dieser Mann, den sie kaum kannte, ihre Angreifer mit bloßen Händen getötet haben musste. Die Flecken auf seinem Gesicht waren kein Schmutz.

Sie waren *Blut*.

„Wir müssen hier weg", sagte er. Seine Stimme war leise und konnte einen Hauch von Brutalität kaum verbergen.

Sie nickte. „Wohin?"

„Ich werde ein paar Anrufe tätigen, sehen ob ich uns einen Ort zum Verstecken finden kann."

„Was ist mit der *Policia*?" Sie korrigierte sich: „Der Polizei?"

Dylan starrte sie nur an, sein Gesichtsausdruck war nicht deutbar. Dann sagte er: „Komm." Er drehte sich um und ging hinaus in die Dunkelheit. Andrea folgte ihm die Gasse entlang, dann auf eine bevölkerte Straße. An der Straße waren Autos geparkt.

Dylan griff mit seiner Hand nach ihrem Oberarm und sagte: „Wir können nicht zur Polizei gehen, denn es war die Polizei, die hinter dir her war. Ich weiß nicht, wer sie sind. Aber im Moment gehen wir in Deckung."

Sie nickte, dann sagte sie: „Ich weiß nicht."

Dylan stoppte und sah sie an. „Du bist die Schwester meiner Frau, Andrea. Vertraust du mir?"

Sie sah ihm in die Augen. Dylan – er hatte sich zwischen sie und ihre Mörder gestellt. „Ja. Ich vertraue dir."

„Dann ist es gut. Keine weiteren Fragen, für den Augenblick."

Er drehte sich um und begann weiterzugehen. Drei Autos weiter sah sie ein Chrysler Cabrio, dessen Verdeck unten war, es parkte verbotenerweise neben einem Feuerhydranten, der Warnblinker war eingeschaltet. Dylan hielt an und sah sich um. Dann griff er in seine Jacke und holte sein Handy heraus. Er sah es mit kalten Augen an, sein Kinn war angespannt. Er tippte schnell eine SMS ein und mit einem letzten Blick auf die Menschen, die auf dem Bürgersteig herumliefen, warf er das Telefon auf den Rücksitz des Cabrios.

Dann drehte er sich erneut um und begann, schnell davonzulaufen, er bahnte sich einen Weg durch die Menge aus jungen Berufstätigen, die ausgingen. An der nächsten Ecke streckte er seinen rechten Arm aus und winkte ein Taxi heran.

Das Auto hielt abrupt an. Andrea spähte hinein. Das Taxi war hellblau und hatte an der Seite einen Schriftzug aus dunkelblauen und orangenen Buchstaben. Ein Hybridfahrzeug. Der Fahrer sah asiatisch aus.

Dylan öffnete die Tür und sagte: „Steig ein."

Sie zögerte nicht, sondern rutschte auf den Rücksitz, bis sie hinter dem Fahrer saß. Das Auto war klein und sauber, das Radio war laut und auf einen Nachrichtensender eingestellt. Dylan stieg neben ihr ein und lehnte sich vor, dabei legte er eine Hand auf die Rückseite des Sitzes vor ihm.

„Wohin?", fragte der Taxifahrer.

Dylan rutschte auf seinem Sitz herum, dann sagte er: „Kennen Sie ein gutes Hotel? Auf der anderen Seite der Stadt?"

Der Fahrer schüttelte seinen Kopf. „Dort gibt es keine guten Hotels."

„Nein, hören Sie zu... gut, im Sinne von... Ich möchte nicht zu viele Fragen gestellt bekommen. Barzahlung." Dylan griff in seine

Tasche und holte eine Hundert-Dollar-Note heraus, dann schob er sie in die Hand des Fahrers.

Der Fahrer sah Andrea durch den Rückspiegel an. Es waren unheimliche Augen.

Dann wanderten seine Augen zurück zu Dylan. „Ich kenne einen Ort in Maryland. Nur Barzahlung. Kein Ausweis."

„Perfekt", sagte Dylan.

Als der Fahrer losfuhr, fiel ein Regentropfen auf die Windschutzscheibe. Der Verkehr war langsam, aber sie fuhren zumindest. Drei Polizeiautos mit Blaulicht fuhren in der entgegengesetzten Richtung vorbei. Zurück in Richtung Wohnung.

Andrea lehnte sich zurück. Die letzten drei Tage waren ein Albtraum gewesen. Sie war entführt worden, war entkommen, dann hatte sie dabei zugesehen, wie ihre Familie an der Erkenntnis zusammenbrach, dass sie und Carrie einen anderen Vater als der Rest ihrer Schwestern hatte. Sie war angegriffen worden, man hatte versucht, sie zu ermorden.

Sie war erschöpft und verängstigt.

„Was ist der Plan?", flüsterte sie, versuchte ihre Stimme leiser als das Radio zu halten, damit der Fahrer sie nicht hören konnte.

„Wir verstecken uns. Erholen uns an einem Ort, wo wir nicht gefunden werden können. Dann überlegen wir uns einen Plan." Seine Stimme war leise genug, sodass sie sich keine Sorgen machen musste, dass der Fahrer sie trotz des Radios hörte.

„Warum hast du dein Telefon weggeworfen?"

Er zuckte mit den Schultern. „Ortung. Jemand will dich um jeden Preis töten, er ist entweder ein Bundesagent oder bereit, sich als einer auszugeben. Ich will nicht gefunden werden. Ich habe Alex eine SMS geschickt und sie vorgewarnt, dass sie vermutlich nichts von uns hören wird."

Sie seufzte. „Das habe ich mir gedacht."

Der Regen fiel nun stetig, ein schnelles Prasseln auf das Dach des Autos. Für ein paar Minuten lauschten sie nur, während der Fahrer das Auto durch den Verkehr lenkte und der Regen auf das Dach fiel. Für eine Sekunde brachte das Prasseln des Regens sie zurück nach Calella, wo sie im Sommer mit ihren besten Freunden durch den Regen gefahren war. Sie wollte nach Hause.

Dieses ganze Chaos kam von… was? Etwas über ihre Mutter? Ihr wirklicher Vater, wer auch immer er war? Sie glaubte Richard Thompsons Aussage nicht, dass Senator Rainsley ihr Vater war. Er hatte ihr gegenüber noch niemals die Wahrheit gesagt. Warum sollte sie ihm jetzt glauben?

Sie brauchte Antworten. Sie musste wissen, warum sie von ihren Eltern praktisch verlassen worden war. Sie musste wissen, warum Fremde versucht hatten, sie zu ermorden.

Sie musste wissen, wer ihr Vater war.

„Ich brauche Antworten, Dylan", flüsterte sie.

Er antwortete nicht sofort. Stattdessen starrte er hinaus in den Regen, er hatte das Gesicht von ihr weggedreht. „Ich weiß", sagte er schließlich. Seine Stimme war traurig.

„Ich muss wissen, wer mein Vater ist. Und wer mich und meine Schwestern verletzen will."

Er nickte.

„Wirst du mir helfen?"

Einige Regentropfen klatschten auf das Dach, bevor er sich umdrehte und eine Hand auf ihre Schulter legte. „Natürlich werde ich dir helfen", sagte er.

TEIL EINS

KAPITEL EINS
Das sind die Regeln

Adelina. 1. Mai, 22.15 Uhr Westküstenzeit

Der kleine Mann verzog sein Gesicht und rieb sich die Augen. Adelina Thompson hatte während ihrer Fahrt in Richtung Norden dreimal angerufen und er hatte ihr versprochen, wach zu bleiben, bis sie ankam. Aber er war nicht gerade freundlich oder höflich. Er war klein, trug eine dicke Brille, die seine wässrigen Augen vergrößerte, und sein blassblauer Pyjama war abgewetzt, die blauen Längsstreifen waren kaum noch zu erkennen. Sie konnte sich vorstellen, dass die Winter hart für ihn waren – seine Gelenke waren geschwollen und sahen nach Arthritis aus.

Er hatte hier am Rande der nordkalifornischen Redwoods einen Campingplatz, aber er lief nicht wirklich gut. Die Aussicht auf die 20 Dollar extra, die sie ihm dafür geboten hatte, dass sie so spät ankam, war sehr verlockend gewesen.

Der Campingplatz lag tief im Wald und die Luft war feucht und warm. Grillen und Frösche und Gott-weiß-was-noch veranstalteten ein Summkonzert, und die Dunkelheit verbarg die Bäume, Hütten und die Gefahren dahinter. Es war beklemmend. Klaustrophobisch.

„Hier ist der Schlüssel. Seien Sie ruhig, alle schlafen schon. Sie haben die zweite Hütte auf der linken Seite."

„Danke", sagte Adelina. „Wir werden leise sein. Meine Tochter ist im Auto und schläft."

„Ich muss nur noch schnell eine Kopie von Ihrem Führerschein machen."

Sie legte ihre Hand auf die Theke und sagte: „Oh nein... Es tut mir leid, den habe ich vergessen."

Der alte Mann zog die Augenbrauen zusammen. „Sie können ohne einen Führerschein keine Hütte mieten."

Sie runzelte die Stirn. „Wir sind nur für eine Nacht hier. Können Sie nicht eine Ausnahme machen? Sie wollen doch nicht, dass meine Tochter und ich im Auto schlafen müssen, oder?"

Er verzog das Gesicht. „Das sind die Regeln", sagte er und klang dabei unsicher. Es war immerhin schon nach Mitternacht, und es war kälter geworden.

„Bitte?", fragte sie und lehnte sich leicht vor. „Ich würde Sie nicht darum bitten, wenn es nicht dringend wäre. Sie müssen wissen..."

„Ich kann keinen Ärger brauchen", sagte der Mann.

„Wir verursachen keinen Ärger. Es ist nur... mein Ehemann..." Als sie die Worte aussprach, blickte sie zu Boden.

Er verzog das Gesicht. „Sie haben ihn verlassen, oder?"

„Er hat mir wehgetan", flüsterte sie.

Der Mann atmete aus. „In Ordnung. Gut. Ich denke, der Kopierer ist kaputt. Und Sie reisen morgen in aller Frühe ab, okay? Wir werden nicht oft kontrolliert, aber wenn die Behörden herausfinden, dass ich Leute ohne Ausweis hier übernachten lasse, dann muss ich eine Riesenstrafe zahlen."

Sie atmete erleichtert auf. „Danke."

Er runzelte die Stirn. „Das macht dann 40 Dollar. Plus der 20, die Sie mir vorhin am Telefon versprochen haben."

¡Gilipollas! Es war egal. Im Moment war nur wichtig, dass sie Jessica in ein Bett legen und für die Nacht irgendwo untertauchen konnte. Sie konnte nicht weiterfahren, ohne zu schlafen, und Jessica konnte gar nicht mehr weiter. Trotz des Adrenalins und des Schocks wegen der Neuigkeit, dass Andrea entführt worden war, war Jessica nur ein paar Minuten, nachdem sie auf den Highway aufgefahren war, tief eingeschlafen. Sie hatte sich hin und her gewälzt, gestöhnt und sich zunächst geweigert, als Adelina sie zum Essen in einem Fast-Food-Restaurant am US Highway 101 geweckt hatte.

Das waren die Entzugserscheinungen.

Sie wird nicht die gleichen körperlichen Entzugserscheinungen haben, die man vom Alkohol- oder Heroinentzug kennt, hatte Schwester Kiara ihr gesagt. *Aber es wird auf seine ganz eigene Art und Weise fast genauso schlimm sein. Sie hat nur für ein paar Wochen Meth genommen, aber es kann zwei Jahre dauern, bis sie wieder lachen oder irgendeine Art von Freude spüren kann. Das hat damit zu tun, was in ihrem Gehirn passiert. Sie hat sich selbst einen sehr großen Schaden zugefügt. In der Zwischenzeit ist das Einzige, was Sie tun können: sie zu lieben.*

Das und sie am Leben erhalten. Jessica hatte auf emotionaler Ebene Schreckliches durchmachen müssen, aber Adelina wusste, dass der einzige Weg, ihre Tochter zu schützen, darin lag, so weit und so schnell wie möglich zu flüchten.

Sie dachte an die Stimme am Telefon… die Stimme, die sie seit mehr als einem Jahrzehnt nicht mehr gehört hatte.

Immer, Adelina. Immer.

Diese Stimme wieder zu hören, verursachte einen tiefen Schmerz, so als wäre in ihrer Brust eine Faust, die langsam die Luft aus ihr herausdrückte. Er war die Liebe ihres Lebens gewesen. Er war fortgegangen, weil sie darauf bestanden hatte.

Diese Stimme wieder zu hören, gab ihr etwas, das sie jahrelang nicht mehr gehabt hatte.

Hoffnung.

Also war sie geflüchtet. Es lag nicht daran, dass sie befürchtete, dass Richard Jessica etwas antun würde. Er war ein Monster, aber auf eine bestimmte Weise ein berechenbares. Er würde nicht zögern, Andrea etwas anzutun, das war ziemlich sicher, denn sie war nicht wirklich seine Tochter. Aber Jessica war es und er wusste es.

Aber Richard war nicht die einzige Bedrohung. Sie hatte niemals die Einzelheiten erfahren, aber als Richard vor dreißig Jahren in Afghanistan gewesen war, war etwas Schreckliches geschehen. Etwas so Schlimmes, dass es die ganze Zeit über unterschwellig geschlummert hatte, ein Geheimnis, das manche Karrieren gefördert und andere ruiniert hatte. Sie glaubte, einige der Beteiligten zu kennen. Prinz Roshan, eine charmante falsche Schlange, der seine Frauen in Saudi Arabien hinter Schleiern verbarg, während er mit zwanzigjährigen Call-Girls durch Washington spazierte. Ein Mann, der sie angelächelt hatte und charmant zu ihr gewesen war, und der die gleichen kalten, leblosen Augen hatte wie ihr Ehemann.

Sie dachte, dass eine weitere Gefahr vermutlich von Leslie Collins ausging, von dem Richard jahrelang behauptet hatte, dass er Buchhalter war. Er dachte, sie wäre dumm, und im Laufe der Jahre hatte ihr das manchmal geholfen. Es hatte sie und ihre Töchter beschützt. Aber Collins war kein Buchhalter, und als er schließlich eine Hierarchieebene erreicht hatte, in der er die Zustimmung des Senats benötigte, war der jetzige Einsatzleiter des CIA an die Öffentlichkeit gegangen.

Collins würde nicht zögern, für die Erreichung seiner Ziele kleine Kinder zu foltern. Sie hoffte nur, dass der Rest ihrer Töchter ihre Anweisungen befolgt hatte und geflüchtet war.

Wenn sie nur wüsste, was in Washington geschehen war. Sie hatte an diesem Nachmittag in der Wohnung angerufen und Dylan, ihren Schwiegersohn, am Telefon gehabt. Ihre Anweisung war einfach gewesen. Flüchtet, bring Andrea da raus. Sie hatte durch das Telefon ein Krachen gehört, dann ein weiteres und dann hatte Dylan aufgelegt. Sie wusste, was das für ein Geräusch war. Schüsse. Sie hatte erneut angerufen, aber es war zu spät gewesen. Sie hatte es immer wieder versucht, hatte an ein paar der seltenen öffentlichen Telefonzellen angehalten – davon gab es nur noch sehr wenige – aber in der Wohnung war niemand mehr rangegangen.

Es war nicht sicher, Handys zu benutzen. Sie hatte ihres in die San Francisco-Bay geworfen, als sie die Stadt verlassen hatte. Dann war sie stundenlang in Richtung Norden gefahren, hatte nur einmal zum Essen und für eine Toilettenpause angehalten. Auf eine Art machte Jessicas tiefe Depression und Zurückgezogenheit die Reise leichter.

Aber Adelina war unsicher. Hatte Zweifel. Jessica benötigte dringend therapeutische Hilfe. Sie sollte sich in einem Umfeld befinden, wo man sie behandeln konnte. Sie sollte von einem Arzt untersucht werden. Stattdessen waren sie auf der Flucht und das Einzige, das Adelina für ihre Tochter tun konnte, war beten.

Schließlich hatte sie ihr Ziel für die erste Nacht erreicht – ein Campingplatz in Crescent City, Kalifornien, der abgelegen und ruhig im Wald lag. Als sie aus dem Auto ausstieg, holte Adelina tief Luft, der Geruch von Pinien und Frühlingsblumen stieg ihr in die Nase. Es war ein Geruch der Hoffnung.

Sie stolperte durch die Dunkelheit zu der Hütte und schloss sie auf, der Riegel öffnete sich mit einem lauten, gut hörbaren Klicken.

Die Tür ging weit auf. Ein Queen-Size-Bett und ein Etagenbett. Ein kleiner Tisch. Keine Laken oder Kopfkissen. Es würde auch so gehen. Sie hatte eine Decke im Auto und ein paar Klamotten aus ihren Taschen würden als Kopfkissen dienen.

Als allererstes musste sie ihre Tochter in die Hütte bekommen.

Adelina öffnete die Schiebetür des Minivans. Jessica lag quer auf der mittleren Sitzbank. Ihr kraftloses, braunes Haar hing ihr ins Gesicht, ihre Augen waren geschlossen und sie hatte ihren Mund geöffnet. Seit Adelina sie vor weniger als zehn Tagen zum Entzug ins Kloster gebracht hatte, hatte Jessica begonnen zuzunehmen. Aber es war nicht genug. Ihr Gesicht, rot und voller Akne, war hager, ihre eingefallenen Wangen waren herzzerreißend auffällig, ihre Rippen waren unter ihrem Tank-Top gut erkennbar.

„Jessica, wach auf. Komm rein in die Hütte und dann kannst du in einem Bett schlafen."

Jessica stöhnte und drehte ihr Gesicht nach unten.

„Komm schon, Jessica. Du musst nur für eine Minute aufstehen."

Jessica bewegte sich nicht. Adelina schloss ihre Augen. Ihre Tochter war achtzehn Jahre alt.

Ihre Tochter war ein Wrack.

Sie lehnte sich in den Minivan und zerrte Jessica aus dem Sitz, zog das Mädchen an ihre Schulter. Jessica stöhnte und schlug mit den Armen um sich. Adelina strauchelte unter ihrem Gewicht und ging ein wenig in die Knie. Mit viel Kraft war sie in der Lage, ihre Arme um Jessica zu legen und sie aus dem Auto zu ziehen. Jessicas Füße, die in Sneakern steckten, berührten den Boden mit einem dumpfen Geräusch.

Jessica stöhnte erneut und sagte: „Okay, okay. Kopfschmerzen." Dann stand sie aufrecht und stolperte in Richtung der Tür zur Hütte.

Als sie hineinging, seufzte Adelina und flüsterte ein Gebet. Für den Augenblick – für die nächsten paar Stunden – waren sie in Sicherheit.

Sie lehnte sich für eine Sekunde gegen den Türrahmen, starrte ihre Tochter an, die vom indirekten Licht des Autoinnenraums beleuchtet wurde. Jessica war hineingestolpert und auf das Etagenbett gefallen. Jeder andere, der diese Szene beobachtete, würde ein völlig fertiges Kind sehen, das vermutlich drogenabhängig war oder an Magersucht litt, ein Kind, das seine Augen nicht offen halten oder auch nur seine Haare kämmen oder sonst irgendwelche einfachen Dinge für sich selbst tun konnte.

Adelina wusste, was sie sehen würden. Sie hatte während der Wochen, die zu ihrem endgültigen Aufbruch geführt hatten, die Blicke gesehen. Als Adelina nach Hause gekommen war und mit Richard den Platz getauscht hatte, hatte sie Jessica viele Freiheiten gelassen. Aber es war schnell klar gewesen, dass ihre Tochter durcheinander war. Konflikte und Wut. Traurigkeit und Kummer. Es war klar, dass Jessica Hilfe brauchte, sie aber nicht bekam.

Im Februar hatte sie Jessica förmlich aus dem Haus zerren müssen, als sie sich sogar geweigert hatte sich anzuziehen. Sie waren zusammen in den Supermarkt gegangen, Jessica war hinter ihr hergetrottet, hatte einen Pyjama und Flip-Flops angehabt, und sie hatte ihre Mutter während der ganzen Zeit beschimpft.

Sie hatte die neugierigen und mitleidigen Blicke jüngerer Mütter gesehen. Abscheu von Männern, die allein unterwegs waren. Verständnis und Mitgefühl von älteren Müttern und Omas.

Nichts war so einfach, wie es schien. Adelina sah keine achtzehnjährige Drogenabhängige, die auf der Matratze in der Hütte lag. Was sie sah, war eine dreijährige Tochter, die auf ihren Ballettschuhen herumwirbelte. Sie sah die Tochter, die den Schmerz ihrer wagemutigen, manchmal leichtsinnigen Zwillingsschwester in sich aufnahm. Sie sah den jungen Teenager, damals fünfzehn Jahre alt, der mit einem ernsten Gesichtsausdruck Paganinis 24. Caprice bei einem Konzert im Green Music Center vorspielte. Eines der schwierigsten Stücke für Violine, und Jessica hatte es gespielt. Von all ihren Töchtern war Jessica vermutlich die Einzige, die beides hatte, das musikalische Talent und die Disziplin ihrer Mutter. Und bis vor ein paar Monaten hatte es so ausgesehen, als ob sie für das Konservatorium in San Francisco bestimmt gewesen wäre.

Wenn Adelina ihre Tochter ansah, dann sah sie die Vierjährige, die früher Sarah durchs Haus gefolgt war, beide hatten eine Spur des Chaos hinterlassen, wo auch immer sie hingingen.

Adelina ging hinaus zum Minivan. Sie sah sich in der Dunkelheit um. Sie konnte niemanden sehen, also griff sie weit unter den Fahrersitz und holte den dicken Umschlag heraus, der voller Bargeld war. Sie konnte nicht riskieren, ihn im Van zu lassen. Sie holte die Decke und ihre Taschen von der Rückbank, dann schloss sie den Van sorgfältig ab und ging hinein.

Sie schloss und verriegelte die Tür, deckte ihre Tochter mit der Decke zu, dann rollte sie sich neben ihr in der Dunkelheit zusammen.

Adelina unterdrückte eine Träne. Sie hatte keine Zeit, jetzt zusammenzubrechen. Sie hatte das schon viel zu oft in ihrem Leben getan. Im Moment musste sie sich zusammenreißen.

Trotzdem vermisste sie ihr kleines Mädchen.

KAPITEL ZWEI
Insider

Bear. 2. Mai, 12.10 Uhr

„**Sind wir** *fertig*? Ich muss meine Tochter an einem geeigneten Ort schlafen legen."

Als Carrie Sherman die Worte aussprach, bewegte sich ihre Tochter in ihrem Tragetuch. Das Baby hatte fast die ganze letzte Stunde geweint, schließlich war es in einen unruhigen Schlaf gefallen. Sie befanden sich in einem unpersönlichen Büro, in einem Gebäude, dem sie bisher nie Beachtung geschenkt hatte, es lag ein paar Blocks vom Außenministerium entfernt. Eine nicht abreißende Schlange aus Ermittlern, uniformierten Beamten und Gott weiß wem noch verlangte weiterhin nach Antworten. Es war anstrengend, und ein Team aus Bundesagenten stellte immer und immer wieder die gleichen Fragen.

Wo war Dylan? Warum waren er und Andrea nicht mit ihnen mitgekommen?

Warum hatte man in Andreas Zimmer Drogen gefunden?

Was wussten sie über die berufliche Laufbahn ihres Vaters?

Bear Wyden wusste, dass sie keine Antwort auf die Fragen bekommen würden, denn die drei Schwestern wussten nichts. Aber

Carries fordernder, arroganter Tonfall verärgerte ihn. Da draußen *starben* Menschen.

„Wir sind fertig", sagte er. „Für den Augenblick werden wir Sie in einem Safehouse in Alexandria unterbringen. Ich brauche die Kleidergröße von Ihnen allen."

„Was?", fragte Carrie. „Wir gehen in kein Safehouse."

„Nur für ein paar Tage. Ihre Wohnung ist der Schauplatz eines Verbrechens, Mrs. Sherman."

„In Ordnung. Dann brauche ich auch neue Babyutensilien. Windeln. Kleidung. Babymilch. Fläschchen. Milchpumpe. Sie können das entweder aus meiner Wohnung holen oder jemand muss es kaufen. Und wo sind meine Schwestern?"

Bear schloss seine Augen und hörte in seinem Kopf erneut das Telefonat mit Leah.

Bear, ist ein Ablöseteam für uns unterwegs?

Nein, hatte er gesagt. Es war keine Zeit gewesen, noch mehr zu sagen, denn das sogenannte Ablöseteam, angeführt von Ralph Myers – einem Insider, einem Agenten, der seit fünfzehn Jahren für den DSS arbeitete und den Bear seit einem Jahrzehnt kannte – hatte Mick Stanton getötet und Leah lebensgefährlich verletzt.

Er war verzweifelt gewesen. Zwei Stunden lang hatte er sich um seine Aufgaben kümmern müssen, anstatt schnell ins Krankenhaus zu fahren. Zwei Stunden. Und nun musste er sich anhören, wie diese verwöhnte Frau Windeln und Fläschchen verlangte.

„Nur für den Fall, dass es Ihnen entgangen ist, Mrs. Sherman, zwei meiner Agenten sind beim Versuch, Ihre Familie zu beschützen gestorben. Leah Simpson ist im Krankenhaus. Also sprechen Sie nicht in diesem verlangenden Ton mit mir."

Er ging für einen kurzen Moment raus auf den Flur und griff dann nach seinem Telefon. Es klingelte, bevor er die Gelegenheit hatte, selbst zu wählen.

Minister Perry.

Minister James Perry. Früherer Soldat. Vietnamveteran. War drei Jahrzehnte lang US-Senator gewesen, dann Präsidentschaftskandidat. Er war seit sechs Monaten Außenminister, und aus Gründen, die Bear überhaupt nicht verstand, mochte er Bear Wyden.

Bear ging ans Telefon. „Wyden hier."

„Hier ist James Perry, Bear."

„Ja, Sir."

„Ich werde Sie gleich nach dem Stand der Ermittlungen fragen. Aber zunächst möchte ich wissen, wie es Leah Simpson geht."

Gott, murmelte Bear in sich hinein, dann sagte er: „Lebensgefährlich verletzt, Sir. Das ist alles, was ich weiß. Das Krankenhaus hat mir verdammt nochmal nichts gesagt, als ich angerufen habe."

Verdammt. Er konnte die Worte nicht zurücknehmen, aber Schimpfwörter in einem Gespräch mit dem Außenminister zu verwenden, war keine gute Idee.

„Sind Sie unten?"

„Ja, Sir."

„Übergeben Sie Ihre Aufgaben für die nächsten zwei Stunden jemand anderem. Fahren Sie ins Krankenhaus."

Bear war ein bisschen sprachlos. „Sir, ich kann…"

„Das ist keine Bitte. Sehen Sie nach Ihrer Ex-Frau. Finden Sie heraus, wie es ihr geht."

„Ja", antwortete Bear.

Perry legte ohne weitere Höflichkeiten auf. Bear lehnte sich für einen Moment gegen die Wand.

Bear, ist ein Ablöseteam für uns unterwegs?

Sie war ruhig gewesen. Nicht panisch. Nicht mal ängstlich. Besorgt. Professionell. Zwei Minuten nach dem Anruf hatte sie am Boden gelegen, mit einer Kugel in ihrer Hüfte und einer weiteren in ihrer Brust. Und er war hier und spielte Babysitter bei den Ermittlungen. Scheiß drauf.

Er ging den Flur entlang und öffnete die Tür zu einem der Büros des Ermittlungsteams. Seine Augen suchten den Raum nach Scott Kelly ab.

Kelly war ein vierundvierzigjähriges ehemaliges Mitglied der Staatsanwaltschaft und kam aus Boston. Er war präzise, kompetent, sehr genau. Vor vier Jahren hatte seine Frau ihn verlassen und er hatte beschlossen, dass er die Welt bereisen wollte. Er hatte seinen Job gekündigt und war dem DSS als hochrangiger Ermittler beigetreten, sein erster Dreijahreseinsatz war in Bangkok gewesen. Er hatte recht auffällige Wangen und dunkle Ringe unter geröteten Augen. Er sah immer erschöpft aus. Seine Beurteilungen waren allerdings großartig.

„Kelly", rief Bear durch den Raum.

„Ja?"

„Ich werde ins Krankenhaus fahren und nach Leah sehen und danach an den Ort des Verbrechens. Sie haben das Kommando."

Kelly hob seine Augenbraue. „Ach ja? Und wann darf ich schlafen?"

„Sie können schlafen, wenn die Ermittlung abgeschlossen ist."

„Ja, ja, wie auch immer. Gehen Sie und schauen Sie nach Leah."

Bear blieb nicht dort, um mitzubekommen, was Kelly noch zu sagen hatte. Alle im Team wussten, dass er und Leah fünfzehn Jahre lang verheiratet gewesen waren. Was er nicht brauchte, waren verwunderte, spekulierende Blicke oder so etwas. Er hatte einen Job zu erledigen.

Er war patschnass, bis er das Parkdeck erreichte, und die Fahrt ins Krankenhaus schien tagelang zu dauern. Obwohl es schon nach Mitternacht war, staute sich der Verkehr in der Nähe des Zentrums von DC wegen des heftigen Regens. Bear fuhr nicht gerne Auto, vor allem nicht in DC, aber unter den gegebenen Umständen hatte er keine andere Möglichkeit. Er war stinksauer, weil er im Verkehr feststeckte. Er war stinksauer, weil da draußen jemand alles unternahm, um seine Ermittlungen zu torpedieren. Und er war ganz besonders stinksauer, dass er immer noch Gefühle für seine Ex-Frau hegte. Seine Ex-Frau, die ihn verlassen und dann erneut geheiratet hatte, und dann auch noch einen Collegeprofessor. Er war stinksauer, weil er seit dem Moment, in dem er sie am Telefon gehabt hatte, nicht in der Lage gewesen war, an *irgendetwas anderes* zu denken.

Also fuhr er wie benebelt durch den Regen, der auf das Autodach prasselte. Dann lief er durch das Krankenhaus, ohne seiner Umgebung viel Aufmerksamkeit zu schenken, bis er die Intensivstation des Georg Washington University Hospitals erreichte – das Epizentrum der Eruption, die ihn eine seiner Töchter gekostet und seine Ehe zerstört hatte.

Er war schon mal hier gewesen. Vor vier Jahren, um genau zu sein. Es war das eigentliche Ende seiner und Leahs Ehe gewesen, auch wenn sie es damals noch nicht gewusst hatten. Zu dem Zeitpunkt hatten sie gedacht, dass sie hier gewesen wären, weil ihre älteste Tochter eine Hirnhautentzündung hatte. Sie hatten gedacht, sie wären hier gewesen, weil liebende Ehepaare sich in einer Krise beistehen.

Aber als Leanne an der Hirnhautentzündung gestorben war, war ihre Ehe auch gestorben. Ein Teil von Bears Seele war dabei ebenfalls gestorben. Er hatte versucht, für Leah da zu sein. Das hatte er wirklich. Aber er hatte immer nur ihre Tochter vor seinem inneren Auge sehen können. Sterbend. Er hatte Albträume gehabt – Albträume, aus denen er keuchend aufgewacht war; Albträume, in denen Leah während eines Einsatzes niedergeschossen worden war, und er hatte versucht, sie davon zu überzeugen, sich auf einen Bürojob versetzen zu lassen.

Ihre leisen Meinungsverschiedenheiten waren lauter geworden, und das war okay gewesen, bis sie verstummt waren. Bis *sie* verstummt war. Ein Jahr nach Leannes Tod hatte eine wütende Stille das Haus beherrscht. Bis sie ihn verlassen hatte. Dann war Bear nach Übersee versetzt worden – ohne sie.

Die Sache war die, Bear hatte nie die Gelegenheit gehabt, sich zu verabschieden. Nicht von Leanne. Nicht von Leah. Nicht von seiner Ehe oder seinem Leben. Jetzt war er also wieder zurück in Washington und der Vorgesetzte seiner Ex-Frau – auch wenn es nur für einen kurzen Zeitraum sein sollte. Das war nicht das, was Bear wollte. Es bedeutete, dass alte Wunden aufrissen und Probleme wieder hochkamen. Wenn Andrea Thompson nicht entführt worden wäre, hätte Bear eine ruhige Woche in Washington verbracht, bevor er in einen neuen Einsatz geschickt worden wäre.

Wäre das nicht schön gewesen?

Scheiße.

Gary Simpson lief im Wartebereich auf und ab. Leahs *Ehemann.*

Sie war noch nicht lange verheiratet. Noch vor einem Jahr hatte Bear bis zum Hals in den Ermittlungen gegen Terroristen und Dschihadisten in Islamabad gesteckt. Aber er hatte Jimmy und Rebecca trotzdem jeden Sonntagnachmittag via Skype angerufen. Die Kinder wurden älter und es war schon ein paar Jahre her, seit sie geschieden waren, also hätte es ihn nicht überraschen dürfen, zu hören, dass Leah mit jemandem ausging.

Aber heiraten? Das war eine Überraschung gewesen. Für Bear war die Tatsache, dass sie erneut geheiratet hatte, endgültiger als es die Scheidung gewesen war. Also hatte er ihr, als sie ihm die Neuigkeiten irgendwann über Skype mitgeteilt hatte, gratuliert und die Verbindung dann so schnell wie möglich beendet.

Er hatte sich selbst gegenüber niemals zugegeben, dass er im Geheimen geglaubt hatte, dass sie eines Tages wieder zusammenkommen würden.

Er hatte sich selbst gegenüber niemals zugegeben, dass ihre Scheidung ihm das Herz gebrochen hatte.

Jetzt stand er Gary Simpson gegenüber, der ihm mit einem roten Kopf und einem verletzten Gesichtsausdruck entgegenkam. Simpson war alles, was Bear nicht war – ein Intellektueller, ein Collegeprofessor, ein Akademiker. Simpson erfüllte für Bear jedes Klischee eines verweichlichten Schönlings. Außer, dass er die Statur eines Schranks hatte und seinen ersten Uni-Abschluss, einen Bachelor in Wirtschaftslehre, durch ein Stipendium als Fullback bei Notre Dame finanziert hatte. Danach hatte er einen Master und einen Doktor in Harvard erworben.

Um es kurz zu machen, Gary Simpson war eine ernstzunehmende Größe. Und im Moment war auf seinem Gesicht nichts als Wut zu erkennen.

Bear begann, einen Schritt zurückzutreten, als Gary näher kam. „Gary, beruhige dich", sagte er.

„Scheißkerl", sagte Simpson und machte sich bereit auszuholen.

„Gary! Das wird Leah nicht helfen!" Bear hob schützend seine Hände, während er die Worte rief.

„Du hast zugelassen, dass auf sie geschossen wurde. Die Ärzte haben gesagt, dass sie vielleicht stirbt."

„Ich habe nicht *zugelassen*, dass auf sie geschossen wurde, Gary."

Simpson bewegte sich erneut, um auszuholen, und Bear trat einen Schritt zurück. „Gary. Ich bin gekommen, um zu sehen, wie es ihm geht."

„Was kümmert es dich?"

Bear seufzte und ließ seine Arme fallen. „In Ordnung. Schlag mich. Es ist mir egal, Gary. Ich will nur wissen, wie es ihr geht."

Ein letzter Schritt, Bear schloss seine Augen und wartete, denn er wusste, wenn Simpson ihn schlagen würde, würde er es *sehr* spüren.

Der Schlag kam nicht. Nach ein paar Sekunden öffnete er seine Augen. Gary Simpson hatte sich umgedreht. „Sie wissen nicht, ob sie durchkommen wird, Bear.“

Bear murmelte in seinen Bart: „Scheißkerle.“

„Wer *war* es?“

„Das wissen wir noch nicht. Teilweise waren unsere eigenen Leute beteiligt. Und das habe ich dir gerade nicht gesagt. Wir sind noch am Ermitteln, okay? Wer auch immer das getan hat – wir werden ihn finden. Sie werden nicht davonkommen. Das verspreche ich.“

Simpson lehnte sich nah an ihn heran. Bear machte sich bereit, aber Gary hatte nicht mehr die Kraft zu kämpfen. Stattdessen flüsterte er in Bears Ohr: „Finde sie nicht nur, Bear. Töte sie. Hast du mich gehört?“

„Ja, Mann, ich habe dich gehört.“

Zwanzig Minuten später war Bear wieder auf der Straße. Und er war Leahs Eltern zum hunderttausendsten Mal dankbar. So wie in vergangenen Krisensituationen waren sie auch jetzt für sie da. Ihre Mutter passte auf die Kinder auf, während ihr Vater im Krankenhaus Wache hielt. Er wünschte sich sehr, jetzt bei seinen Kindern zu sein. Was für ein Vater würde in so einer Situation weiter arbeiten?

Ein Vater wie Bear. Er konnte jetzt nicht zu seinen Kindern gehen, denn er musste herausfinden, wer ihre Mutter verletzt hatte. Also fuhr er vom Krankenhaus zur Wohnung der Thompsons in Bethesda.

Dem Schauplatz des Verbrechens.

Trotz der sehr späten Stunde staute sich der Verkehr auf der Wisconsin Avenue. Eine Ansammlung von Polizeiautos – Bundespolizei und Montgomery County, Maryland – standen mit angeschaltetem Blaulicht vor dem achtzehnstöckigen Gebäude. Eine Spur der Wisconsin Avenue war gesperrt. Bear hielt sein Fahrzeug an, parkte halb auf dem Gehweg, und ein Beamter der örtlichen Polizei in einem dicken Regenponcho kam sehr schnell auf ihn zu. Bear holte seine Dienstmarke heraus und sagte: „Ich bin Bear Wyden. Diplomatischer Sicherheitsdienst."

Der Cop trat sofort einen Schritt zurück. Sie wussten natürlich, wer er war.

Bear rannte durch den Regen zum Eingang des Gebäudes. Dort waren zwei weitere Ortspolizisten und schauten sich seinen Ausweis an, während er dastand und den Boden volltropfte. Einer von ihnen führte ein kurzes Telefonat, anscheinend um sicher zu gehen, dass Bear die Erlaubnis hatte, den Ort des Geschehens zu betreten.

„Die Spurensicherung ist oben", sagte der Polizist schließlich.

„Danke", antwortete Bear. Dann ging er zum Aufzug.

Die Fahrt in den 18. Stock schien Stunden zu dauern und die sanfte Aufzugmusik machte es nicht besser. Schließlich öffneten sich die Türen. Ein uniformierter Polizist – diesmal vom Diplomatischen Sicherheitsdienst – blockierte den Aufzug.

„Bear", sagte der Beamte. Nachdem er sich von Bears Identität überzeugt hatte, trat er einen Schritt zurück.

Die Spurensicherung des FBI hatte sich im ganzen obersten Stockwerk des Gebäudes verteilt. Von der Tür des Aufzugs aus ging der Flur in zwei Richtungen, mit je zwei Türen am Ende, insgesamt 4 Wohnungen. Als er aus dem Aufzug trat, sah Bear, dass große Teile des Bodens abgesperrt waren.

Viele leere Patronenhülsen lagen in der Nähe des Aufzugs auf dem Boden, jede einzelne davon war penibel markiert. Es war dadurch schon klar, was passiert war. Die Angreifer – soweit sie wussten, waren es drei gewesen – hatten die Bewacher im Erdgeschoss mit ihren Dienstmarken getäuscht. Sie waren mit dem Aufzug hinauf gefahren, genau in dem Moment, in dem Leah Bear angerufen und nach dem Ablöseteam gefragt hatte.

Bei der Ankunft hatten sie, sobald die Türen sich geöffnet hatten, das Feuer eröffnet. Mick Stanton hatte etwa in der Hälfte des Flures, der nach links ging, gesessen. Achtundzwanzig Jahre alt. Unverheiratet. Er hatte an der Georgetown-Uni Jura studiert und dann beschlossen, dass eine Zukunft, in der er über Büchern hocken und Gutachten schreiben musste, nichts für ihn war, also hatte er vor zwei Jahren beim Diplomatischen Sicherheitsdienst angefangen. Ein vielversprechender junger Agent, dem man in den Kopf geschossen hatte.

Die Angreifer hatten danach auf Leah geschossen. Bei der ersten Salve hatten sie sie verfehlt, vermutlich, weil sie sich instinktiv geduckt hatte. Sie hatte einen Angreifer in der Mitte des Flures zur Strecke gebracht und einen weiteren verwundet, bevor sie getroffen wurde.

Die Position des toten Angreifers war auf dem Boden klar markiert. Das war Ralph Myers.

Ralph Myers. Bear hatte ihn seit zehn Jahren gekannt. Er und Leah hatten Ralph, als sie noch verheiratet gewesen waren, zu sich nach Hause zum Essen eingeladen. Bear wusste viel über ihn. Er war Single. Ende dreißig. Myers war unglaublich schlau und hatte Ambitionen. Er meldete sich freiwillig für gefährliche und schwierige Einsätze und er hatte viele Jahre im Mittleren Osten verbracht, inklusive dem Irak, Pakistan und Afghanistan.

Oh. Plötzlich fragte Bear sich etwas. Hatte Ralph zum CIA gehört? Hatte er etwas mit dem CIA zu tun gehabt?

Bear ging weiter. Auf der linken Seite des Flures war in dem Alkoven, der gegenüber der Eingangstür zur Thompson-Wohnung lag, eine dicke Blutspur. Leahs Blut. Sie hatte zwei Kugeln abbekommen und vermutlich hatten die Angreifer gedacht, sie wäre tot, als sie durch die Tür der Thompsons gerannt waren.

Was danach geschehen war, war... weniger klar.

Der erste Angreifer hatte es nicht durch die Tür geschafft und die Ursache war ziemlich eindeutig. Seine Waffenhand war an seinem Handgelenk mit einem großen Hackebeil abgehackt worden. Als sie die Fingerabdrücke an dem Hackebeil überprüft hatten, waren sie sofort in der Datenbank des Militärs fündig geworden. Dylan Paris' Fingerabdrücke waren auf dem Messer, das teilweise in der Wand steckte.

Der zweite Angreifer hatte es in die Wohnung geschafft, aber nicht sehr weit. Ein weiteres Messer – diesmal ein scharfes, langes Schlachtermesser – steckte in seinem Rücken. Er lag mit ausgestreckten Armen in der Mitte des Wohnzimmers auf dem Boden. Er hatte ein Waffenhalfter unter seinem Mantel, aber keine Waffe.

Vermutlich hatte Dylan, nachdem er beide Angreifer getötet hatte, ihre Waffen genommen. Aber es gab hier noch eine Menge unbeantworteter Fragen. Wer waren die Angreifer? Hinter wem waren sie her gewesen? Vermutlich Andrea Thompson, aber was steckte dahinter? Nach den Leichen war die nächste große Überraschung in dieser Untersuchung die Entdeckung von vielen Kilo Kokain in Andreas Zimmer gewesen, zusammen mit einer Menge Bargeld. Das Bargeld und das Kokain lagen auf dem Boden und an dem Bargeld hatte sich jemand zu schaffen gemacht.

Wem gehörte es? Andrea?

Bear konnte das nicht glauben. Aber es sah schlecht aus. Vor allem, nachdem sie anscheinend Dylan allein gelassen und durch die

Wohnung unter ihnen geflüchtet war, um den bewaffneten Männern zu entkommen.

Wenn nicht ein Agent des DSS beteiligt gewesen wäre, hätte es sehr danach ausgesehen, dass Andreas Entführung – und die nachfolgenden Angriffe – etwas mit irgendeinem Drogenkrieg zu tun hätten.

Aber das ergab überhaupt keinen Sinn, es sei denn, sie arbeitete für jemand anderen.

Falls das stimmte, dann war sie eine coole Schauspielerin. Er hatte sie direkt, nachdem man sie von ihren Entführern gerettet hatte, gesehen. Und nicht mal nach einer Million Jahren würde er glauben, dass sie den Schock und den Horror dieser Erfahrung nur gespielt hatte.

Aber irgendetwas stimmte hier ganz und gar nicht und die Thompson Schwestern steckten mitten drin.

KAPITEL DREI
„Verdammt, Crank."

Julia. 1. Mai, 23:30 Uhr Westküstenzeit

Julia Wilson fuhr sich mit ihren Fingern durchs Haar. Sie war frustriert. Es war halb Zwölf und sie und Crank waren schon seit Stunden in der Hall of Justice, dem Hauptquartier der Polizei von San Francisco. Sie war es mehr als nur ein bisschen Leid, hier festzusitzen und stundenlang Fragen zu beantworten.

Während der letzten fünfundvierzig Minuten hatte man sie allein gelassen. Das passte Julia gar nicht. Als Managerin einer der erfolgreichsten Bands der Welt und Chefin ihrer eigenen Firma verbrachte Julia nicht viel Zeit damit, auf andere Leute zu warten. Also war sie fünf Minuten, nachdem der letzte Ermittler gegangen war, aufgestanden und zur Tür gegangen, um darauf zu bestehen, dass die Befragung ein Ende hatte.

Dabei hatte sie bemerkt, dass die Tür abgeschlossen war.

Julia verfiel nicht in Panik. Sie machte niemandem die Hölle heiß oder hämmerte gegen die Tür oder schrie herum. Stattdessen reagierte sie eiskalt, sie drehte sich um, ging zurück an den kleinen Tisch und setzte sich hin. Sie hielt dabei ihren Rücken gerade, hatte die Beine übereinander geschlagen und sah in den Spiegel, der auffällig an der Wand hing.

Sie wartete. Minuten vergingen, dann weitere. Sie widerstand dem Drang, ihr Telefon herauszuholen. Sie hatte bereits eine SMS von Carrie mit den wichtigsten Informationen erhalten. Carrie, Rachel, Sarah und Alexandra standen unter Schutzgewahrsam und wurden irgendwo im nördlichen Virginia vom Diplomatischen Sicherheitsdienst bewacht. Dylan und Andrea wurden vermisst, aber Alexandra hatte kurz nach Mitternacht eine letzte SMS von Dylan erhalten.

Ich bin bei Andrea. Wir sind im Moment in Sicherheit. Werde mich melden. Dylan.

Es war nicht genug Information, um etwas zu unternehmen, aber zumindest wussten sie, dass er am Leben war. Was mehr war, als sie von ihrer Mutter oder Jessica wussten. Carrie hatte ihr auch darüber berichtet. Jessica hatte, nachdem sie für ein paar Tage vermisst worden waren, angerufen. Sie war bei ihrer Mutter und laut deren Aussage sollten sie alle flüchten und sich verstecken.

Diese Info war ja so hilfreich. Wirklich typisch ihre Mutter. Ein kurzer, ziemlich geheimnisvoller Anruf, in dem sie etwas Dringendes mitteilte und erwartete, dass man alles stehen und liegen ließ. Es ergab überhaupt keinen Sinn. Aber andererseits ergab wenig an Adelina Thompson überhaupt einen Sinn. Julia hatte schon lange Frieden mit ihrer Mutter geschlossen und in der Regel plagte sie sich nicht mehr damit herum. Aber in Augenblicken wie diesen – wenn die ganze Familie in Gefahr war – konnte sie nicht anders, als ein bisschen zynisch zu sein.

Aber dann fielen ihr die Fotos wieder ein. Die Akte.

Es war ziemlich eindeutig. Carrie – Julias nächstjüngere Schwester – war nicht verwandt mit ihrem Vater. Also musste Adelina eine Affäre gehabt haben. Das überraschte Julia nicht wirklich – sie wusste schon seit Jahren, dass keines ihrer Elternteile komplett treu gewesen war.

Aber das Ergebnis war eine Überraschung. In den Unterlagen ihres Vaters hatte sie einen Bericht über eine genetische Untersuchung gefunden. Und dabei lag auch ein Polizeibericht, in dem festgehalten worden war, dass jemand ihre Mutter brutal zusammengeschlagen und vergewaltigt hatte.

Und zwar am Tag, nachdem der Bericht über die genetische Untersuchung datiert war.

Die Schlussfolgerung war unausweichlich. Ihr Vater – Richard Thompson – ihr *Vater* – hatte ihre Mutter fast totgeschlagen. Sie vergewaltigt. *Sie geschwängert.*

Julia war es in den letzten sechs oder mehr Stunden immer wieder durch den Kopf gegangen, aber es ergab immer noch keinen Sinn. Wie war das alles möglich?

Sie hatte allerdings keine Chance gehabt, diese Neuigkeit komplett zu verdauen, denn es waren zwei Männer vor dem Haus aufgetaucht. Normalerweise hätte sie sich nichts dabei gedacht – aber Andrea war *gerade erst* entführt worden, alles war durcheinander, und als sie noch dabei gewesen waren, sich zu überlegen, was sie tun sollten, waren die Männer in das Haus eingebrochen. Julia und Crank hatten– gemeinsam mit dem Reporter der Washington Post, der bei diesem verwirrenden Ausflug mit dabei gewesen war – versucht durch die Hintertür zu fliehen, es war auf sie geschossen worden. Sie waren entkommen, aber es war knapp gewesen.

Dann war das Unfassbare geschehen. Die Männer hatten anscheinend eine Bombe in dem Haus gezündet. Julia hatte schockiert dagestanden und zugesehen, wie das Haus ihrer Eltern ausbrannte, bis die Polizei und die Feuerwehr gekommen waren.

Und jetzt war sie also hier. Wartete. Denn die Polizisten waren anscheinend verschwunden und hatten sie hier in diesem Raum eingeschlossen. Sie musste auf die Toilette, sie wusste nicht, wo ihr Ehemann oder ihre Schwestern waren und jede Sekunde, die verging, ohne dass sie Antworten bekam, verstärkte ihren Ärger. Je mehr sie darüber nachdachte, desto ärgerlicher wurde sie. Schließlich gab sie auf und begann hin- und herzulaufen.

Und natürlich kamen die Polizisten in diesem Moment zurück. Julia erstarrte und sagte mit kühler Stimme: „Falls Sie nicht vorhaben, mich wegen eines Verbrechens anzuklagen, müssen Sie mich jetzt zunächst mal auf die Toilette und danach sofort mit meiner Familie sprechen lassen. Ich habe nichts Falsches getan und ich weiß nicht, warum Sie mich in diesem Raum eingeschlossen haben."

Die Polizistin, die sie ursprünglich befragt hatte – Detective Sergeant Pam Larson – hob ihre Augenbrauen. Sie war eine attraktive Frau mit dunklem Haar und einem leicht rötlichen Gesicht, sie hatte rote Wangen und eine gerötete Nase – aufgedunsen – das typische Aussehen von jemandem, der zu viel trank.

Sergeant Larson sagte: „Ich denke, Sie werden mit diesem Gentleman reden."

Sie sagte nichts weiter, als ein Mann in einem grauen Anzug, der nach „von der Stange" aussah, den Raum betrat.

Er legte eine Aktentasche vor sich auf den Tisch und sagte: „Mrs. Wilson, bitte setzen Sie sich."

Ihm folgte eine Frau, die auch in grau gekleidet war. Sie hatte weiße Haare, aber keine Falten.

„Und Sie sind?"

Der Mann nickte und schenkte ihr ein halbes Lächeln. „Ich bin Wolfram Schmidt. Special Agent der Finanzbehörden, Abteilung Strafrechtliche Ermittlungen. Das ist meine Partnerin, Emma Smith."

Seine Stimme war weich wie Butter, sein Akzent merkwürdig, teilweise texanisch und teilweise osteuropäisch.

Julia stand da, war auf der Stelle erstarrt. *Finanzbehörden?* „Es tut mir Leid... Wie bitte? Wer haben Sie gesagt, sind Sie?"

„Finanzamt, Mrs. Wilson. Abteilung Strafrechtliche Ermittlungen... Bitte setzen Sie sich."

Julia bewegte sich wie ferngesteuert, rutschte auf den gegenüberliegenden Stuhl von... wie hieß er noch? Wolfram Schmidt. Wer tut seinem Kind einen solchen Namen an? „Was kann ich für Sie tun, Mr. Schmidt?"

Er lächelte und schob ihr auf dem Tisch eine Visitenkarte zu. „Mrs. Wilson. Zunächst einmal möchte ich klarstellen, dass Sie derzeit nicht unter Verdacht stehen."

„Wie bitte?", sagte sie, war plötzlich erschrocken. Derzeit? „Warum sollte ich denken, dass ich unter Verdacht stehe?"

Was zur Hölle ging hier vor? Sie dachte über die letzte Woche nach. Ihre Mutter war vermisst worden. Ihr Vater bereitete sich auf die Anhörungen vor, um als Verteidigungsminister vereidigt zu werden. Andrea war entführt und dann von bewaffneten Männern attackiert worden. Ihr Herz klopfte wie verrückt in ihrer Brust.

Was hatten die Finanzbehörden mit ihr vor?

Schmidt schien unbeeindruckt zu sein. Er öffnete seine Tasche, holte eine große Akte heraus und blätterte darin. Seine Aufmerksamkeit schien auf die Akte gerichtet zu sein, aber das Spiel, das er spielte, kannte sie. Er wusste, was in der Akte stand. Hier ging es nur darum, sie zu verunsichern.

Julia ließ sich nicht leicht verunsichern.

„Mrs. Wilson. Im Jahre 2011 gab es mehrere Transaktionen auf ihrem Barclays International Konto, die in Ihrer Steuererklärung nicht richtig aufgeführt wurden. Ganz speziell geht es um den Verkauf von Aktien von Beta Pharmaceuticals. Sind Ihnen die Transaktionen, um die es hier geht, präsent?"

Julia blinzelte. Sie hatte nicht den Hauch einer Ahnung, wovon er sprach.

Was sie aber wusste, war, dass sie bis zum Hals im Schlamassel steckte. Sie nahm seine Visitenkarte in die Hand und sagte: „Ich denke nicht, dass ich heute eine Ihrer Fragen beantworten werde. Mein Anwalt wird sich bei Ihnen melden."

Schmidt runzelte die Stirn. „Sind Sie sicher, dass Sie diesen Weg gehen möchten, Mrs. Wilson? Wir können das vermutlich alles hier und jetzt regeln, einfach und ohne Aufsehen. Ich sehe keine Veranlassung, daraus einen Konflikt zu machen."

Sie schüttelte ihren Kopf. „Erstens bin ich mir sicher, dass Ihnen bewusst ist, nachdem Sie sich mit meiner Firma befasst haben, dass ich im Laufe eines Jahres hunderte von Transaktionen vornehme. Ich habe keine Ahnung, welche Sie in diesem Fall meinen. Zweitens denke ich, es wäre das Beste, wenn Sie mit meinem Anwalt sprechen", sagte sie und stand auf. „Falls Sie oder die Polizei von San Francisco nicht planen, mich anzuklagen oder einen weiteren Grund anbringen, um mich hier festzuhalten, werde ich jetzt gehen."

Sie trat einen Schritt vom Tisch zurück.

Schmidt sah zu ihr auf. Seine Augen waren blau und klar. Bedrohliche Augen.

„Mrs. Wilson. Das würde ich Ihnen nicht empfehlen."

„Danke für Ihren Rat", sagte sie. „Aber ich werde gehen."

Eine Sekunde lange dachte sie, die Polizei würde sie aufhalten, was überhaupt keinen Sinn ergeben hätte, denn sie hatte nichts Falsches getan – aber wer wusste schon, was einen Sinn ergab? Sie kannte ihre Geschäftstransaktionen sehr genau und es gab absolut nichts, was das Finanzamt interessieren könnte. Wenn überhaupt, dann zahlte Wilson Enterprises, die Holding für die Band und alle ihre Firmen, mehr Steuern als nötig. Sie war sehr pingelig, wenn es um solche Details ging, und selbst wenn sie es nicht wäre, dann wären es ihre Steuerfachleute.

Irgendetwas stimmte ganz und gar nicht.

Sergeant Larson, die Polizistin, die sie ursprünglich befragt hatte, folgte ihr an die Tür. „Mrs. Wilson, ich muss Sie darum bitten, die Stadt nicht zu verlassen."

Julia erstarrte. Dann drehte sie sich zu der Polizistin um: „Sergeant, klagen Sie mich wegen eines Verbrechens an? Ja oder nein?"

Die Polizistin schluckte, dann sagte sie: „Im Moment nicht."

„Dann werde ich Ihre Bitte ignorieren. Ich lebe nicht in San Francisco, mein Zuhause ist in Boston. Wenn Sie mich erreichen müssen, können Sie das über meinen Anwalt tun. Wo ist mein Ehemann?"

„Er wird gerade befragt, Ma'am.", sagte die Polizistin.

„Nein. Keiner von uns hat ein Verbrechen begangen. Wir waren im Haus meiner Eltern, das Überfallen wurde, und anstatt uns zu helfen, behandeln Sie uns wie Kriminelle. Wir sind hier *fertig*."

Als sie die Worte mit scharfer Stimme aussprach, sah sie in ein bekanntes Gesicht. Anthony Walker – der Reporter der Washington Post, der mit ihnen in dem Haus gewesen war.

„Ich rufe jetzt sofort meinen Anwalt an. Den Anwalt meines Mannes. Er wird Ihnen empfehlen, meinen Ehemann *sofort* freizulassen. Habe ich mich klar ausgedrückt?"

„Bitte warten Sie hier, Ma'am", sagte die Polizistin. Dann ging sie eilig fort.

Walker schlenderte auf sie zu. „Ich habe mich schon gefragt, wann Sie die Nase voll haben würden."

Sie hob ihre Augenbrauen. „Wie meinen Sie das?"

„Ich habe denen schon vor Stunden gesagt, dass sie den Anwalt der *Post* anrufen sollen. Sie haben geblufft. Nach Informationen gefischt, weil sie keine Ahnung haben, was hier vorgeht."

„Ich habe auch keine Ahnung", erwiderte Julia. In dem Moment seufzte sie vor Erleichterung, eine Anspannung verließ sie, von der sie nicht mal gewusst hatte, dass sie sie verspürt hatte. Eine Tür am Ende des Flures öffnete sich und ihr Mann kam auf sie zugelaufen.

Crank Wilson war um einiges größer als Julia. Er hatte blondiertes Haar mit einer Igelfrisur. Er trug ein halbes Dutzend Ohrringe, die ungleich auf seine Ohren verteilt waren.

Er schenkte ihr ein schiefes Lächeln, dasselbe Grinsen, in das sie sich verliebt hatte, als sie noch Studentin gewesen war und er sich als Musiker durchgekämpft und Auftritte gegen Bier als Bezahlung gespielt hatte.

Sie hatten ihre Konflikte gehabt, vor allem während der ersten drei Jahre ihres Zusammenseins. Missverständnisse. Laute Auseinandersetzungen. Sie hatten mit Geschirr geworfen und an einem denkwürdigen Tag hatte Crank mit seiner akustischen Gitarre auf den Esstisch gehauen und sie zerschmettert. Sie hatten sich jedes Mal entschuldigt, mit Tränen und Gefühl und Liebe. Und im Laufe der Zeit hatte es sich abgemildert. Ihre innerlichen Barrieren waren gefallen, als sie langsam gelernt hatte, zum ersten Mal in ihrem Leben, jemandem zu vertrauen. Er war erwachsen geworden und im Laufe der Jahre hatten sie festgestellt, dass sie sich zusätzlich dazu, dass sie total verliebt in einander waren, auch sehr mochten. Sie lachten und sie spielten dumme Spielchen. Sie bereisten zusammen die Welt.

Sobald sie sein Lächeln sah, schmolz Julia dahin, ging auf ihn zu und legte ihre Arme um ihn.

„Geht's dir gut, Baby?", fragte er.

„Lass uns gehen", antwortete sie. „Wir müssen jetzt gehen."

„Richtig", sagte er.

Fünf Minuten später traten sie durch die Tür der Hall of Justice, Crank und Anthony mussten sich beide ranhalten, um mit Julia Schritt zu halten. An der Straßenecke hob sie einen Arm und hielt ihn so. Es dauerte nicht länger als dreißig Sekunden, bis ein Taxi vor ihnen anhielt.

„Das klappt immer", sagte Crank. „Ich brauche normalerweise eine halbe Stunde, bis ein Taxi anhält."

„Ich frage mich ja, warum?", sagte Anthony mit einem Grinsen.

„Niemand hat Sie gefragt", antwortete Crank in einem freundlichen Ton.

Sie setzten sich alle ins Taxi und Julia lehnte sich nach vorne. „Hayward Airport, bitte."

„Ja, Ma'am", sagte der Taxifahrer. „Haben Sie dort einen Flug gechartert?"

Hayward war ein normaler Flughafen und der beste Ort, um mit einem Privatjet von und nach San Francisco zu fliegen. Sie war glücklich, San Francisco verlassen zu können. Es war das Zuhause ihrer Familie, zumindest theoretisch, aber es war niemals ihres gewesen.

Julia, die normalerweise unglaublich höflich war, auch zu Menschen, die sie gar nicht leiden konnte, antwortete nicht. Es war nicht so, als hätte sie den Fahrer nicht gehört. Das hatte sie, aber sie verstand die Worte erst richtig, als Crank sagte: „Ja, wir haben einen Flug gechartert. Wir sind ein bisschen spät dran, es wäre also super, wenn Sie uns schnell dorthin bringen würden."

Nachdem er die Worte gesagt hatte, lehnte er sich zurück und flüsterte in ihr Ohr: „Geht's dir gut, Baby?"

Sie schüttelte ihren Kopf und verschränkte ihre Arme vor der Brust.

Ich möchte klarstellen, dass Sie derzeit nicht unter Verdacht stehen.

Das bedeutete gar nichts. Es bedeutete, dass sie bisher nichts gegen sie vorliegen hatten oder dass sie versuchten, an Informationen zu gelangen, oder dass sie dachten, sie hätte etwas getan und würde vielleicht ein Geständnis ablegen. Das Ganze erinnerte sie viel zu lebhaft an die unglaublich schmerzhafte Tortur, die ihre Schwester Carrie letztes Jahr hatte durchmachen müssen. Ermittlungen am NIH. Ihr Mann, von der Army vor ein Kriegsgericht gestellt.

Für eine Sekunde durchfuhr sie Scham. Sie erinnerte sich daran, wie sie vor Ray zurückgeschreckt war, nachdem sie zum ersten Mal die Nachrichten gehört hatte. Angeklagt wegen eines Kriegsverbrechens. Dafür, einen Jungen getötet zu haben. Für ein paar Minuten hatte sie sich gestattet, die unmöglichen Nachrichten, die sie in den Zeitungen und auf CNN gesehen hatte, zu glauben.

Oh, Carrie. Sie wünschte, sie wäre netter zu ihrer Schwester gewesen. Sie wünschte, *die Welt* wäre netter zu ihrer Schwester gewesen.

Schließlich antwortete sie: „Ich möchte hier und jetzt nicht darüber reden, Crank. Lass uns zum Flugzeug gelangen. Ich muss wissen, wo sie alle sind."

„In Ordnung, Babe", sagte er mit einer leisen, sehr besorgten Stimme. „Ich erledige die Anrufe. Du... ruhst dich einfach aus."

Sie konnte die Besorgnis in seiner Stimme hören. Und sie wusste, dass es auf eine Art ihre eigene Schuld war. Julia brach nicht zusammen. Julia rastete nicht aus. Sie verfiel nicht in Panik oder drehte wegen irgendetwas durch und vielleicht *sollte* sie das manchmal. Denn im Moment war alles, an das sie denken konnte, ihre Schwestern, sie fragte sich, ob es ihnen gut ging. Sie ertappte sich dabei, wie sie ohne darüber nachzudenken ihr Telefon herausholte und wählte.

„Babe, an der Ostküste ist es fast drei Uhr morgens."

„Was ist mit Jessica? Wo ist sie?"

Er schüttelte seinen Kopf. „Carrie hat vorhin eine SMS geschrieben. Jessica hat heute Nachmittag angerufen. Sie ist irgendwo da draußen."

„Verdammt, Crank."

Er legte seine Hände auf beide Seiten ihres Gesichts und lehnte sich nah an sie heran. „Julia. Beruhige dich. Okay? Es wird alles gut werden. Ich verspreche es."

„Das weißt du nicht. Das kannst du nicht wissen."

„Ich weiß, dass du jetzt in diesem Taxi nicht alles regeln kannst. Wir werden uns darum kümmern, Julia. Okay? Aber wir können *hier und jetzt* nichts tun."

Sie schluckte und nickte. Natürlich hatte er recht. Aber das machte es nicht einfacher.

KAPITEL VIER

Safehouse

Alex. 2. Mai, 3.42 Uhr

Ich bin bei Andrea. Wir sind im Moment in Sicherheit. Werde mich melden. Dylan.

Das war alles, was sie hatte. Sie wusste nicht, wo er war. Sie wusste nicht, ob er verwundet war. Sie wusste nicht, ob er *trank*. Sie wusste nicht, ob etwas Schreckliches geschehen war. Alles, was sie wusste, war, dass er bei ihrer sechzehn Jahre alten Schwester war und dass sie in Sicherheit waren. *Im Moment.*

Alex hatte Dylan im Laufe der Nacht mindestens hundert SMS geschickt. Aber sie hatte kein Glück gehabt. Sie war so verzweifelt, dass sie, als sie noch im Außenministerium befragt worden war, den Ermittlern seine SMS gezeigt hatte. Das hatte hektische Aktivität ausgelöst, die, soweit sie das erkennen konnte, zu absolut nichts geführt hatte.

Manchmal dachte Alex Paris, dass sie vor Stress explodieren würde. Es schien so, als ob keine ihrer Bemühungen die Dinge leichter machen würde. Sie hatte Dylan vergeben. Sie hatte sich selbst vergeben. Sie hatte alles getan, um sich selbst zu schützen und sich stärker zu machen. Sie hatte ihm beigestanden, während er darum gekämpft hatte, körperlich wieder fit zu werden. Sie hatte ihm beigestanden, als er in der Posttraumatischen Belastungsstörung fast ertrunken wäre. Und nach einem langen Kampf hatte es ausgesehen, als ob es besser werden würde. Dass das Leben besser werden würde. Es hatte ausgesehen, als ob sie doch noch ihr Happy End haben würden.

Aber das wahre Leben war nicht so, oder?

Das war es nicht. Weil nämlich immer wieder schlimme Dinge geschahen. Beste Freunde kamen mit der Nachricht vorbei, dass Menschen, die man liebte, Kriminelle waren. Beste Freunde wurden getötet und hinterließen eine junge Witwe und ungeborene Kinder. *Ray* war getötet worden und hatte eine klaffende Wunde in ihrer Schwester *und* ihrem Ehemann hinterlassen. Und es war nicht fair, dass Alex nichts tun konnte, um auch nur einen der beiden zu heilen. Sie hatte die letzten neun Monate beider Hände gehalten und zugesehen, wie sie geweint hatten, und auch dabei zugesehen, wie ihr Ehemann innerlich zerbrochen war.

Denn das war es, was mit Dylan geschehen war. Keine Frage. Als Ray gestorben war, hatte er einen Teil von Dylan mit sich genommen. Auf eine Art und Weise hatte er den besten Teil von Dylan mitgenommen. Den ehrenwerten Teil, den Teil, der seine Frau niemals angelogen hätte. Als Ray gegangen war, hatte er Dylan als Hülle zurückgelassen, ein Dylan, der genauso aussah und manchmal auch genauso handelte, aber er war im Grunde leer.

Manchmal fühlte sich Alex, als ob *ihr* Ehemann gestorben wäre und nicht Carries.

Genauso hatte sie sich gefühlt, als sie ausgegangen waren. War das wirklich nur acht Stunden her? Es kam ihr vor wie eine Ewigkeit. Seine letzten Worte waren gewesen, *ich bin einfach nur erschöpft, Alex. Ich vermisse Ray und ich bin müde und betrübt und einfach... bitte. Geh heute ohne mich aus, okay? Mir wird's gut gehen.*

Also hatte sie das getan. Sie war mit Carrie, Sarah und dem Baby ausgegangen. Während sie Essen war, waren bewaffnete Männer auf Andrea und Dylan losgegangen. *Warum?* Die Befragung war zielgerichtet gewesen. Hatte sie von den Drogen gewusst? Hatte sie von dem Geld gewusst? Beides war in der Wohnung gefunden worden. Hatte Dylan etwas damit zu tun? Wusste sie, wohin er verschwunden war? Wusste sie, wohin Andrea verschwunden war?

Nichts hatte einen Sinn ergeben. Nichts davon.

Es war fast zwei Uhr nachts gewesen, bis die DSS-Agenten sie in einem gepanzerten SUV in ein nicht näher bezeichnetes Ranch-Haus im nördlichen Virginia gebracht hatten. Sie könnten überall in Amerika sein. Eintönige Backsteine. Abgewetzter Parkettboden. Glasschiebetüren, die in den Garten führten. Gut ausgestattete Gästezimmer, sauber und unpersönlich. In einem der Räume stand eine Wiege und er war komplett ausgestattet mit Windeln, Fläschchen, Milchpulver, Zinksalbe und hundert weiteren Dingen, die Rachel brauchen würde. Jemand war sehr gründlich gewesen.

Das Einzige, was das Haus nicht bieten konnte, war Sicherheit. Es stand mitten im Nichts. Es war ein *Safehouse*. Es unterstrich nur die Tatsache, dass jemand heute Nacht sein bestes gegeben hatte, um Andrea und Dylan umzubringen, und dass keiner der beiden seither ein Lebenszeichen von sich gegeben hatte, außer einer kryptischen SMS. Alex kannte jetzt schon jeden Zentimeter des Zimmers, das man ihr zugewiesen hatte. Es war etwa fünfunddreißig Quadratmeter groß. Kleiderschrank mit einer Schiebetür. Schrecklicher Teppich. Miese Fenster, die mattiert waren, um sie vor Scharfschützen zu verbergen, vermutete sie. Ein Queen-Size-Bett, das viel bequemer war als ihr und Dylans Second-Hand-Bett in New York, aber es war nicht mal annähernd so einladend.

Es war kalt. Und sie vermisste ihren Ehemann.

Aber Dylan zu vermissen war nichts Neues, oder? Darin hatte sie schon viel Übung.

Also lag Alex im Bett, schaute auf ihr Telefon und wartete darauf, von dem Mann, den sie liebte, zu hören. Wartete darauf, von dem Mann zu hören, von dem sie wusste, dass er darum kämpfte, seinen Kopf über Wasser zu halten, der aber nicht um Hilfe bitten würde. Wartete darauf, von dem Mann zu hören, für den sie alles tun würde. Sie weinte nicht. Alex Paris hatte keine Tränen mehr. Jetzt lag sie einfach da und wartete. Wartete und wünschte.

Sie wusste, dass in einem Raum in der Nähe ihre Schwester Carrie mit Rachel in ihrer Wiege schlief. Und am anderen Ende des Flures Sarah. Keine der drei war in guter Verfassung, aber Sarah schien ganz besonders durcheinander zu sein. Sie hatte während der letzten Stunden, bevor sie das Safehouse erreicht hatten, fast kein Wort gesprochen, sondern lediglich einsilbig die Fragen beantwortet.

Sie waren jetzt schon seit fast zwei Stunden in dem Safehouse, aber Alex hatte bisher nicht geschlafen. Stattdessen hatte sie dort in dem Bett gelegen, die Decke angestarrt, sich gewünscht, die Zeit zurückdrehen zu können und alles zu ändern. Ihre Wünsche waren zwecklos. Frustrierend.

Sie fühlte sich, als hätte sie die meiste Zeit ihrer Beziehung mit Dylan getrennt von ihm verbracht. Als sie sich kennengelernt und verliebt hatten, hatten sie tausende Kilometer voneinander getrennt gelebt, und die Distanz hatte sie fast umgebracht. Sie war ans College gegangen; Dylan war der Army beigetreten. Nur eine ganze Reihe von äußerst unwahrscheinlichen Zufällen und fast schon Wundern hatte dazu geführt, dass sie die Chance gehabt hatten, wieder zusammenzukommen.

Dann hatte Ray losziehen und sterben müssen.

Sie wusste, dass das irrational war. Es war nicht Rays Schuld gewesen. Es war ja nicht so, als hätte er Selbstmord begangen. Er war *ermordet* worden. Aber egal, ob es irrational war oder nicht, sie war sauer auf ihn. Sie war sauer auf das Schicksal oder Gott oder was auch immer im Universum es war, das zugelassen hatte, dass der beste Freund ihres Mannes unter solchen Umständen hatte sterben müssen und kaum mehr als einen unordentlichen Haufen aus Überlebendensyndrom zurückgelassen hatte.

Alex seufzte. Sie verschwendete ihre Zeit, indem sie die Dinge immer und immer wieder durchging. Sie war erschöpft und gestresst und voller Sorge, und es gab rein gar nichts, was sie dagegen tun konnte. Sie drehte sich zur Seite und starrte die Wand an. Fahles Mondlicht schien herein. Sie konnte den vagen Schatten von Bäumen hinter den mattierten Scheiben erkennen, die sich im Wind hin und her bewegten, die Regentropfen prasselten gegen die Gitter. Es musste heftig stürmen, denn die Fenster klirrten in ihren Rahmen.

Dylan und Andrea waren dort draußen.

Irgendwo.

KAPITEL FÜNF
Bedrückt dich etwas?

Meredith Collins. 2. Mai, 4.30 Uhr

Meredith Collins lag allein in ihrem kalten Bett, starrte an die Decke und hörte dem prasselnden Regen draußen und dem Echo ihres eigenen Atems zu; die Wände in dem leeren Raum lagen viel zu weit auseinander.

Es war eine halbe Stunde vor der Zeit, zu der Leslie üblicherweise aufstand, und es war schon eine halbe Stunde her, seit er aufgestanden war. Es machte fast keinen Unterschied – sie wusste, dass er nicht geschlafen hatte. Seit einer Woche oder sogar länger war er kurz angebunden gewesen, war fast jede Nacht spät nach Hause gekommen und hatte viele Stunden hinter der verschlossenen Tür seines Büros am Telefon verbracht.

Sie seufzte. *Armer Leslie.* Er hatte Jahrzehnte damit verbracht, sich hochzuarbeiten, hatte gefährliche Einsätze an Orten wie Afghanistan oder Indonesien überstehen müssen. Er hatte sein Leben seinem Land gewidmet, um die Sicherheit anderer zu gewährleisten, und jetzt hatte er endlich den Höhepunkt seiner Karriere erreicht. Aber anstatt in der Lage zu sein, sich zu entspannen, anstatt in der Lage zu sein, kürzer zu treten und Befehle zu erteilen, war er noch gestresster, noch überarbeiteter, noch – *kälter*.

Es war nicht fair. Rein rational gesehen wusste sie, dass eine hohe Position hohen Druck bedeutete. Mehr Druck als jemals zuvor, denn jetzt musste er nicht nur einen guten Job machen, er musste auch durch die politischen Gewässer des Weißen Hauses navigieren, mit einem wankelmütigen, unerfahrenen Präsidenten und einem Kongress, der eine Blutfehde gegen die Regierung führte. Es reichte nicht aus, in dieser Umgebung gut zu sein. Man musste perfekt sein.

Aber das auf intellektueller Ebene zu wissen, reichte nicht aus, um ihr Herz zu erleichtern. Es war nicht genug, um sie davon abzuhalten sich zu sorgen, während sie dabei zusah, wie ihr Ehemann vor ihren Augen alterte.

Sie schlüpfte aus dem Bett. Es war früh, aber sie konnte zumindest einen Kaffee kochen und den Tag mit einem Anflug von Ruhe begrüßen.

Die Wahrheit war, sie wusste kaum noch, was sie den ganzen Tag treiben sollte. Susan, ihre Älteste, hatte ihren Master in Princeton gemacht und war dann zum FBI gegangen – sie war jetzt an der Academy of Quantico und schien sich gut zu machen. Woodrow und Franklin, die Zwillinge, gingen auf die Columbia-Uni.

Seit die Zwillinge aus dem Haus waren, waren ihre Tage schrecklich leer. Ruhig. Leslie verließ das Haus um 5.30 Uhr und kam manchmal erst spät abends zurück, und ihr Haus war schon für eine Familie mit fünf Personen zu groß gewesen, jetzt, wo sie nur noch zu zweit waren, umso mehr. Sogar wenn er zu Hause war, war er nicht mehr richtig anwesend. Manchmal verbrachte sie ihre Tage mit Freunden in ihrem Bridge Club und sie war im

Vorstand des McLean Women's Club, aber wenn sie ehrlich zu sich selbst war, musste sie zugeben, dass sie unerträglich einsam war.

Sie trottete barfuß den Gang entlang und kam auf dem Weg zur Küche an seinem Büro vorbei. Die Tür war nur angelehnt, was ungewöhnlich war. Leslie hatte, als die Kinder noch sehr jung gewesen waren, sein Büro schalldicht isolieren lassen, und gewohnheitsmäßig schloss er immer die Tür.

Eine Sekunde lang zögerten ihre Füße, als sie hörte, wie Leslie Worte aussprach, die sie bis ins Mark erschütterten.

„Es ist mir wirklich egal, Danny. Ich möchte, dass sie gefunden und getötet werden. Keine weiteren Scherereien. Andrea Thompson und Dylan Paris müssen im Potomac landen. Habe ich mich klar ausgedrückt?"

Sie hielt an, ihre Füße versanken in dem dicken, flauschigen Teppich.

Andrea Thompson. War das nicht – Richard Thompsons Tochter? Sie hatte von der Entführung diese Woche gehört; es war in allen Nachrichten gewesen. Was hatte Leslie damit zu tun? Es ergab keinen Sinn. Auch wenn sie sich niemals für seine Arbeit interessiert hatte, auch wenn sie niemals Fragen gestellt oder sich gewundert oder gezweifelt hatte, ertappte sie sich dabei, wie sie betäubt im Flur stand und zuhörte.

„Ja, ich weiß", sagte er. „Aber machen Sie sich darüber keine Sorgen. Das Justizministerium wird heute Morgen eine Pressekonferenz abhalten. Richard Thompson wird fallen. Wir müssen uns um ihn keine Sorgen mehr machen."

Eine Schweißperle lief zwischen ihren Brüsten nach unten und sie spürte, wie ihr Kinn ungewollt zu zittern begann. Richard und Adelina – sie waren seit zwanzig Jahren ihre Freunde. Das – ergab keinen Sinn. Warum würde Leslie mitten in der Nacht eine Intri-

ge gegen seinen Freund schmieden? Darüber reden, seine Tochter
ermorden zu lassen?

Sie stolperte, als sie einen Schritt von der Tür zurücktrat, und
ihr Nachthemd verfing sich am Knauf einer Kommode. Der dünne Stoff riss am Saum auf, als sie an dem Nachthemd zog. Sie
ignorierte den Schaden, stattdessen ging sie, so schnell sie konnte,
durch den Flur in die Küche. Mit zitternden Händen schüttete sie
Wasser in die Kaffeemaschine und schaltete sie an.

Sie holte Luft, versuchte sich zu beruhigen und sah zum Küchenfenster hinaus in die feuchte Kälte. Obwohl es sehr früh morgens war, wusste sie, dass der Verkehr sich schon auf dem Old
Dominion Drive staute, er lag etwa eineinhalb Kilometer ihre
Einfahrt herunter entfernt. Sie hörte den Verkehr nur sehr selten – die Bäume, die im vorderen Teil des Grundstücks standen,
waren zu dicht, um den Schall durchzulassen, und die lange Einfahrt machte auf halbem Weg eine scharfe Kurve, sodass man auch
die Lichter auf der Straße nicht erkennen konnte. Ihr Haus war
alt – ein umgebautes Farmhaus aus dem Jahre 1842, es war schon
oft Teil der jährlichen Tour of Homes gewesen, die der Women's
Club sponserte. Das Haus war ein wunder Punkt zwischen ihr und
Leslie – er wollte einen großen Anbau, aber der Women's Club
und die Gesellschaft für Denkmalschutz hatten sich dagegen ausgesprochen. Und leider genauso auch Meredith. Das war jetzt fünf
Jahre her, aber sie befürchtete, dass er ihr immer noch nicht ver-
ziehen hatte.

Während sie am Fenster stand, bemerkte sie, dass sie immer
noch zitterte. Worum war es bei dem Telefonat gegangen? Der
Kaffee war fast fertig, die Maschine blubberte laut, so wie immer,
wenn sie fast fertig war. Sie drehte sich um und schrie überrascht
auf.

Leslie stand in der Tür.

„Du hast mich erschreckt!", hielt sie ihm vor.

Er ging ganz lässig zur Kaffeemaschine, nahm die Kanne heraus und schüttelte seinen Kopf. „Die Maschine macht ihre Sache üblicherweise besser, wenn man Kaffee hineintut, Liebes."

Er schüttete das heiße Wasser, das sich in der Kanne gesammelt hatte, aus. Sie hatte völlig vergessen, Kaffee in den Filter zu geben. Sie stand da, fummelte an ihren Händen herum, während er eine neue Kanne aufsetzte. Zuvor mahlte er die Bohnen für eine ungewöhnlich lange Zeit, bevor er sie in den Filter gab.

Seine Augen waren leblos, als er die Kaffeemaschine in Gang setzte. „Bedrückt dich etwas, Meredith?"

„Ich… Ich – "

„Hast du vielleicht etwas gehört?"

Sie nickte und fummelte dabei immer noch an ihren Händen herum.

„Meredith, was hat dein Vater immer gesagt?"

Sie wusste sofort, wovon er sprach. Ihr Vater – George Mason Cutter – war ein Navy-Admiral gewesen. Während des 2. Weltkriegs war er auf dem Flugzeugträger USS Hornet stationiert gewesen und hatte eine F2A-Buffalo-Maschine geflogen, bis man ihn abgeschossen hatte und er fast vierundzwanzig Stunden im Wasser verbracht hatte, bevor man ihn retten konnte. Im Koreanischen Krieg war er ein Geschwaderkommandeur gewesen und in den späten 1960ern dann Flottenadmiral, aber seine berufliche Karriere endete im Nebel. Ein Unfall und anschließendes Feuer auf dem Flugzeugträger USS Forrestal hatte 134 Seemännern das Leben gekostet und Equipment im Wert von mehreren Millionen Dollar zerstört. Admiral Cutter wurde nicht offiziell dafür verantwortlich gemacht – aber man hatte ihm nahegelegt, sich pensionieren zu lassen; er war ein bitterer, gekränkter Mann geworden. Bis zu seinem Tod im Jahre 2004 im Alter von 82 Jahren hatte er immer wieder gesagt, dass niemand verstand, was Patrioten durchmachen mussten, um ihr Land zu verteidigen.

Zivilisten werden das niemals verstehen, hatte er gesagt. *Natürlich war es schrecklich, diese Seemänner zu verlieren. Aber so ist Krieg. Man kann keinen Krieg gewinnen, wenn man nichts riskiert.*

Sie seufzte. „Er hat gesagt, dass Zivilisten das niemals verstehen werden."

Leslie nickte. Mit langsamer, herablassender Stimme sagte er: „Das stimmt, Meredith."

„Les... was verstehe ich nicht?"

Er drehte sich von ihr weg, hatte einen besorgten Gesichtsausdruck. Langsam nahm er zwei Kaffeebecher von ihren Haken, ging zum Kühlschrank und holte einen Tetra-Pack mit Kaffeesahne heraus. Sie stand ängstlich da, fummelte immer noch an ihren Händen herum, während er den Kaffee einschenkte und dann etwas Kaffeesahne in beide Becher gab. Keiner der beiden nahm noch Zucker im Kaffee. Er schob ihre Tasse zu ihr herüber.

„Wie viel weißt du genau über meine Arbeit, Meredith?"

Sie schüttelte ihren Kopf und zuckte mit den Schultern. Die Frage ergab keinen Sinn. Sie wusste *gar nichts* von dem, was er tat.

„Meredith. Mein Job ist es, die Sicherheit der Vereinigten Staaten zu schützen. Das weißt du."

Sie verzog das Gesicht. „Was hat das mit Richard und Adelina oder ihrer Tochter zu tun?"

„Na ja, es scheint so, als ob im Hintergrund viel mehr vor sich geht, als uns klar war. Tatsache ist, dass Richard in ein paar sehr fadenscheinige Dinge verwickelt ist. Verräterische Geschäfte."

„Ich verstehe das nicht."

„Ich darf es nicht genau erklären, Meredith. Er ist in Drogengeschichten und Geldwäscherei verwickelt, und seine Tochter, die älteste, hat ihm dabei geholfen, das Geld hin und her zu schieben. Ihr Ehemann ist ein Rockmusiker."

Meredith spürte, wie ihr Herz langsamer schlug. Natürlich. Es gab eine Erklärung und sie ergab sogar ein bisschen Sinn. Außer dass sie sich nicht vorstellen konnte, dass Richard Thompson in so schmutzige Dinge verwickelt war. „Es schien alles so... habgierig zu sein."

„Das passiert, wenn Menschen Macht haben, Meredith. Sie werden habgierig. Ich habe erst kürzlich ein paar leider sehr besorgniserregende Dinge in Richards Vergangenheit aufgedeckt. Ich musste dem Justizministerium eine Menge Unterlagen übergeben."

Sie schauderte. Arme Adelina. Sie war bestimmt am Boden zerstört.

„Warum hast du mir nichts gesagt?"

Leslie hob eine Augenbraue. „Du kennst die Antwort darauf. Es ist alles streng vertraulich. Du hättest nicht hören sollen, was du gehört hast."

„Erklär es mir bitte. Egal, ob es vertraulich ist oder nicht. Ich habe gehört, dass du gesagt hast... gesagt hast..." Sie konnte den Satz nicht zu Ende sprechen. Sie *konnte* es im wahrsten Sinne des Wortes einfach *nicht*. Dass sie gehört hatte, dass ihr Ehemann die Tötung eines Teenagermädchens befohlen hatte.

Leslie schüttelte seinen Kopf. „Was hast du gehört, Meredith?"

Sie schluckte. Und flüsterte: „Andrea Thompson. Dass... dass..."

„Dass sie getötet werden muss."

Meredith schauderte.

„Meredith, Andrea Thompson ist nicht, wer sie zu sein scheint."

„Sie scheint ein sechzehnjähriges Mädchen zu sein, das entführt wurde."

„Die Nachrichten haben nicht berichtet, dass die Entführer bekannte, brutale Killer waren. Beide waren in Drogengeschäfte und Terrorismus verwickelt. Die Nachrichten haben nicht berichtet, dass sie *beide* mit bloßen Händen umgebracht hat. Sie mag sechzehn sein, aber sie ist sehr wahrscheinlich eine Psychopathin. Hast du dich niemals gefragt, warum die Thompsons sie nie mitgebracht haben? Soweit wir wissen, war das eine Art Geschäft, das schiefging. Es sind *keine* netten Leute, mit denen wir es hier zu tun haben.“

„Aber was ist mit einer Gerichtsverhandlung? Sie anklagen? Warum hast du – ?“

Leslie schüttelte seinen Kopf. „Manchmal können wir die Dinge nicht auf die schöne, saubere und ordentliche Art regeln. Das gehört dazu, wenn man in einer mächtigen Position ist. Man muss Entscheidungen treffen, die für alle die besten sind. Du weißt das. Dein Vater wusste es auch. Aber die Sache ist die... Ich kann nicht einfach herumsitzen und Däumchen drehen und mir Sorgen machen. Ich muss etwas tun. Richard weiß jetzt, dass ich hinter ihm her bin und ich erwarte, dass er alles tun wird, um mich zu Fall zu bringen. Und – Meredith – er ist der amtierende Verteidigungsminister. Er hat Zugang zu Ressourcen, von denen ich nur träumen kann.“

„Schwebst du in Gefahr?“ Es gefiel ihr nicht, dass ihre Stimme am Ende des Satzes in die Höhe ging. Es zeugte von Furcht, Angst und Abhängigkeit.

Er nippte an seinem Kaffee und an der Art, wie sich seine Lippen und Augenbrauen verzogen, konnte sie erkennen, dass er ihre Frage ernst nahm. Schließlich nickte er und sagte: „Ja, ich würde sagen, dass ich in Gefahr schwebe. Und zwar beruflich wie auch persönlich. Und es ist unumgänglich, dass ich mich um die Gefahr kümmere.“

„Ich verstehe nicht – “

Er hielt seine Hand hoch, unterbrach sie. „Meredith, Richard Thompson ist ein gefährlicher, skrupelloser Mann. Er ist auf der Höhe seiner Karriere und er wird sich mit keinerlei Bedrohung abgeben. Er steht direkt neben dem Präsidenten der Vereinigten Staaten. Wenn ich mich nicht um diese Sache kümmere, dann bin nicht nur ich in Gefahr, Liebes. Das ganze Land ist es. Der Präsident ist es. Und jetzt sag mir, was würde dein Vater sagen, wenn er noch am Leben wäre?"

Sie schluckte. Natürlich hatte er recht. Sie kannte Richard. Sie hatte während einiger Dinnerpartys, die sie im Laufe der Jahre besucht hatte, gesehen, wie dominant er war. Wie er ganz nebenbei etwas zu Adelina in *genau dem richtigen Ton* gesagt hatte, damit sie aufhörte zu reden. Weil sie schreckliche Angst vor ihrem Ehemann hatte. Einem Ehemann, von dem Meredith wusste, dass er so kalt wie Eis war. Sie kannten sich seit Jahren – waren sogar Freunde. Aber sie hatten sich niemals *zu* nahe gestanden. Die Thompsons waren keine Leute, denen man *sehr* nahe stand, denn es war klar, dass sie sich nur bis zu einem bestimmten Punkt öffneten.

Sie holte Luft und nahm einen Schluck von ihrem Kaffee. Dann sagte sie: „Leslie, es tut mir leid. Ich wollte nicht lauschen, und was ich gehört habe, geht mich nichts an. Ich vertraue dir. Ich weiß, dass du es richtig machen wirst."

Leslie sah sie an und sagte: „Du wirst in den nächsten Tagen und Wochen in den Zeitungen einiges über sie lesen. Es wird total verrückt erscheinen – fast unglaublich. Verstehst du mich?"

Sie nickte. „Das tue ich."

„Vertrau mir, Meredith."

„Natürlich."

Er nahm ihre Hand und schenkte ihr ein Lächeln. Aber es war nicht warm. Dann drehte er sich um und ging zurück in sein Büro am anderen Ende des Flures. Zweifellos würde er die schalldichte Tür schließen.

Sie drehte sich zum Fenster um. Hinter den Bäumen war der leiseste Hauch eines Sonnenaufgangs am Himmel zu erkennen. In einer Stunde würde es vollständig hell sein. Bis dahin würde Leslie zur Arbeit gefahren sein, und sie hatte heute Morgen ein Treffen, um die jährliche Tour of Homes zu planen.

Es war Zeit, nicht weiter über Richard Thompson und seine Familie nachzudenken.

KAPITEL SECHS
Sie haben alles mitgenommen?

Crank. 2. Mai, 9.25 Uhr

Cranks Augen öffneten sich abrupt, als er spürte, wie die Räder des Flugzeugs den Boden mit einem lauten Quietschen berührten, der kleine Jet setzte ein paarmal auf der Landebahn des Stafford Regional Flughafens, der vierzig Meilen südlich von Washington DC lag, auf, bevor er endgültig rollte. Crank war sofort wach und es verlangte ihn nach einer Zigarette, er schob die Sonnenblende des Fensters nach oben und schaute nach draußen.

Der Himmel sah unheilvoll aus, über ihnen formten sich graue, dunkle Wolken. Bis sie endlich gestartet waren, war es fast ein Uhr morgens in Kalifornien gewesen, und während der zweiten Hälfte des Fluges hatten sie immer wieder heftige Turbulenzen gehabt, die man in der Magengrube gespürt hatte. Jetzt war es fünfeinhalb Stunden später und drei Zeitzonen weiter, hier war es bereits Vormittag.

Auf der anderen Seite des Ganges bewegte sich Julia und setzte sich auf. Crank sah hinaus, während das Flugzeug zum Ende der

Landebahn rollte und dann nach links abbog. Von hier aus konnte er die Interstate 95 sehen, die sie nach DC nehmen würden.

Sie sah aus wie ein großer Parkplatz. Die Autos stauten sich bis in den Horizont und bewegten sich nicht. Einen Augenblick später bog das Flugzeug erneut ab und begann, in Richtung des Terminals zu rollen, die Aussicht änderte sich zu einem seligen, friedlichen Wald, Hangars und Lagerhäusern. Kein Verkehr. Manchmal war Ignoranz wirklich ein Segen. Crank würde schon noch früh genug im Verkehr feststecken.

„Wie viel Uhr ist es?", stöhnte Julia. Und das, obwohl sie *schon* ihr Handy rausgeholt hatte und nach ihren E-Mails schaute.

Crank antwortete nicht. Er kannte den Ausdruck, den sie bereits im Gesicht hatte – eine Linie, nicht ganz in der Mitte ihrer Stirn. Sie war über etwas verärgert.

„Was zur Hölle?", murmelte sie. Sie begann zu wählen.

„Probleme?", fragte Anthony.

Crank sah über seine Schulter nach hinten. Der Reporter der *Washington Post* saß auf dem Sitz hinter Crank, er bedeckte seinen Mund, während er gähnte. Seine Augen waren rot und geschwollen.

„Ich weiß es nicht", erwiderte Crank. „Im Moment scheint alles ein Problem zu sein."

Er hörte auf zu sprechen, als Julia schließlich wen auch immer sie anrief ans Telefon bekam.

„Mary, ich bin's, Julia. Rede mit mir."

Stille, während Julia zuhörte. Ihr Gesichtsausdruck wurde ernster, dann sagte sie mit sehr hoher Stimme: „Was meinst du mit, sie nehmen alles mit?"

Crank sah Anthony in die Augen. Das klang gar nicht gut. Das war nichts, das er jemals mit einem Reporter besprechen würde, aber man hatte letzte Nacht auf sie alle geschossen und sie fast in die Luft gejagt. Wenn er Anthony Walker jetzt nicht trauen konnte, dann hatten sie noch größere Probleme, als er sich vorstellen konnte.

Das Flugzeug kam zum Stillstand, stand jetzt neben anderen Jets der gleichen Größe. Julia öffnete sofort ihren Gurt und stand auf, dann ging sie ein paarmal hinter ihnen hin und her. Einen Moment später kam der Pilot aus dem Cockpit. „Wir sind gleich soweit, dass sie aussteigen können, Mr. Wilson."

Crank hatte keine Ahnung, was weiter geplant war, was ihre Weiterfahrt oder das Gepäck anging. Aber normalerweise kümmerte sich Julia um einen Fahrdienst. Während sie damit beschäftigt war zu telefonieren, fragte er den Co-Piloten: „Ähm... unser Gepäck? Ist unser Fahrdienst hier?"

„Ja, Sir, soweit ich weiß, wartet ein Auto auf Sie, um Sie nach Arlington zu bringen. Ihr Gepäck werden wir in ein paar Minuten ausgeladen haben."

„Danke", sagte Crank. Er *wusste*, dass sie in einem Hotel in Arlington einchecken wollten. Aber er hatte keine Ahnung, in welches – er hatte auf diese Details niemals wirklich geachtet.

„Nein!", sagte Julia viel zu laut ins Telefon. „Natürlich werden alle bezahlt werden. Nur – sag ihnen, sie sollen den Rest der Woche Urlaub nehmen. Bezahlt natürlich. Ja... Ich weiß, dass es Montagmorgen ist. Ja, ich weiß, was das kosten wird. Aber alle werden bezahlt werden. Ich bin im Moment in Washington – oder werde es in ein paar Stunden sein, je nach Verkehr. Ich werde herausfinden, was los ist."

Alle werden bezahlt werden?

Crank ließ sich diese Worte immer und immer wieder durch den Kopf gehen. Wovon redete sie? Natürlich würden alle bezahlt werden.

Julia legte auf und sah Crank an, in ihren Augen stand Schrecken.

Nein. Nicht einfach nur Schrecken. Ihre Augen waren... fast leer. Sie hatte furchtbare Angst.

„Mein Gott, Babe, was ist los?"

„Das Finanzamt. Sie haben im Büro in Boston eine Durchsuchung durchgeführt. Alles ist beschlagnahmt worden."

„Was?", sagte Crank. „Wie meinst du das, alles?"

„Ich meine *alles*. Sie haben die Aufnahmen, die Akten, die Computer. Mary sagte, sie haben alles aus dem Büro mitgenommen und dann allen gesagt, dass sie nach Hause gehen sollen. Danach haben sie ein *Schild* an der Vordertür aufgehängt, dass das Unternehmen geschlossen wäre."

Während sie die Worte aussprach, wurde ihr Tonfall immer höher. „Das Finanzamt hat gesagt, dass das Unternehmen geschlossen wäre, Crank!"

„Ich bin mir sicher, dass das Ganze nur ein Missverständnis ist."

„Das bezweifle ich", murmelte Anthony.

„Was zur Hölle soll das jetzt bedeuten?", fragte Julia.

Anthony verdrehte seine Augen. „Ein Missverständnis? Am selben Tag, an dem Ihr Haus in die Luft gejagt wird und nur ein paar Tage, nachdem Ihre Schwester entführt wurde? Ich bin mir ziemlich sicher, dass Sie eine kluge Frau sind, Julia. Sie müssen beginnen, die ganze Sache zu durchdenken. Denn falls das Finanzamt hinter Ihnen her ist, dann stecken Sie ganz schön in Schwierigkeiten."

Ihre Augen wurden groß, und dann sagte sie: „Danke für die Neuigkeiten, Anthony. Warum sind Sie bei uns?"

Er grinste. „Es scheint mir, als könnte es Ihnen im Moment schlechter gehen, als einen Journalisten an Ihrer Seite zu haben."

Sie holte Luft und schloss dann ihre Augen. Crank konnte sie fast zählen hören. Er konnte sich die Worte in ihrem Kopf vorstellen. *Eins... zwei... drei... vier... fünf... scheiß drauf.* Julia war nicht gerade der geduldigste Mensch auf der Welt. Ihre Augen öffneten sich. „Bitte entschuldigen Sie. Lasst uns zum Auto gehen. Ich habe eine Menge Arbeit zu erledigen." Sie drehte sich um und ging in den vorderen Teil des Flugzeugs.

Anthony antwortete nicht. Julia hatte die Fähigkeit, in Sekundenschnelle umzuschalten, und Crank hatte jahrelange Erfahrung mit ihr. Anthony Walker war ein Neuling.

Zehn Minuten später saßen Julia und Crank auf dem glatten Lederrücksitz der Lincoln Limousine und Anthony auf dem Beifahrersitz. Das Auto entfernte sich leise vom Flughafen. Crank konnte die Anspannung spüren, als Julia erneut wählte.

„Marty? Ich bin's, Julia Wilson."

Crank nickte und holte sein Telefon aus seiner Tasche. Martin Barrymore war ihr Anwalt.

„Wir haben Probleme", sagte Julia. Dann begann sie von der Bombardierung des Hauses ihrer Familie zu erzählen, gefolgt von ihrem Arrest in San Francisco, der Befragung durch Wolfram Schmidt, diesem Freak vom Finanzamt, und dann die Neuigkeiten, dass das Finanzamt anscheinend ihr Büro in Boston geschlossen hatte.

Crank war Musiker. Er war der Frontsänger und Gitarrist einer der erfolgreichsten Bands der Welt. Er war technisch gesehen ein mehrfacher Multimillionär. Aber wenn es um gesetzliche oder finanzielle Dinge ging, war er überfordert. Er hatte sich, außer Julia zu unterstützen, eigentlich recht bewusst niemals wirklich für die geschäftliche Seite interessiert. Er hatte zugehört. Er wusste um all die Probleme, die sie mit Musikpiraterie hatten, die zurückgehenden Einkünfte, die falschen Merchandise-Artikel. Aber im

Endeffekt war es sein Job, Musik zu machen, und Julias, Geld zu verdienen.

Und jetzt, mitten in einer Krise?

Er fühlte sich nutzlos. Schlimmer als nutzlos. Denn er konnte nicht anders, als sich zu fragen, ob er zu Schmidt irgendetwas gesagt hatte, das ihnen diesen Ärger eingehandelt hatte.

Sie haben die Steuererklärung unterschrieben, hatte Schmidt gesagt. *Also sind Sie auch dafür verantwortlich, richtig? Erzählen Sie mir von den Aktienverkäufen.*

Ich weiß nicht, wovon Sie reden, hatte Crank geantwortet. Immer und immer wieder.

Anthony drehte sich auf dem Beifahrersitz um und sagte: „Also, Sie machen die Musik, richtig?"

„Ja", antwortete Crank. Er fühlte sich dabei in der Defensive. Hätte er sich aktiver beteiligen sollen? Julia liebte die geschäftliche Seite der Dinge. Das hatte sie schon immer getan. Aber jetzt fragte er sich, ob er sich mehr dafür hätte interessieren sollen. Mehr beteiligen. Unterstützte er sie in dem Maße, in dem sie es brauchte? Hatte seine Vernachlässigung der geschäftlichen Seite sie irgendwie in Gefahr gebracht?

„Macht es Ihnen etwas aus, wenn ich meine Leute von den Nachrichten anrufe? Irgendetwas stinkt hier."

Crank sah Anthony in die Augen. Julia hatte ihm bisher vertraut. Und er hätte nicht fragen müssen. Dieser Typ konnte anrufen, wen immer er wollte.

„Ja, tun Sie, was Sie nicht lassen können. Wie auch immer." *Wie auch imma.* Er war müde, und wenn er müde war, war sein Bostoner Akzent unheimlich auffällig. Und es war ihm auch ziemlich egal, was Anthony dachte.

Trotzdem hörte er zu, als Anthony wählte und zu sprechen begann.

„Hey, Ron? Anthony Walker. Ja, hör mal zu, ich habe eine Frage an dich. Ich sitze im Moment mit Crank und Julia Wilson im Auto... ja wirklich... Ist auch egal, sie haben ein paar Probleme mit dem Finanzamt und irgendetwas stinkt... *Was?*"

Crank erstarrte. Anthony war auf seinem Sitz zusammengezuckt, sein Rücken hatte sich bei dem Wort *Was?* versteift. Was war hier los?

Anthony hatte sein Notizbuch herausgeholt und kritzelte hinein, während er nickte. „Oh...ähm... ja... okay. Ist das nicht ziemlich schnell?"

Die Antwort war laut genug, dass Crank sie hören konnte. Der Typ am anderen Ende der Leitung sagte: „Zur Hölle, ja."

In der Zwischenzeit sagte Julia, die links von ihm saß, in ihr Telefon: „Martin, ich verstehe ja, dass sie eine Untersuchung vornehmen. Damit werden wir fertig. Aber es gibt ein Rechtsstaatsprinzip. Sie können nicht einfach kommen und meine Mitarbeiter nach Hause schicken und *alles* aus den Büros mitnehmen."

Bei der Antwort wurde ihr Gesicht ein bisschen blass. „Was?", sagte sie. Sie wartete eine Sekunde. „In Ordnung, sie können es also. Aber das *sollten* sie nicht. Und hier kommst du ins Spiel."

Sie hörte zu, ihr Gesicht sah nachdenklich aus. „Okay... ja. Ja. Okay. Und wie bezahle ich in der Zwischenzeit meine Mitarbeiter? Unsere Personalkosten betragen fünfzehntausend Dollar alle zwei Wochen."

Sie runzelte die Stirn. „Nein. Das ist nicht akzeptabel. Das kann ich ihnen nicht sagen."

Mein Gott, dachte Crank. Nichts davon ergab einen Sinn. Und mal ernsthaft? Sie bezahlten alle zwei Wochen so viel? Er wusste, dass sie ein großes Büro mit Mitarbeitern in Boston hatten – fünfundzwanzig Personen, aber das war immer noch eine ganze Menge

Geld. Er versuchte es auszurechnen und verfranste sich. Dann war er frustriert. Warum zur Hölle wusste er das alles nicht?

Er drehte sich zurück zu Anthony, der inzwischen aufgelegt hatte.

„Worum zur Hölle ging es?", fragte Crank.

Anthony sah ihn an, Überraschung in den Augen, und sagte: „Das ist viel größer, als ich dachte."

„Was meinen Sie?"

Anthony verzog das Gesicht und rieb mit seinem Daumen und Zeigefinger über seine Nasenwurzel. Dann sagte er: „Der Justizminister hat gerade angekündigt, dass ein Sonderstaatsanwalt beauftragt wurde, Richard Thompson zu untersuchen."

„*Was?*", sagten Crank und Julia gleichzeitig. Sie legte ihr Telefon auf die Seite, ohne ein weiteres Wort zu ihrem Anwalt auf der anderen Seite der Leitung zu sagen.

„Tut mir leid, Julia. Um zehn Uhr soll eine Pressekonferenz stattfinden. Aber Sie wissen ja, wie das ist – jemand hat die Story schon ausgeplaudert. Anscheinend gibt es Beweise, dass Ihr Vater mit einer Drogen-Geldwäsche-Geschichte zu tun hat."

„So ein Müll", sagte Julia.

„Tja, na ja, der Justizminister denkt nicht, dass das Müll ist. Und die Finanzbehörden anscheinend auch nicht, denn in der Pressekonferenz wird man Sie beschuldigen, die ganze Aktion gemanagt zu haben."

KAPITEL SIEBEN
Ockhams
Rasiermesser

Carrie. 2. Mai, 9.35 Uhr

„**M**ein Computer", murmelte Carrie und fügte es zur Liste hinzu, die sie auf ihrem Telefon erstellte. Ihre Liste der Dinge, die sie aus der Wohnung brauchte, sofern sie nicht als Beweismittel beschlagnahmt waren.

„Meine Gitarre", sagte Sarah.

„Klar", erwiderte Carrie. Sie schrieb sie in die Liste, dann nahm sie einen Schluck von ihrem Kaffee. Sarah saß ihr gegenüber, sie hatte es sich auf einem dick gepolsterten Stuhl bequem gemacht und die Füße auf einem weiteren Stuhl gegenüber ausgestreckt. Der Tisch bestand aus dickem Glas und ihre Beine sahen dadurch leicht bläulich aus, die dicken Narben auf der Außenseite ihres linken Beins schienen leicht verdunkelt zu sein.

Auf der anderen Seite des sparsam eingerichteten Raums ging Alex vor den Glasschiebetüren hin und her. Alle paar Minuten sah sie auf ihr Telefon. Ein paar Meter entfernt schlief Rachel in der Wiege, die jemand mitten in der Nacht aufgetrieben hatte.

Alle drei schreckten zusammen, als sie ein Klopfen an der Eingangstür hörten. Aus der Küche rief Ben Crosby, einer ihrer vielen Wachleute: „Ich gehe."

Ben war Mitte zwanzig, muskulös gebaut, hatte kurze Haare und trug mehrere Waffen. Er war ehemaliger Soldat, lustig, lächelte schnell und in seinen blauen Augen sah man Intelligenz und hin und wieder auch Gefahr. Auf eine bestimmte Art und Weise erinnerte er sie an Ray. Optimistisch. Ehrenwert. Vermutlich dem Tode geweiht. Ihr Ehemann, ihr armer, wahnsinniger Ehemann… er war in die Gerichtsverhandlung gegangen, war bereit gewesen, zu kämpfen, optimistisch, hatte irgendwie die ganze Zeit geglaubt, dass das Richtige zu tun, ihn retten würde. Er hatte niemals damit gerechnet, dass jemand die Regeln nicht beachten würde. Er hatte niemals damit gerechnet, dass ein Killer versuchen würde, sich selbst zu schützen, in dem er einen Mord beging.

Er hatte nicht mal gewusst, dass sie ein Baby bekommen würde.

Sie verbannte Ben Crosby aus ihren Gedanken. Bitterkeit über Ray erfüllte manchmal ihre Gedanken, füllte ihren Mund mit Sand. Aber trotzdem hatte sich in den letzten neun Monaten einiges geändert. Manchmal überstand sie einen ganzen Tag ohne zusammenzubrechen, ohne dass sich ihre Gedanken immer und immer wieder um das drehten, was geschehen war.

Aber sie wusste, dass sie niemals vollständig frei davon sein würde. Frei von dem Kummer, der sie immer noch übermannte, wenn sie nicht aufpasste.

Einen Augenblick später kam Crosby zurück. Bei ihm war Bear Wyden.

Alexandra erstarrte mitten im Hin- und Herlaufen, drehte sich zu Bear um und Sarah sah vom Tisch auf, hatte plötzlich Interesse in den Augen.

„Gibt es was Neues?", fragte Alexandra.

Niemand musste sie fragen, was sie meinte. Bear seufzte und sagte: „Kein Zeichen von Dylan. Aber wir haben sein Handy gefunden."

„Wo?", fragte sie.

„Ein junges Ehepaar aus Gaithersburg – sie sind letzte Nacht in Bethesda ausgegangen und haben das Verdeck ihres Cabrios offen gelassen. Anscheinend hat Dylan sein Handy auf den Rücksitz des Cabrios geworfen. Wir haben es per GPS zu ihrem Haus verfolgt."

Alexandras Gesicht verzog sich. „Es gab kein Zeichen von ihm dort? Haben Sie ihr Haus durchsucht?"

„Mrs. Paris – "

„Ich will nur wissen, ob Sie ihr Haus durchsucht haben? Wo ist das Problem – ?"

„Halt", sagte Bear. Sein Ton war hart. „Wir tun unser Bestes, um ihn zu finden, aber das hier hilft uns nicht weiter."

Sie schüttelte ihren Kopf. „So wie sie uns beschützt haben, ja?"

Carrie intervenierte: „Alexandra, das hilft uns nicht weiter."

„Hör *du* auf. Nur weil du Ray verloren hast, heißt das nicht, dass ich zulassen werde, dass mir dasselbe geschieht!"

Carrie zuckte zusammen und stand auf, ohne weiter darüber nachzudenken. Sie holte Luft, war bereit, auf Alexandras verbalen Schlag mit einer spitzen Bemerkung zu antworten, aber sie hielt sich zurück. Sie holte tief Luft und erinnerte sich daran, wie schrecklich die Stunden nach dem Unfall gewesen waren. Ray verletzt. Im OP. Sterbend.

Sie erinnerte sich an die Worte, die er ihr während ihrer schwersten Zeiten immer und immer wieder gesagt hatte. Seine Worte, die beruhigend gewesen waren, versprechend, und die am Ende falsch gewesen waren, aber es war nicht seine Schuld gewesen. Sie ging um den Tisch herum auf ihre Schwester zu, während Alexandras

Augen voller Tränen waren und sagte: „Carrie, es tut mir so leid, ich wollte nicht – "

„Es ist okay", flüsterte Carrie, sie log. Manchmal muss man lügen, um einer größeren Wahrheit zu dienen. Sie legte ihre Arme um ihre Schwester und sagte die Worte zu ihr, die Ray ihr immer gesagt hatte: „Wir stehen das gemeinsam durch. Ich verspreche es."

Bei diesen Worten wurden aus Alexandras leichten Tränen, Schluchzer. „Oh scheiße, Carrie, es tut mir leid!"

Carrie hörte Sarah hinter sich, wie sie mit Bear sprach. „Lassen Sie ihr einen Augenblick Zeit. Sie ist schon den ganzen Morgen total fertig. In ein paar Minuten wird sie sich zusammengerissen haben."

Alexandra schniefte und begann zu versuchen, sich zusammen-zureißen. Carrie nahm ihre Hand und sagte: „Komm setz dich."

Alexandra tat es und Carrie sagte zu Bear. „Kann ich Ihnen etwas zu trinken bringen? Kaffee?"

Bear schüttelte heftig seinen Kopf. „Ich hatte eine Million Tassen die Nacht über. Das ist das Letzte, das ich gerade brauchen kann."

Sarah sagte: „Sie haben nicht geschlafen?"

Er schenkte ihr einen abfälligen Blick, dann sagte er: „Ich bin gekommen, um Ihnen kurz mitzuteilen, was wir bis jetzt in Erfahrung gebracht haben, und um Ihnen noch ein paar weitere Fragen zu stellen. Danach werde ich mir ein paar Stunden Schlaf geneh-migen."

„Warten Sie", sagte Carrie. „Ich muss mich für heute Morgen entschuldigen, ich war eine ziemliche Hexe."

Er hob eine Hand, so als wolle er die Entschuldigung verhin-dern, und als hätte Rachel nur darauf gewartet an die Reihe zu kommen, gab sie ein winziges Husten von sich und begann dann zu weinen.

Carrie bewegte sich leicht, aber Sarah sprang auf. „Ich sehe nach ihr, Carrie."

„Bring sie mir einfach", flüsterte Carrie.

Sarah hob das Baby hoch und trug es sachte zu ihrer älteren Schwester. „Ich hoffe, dass der Anblick einer Frauenbrust Sie nicht beleidigt, Mr. Wyden."

Er räusperte sich, fühlte sich auf einmal unwohl und sagte: „Tun Sie, was Sie tun müssen." Trotzdem sah er zur Seite, während Carrie sich bereitmachte. Seine Augen blickten peinlicherweise irgendwo links neben sie, als er sagte: „Sie müssen sich nicht entschuldigen. Wir stehen alle unter großem Stress."

„Wie geht es Leah?", fragte sie. Das Baby hatte sich inzwischen festgesaugt. Sie legte eine Babydecke um Rachel und sah ihr in die Augen. Sie waren blassblau, suchend, ernst. Carrie fühlte sich heutzutage selten glücklich oder friedlich. Aber wenn sie ihre Tochter stillte, spürte sie zum ersten Mal in ihrem Leben die Anwesenheit Gottes in dem Band zwischen ihr und dem kleinen, hilflosen Baby. Manchmal sah sie in Rachels Augen und dann konnte sie Rays Arme fühlen, die sie von hinten umarmten. Seine Beine, die die ihren festhielten, seine Augen, während er über ihre Schulter in die Augen seiner Tochter schaute.

Ray Sherman lebte nicht mehr, aber wenn sich Carrie ihrem Baby hingab, konnte sie immer noch seinen Atem in ihrer Seele spüren. Sie wusste, dass, was auch immer geschehen würde, sie es immer würde spüren können.

Nachdem Carrie sich nun mehr oder weniger bedeckt hatte, sah Bear sie wieder an und beantwortete die Frage. Sein Gesicht war dabei überraschend emotional. „Leah wird durchkommen. Sie hat zwei Kugeln abbekommen und es stand die ganze Nacht auf Messers Schneide. Aber jetzt ist sie stabilisiert. Gary – ihr neuer Ehemann – ist bei ihr im Krankenhaus und ich werde den Vormittag mit den Kindern verbringen und hoffentlich auch ein paar Stunden Schlaf bekommen."

Was? Das ergab keinen Sinn. Außer – Moment… „Leah ist nicht etwa…"

„Meine Ex-Frau? Ja, das ist sie."

„Ich hatte keine Ahnung", sagte Carrie mit leiser Stimme. Sie beobachtete ihn. Er war erschöpft, seine Augen waren gerötet, unter ihnen hatten sich dunkle Ringe gebildet. Aber sie konnte sich das Chaos vorstellen, das er gerade durchlebte. Leah und Bear mochten geschieden sein, aber er wäre kein Mensch, wenn ihn das nicht völlig durcheinander brachte. „Es tut mir doppelt leid, wegen heute Morgen. Ich war eine wütende Zicke."

Er wedelte mit der Hand, um sie abzuweisen. „In Ordnung. Das Wichtigste zuerst, ich möchte ein paar Dinge mit Ihnen durchgehen und Ihnen ein paar Fragen stellen. Zunächst – haben Sie eine Ahnung, wo Dylan und Andrea sein könnten, außer dem, was sie in der SMS geschrieben haben? Haben sie Freunde in der Stadt? Verstecke? Bekannte?"

Alexandra schüttelte ihren Kopf. „Ich glaube nicht, dass Dylan hier irgendjemanden kennt."

„Keine alten Kumpel aus der Army?"

Alexandra schüttelte ihren Kopf „Nicht, dass ich wüsste. Die meisten…" Alex verstummte.

Carrie lehnte sich vor und sagte mit bitterer Stimme. „Die meisten von Dylans *Kumpeln aus der Army* sind tot, und die, die es nicht sind, sitzen im Gefängnis."

Bear verzog das Gesicht. „Richtig. Die Erschießung im Irak."

„Afghanistan", korrigierte Carrie.

Er nickte. „Ich werde Ihnen jetzt ein paar ganz direkte Fragen stellen. Carrie, es ist ihre Wohnung. Haben Sie eine Ahnung, wie die Drogen und das Bargeld dorthin gekommen sind?"

Carrie verzog ihren Mund ein wenig und Rachel bewegte sich und griff fest nach ihr. „Jemand hat es dort hingebracht. Ich garantiere Ihnen, dass Andrea nichts mit Drogen zu tun hat."

„Was ist mit Dylan? Soweit ich weiß, hat er nach seiner Verletzung ziemlich heftige Schmerzmittel genommen."

Alexandra sagte: „Dylan trinkt nicht mal. Und er nimmt schon gar keine Drogen." Für eine Viertelsekunde länger als notwendig, sah Carrie Sarah in die Augen. Dann schaute sie weg.

Alexandra machte sich etwas vor, wenn sie nicht wusste, dass Dylan wieder trank. Carrie hatte es in den verstohlenen Bewegungen seiner Augen gesehen, in der Anspannung in seinem Körper, wenn er in Alexandras Nähe war, am leichten Zittern seiner Hände. Und Sarahs Gesichtsausdruck nach zu urteilen, wusste sie es auch. Aber obwohl er vielleicht wieder trank, handelte er auf keinen Fall mit einer Menge Drogen. Sie wusste nicht, wo die Drogen in der Wohnung herkamen, aber auf keinen Fall von Dylan Paris.

„In Ordnung", sagte Bear. „Also sind sie nicht von Dylan und Andrea ist ja im wahrsten Sinne des Wortes gerade erst ins Land gekommen. Und wir wissen, dass sie nichts dabei hatte, denn sie wurde ja direkt entführt und ihre Sachen wurden untersucht und katalogisiert, bevor man sie ihr zurückgegeben hat. Ist sonst noch jemand in der Wohnung ein- und ausgegangen?"

Carrie zuckte mit den Schultern. „Nicht während der letzten Woche. Familie. Mein Vater. Das Kindermädchen. Und etliche Leute vom Diplomatischen Sicherheitsdienst."

„Sagt Ihnen der Name Ralph Myers was?"

Sie kannte den Namen nicht und Sarah schüttelte auch ihren Kopf. Aber Alexandra sagte etwas. „Ist das nicht einer der Männer aus Ihrem Team? Er hat mir ein paar Fragen über die Columbia-Uni gestellt. Gestern? Ich glaube ja. Es ist alles so durcheinander."

„Wo war er? Wo waren Sie?"

Alexandra schloss ihre Augen und dachte nach. „Carrie war ausgegangen, um Dad zu treffen. Andrea und Sarah waren beim Arzt. Es muss gestern gewesen sein."

„Wo war Dylan?"

„Draußen auf der Terrasse und hat ein Buch gelesen. Wir hatten… wir hatten einen Streit. Egal, Ralph sagte, er wäre im Dienst, und dass er einfach neugierig wäre, wie Dylan und ich uns kennengelernt haben. Er ist ein netter Typ."

Bear runzelte die Stirn. „Er war ein netter Typ. Jetzt ist er tot."

Carrie zuckte zusammen und für eine kurze Sekunde spürte sie Verärgerung gegen Bear. Sie wusste, dass das irrational war. Aber sie konnte sich nicht helfen.

„Haben die Angreifer ihn getötet?"

Bear schüttelte seinen Kopf. „Nein, soweit wir wissen, hat Dylan Paris das getan. Myers war einer der Angreifer."

Alexandra keuchte auf und Carries Verärgerung gegen Bear wurde zur Wut. „Mr. Wyden, könnten Sie bitte – "

„Nein. Ich muss es wissen", sagte Alexandra. „Was ist geschehen?"

Bear seufzte. „Wir versuchen immer noch, die Geschehnisse zu rekonstruieren, und über einige Dinge darf ich nicht reden. Aber soweit wir feststellen konnten, ist Andrea, als der Angriff begann, über die Balkonbrüstung geflüchtet und Dylan ist geblieben, um den Angreifern aufzulauern."

„Andrea hat *was* getan?", fragte Carrie.

„Sie hat eine Decke an die Balkonbrüstung geknotet und sie dazu benutzt, sich ins Stockwerk darunter zu schwingen, dann hat sie deren Schiebetüren zerschlagen und ist durch das 17. Stockwerk nach unten gelangt."

„Krass", murmelte Sarah.

„Was ist danach geschehen?"

„Die Angreifer haben Mick Stanton erschossen und Leah verletzt. Sobald sie am Boden lag, haben sie die Tür zur Wohnung
gestürmt. Soviel wir wissen, hat Dylan sich hinter der Tür versteckt
– er hat einen gleich dort zur Strecke gebracht und den anderen im
Wohnzimmer.“

Carrie sagte: „Er hat sie zur Strecke gebracht?“

„Der Beweislage nach zu urteilen, hat er sie mit Küchenmessern
erstochen.“

Alexandra keuchte auf und bedeckte ihren Mund.

„Danach“, sagte Bear, „ist nicht klar, was als nächstes geschah.
Er hatte Blut an seinen Schuhen – es sieht so aus, als wäre er in
Andreas Zimmer gegangen und hätte etwas von dem Bargeld mitgenommen. Wir sind immer noch dabei, die Szene zu rekonstruieren. Aber er hat das Gebäude mit dem Aufzug verlassen. Das Auto,
in das er sein Telefon geworfen hat, war in der Nähe der Metro
Station, also denken wir, dass er vielleicht diesen Weg gewählt hat,
oder aber er hat ein Taxi genommen. Wir haben Probleme, das
Überwachungsvideo der Metro Station zu analysieren.“

„Vielleicht sollten Sie ihn einfach in Ruhe lassen“, sagte Sarah.

„Sarah,“ kommentierte Alexandra. „Wir müssen ihn finden.“

„Mal ernsthaft“, antwortete Sarah. „Denk nach. Er versteckt
sich mit Andrea, weil jemand versucht, sie zu ermorden. Will das
nicht in deinen Kopf? Das Letzte, was er brauchen kann, sind die
Cops in seinem Rücken. Und mal ganz ehrlich“, sagte sie, und sah
dabei direkt zu Bear, „Sie müssen mehr Zeit darauf verwenden,
herauszufinden, wer versucht, Andrea etwas anzutun, und weniger
damit, zu versuchen, sie bei ihrer Flucht vor ihnen zu stoppen.“

Bear runzelte die Stirn. „Ich werde Ihnen gegenüber ganz offen
sein, aber das müssen Sie zu mir auch sein. Warum hat mir keine
von Ihnen gesagt, dass die Finanzbehörden gegen die Familie ermitteln? Denken Sie nicht, dass das wichtige Informationen sind?“

Carrie starrte Bear an, war total verblüfft. „Wovon reden Sie?"

„Verarschen Sie mich nicht. Das Finanzamt hat heute Morgen Julias Büro geräumt. Sie ermitteln schon eine ganze Weile."

Sie drehte sich zu Alexandra. „Weißt du etwas darüber?" Als Alexandra den Kopf schüttelte, sagte sie: „Das ist das erste Mal, dass ich davon höre. Ich habe seit Mitte letzter Nacht nicht mit Julia gesprochen. Das Letzte, das ich weiß, ist, dass sie auf dem Weg hierher ist."

Bear schüttelte seinen Kopf. „Niemand hat Sie befragt? Irgendwelche Fragen gestellt? Oder auch nur einen Brief geschickt?"

„Vom Finanzamt? Nichts."

„Ich verstehe das nicht." Bear sah wirklich ratlos aus.

„Ich auch nicht. Nur für den Fall, dass es Ihnen entgangen ist, wir standen, seit Andrea in den Staaten angekommen ist, praktisch unter Hausarrest."

Bear lehnte sich vor und sah Carrie genau an. „Schauen Sie, Carrie, ich weiß, dass Sie und ich während der letzten paar Tage nicht gerade gut miteinander ausgekommen sind. Aber Sie müssen offen und ehrlich zu mir sein. Ich weiß nicht genau, was hier vor sich geht, aber ich wette mit Ihnen, dass, sollten meine Informationen über die Finanzbehörden zutreffen, sie bald von Agenten besucht werden. FBI, Finanzbeamte und wer weiß wer noch. Sind Sie sicher, dass sie nichts davon wissen?"

Carrie sah ihm in die Augen. „Ich bin mir sicher."

„In Ordnung", sagte er. „Ich werde alles daran setzen, sicherzustellen, dass Sie in Sicherheit sind. Sie und Ihre Schwestern und Ihre Tochter. Was Sie tun müssen, ist, weiterhin mit mir zu reden. Verstehen Sie mich? Sie *müssen* mir sagen, was vor sich geht."

Carrie holte tief Luft und lehnte sich zurück. Sie sah hinauf an die Decke. Hatte sie wirklich einen guten Grund, Bear Wyden zu vertrauen? Bisher hatte ihre Erfahrung sie gelehrt, dass sie keinem

Bundesagenten trauen konnte. Sie erinnerte sich nur zu gut daran, wie sie vor einem Jahr Janice Smalls und Jared Coobs in einem Raum gegenüber gesessen hatte, während sie versucht hatten, Rays Leben zu zerstören.

Aber etwas an Bear... brachte sie dazu, ihm glauben zu wollen. Er war kein Soldat – soweit sie wusste, war er das auch niemals gewesen. Er sah Ray überhaupt nicht ähnlich. Er war ein rauer Mann, mit wenigen sozialen Feinheiten. Aber Tatsache war, dass sie ihm vertrauen *musste*.

Bevor ihr klar war, was sie tat, sagte sie: „Ich denke, es hat etwas damit zu tun, wer mein Vater ist.“

„Minister Thompson?“

„Nein“, antwortete sie. „Nein. Anscheinend, ist er... ist er nicht mein Vater.“

Bear nickte. „Das habe ich auch schon vermutet. Und er ist auch nicht Andreas Vater.“

„Das stimmt.“

„Warum denken Sie, dass es etwas damit zu tun hat?“

Carrie zuckte mit den Schultern. „Es ist offensichtlich, oder nicht? Niemals zuvor hat jemand versucht, eine von uns zu ermorden. Aber jetzt, wo wir Bluttests machen, die mit einer genetischen Erkrankung zu tun haben? Kennen Sie den Ausdruck Ockhams Rasiermesser?“

Bear schüttelte seinen Kopf „Leider nicht.“

„Im Grunde ist es ein Prinzip, das man in der Wissenschaft benutzt – kurz gesagt bedeutet es, wenn man eine Menge konkurrierender Theorien hat, ist diejenige mit den wenigsten Hypothesen, meistens die richtige. Man beginnt mit der einfachsten Erklärung und arbeitet sich dann vor.“

Er nickte. „Ja, man bringt Ermittlern das gleiche Prinzip bei. Denn es ist die Wahrheit – in neunzig Prozent aller Fälle, ist der offensichtliche Täter auch derjenige, der die Tat begangen hat."

„Aber nicht immer", sagte Alexandra.

„Nein, nicht immer."

Sarah stellte die nächste Frage. „Und was ist in diesem Fall die einfachste Erklärung?"

Bear zuckte mit den Schultern. „Richard Thompson ist nicht ihr Vater. Es ist jemand anderes. Und dieser jemand möchte nicht, dass es ans Licht kommt."

„Um dafür zu töten muss man schon ein eiskalter Bastard sein."

„Wenn Macht und Geld im Spiel sind, kann man das annehmen. Wen haben Sie in Verdacht, ihr Vater zu sein?"

„Mein Dad – scheiße...", Carrie hielt inne. „Ich habe ihn immer so genannt. Mein – was auch immer er ist – sagt, Senator Chuck Rainsley ist mein leiblicher Vater. Ich habe später, heute Vormittag, einen Termin bei ihm. Oder besser gesagt, hatten Andrea und ich einen."

„Ich werde Sie hinfahren", sagte Bear und seufzte dabei. „Ich werde heute Nachmittag zu den Kindern gehen."

Carrie seufzte. „Danke."

„Es gibt noch etwas, das sie bedenken müssen, Carrie."

„Ja?"

„Wer auch immer versucht, Andrea etwas anzutun – wenn der Grund dafür ihre Eltern sind – dann müssen wir uns auch um Ihre Sicherheit Sorgen machen. Und Rachels."

KAPITEL ACHT
Öffnen Sie. Polizei

Andrea. 2. Mai, 10.15 Uhr

Das rhythmische Schlagen des Bettrückenteils gegen die Wand, das aus dem Zimmer nebenan zu hören war, trug nicht dazu bei, um Andrea Thompsons Frustration zu lindern, und die Tatsache, dass es die ganze Nacht immer wieder so gegangen war, auch nicht. Das Muster war klar. Es würde zwanzig Minuten dauern. Dann würde sich die Tür öffnen und sie würde Stimmen hören. Das Gebäude würde scheinbar zittern, wenn die Stahltür zugeschlagen wurde und ein paar Minuten später würde es langsam beginnen und dann immer schneller werden. Es dauerte nie länger als ein paar Minuten. Dann wurde die Tür erneut zugeschlagen. Der Fernseher, den Andrea anhatte, war nicht laut. Sie machte sich nicht die Mühe – sie müsste ihn auf volle Lautstärke stellen, um die Geräusche aus dem Nebenzimmer zu übertönen.

Es war ein paar Minuten nach zehn und es war die ganze Nacht so gegangen. Nachdem sie irgendwann in den Morgenstunden aufgehört hatte zu zählen und etwa alle vierzig Minuten aufgewacht war, stellten sich ihr immer wieder folgende Fragen: War die Frau im Zimmer nebenan eine Gefangene? Handelte man mit ihr? Oder war sie eine Gefangene ihrer eigenen Sucht? Wer konnte das schon wissen.

Was Andrea wusste, war, dass sie selbst praktisch eine Gefangene war, ein Flüchtling. Das stellte für sie und Dylan ein ethisches Problem dar. Wenn die Frau nebenan eine Gefangene war, dann sollten sie die Polizei rufen. Aber die Polizei hatte ziemlich deutlich gezeigt, dass sie nicht in der Lage war, sie zu beschützen. Und Andrea wollte nicht sterben.

Allerdings war sie im Moment sehr nervös, frustriert und verängstigt. Dylan war vor fast einer Stunde losgezogen, um Zigaretten zu kaufen und zu schauen, was er aus den Nachrichten erfahren konnte. Eine Stunde später war er immer noch nicht zurück und sie machte sich Sorgen, dass, wer auch immer hinter ihnen her war, ihn gefunden hatte. Lag er verletzt irgendwo? War er tot?

Andrea spielte ihre Zweifel und Sorgen im Kopf wieder und wieder durch, eine Endlosschleife aus Angst und Stress, ein sich wiederholender Film, der ihr immer wieder die gleichen Bilder zeigte. Haarige Brust, sein totes und geschwollenes Gesicht, als er im Auto zusammengesackt war. Der Anblick von Dylan, wie er sich darauf vorbereitete zu töten, Messer in beiden Händen, während sie über die Balkonbrüstung geklettert war. Und dann noch weiter in der Vergangenheit. Das Missfallen im Gesicht ihres Vaters. Sie erinnerte sich an die Blicke, mit denen er sie angeschaut hatte, als sie jung gewesen war, aber es hatte niemals einen Sinn ergeben. Die Blicke leichten Ekels und das komplette Desinteresse. Sie erinnerte sich an die Tränen ihrer Mutter und ihre Proteste, in denen sie gesagt hatte, dass sie sie liebten.

Warum schickst du mich dann weg? Andrea hatte die Frage einmal gestellt. Vor drei Jahren? Es war kurz vor ihrem dreizehnten Geburtstag gewesen, im Juni 2010. *Mein Geburtstag ist in drei Wochen. Warum schickst du mich weg?*

Ihre Mutter hatte geseufzt und gesagt: *Es ist das Beste, Andrea.*

Sie *hasste* ihre Mutter. Ihren Vater konnte sie verstehen – er war ein kalter Bastard, der ganz selten sein Büro verließ, um auch nur fünf Minuten mit einem seiner Kinder zu verbringen. Aber ihre Mutter? *Warum?*

Es hatte niemals einen Sinn ergeben. Bis sie herausgefunden hatte, dass Richard Thompson nicht ihr Vater war. Danach hatten seine hässlichen, starren Blicke, das Desinteresse und die Bitterkeit ihres Exils einen Sinn ergeben. Andrea war der Beweis der Untreue ihrer Mutter. Richard war ein Bastard, aber er war es aus einem bestimmten Grund. Wegen ihrer Mutter.

Andrea zuckte zusammen, als sie hörte, wie es an der Tür klopfte. Sie setzte sich auf, dann griff sie nach dem langen, geriffelten Küchenmesser, das Dylan ihr dagelassen hatte. Sie antwortete nicht.

Er klopfte erneut.

Sie verspannte sich. Dylan sollte sich, wenn er zurückkam, stimmlich zu erkennen geben. Also wer zur Hölle war an der Tür?

Sie rutschte vom Bett, auf dem sie gesessen hatte, und ging langsam und geduckt zur Tür. Die blickdichten Gardinen waren nicht effektiv, leichtes Licht kam an allen Seiten hindurch, aber sie waren dicht genug, um zu verhindern, dass man hineinschauen konnte. Sie richtete sich langsam auf und schaute durch den Spion in der Tür.

Sie erstarrte. Draußen stand im unheimlichen Dämmerlicht der Manager des Hotels oder Rezeptionsmitarbeiter, ein älterer Inder oder Pakistani mit fast weißem Haar und Bart. Neben dem Manager stand ein gelangweilt aussehender Polizist. Der Hotelmanager sagte ein paar Worte in einer Geschwindigkeit, die es unmöglich machte, etwas zu verstehen, und dann sagte der Cop: „Nein, öffnen Sie die Tür nicht. Was ist mit der Tür nebenan. Sie sagten die Geräusche kämen von dort?"

Scheiße! Andrea dachte schnell nach. Jemand, vielleicht der Hotelmanager, hatte die Polizei benachrichtigt und dubiose Aktivitäten gemeldet? Hatte er vielleicht gemeldet, was nebenan passierte?

Dachten sie, sie hätte irgendetwas damit zu tun?

Einen Augenblick später hörte sie, wie gegen die Tür nebenan geschlagen wurde. Man hörte eine laute Stimme, die Worte waren aber unklar, dann konnte sie deutlich hören: „Öffnen Sie. Polizei."

Scheiße. Scheiße. Scheiße. Andrea lehnte sich dicht an die Gardinen. Vorsichtig darauf bedacht, sie nicht zu bewegen, schaute sie durch den Spalt zwischen der Wand und der Gardine, versuchte zu sehen, was auch immer nebenan vor sich ging.

Bewegungen. Dann ein lautes Geräusch und die Tür nebenan wurde zugeworfen. Der Cop betrat den Raum und der Manager blieb vor der Tür stehen. Laute Stimmen. Schreie. Eine Männerstimme, vielleicht der Kunde, die bettelte.

Einen Augenblick später sah sie, wie ein Mann heraus kam. Grauer Anzug, das Hemd hing ihm aus der Hose. Er ging an dem Hotelmanager vorbei, schaute zurück und dann rannte er davon.

Die Tür wurde wieder zugeworfen. Andrea begann, von der Gardine zurückzutreten, aber dann bemerkte sie, dass der Manager sich nicht bewegt hatte. Was zur Hölle ging hier vor? Er stand da, sein Rücken zeigte zur Tür nebenan, seine Hände waren auf dem Rücken verschränkt. Sein rechter Fuß wippte ein wenig. Er schwankte auf den Fußballen hin und her, drehte sich dabei leicht in Richtung Andreas Zimmer. Sie zuckte von dem Spalt zurück.

Dann wurde ihr klar, was hier genau vorging. Denn sie hörte eine Frauenstimme laut aufschreien. Laut. Jemand *hatte* die Polizei gerufen und das war das Ergebnis. Wer auch immer die arme Frau im Nebenzimmer war, der Cop hatte beschlossen, sie auch auszunutzen, anstatt ihr zu helfen.

Die Wut, die Andrea in dem Augenblick durchfuhr, war fast unkontrollierbar. Sie sank in sich zusammen, saß auf ihren Fersen und zitterte vor Ärger. Sie hielt das Messer noch kräftiger fest, wollte nichts mehr, als nach nebenan zu rennen und damit auf den Cop einzustechen, der seine Position missbrauchte.

Heiliger Gott, was konnte sie nur tun?

Und was würde passieren, wenn Dylan jetzt zurück kam? Würde sein Temperament mit ihm durchgehen? Würde er nach nebenan gehen? Würde er damit dafür sorgen, dass man sie fand?

Oder war Dylan irgendwo da draußen und trank? Sie wusste nicht viel über ihn, außer dass er ein Kriegsveteran war. Sarah hatte gesagt, dass er ein trockener Alkoholiker war, der wieder angefangen hatte zu trinken. Andrea wusste über Abhängige und Alkoholiker bescheid, und das eine, was sie wusste, war, dass man ihnen niemals trauen konnte, wenn sie nicht wirklich auf dem Weg der Heilung waren.

Das Geräusch begann erneut, das Rückenteil des Bettes, das gegen die dünne Wand des schäbigen Raums nebenan schlug, und Andrea bemerkte, dass sie keine andere Wahl hatte.

Keine.

Das Badezimmer hatte ein Fenster, aus dem sie steigen konnte. Sie stopfte ihre paar Sachen in ihre Plastiktüte, dann ging sie zum Telefon. Sie schloss ihre Augen, danach hob sie ab und wählte 9 für die Amtsleitung. Dann 911.

„Prince George's County 911, was ist Ihr Notfall?"

„Ich rufe vom Annapolis Road Motel Inn aus an. Nebenan ist eine Prostituierte und jemand hat die Polizei gerufen. Jetzt ist ein Polizist da und vögelt sie."

„Ma'am, wie lautet Ihre Zimmernummer?"

„Ich bin in 112. Sie befinden sich nebenan, die Tür rechts von meinem Zimmer. Der Polizist ist im Moment dort drinnen und vögelt sie. Hören Sie mich? Anstatt ihr zu helfen, schläft er mit ihr, während der Hotelmanager Schmiere steht."

„Wir werden sofort jemanden hinschicken, können Sie mir Ihren Namen sagen?"

„Nein. Ich muss gehen."

Andrea legte den Hörer auf und ging zur Tür. Sie schob die Kette vor und drehte am Knauf. Dann rannte sie zum hinteren Fenster. Es war schmal, aber sie sollte hindurch passen. Es war hoch über der Toilette, hatte milchiges Glas. Sie schob das Fenster auf.

Es klemmte.

Verdammt. Was hatte sie sich dabei gedacht? Sie hätte das vorher überprüfen sollen. Aber die Wut, das Pochen nebenan, das alles war zu viel gewesen. Sie zerrte erneut an dem Fenster, drückte sich dabei mit ihrem rechten Fuß an der Wand ab. Langsam spürte sie, wie es sich bewegte. Schließlich ging es mit einem plötzlichen Krachen auf und sie rutschte von der Toilette, fiel auf den Boden und schlug mit ihrem Kopf gegen die Wand. Für eine Sekunde war sie benommen.

Gott. Sie musste los. Wieder auf den Beinen reckte sie sich zum Fenster, zog sich mit beiden Armen nach oben und hindurch.

Unter ihrem Fenster war die Ladefläche eines weißen, dreckigen Kleintransporters. Sie ließ ihren Körper durch das Fenster gleiten, hielt sich mit beiden Armen fest, drehte sich und landete mit den Füßen zuerst auf dem Transporter. Er war in der dreckigen Gasse neben dem Motel geparkt. Ein drei Meter hoher Maschendrahtzaun, an dem Büsche und Unkraut wuchsen, war ein paar Meter von der Rückwand des Motels entfernt. Dazwischen war ausgewaschener Asphalt mit einer Menge Schlaglöcher. Tümpel aus dreckig aussehendem Wasser bildeten sich in den Schlaglöchern.

Andrea sprang von der Ladefläche des Transporters auf den Boden. In der Gasse lagen zerdrückte Bierdosen und Kondompackungen. Sie rannte zum Ende der Gasse und kam dann langsam vom hinteren Teil des Hauses hervor. Das Motel, ein graues Gebäude, das aussah, als wäre es seit den 1990ern nicht renoviert worden, lag an der Ecke einer zweispurigen Straße zu einem größeren sechsspurigen Highway. An der Annapolis Road lagen auf beiden Seiten Fast Food Restaurants, kleinere Geschäfte, Pfand- und Leihhäuser.

Sie ging mit aufrechtem Rücken über die zweispurige Straße und setzte sich an die Bushaltestelle. Dylan würde bald zurück sein – sie konnte von hier aus nach ihm Ausschau halten.

Inzwischen standen drei Polizeiautos mit angeschaltetem Blaulicht vor dem schäbigen, kleinen Motel. Von hier aus konnte sie nicht sehen, was geschah. Aber sie wusste, dass sie nicht dort drüben sein wollte.

Da war Dylan. Er ging die Straße entlang auf sie zu, über seiner Schulter hing ein neuer Rucksack und in der Hand hatte er eine große Einkaufstasche. Seine Augen schauten schnell von ihr zum Hotel und wieder zu ihr. Sein Gesichtsausdruck änderte sich nicht. Die Polizei vor der Tür sagte alles.

Er setzte sich neben sie an die Bushaltestelle und zündete sich eine Zigarette an. „Was ist geschehen?"

Mit so wenig Worten wie möglich, erklärte sie die Situation. Als sie erzählte, wie der Polizist die Frau im Nebenzimmer ausgenutzt hatte, ballten sich seine Hände zu Fäusten.

„Du hast das Richtige getan", sagte er schließlich.

„Wir müssen uns einen anderen Ort zum Übernachten suchen."

„Ja. Hier, ich habe dir etwas zum Anziehen gekauft. Ich hoffe sie passen. Eine Jacke, eine Jeans. Schuhe in Größe 39. Ich habe mir überlegt, dass wir die Bibliothek besuchen und ins Internet gehen. Ich möchte Alex kontaktieren, danach müssen wir wieder untertauchen."

Andrea nickte. „Okay, Dylan. Das klingt nach einem guten Plan. Aber irgendwann zwischendurch müssen wir die Flucht unterbrechen. Ich will wissen, wer mein Vater ist und warum das alles geschieht."

„Ja, ich auch", sagte er.

Sie standen auf, als ein Bus näherkam. „Lass uns diesen nehmen", sagte er. „Wenn er zum Bahnhof fährt, können wir von dort aus weiterfahren."

Sie nickte und sie warteten am Straßenrand, während der Bus anhielt.

Andrea schaute über ihre Schulter zu dem Motel. Ein Krankenwagen war davor eingetroffen und eine junge Frau wurde von zwei Polizistinnen zu ihm geführt. Sie hatte ein blaues Auge.

Der inzwischen nicht mehr gelangweilte Polizist hatte Handschellen an und wurde von zwei seiner Kollegen zu einem Auto geführt. Andrea grinste und lächelte zufrieden, dann stieg sie in den Bus.

Adelina. 2. Mai, 6.55 Uhr Westküstenzeit

„Wir müssen los, Jessica. Lass uns dich anziehen und dann kannst du im Auto weiterschlafen, okay?"

Adelina spürte, wie ihre Augen vor Frust feucht wurden, als sie Jessica schließlich hochzog, dann an ihren Beinen zerrte, bis sie über der Bettkante baumelten.

„Mmmm, mir geht's gut", murmelte Jessica.

Die Anstrengung war im Gegenteil schlimmer als in den ersten Tagen, nachdem sie im Kloster angekommen waren. Schwester Kiara hatte das deutlich gesagt. Zehn bis zwölf Tage, in denen

Jessica nicht viel mehr als schlafen und essen würde. Sechs Monate, in denen sie teilnahmslos sein würde. Erhöhte Gefahr von Herzproblemen, Schlaganfällen oder Hirnblutungen aufgrund der Schädigung der Blutgefäße.

Die meisten Meth-Abhängigen werden rückfällig, Adelina. Sie wird sehr viel Pflege und Aufmerksamkeit benötigen.

Im Moment sackte Jessica in sich zusammen. Zumindest rollte sie sich nicht wieder ein. Bald würde die Sonne aufgehen und sie wollte in den nächsten paar Minuten von hier verschwinden. Sie konnte nicht darauf vertrauen, dass der Manager des Campingplatzes sein Versprechen halten würde. Vielleicht würde er bemerken, dass er Flüchtlinge auf seinem Grundstück hatte. Er könnte die Polizei rufen, in der Hoffnung, dass er eine Belohnung bekommen würde. Er könnte *alles Mögliche* tun und sie war nicht gewillt, das Risiko einzugehen.

Andererseits würde sie ihre Tochter nicht mit dem Aussehen auf die Straße lassen. Jessicas Gesicht war verschmiert, es sah aus, als wäre es voller Dreck. Ihr T-Shirt war zerknautscht und dreckig, was vermutlich okay war – sie war immerhin ein Teenager – aber ihre Haare sahen auch aus wie ein Vogelnest.

„Halt still", sagte Adelina. Und im dämmrigen Licht der Hütte in einem Wald im nördlichen Kalifornien begann sie, die Haare ihrer Tochter zu kämmen.

„Ist ja gut... halt...", sagte Jessica und schob Adelinas Hand mit der Bürste weg.

„Schhhh", erwiderte Adelina. Sie hob die Brüste wieder hoch und kämmte weiter. Jessicas Haare waren schon immer heller als die ihres Zwillings gewesen, braun wie Alexandras – und Richards. Sie konnte seine Züge deutlich in Jessicas Gesicht erkennen. Das kantige weibliche Kinn, die vollen, fast sinnlichen Augenbrauen. Richard war immerhin ein gut aussehender Bastard.

Natürlich war das einer der traurigsten Teile ihrer Ehe. Es war nicht so, als hätte er nicht auch andere Frauen haben können. Dreißig Jahre lang hatte sie dabei zugesehen, wie sich eine ganze Parade unglücklicher Frauen in seine Arme geworfen haben, obwohl es weniger geworden waren, nachdem sie älter wurden. Es war ihr immer egal gewesen. Wenn er mit jemand anderem beschäftigt war, dann war es eher unwahrscheinlich, dass er sie belästigen würde.

Im Moment war Richard nicht ihr Problem. Jessica, ihre achtzehnjährige Tochter, war es. Jessica lehnte sich jetzt vor, ihre Augenlider waren schwer und Adelina sagte: „Komm schon, Jessica, setz dich auf. Bald werden wir im Auto sitzen."

Ein paar weitere Striche mit der Bürste und Jessicas Haar war zumindest etwas glatter. Nicht schön, denn jedes Mal, wenn man es berührte, fielen ein paar Haare aus. Es war um einiges dünner, als noch vor ein paar Monaten. Ihr ganzer Körper war dünner. Wieder einmal durchfuhr Adelina Wut auf ihren Ehemann. Er war mit Jessica in Kalifornien gewesen, als Jessica vor Kummer und Abhängigkeit zusammengebrochen war.

Während Jessica mit Leuten aus ihrer Schule auf Partys gegangen war, war Richard schwer damit beschäftigt gewesen, in seinem Büro Gott-weiß-was zu tun. Adelina hatte ihm niemals vertraut. Sie hatte ihn niemals geliebt. Er war niemals auf eine Weise, die etwas bedeutete, ihr *Ehemann* gewesen. Aber sie hatte geglaubt, dass er sich um seine eigene Tochter kümmern würde, während sie in Washington geblieben war, um mit bei den Auswirkungen von Rays Ermordung und Sarahs Verletzungen zu helfen.

Stattdessen hatte er sie sich selbst überlassen. Sie hatte ihr Zeugnis selbst unterschrieben und Nachrichten auf dem Anrufbeantworter gelöscht, auf denen ihre Abwesenheit in der Schule dokumentiert worden waren. Während er sich in seinem Büro eingeschlossen hatte, und getan hatte, was zur Hölle es auch war, was er dort tat, hatte Jessica ihren Notfallgroschen in bar gefunden – zehntausend Dollar, die auf dem Dachboden in einer Stahlschachtel aufbewahrt wurde – und alles komplett ausgegeben.

Während er sich in seinem Büro eingeschlossen hatte, war Jessica eine Sklavin geworden. Dafür hatte eine einzige Nacht auf einer Party ausgereicht.

Miriam hat gesagt, dass es okay wäre, Mom, hatte Jessica ihr gesagt, während ihr Tränen übers Gesicht gelaufen waren. *Sie hat gesagt, es würde nicht abhängig machen. Ich wusste nicht, dass es Meth war.*

Es war zu spät. Als Adelina von Washington nach Hause gekommen war, hatte sie gewusst, dass es Probleme gab, aber nicht, wie ernst sie waren. Sie hatte gewusst, dass Jessica beängstigend abgenommen hatte, aber für kurze Zeit waren ihre Noten wieder normal gewesen. Januar und Februar waren vorüber gegangen, während Jessica zu wöchentlichen Therapiestunden gegangen war. Adelina hatte begonnen zu glauben, dass sie zu Hause und frei waren, bis Jessica sich zwei Tage vor ihrem achtzehnten Geburtstag an einem Freitagabend im April rausgeschlichen hatte. Sie war mit zerrissener Kleidung, dreckig und einem Bluterguss im Gesicht nach Hause gekommen.

Notaufnahme. Stundenlanges Warten. Lange Diskussionen mit den Ärzten und Therapeuten.

Dann die schlechten Nachrichten. Während der nächsten drei Wochen waren alle Betten ausgebucht.

Schließlich hatte Adelina eine Entscheidung getroffen. Sie hatte Vorbereitungen getroffen, Jessica zu einem privaten, katholischen Rückzugsort zu bringen, der mitten in den Redwoods lag und einen Arzt und eine Krankenschwester engagiert, um Jessica während der schlimmsten Entzugserscheinungen zu helfen.

„Wir haben es fast", flüsterte Adelina, während sie Jessicas Haar fertig bürstete. Sie hatte nicht bemerkt, dass ihr dabei Tränen über das Gesicht liefen. Fast schon wütend auf sich selbst, wischte sie die Tränen fort und zog Jessica zu sich.

„Können wir was frühstücken?", nuschelte Jessica.

„Ja. Lass uns gehen", sagte Adelina.

Sie nahm die Hand ihrer Tochter und sie verließen die Hütte. Die Sonne war noch nicht ganz aufgegangen, aber fast. Der Himmel schimmerte leuchtend rot und orange hinter den Bäumen. Adelina führte Jessica zum Auto, ging herum zur Fahrerseite und stieg ein. Nachdem sie sich angeschnallt hatten, fuhr sie langsam zum Ausgang des Campingplatzes.

Adelina schauderte, als sie den alten Mann sah, der den Platz managte. Er stand außerhalb der Hütte am Eingang, hatte ein schmuddeliges T-Shirt an und einen argwöhnischen Gesichtsausdruck. Sie war dankbar, dass er sie hatte übernachten lassen, aber sie machte sich auch Sorgen, wie es weitergehen sollte. Während sie den Campingplatz verließ, grübelte sie über sein argwöhnisches Benehmen nach, dann fuhr sie abrupt rechts ran.

„Was ist los?", lallte Jessica. Sie hielt sich eine Hand an die Stirn und hatte einen schmerzvollen Gesichtsausdruck.

„Mach dir keine Sorgen", sagte Adelina. Nur, dass *sie* sich schon Sorgen machte. Sie stieg aus dem Auto und ging einmal herum. Es war ein grüner Dodge Caravan und er sah nicht viel anders aus, als Millionen anderer Minivans auf der Straße. Schlammspritzer am Heck ließen erkennen, dass sie in der Nähe des Campingplatzes gewesen waren. Adelina ging hinüber auf die andere Seite der Straße. Dicker Matsch. Sie hob zwei Fäuste davon auf, dann warf sie sie gegen das Nummernschild und verdeckte damit drei der Buchstaben. Es war nicht genug, aber mehr würde auffällig aussehen. Sie schüttelte sich so viel Matsch wie möglich von den Händen und ging dann zurück zum Auto.

Natürlich waren ihre Hände nun immer noch voller Matsch. Sie ließ sie über das Dach gleiten, damit sie nass wurden, dann streckte sie sie ins Auto, um nach einem Taschentuch oder so etwas zu suchen. Jessica hatte große Augen, aber sie gab ihrer Mutter eine Handvoll Taschentücher.

Adelina wischte sich die Hände so gut es ging ab, dann stieg sie ein und fuhr los. Sie schaltete das Radio an, stellte einen Sender ein, der nur Nachrichten brachte. Sie musste wissen, was los war und ob es irgendeine Art von Suche nach ihnen gab.

Stimmen. Sie hörte zu, die Stimmen ergossen sich über sie, es war irgendetwas Uninteressantes. Eine gemeinsame Untersuchung des Justizministeriums und der Finanzbehörden über –

Sie zuckte in ihrem Sitz zusammen, als Jessica murmelte: „*Was?* Mach es lauter.“

Adelina griff nach dem Lautstärkeregler.

„Wir schalten zurück zu Jim Bowers von WNN News, der im Moment am Justizministerium ist. Jim, was können Sie uns sagen?“

„Hallo Bill. Na ja, was wir bisher wissen, ist, dass das Justizministerium anscheinend als Reaktion auf Informationen, die es erhalten hat, nachdem Minister Thompson als Chef des Verteidigungsministeriums nominiert wurde, eine Untersuchung eingeleitet hat. Nach Aussagen von Rory Armitage geht es um – “

„Ist das der Hauptermittler?“

„Ja, Rory Armitage wurde vom Generalstaatsanwalt zum Sonderstaatsanwalt ernannt. Er ist für die Ermittlungen verantwortlich.“

„Okay. Und Armitage meint, es gibt genug Informationen, um die Finanzbehörden einzuschalten?“

„Das ist richtig. Wir kennen keine Details, aber die Anklagen sind eindeutig. Sie werfen Richard Thompson vor, korrupt zu sein,

Fälle von Bestechung und Geldwäschereien, die bis in die 1980er zurückreichen."

„Und Crank und Julia Wilson sind irgendwie darin verwickelt?"

„Das glauben zumindest die Finanzbehörden. Und Bill, das seltsamste daran ist, dass die Kinder daran beteiligt sind. Es gibt Spekulationen, dass Thompson in Konflikt mit einem Drogen-kartell gekommen ist, denn die Wohnungen der Familie in San Francisco und in Bethesda, Maryland, wurden letzte Nacht ange-griffen. Seine Frau und zwei seiner Töchter werden im Moment vermisst und der Rest ist in Schutzgewahrsam."

„Können Sie uns etwas über die Suche nach ihnen sagen?"

Adelina holte schnell Luft. Sie sah hinüber zu Jessica, die ein-fach nur dasaß, große Augen hatte und verwirrt aussah.

„Ich kenne keine Details, Bill. Ich weiß, dass im ganzen Land nach ihnen gesucht wird und für Andrea Thompson, weil sie erst sechzehn ist, zusätzlich noch eine Vermisstenanzeige ausgegeben wurde. Ich denke nicht, dass das FBI große Hoffnung hat, sie alle zu finden."

Adelina seufzte. Landesweite Suche. Sie musste sehr vorsichtig sein. Die Polizei würde überall nach ihr suchen. Sie musste einen Stopp einlegen. Ihre Haare färben oder bleichen, alles dafür tun, um ihr Aussehen zu ändern, bevor die Meldungen so weit verbrei-tet waren, dass die Leute sie erkennen würden.

Verdammt.

„Mom?", sagte Jessica mit zitternder Stimme.

„Ja, Schätzchen?"

„Was zur Hölle geht hier vor?"

Adelina seufzte. Es war eine lange, schmerzvolle Geschichte. Es war eine Geschichte, die keines ihrer Kinder kannte. Es war eine hässliche Geschichte. Alles über ihr Leben war eine Lüge gewesen. Aber war es nicht endlich an der Zeit, die Wahrheit zu sagen?

KAPITEL NEUN
Adelinas Tochter

Carrie. 2. Mai, 10.45 Uhr

Bear hielt das Lenkrad fest und sagte: „Haben Sie Senator Rainsley schon mal getroffen?" Sein Gesichtsausdruck war ernst. Bevor sie das Safehouse verlassen hatten, hatte er drei Tassen Kaffee getrunken und erklärt, dass er die ganze Nacht wach gewesen war. Zuvor hatte er gesagt, dass er nach Hause fahren würde, aber nach einem kurzen Telefongespräch hatte er es sich anders überlegt.

Carrie, die ein einfaches, aber elegantes Kostüm anhatte, sagte: „Ich denke nicht. Er und mein Vater waren viele Jahre lang politische Gegner. Ich kann mich daran erinnern, dass sein Name wie ein Fluch ausgesprochen wurde."

„Interessant", sagte Bear. „Es scheint die Vermutung, dass er Ihr leiblicher Vater ist, zu verstärken. Allerdings war das eine sehr lang andauernde Affäre. Wann sind Sie geboren, 1988?"

„Schmeicheleien nützen hier nichts. Ich bin im Januar 1985 geboren worden."

„Okay. Diese Affäre dauerte also mindestens von März oder April 1984 bis… 1996?"

„Sie muss ein paar Unterbrechungen gehabt haben. Meine Eltern waren während dieser Jahre in verschiedenen Städten stationiert. Washington, Brüssel, Peking."

Bear nickte. „Das ergibt ein bisschen mehr Sinn. Also, sie hat Rainsley irgendwann im Jahre 1984 in DC kennengelernt. Sie hatten eine Affäre. Dann trifft sie ihn Jahre später wieder. Wo waren Ihre Eltern 1996?"

„China."

„Rainsley war zu diesem Zeitpunkt im Senat. Es sollte ziemlich einfach sein, herauszubekommen, ob er zu der Zeit irgendwann in China war."

„Mein Dad hat das gesagt... *scheiße!*" Plötzlich waren Carries Augen voller Tränen. Ihr *Dad*. Wenn sie daran dachte, dass der Mann, den sie immer für ihren Vater gehalten hatte, nicht ihr Vater war, fühlte sie sich manchmal, als hätte ihr jemand ins Gesicht geschlagen. Und es war nicht nur die Tatsache, dass er es nicht war – es war auch die Tatsache, dass beide Elternteile sie angelogen hatten.

Warum? Wenn ihre Mutter Richard Thompson nicht geliebt hatte, warum hatte sie ihn dann nicht verlassen? Warum diese Heuchelei? Es war klar, dass ihre Mutter niemals glücklich gewesen war. Sie hatte Depressionen, Angstzustände und Gott weiß was sonst noch, und sie hatte das jahrelang an ihren Töchtern ausgelassen.

Sie seufzte. „Julia sagte, sie hätte Neuigkeiten, die damit zusammenhängen, und die sie in San Francisco gefunden hat. Aber sie wollte am Telefon nicht darüber sprechen und bat darum, zu warten, bis wir uns persönlich treffen."

„Sie ist auf dem Weg nach DC?"

„Ja. Das letzte Mal, als ich mit ihr gesprochen habe, steckte sie im Verkehr in der Nähe von Fredericksburg fest."

„Gott", sagte Bear. „Dann werden wir sie nachher treffen."

Carrie seufzte. „Keine Neuigkeiten über Andrea? Oder meine Mutter?"

Bear schüttelte seinen Kopf. „Nein. Wir haben für beide Vermisstenanzeigen herausgegeben. Die Polizei in beiden Staaten hat Fotos und Informationen. Aber im Moment wissen wir nichts Genaues."

„Und was wissen Sie über Rory Armitage?"

„Armitage? Er ist der Sonderermittler für Ihren Vater – den Verteidigungsminister."

„Es scheint, als ob das alles sehr schnell geschieht. Ich meine – Sie wissen ein wenig darüber, was mit meinem Ehemann, Ray, geschehen ist, richtig?"

„Ein bisschen. Ich habe in den Zeitungen darüber gelesen."

Die Erwähnung der Zeitungen führte dazu, dass sich ihr Magen verkrampfte. Sie und Ray waren von den Zeitungen durch den Dreck gezogen worden. „Alles, was in den Zeitungen stand, ist falsch", antwortete sie scharf.

„Okay, dann erzählen Sie mir, was passiert ist."

Carrie schluckte. „Eine Einheit der Army ist ausgerastet. Sie hatten viele Verluste, dann ist der Sergeant der Einheit durchgedreht und hat ein Zivilistenkind erschossen. Ray hat das etliche Monate später gemeldet und sein Sergeant hat im Gegenzug behauptet, dass Ray der Schütze gewesen war. Sie haben ihn vor Gericht gestellt."

„Und er wurde ermordet", sagte Bear.

Das Wort tat immer weh. Es war hässlich und nackt und die Wahrheit. Es sagte nichts und es sagte alles. „Das stimmt", sagte sie. „Von einem seiner Kameraden."

„Gott", sagte Bear.

„Wie auch immer", sagte sie. „Sie müssen verstehen. Ich habe bereits meine verwandte Seele verloren. Meinen Ehemann. Und… alles, was ich habe, ist meine Familie. Meine Schwestern. Meine Tochter. Verstehen Sie? So viel kann ich Ihnen sagen: Andrea hat nichts mit Geldwäscherei oder Drogen oder sonst etwas zu schaffen. Und Julia auch nicht. Was auch immer dieser Ermittler macht, es stinkt zum Himmel."

Bear antwortete nicht. Er hielt seine Augen auf den Verkehr gerichtet, während sie sich der Stadt näherten.

„Warum antworten Sie nicht?", fragte sie. „Denken Sie, dass sie schuldig sind?"

Bear zuckte mit den Schultern. „Ich habe nicht genug Beweise, um eine Meinung zu haben. Ich weiß, dass Ihre Schwester zwei erfahrene Killer mit ihren bloßen Händen zur Strecke gebracht hat. Ich weiß, dass sie Drogen und Geld in ihrem Zimmer gefunden haben. Eine *große* Menge von beidem. Ich weiß, dass meine Ex-Frau beim Versuch sie zu beschützen, niedergeschossen wurde, und anstatt sich zu melden und sich in Sicherheit zu bringen, ist Andrea verschwunden."

„Wären *Sie* das nicht auch? Es ist ja nicht so, als hätte sie keinen Grund zu verschwinden. Drei Angriffe, Bear. Drei. In weniger, als einer Woche. Die einzige Erklärung ist, dass *Sie* sie nicht beschützen können. Vor allem, da zumindest einer Ihrer Leute darin verwickelt war."

Bear nickte. „Ja. Ja, gutes Argument. Und darum bringe ich Sie zu Senator Rainsley. Weil das alles überhaupt keinen Sinn ergibt."

Bear fuhr zu schnell für die nassen Straßen, während er durch Arlington auf die I-66 raste. Die Geschwindigkeit kam Carrie wie der Tod vor und schließlich sagte sie. „Fahren Sie langsamer. Meine Tochter hat bereits ein Elternteil verloren."

Er verlangsamte das Tempo.

Der Verkehr wurde in der Nähe der Roosevelt Brücke dichter. Und schon bald schlichen sie nur noch, umgeben von Autos. Der Potomac Fluss lag gegenüber, vor ihnen das Kennedy Center, das Lincoln Memorial und das US Institute of Peace.

Carrie vermied diesen Teil der Stadt aus Prinzip. Sie erinnerte sich daran, als sie das letzte Mal hier gewesen war – sie war mit Dylan die 23. Straße bis zum Rand der National Mall entlang gelaufen, nur ein paar Blocks vom George Washington Universitätskrankenhaus entfernt, wo ihr Ehemann gelegen hatte. Sterbend.

Manchmal war es immer noch so nah. Der Moment, in dem die Ärzte ihr gesagt hatten, dass sie eine Entscheidung treffen musste, dass er hirntot war, dass er niemals wieder gesund werden würde, dass dort nichts anderes mehr war, als eine Hülle, ein Körper, der an Lebenserhaltungssysteme angeschlossen war.

Sie sah auf den Boden des Autos und wurde still. Es war leichter, als diese Orte sehen zu müssen, die in ihr immer diese schmerzenden Erinnerungen hervorrufen würden.

Bear runzelte die Stirn und sagte: „Ist alles okay?"

Sie zuckte mit den Schultern: „Ray ist ein paar Blocks von hier gestorben. Dieser Teil der Stadt erinnert mich immer daran."

Bear seufzte. „Es tut mir leid, Carrie. Ihnen beiden ist übel mitgespielt worden."

„Sie haben ja keine Ahnung."

Sie sah von ihm weg, ließ ihr Kinn auf ihre Faust sinken und versperrte sich die Sicht auf Bear und das Außenministerium zu ihrer Linken.

Sie wusste, was Ray gesagt hätte. Immer optimistisch, immer hoffnungsvoll. *Du musst dich nur zusammenreißen, Carrie. Ich liebe dich. Du kannst das.*

Er hätte sie ermutigt. Weitermachen. Das Richtige tun. Sich um sich selbst kümmern und um ihre Schwestern und vor allem um ihre Tochter. Und das würde sie. Sie würde tun, was er gewollt hätte, denn das tat man, oder? Man riss sich zusammen und machte weiter.

„Wir sind fast da", sagte er.

Das Capitol war in Sicht, der gigantische, unumstößliche Dom mit seinen Dutzend Säulen und den Eisenstatuen, es stach auffällig gegen den grauen Himmel hervor. Das war früher einmal Carries Lieblingsstadt gewesen. Sie erinnerte sich daran, wie sie ihre ersten zwei Jahre an der High School hier verbracht hatte, bevor sie nach Moskau gezogen waren. Sie war im Sommer 2003 kurz mit Julia, Crank und Sean hier gewesen. In 2013 war sie dann schließlich hergezogen, um hier zu leben. Es war das beste und das schlimmste Jahr ihres Lebens gewesen.

Sie seufzte. Im Moment musste sie das alles zur Seite schieben. Sie musste sich daran erinnern, dass Ray Sherman nicht seufzend herum gesessen hätte. Und das würde sie auch nicht. Carrie Sherman war aus härterem Holz geschnitzt.

Sie räusperte sich und murmelte: „Tut mir leid. Ich bin jetzt soweit."

„Gut", antwortete er. „Wir werden an der Union Station parken und dann rüber laufen. Ist das okay?"

„Natürlich", sagte sie.

Sie sagten nichts, während Bear sich durch den Verkehr um das Capitol kämpfte und dann hinter dem großen marmornen Gebäude der Union Station parkte. Zwanzig Minuten später liefen sie den Gehweg entlang zum Russel Senate Bürogebäude, wo Senator Rainsley sein Büro hatte. Um sie herum waren Leute, die sich hier zu Hause fühlten: Mitarbeiter des Senats, Lobbyisten und Rechtsanwälte, Senatoren und Mitglieder des Kongresses. Menschen aus tausend verschiedenen Schichten – vom sehr gut verdienenden Lobbyisten-Rechtsanwalt bis zum Auslieferer, der einen Mindestlohn verdiente. Es war überwältigend. Sie war im Schatten des Auswärtigen Dienstes aufgewachsen; sie kannte die Gepflogenheiten der Regierung seit ihrer frühen Kindheit. Es war etwas beruhigendes daran, auf einem Gehweg entlang zu laufen, der gefüllt war mit ahnungslosen Mitarbeitern der Regierung, Menschen, die ein Ziel hatten, Menschen, die daran glaubten, dass ihr Leben etwas bedeutete.

Sie starrte hinauf, als sie das mit Stein und Marmor verzierte Russell Building erreichten. Weiße Säulen reichten bis zu den oberen Stockwerken, die Fenster dazwischen bildeten eine Reihe um den ganzen Block herum.

Es war fast einschüchternd, dachte sie, während sie durch die Sicherheitskontrolle und dann weiter zu den Aufzügen gingen. Hinter der ersten Rotunde lag ein langer Flur mit hoher Decke und beeindruckenden Marmorwänden und –böden. Das gesamte Gebäude war so angelegt, dass Besucher sich klein und unbedeutend fühlten. Und vielleicht waren sie das auch, wenn man an den Lauf der Geschichte dachte. Aber sie wusste, dass sie sich im Moment konzentrieren musste.

Bear stoppte schließlich vor dem Büro von Senator Rainsley. Ein großes Symbol, das Wappen von Texas, war neben der Tür angebracht.

„Sie sind schon mal hier gewesen", sagte sie. „Sie haben den Weg zu seinem Büro genau gekannt."

Er nickte. „Vorgestern, um genau zu sein."

Sie blinzelte. „Im Zusammenhang mit *dieser* Ermittlung?"

„Ja, das stimmt."

Sie runzelte die Stirn. „Sie sagen mir nicht alles."

„Natürlich nicht, Carrie. Ich bin der Chefermittler. Ich habe Ihnen einen Gefallen getan, indem ich Sie hergebracht habe. Ich werde Ihnen später sagen, was ich kann, aber erwarten Sie nicht, dass ich Ihnen alle Details erzählen werde."

Sie schüttelte ihren Kopf. „Ich vermute, ich sollte Ihnen danken." Stattdessen, öffnete sie die Tür und betrat das Büro.

„Dr. Carrie Sherman", sagte sie zu der etwas über zwanzigjährigen Frau hinter dem Schreibtisch. „Ich habe einen Termin mit dem Senator."

Die Frau blinzelte, war verblüfft. „Ja, Ma'am." Sie hob sofort ihr Telefon ab und sprach hinein. „Dr. Sherman ist hier, Senator."

„Ich denke, der Senator hat sie vorgewarnt, dass Sie kommen", murmelte Bear. „Ich werde hier draußen auf Sie warten, ein paar E-Mails verschicken und mich, was die Ermittlung betrifft, auf den neusten Stand bringen."

„Sie möchten nicht mit reinkommen?"

„Um Ihre Wiedervereinigung mit Ihrem lang vermissten leiblichen Vater mitzuerleben? Ich würde mir eher die Haare ausreißen. Ich wünsche Ihnen beiden viel Spaß."

Die Frau hinter dem Schreibtisch verfolgte die ganze Unterhaltung; ihre Augen wanderten zwischen den beiden hin und her, wie zwei viel zu kleine Radarteller. Carrie ignorierte sie und drehte sich in Richtung des Hauptbüros, als sich die Tür öffnete.

Ein sehr großer, durchtrainierter Mann stand in der Tür. Mit 1,98 m war er so groß wie Ray Sherman und etwas größer als Carrie. Sein Haar war stahlgrau, könnte aber früher dunkelbraun gewesen sein, so wie ihres. Seine Augen waren braun. Er sah aus, als ob er normalerweise schnell lächelte, aber im Moment lächelte er nicht. Stattdessen hatte er einen ernsten Gesichtsausdruck.

„Carrie Sherman", sagte er. „Kommen Sie herein." Er streckte einen Arm aus, um sie in das Büro zu leiten.

Sie atmete aus, bemerkte plötzlich, dass sie zehn oder mehr Herzschläge lang die Luft angehalten hatte. Sie trat vor in das Büro, ihre Augen schauten sich schnell um. Eine Wand war bedeckt mit Erinnerungen. Senator Rainsley in einer Basketball-Uniform, an Deck auf einem Flugzeugträger, in der Uniform eines Marine Corp Obersts.

Ein Foto erregte ihre Aufmerksamkeit. Rainsley stand im Regen auf einem Podium, die Gründergesellschaft der Rice Universität war hinter ihm gut sichtbar.

„Ich habe meinen Doktor an der Rice Uni gemacht", sagte sie.

„Sie sind also Adelinas Tochter", sagte er mit leiser Stimme.

Sie drehte sich zu ihm um. Sein Gesichtsausdruck war nicht deutbar, aber er war auch nicht so, wie sie erwartet hatte. Er zeigte keine Angst, als hätte er Bedenken, dass eine fünfzehn Jahre währende Affäre aufgedeckt werden könnte, oder als ob sie versuchen würde, ihn zu erpressen oder Geld zu verlangen. Er sah auch nicht aus, als würde er eine lang verlorene Tochter willkommen heißen. Sie wusste nicht, was sein Gesichtsausdruck bedeutete.

„Sie sind also mein Vater", sagte sie.

Seine Augenbrauen zogen sich zusammen. „Haben Sie das mit Ihrer Mutter besprochen?"

„Sie wird vermisst."

Endlich ein Gesichtsausdruck. Rainsley war total verblüfft. „Vermisst?"

„Ja. Das letzte Mal, dass sie gesehen wurde, war, als sie zusammen mit einer meiner jüngeren Schwestern letzten Nachmittag ein katholisches Kloster verlassen hat. Dann haben sie und Jessica uns angerufen und uns gesagt, wir sollten flüchten. Ich habe keine Ahnung, warum, und ich weiß auch nicht, ob sie noch lebt oder tot ist." Carries Stimme war voller Emotionen, als sie sprach.

„Gott", sagte er. „Ich hatte keine Ahnung."

„Sie sollten die Zeitung lesen", sagte Carrie.

Rainsley sagte: „Ich wusste von dem Angriff auf Ihre Wohnung. Aber ich war den ganzen Morgen in Besprechungen. Wie sie vielleicht wissen, oder auch nicht, gab es gestern nicht nur einen Angriff auf Sie. Der Chef des Britischen Geheimdienstes ist gestern zur gleichen Zeit attackiert worden."

Sie hob ihre Augenbrauen, dann zuckte sie mit den Schultern. „Ich kann mir nicht vorstellen, was das mit mir zu tun haben soll. Aber nachdem, was... was der *Mann meiner Mutter* gesagt hat, haben Sie einiges zu erklären."

„Ich bin nicht Ihr Vater, Carrie."

Carrie strauchelte ein wenig.

Er streckte seine Hand aus und griff nach ihrem Arm. „Kommen Sie. Setzen Sie sich."

Das tat sie, sie sank auf eine große Ledercouch. Er setzte sich auf einen Sessel, der daneben stand.

„Ich glaube Ihnen nicht", sagte sie. „Sehen Sie sich doch an."

Er seufzte. „Glauben Sie mir. Ich werde gerne einen vertraulichen DNA- oder Bluttest machen, oder was auch immer Sie möchten, um es zu beweisen."

„Und meine Schwester Andrea?"

„Ihre Mutter und ich hatten niemals etwas miteinander, Carrie."

„Warum denkt dann mein Vater, dass es so war?"

Rainsley seufzte. Dann sah er sie an und sagte: „Sind Sie sicher, dass Sie in dieses Wespennest stechen möchten?"

Carrie lachte, war ein bisschen hysterisch. „Sie machen sich über mich lustig, ja? Haben Sie mich das wirklich gerade gefragt?"

Er kicherte. „Ich denke, Sie wollen mir sagen, dass der Zug bereits abgefahren ist."

„Es ist nur... wenn Sie nicht mein Vater sind, warum hat dann... der *Verteidigungsminister*... warum hat er gesagt, Sie wären es? Wenn Sie es nicht sind... wer ist es dann?"

Rainsley stand auf, streckte seinen langen, schlaksigen Körper. „Okay, zunächst einmal muss ich Ihnen sagen, dass ich nicht alle Details kenne."

Carrie verschränkte ihre Arme vor der Brust und hob eine Augenbraue.

„Gut", sagte er verteidigend. „Ich werde Ihnen alles sagen, was ich kann. Ihre Mutter und ich kennen uns seit... oh... 1984 oder so. Sie war gerade erst nach Washington gezogen und Ihr Vater – Richard Thompson – war gerade von seinem Einsatz in Afghanistan zurückgekommen."

„Er war niemals in Afghanistan stationiert. In den 1980er hatten wir dort keine Botschaft."

„Eigentlich verstoße ich gegen das Gesetz, in dem ich Ihnen das sage. Aber Richard Thompson war ein verdeckter Agent der CIA und er hat seine gesamte berufliche Laufbahn getarnt als Diplomat verbracht. Er hatte eine zentrale Stellung bei der Bewaffnung des afghanischen Widerstandes in den frühen 1980ern."

Carrie versteifte sich. „Das ist das Verrückteste, das ich jemals gehört habe."

„Es ist wahr. Wollen Sie die Geschichte hören oder wollen Sie mit mir diskutieren?"

Sie schnaubte. „Wenn Sie unbedingt ihr Büro mit Mist füllen wollen, dann fahren Sie fort."

Er schüttelte seinen Kopf. „Adelina – Ihre Mutter – war wirklich wunderschön. Ich werde Sie nicht anlügen, ich war von ihr so angezogen, dass Brianna am Abend, nachdem ich sie kennengelernt hatte, sauer auf mich war. Sie war damals neunzehn, wie ich später herausgefunden habe, hat aber allen erzählt, dass sie älter wäre. Sie war geistreich und hatte eindeutig Angst vor Richard. Einige Zeit lang, wenn Ihr Vater auf Reisen war – was oft der Fall war – hat sie viel Zeit mit Brianna verbracht. Sie sind enge Freunde geworden – so nah, wie es mit Adelina möglich ist."

„Moment mal", sagte Carrie. „Was meinen Sie mit... neunzehn... im Jahre 1984?" Sie schüttelte ihren Kopf. „Das ist nicht möglich. Julia ist 1981 geboren worden."

„Das ist interessant, nicht war? Richard Thompson war in diesem Jahr in Spanien eingesetzt – das Jahr, in dem es einen Putschversuch gegeben hat. Er heiratet eine eindeutig schwangere Sechzehnjährige, verfrachtet sie in die Staaten und verschwindet dann in einen Einsatz im Hinterland von Zentralasien."

„Heiliger Gott", sagte Carrie. „Er muss damals Mitte Zwanzig gewesen sein. Anfang Dreißig?"

Rainsley zuckte mit den Schultern und sank in seinen Sessel. „Ja. Sie hat mir leidgetan. Sie hatte Angst vor ihm, das stand außer Frage. Ich habe niemals Anzeichen von körperlichem Missbrauch gesehen, aber wer zur Hölle weiß das schon genau? Ihre Angst vor ihm musste einen Grund gehabt haben. Brianna hat es auch bemerkt, und bestand darauf, dass sie so oft wie möglich zu uns zu Besuch kam."

Carrie drehte sich der Magen um. Sie konnte diesen Gedanken nicht mit dem emotionslosen, kalten Mann, der sie großgezogen hatte, in Einklang bringen. Aber obwohl er zurückhaltend, kontrollierend war, hatte sie ihn niemals grausam erlebt. Sie hatte ihn immer als ihren Vater angesehen.

„Ich verstehe das nicht", sagte sie. „Nichts davon."

„Tja. Na ja... Ich werde ehrlich zu Ihnen sein. Ich hatte damals eine Mission. Ich hatte geplant, für den Senat zu kandidieren. Ich hatte dabei zugesehen, wie meine gesamte Einheit in Beirut abgeschlachtet worden war. Vor allem wegen solchen unfähigen Schreibtischhengsten in Washington wie Richard Thompson. Also tat mir seine Frau vielleicht ein bisschen zu sehr leid."

„Was ist geschehen?"

„Sie hat sich verliebt."

Carrie setzte sich gerade auf. *„Was. In Sie?"*

Er schüttelte seinen Kopf „Nein. Nicht in mich... Ich weiß nicht, in wen. Sie hat es mir niemals gesagt. Aber es war eindeutig. Sie hatte ein schönes Leuchten in ihren Augen. Und eine Menge Angst. Als sie zu uns kam – ich denke es war im Januar 1990 – sagte sie, dass sie in Gefahr schwebte. Und sie flehte mich an, dass falls Richard darauf bestand, es zu erfahren – falls er mir vorwarf, eine Affäre mit ihr zu haben, dass ich Ihr Vater wäre – dann sollte ich es zugeben."

„Warum?"

„Ich weiß es nicht. Aber ich war nicht in der Lage, nein zu sagen. Ich war nicht – schauen Sie. Ich weiß nicht, wie ich es erklären soll. Sie klang verzweifelt. Brianna und ich machten uns beide Sorgen um sie, aber sie war eindeutig nicht bereit, ihn zu verlassen. Sie hat *mich angefleht.* Und als Richard mich deswegen anrief – "

„Er hat Sie angerufen?"

„Ja. Mitte Februar 1990."

„Okay. Was war geschehen?"

„Er rief an. Er verlangte, dass ich mich von seiner Frau fernhielt. Er hat mir gedroht und er hat gedroht, ihr wehzutun. Es war eine hässliche Unterhaltung. Aber ich habe mein Versprechen gehalten."

Rainsley drehte sich um und starrte zum Fenster hinaus. Seine Schultern sackten nach unten.

Carrie flüsterte: „Haben Sie sie geliebt?"

Rainsley zuckte mit den Schultern. „Ich bin glücklich verheiratet, Carrie. Aber Brianna und ich mochten sie."

„Genug, um Ihre Karriere zu riskieren?"

Er hielt ihr den Rücken zugedreht und wedelte mit seiner Hand abwinkend durch die Luft. „Ich bin ein Marine. Dieser Senatkram ist nur Mist. Es ist wie in Rente zu sein, aber interessanter, als Golf zu spielen. Brianna war nicht glücklich darüber, aber sie verstand, dass es notwendig war."

Carrie seufzte. Dann flüsterte sie: „Ich bin froh, dass sie jemanden hatte, der sie geliebt hat."

Er drehte sich zu ihr um. „Sie hatte jemanden", sagte er. „Ich weiß nur nicht, wer es war."

„Wer weiß es?", fragte Carrie.

„Vielleicht ihr Priester? Oder Gott. Ich wünschte, ich wüsste es."

KAPITEL ZEHN
Sieh zu, dass sie den Mund hält

Adelina. 2. Mai, 9.15 Uhr Westküstenzeit

Jessica biss in ihren dritten Burrito, während Adelina vorsichtig einen Bissen von ihrem ersten nahm. „Wie kommt es, dass wir vorher niemals hier hoch gefahren sind?", fragte sie. „Es ist schön."

Sie hatte recht. Sie waren gerade über einen Fluss in Oregon gefahren und auf ihrer rechten Seite lag die Ausfahrt zum Rocky Point County Park. Den ganzen Morgen waren sie langsam die US 101 an der Küste entlang gefahren. Hin und wieder hatte man den Ozean sehen können, während sich die Straße wand und der Pazifikküste folgte. Adelina war einer Straßenkarte gefolgt, die sie an einer Tankstelle im Norden von Oakland eingesammelt hatte – ihre Handys lagen irgendwo in der San Francisco Bay. Dass Jessica es kaum bemerkt oder dagegen protestiert hatte, ihr Telefon hergeben zu müssen, war ein Zeichen dafür, wie depressiv sie war.

Der heftige Regen der letzten Nacht war vorübergezogen, der Himmel war jetzt wolkenlos und blau.

Adelina seufzte. „Das ist kompliziert."

„Das hast du auf fast jede Frage geantwortet, die ich heute Morgen gestellt habe."

Adelina seufzte. „Kann ich ehrlich zu dir sein, Jessica?"

Ihre Tochter blinzelte verwirrt. „Ich verstehe nicht."

„Du bist jetzt achtzehn Jahre alt. Ich habe schon viel länger Geheimnisse als du alt bist. Aber dieses eine – ich habe Angst, dass du ausrastest, wenn ich beginne, es dir zu erzählen. Ich habe Angst, dass du wieder anfängst, Drogen zu nehmen, wenn ich dir zu viel sage."

Jessica zuckte zusammen. Sie rollte sich ein wenig auf ihrem Sitz zusammen, zog ihre Beine an sich heran und flüsterte: „Ich vermute, das habe ich verdient."

„Das einzige, das du verdienst, ist Liebe, Jessica. Du hättest Eltern verdient… die nicht verrückt sind." Sie schüttelte ihren Kopf, versuchte die Reue, die ihren Blick benebelte, zu verscheuchen. „Es tut mir leid, dass ich dir das nicht geben konnte."

Jessica zuckte mit den Schultern und nahm erneut einen großen Bissen. Adelina hatte in ihrem ganzen Leben noch niemals jemanden so viel essen sehen. Sie hoffte, dass sie genug Geld hatte, um ihre Tochter weiterhin satt zu bekommen. Das Bargeld, das sie von der Bank abgehoben hatte, musste für einen unbestimmten Zeitraum ausreichen, aber sie gab mehr davon aus, als sie vorgesehen hatte.

Schließlich schluckte Jessica und sagte: „Sag es mir. Bitte. Es ist mir egal, wie sehr es wehtun wird. Es wird nicht so wehtun wie eine Lüge."

Adelina holte schnell Luft, versuchte die Mischung aus Kummer, Traurigkeit und in die Knie zwingende Wut im Zaun zu halten. Der Vorwurf war sehr berechtigt. Sie hatte gelogen. Sie hatte ihre Töchter belogen und auch sich selbst.

„Hör mir genau zu, Jessica. Ich weiß, du denkst, dass es nicht so wehtun wird, aber wenn ich dir die ganze Geschichte erzähle, wirst du dich fühlen, als ob jemand gestorben wäre."

Sie sah nach rechts, schaute ihrer Tochter für einen kurzen Moment in die Augen. Jessica nickte und Adelina sah wieder hinaus auf die Straße.

„Tja dann. Als erstes musst du wissen, dass alles, was du über deinen Vater und darüber, wie er mich kennengelernt hat, eine Lüge ist, gemischt mit ein bisschen Wahrheit und weiteren Lügen."

„Ich verstehe nicht."

Adelina seufzte vor Erleichterung, als sie ein Schild für einen Aussichtspunkt sah. Sie musste anhalten und diese Geschichte erzählen, wenn sie nicht fuhr. Sie schluckte, nahm die Ausfahrt und zwei Minuten später hielt sie auf einem Parkplatz an, von dem man den Ozean überblicken konnte. Unter ihnen, am unteren Ende eines steilen Hanges, lag der Ozean, der sich vor ihnen ausbreitete.

„Ich war sechzehn, als ich deinen Vater kennenlernte, nicht achtzehn."

„Oh...", sagte Jessica.

Adelina wünschte, ihr würde etwas einfallen, um den Schlag etwas abzumildern. Aber sie erkannte langsam, dass es die Geheimnisse waren, die alle ihre Töchter auf die eine oder andere Weise vergiftet hatten. Es waren die Lügen, die dafür gesorgt hatten, dass sie keine richtige Mutter gehabt hatten. Also sagte sie zum ersten Mal die unverblümte Wahrheit.

„Er hat mich vergewaltigt und geschwängert. Er hat vermutlich meinen Vater umgebracht. Er hat mich auf jeden Fall glauben lassen, dass es so war. Und dann hat meine Mutter mich dazu gezwungen, ihn zu heiraten."

Jessica saß einfach da und starrte Adelina an. Sie schüttelte leicht ihren Kopf, war benommen. „Das ist kompletter Mist", sagte sie.

„Nein, leider. Es ist die Wahrheit."

„Warum bist du bei ihm geblieben?"

„Ich saß in der Falle, Jessica. Er hat damit gedroht, mir etwas anzutun und, was noch wichtiger ist, er hat damit gedroht, Luis umzubringen."

„Deinen Bruder?"

Adelina nickte. „Luis war damals zwei Jahre alt. Und mein Vater war tot. Ich... ich konnte mich an niemanden wenden."

Plötzlich öffnete Jessica die Beifahrertür, füllte damit das Auto mit einer kalten Brise und dem Geruch des Meeres, und sprang aus dem Auto, dabei torkelte sie fast. Adelina saß einfach nur da. Sie hatte gerade ihrer zerbrechlichen Tochter gesagt, dass ihr Vater ein Vergewaltiger und Lügner war. Hätte sie das lieber für sich behalten sollen? Hätte sie ihre Geheimnisse länger bewahren sollen?

Jessica setzte sich auf die flache Steinmauer, die um den Parkplatz verlief. Sie zog ihre Beine an sich und legte ihre Arme darum, dann senkte sie ihren Kopf, sodass sie ihr Gesicht gegen ihre Knie lehnen konnte.

Adelina wollte bei dem Anblick weinen. Sie hatte so viele Jahre damit verbracht, sich und ihre Töchter zu schützen, sie hatte bei einer nach der anderen versagt. Bei jeder einzelnen ihrer Töchter.

Langsam öffnete sie die Tür des Minivans und trat heraus. Jessicas Schultern zitterten. Mit Angst in der Magengrube ging Adelina zu ihrer Tochter und setzte sich neben sie auf die Mauer.

Ohne ihren Kopf von ihren Knien zu heben, sagte Jessica: „Entweder glaube ich dir und verliere meinen Vater oder ich unterstelle, du bist verrückt, dann sitze ich mit einer Verrückten im Auto fest."

Adelina nickte langsam mit ihrem Kopf und zupfte etwas an ihren Fingerspitzen, sie wusste, dass Jessicas Vorwürfe gerechtfertigt waren.

„Unser Vater war das einzige Normale, das wir hatten, musst du wissen. Carrie hat uns aus dem Haus geschmuggelt und in den

Zoo oder den Park oder das Schwimmbad oder ins Kino oder sonst wohin mitgenommen, nur damit wir dir nicht im Weg waren. Weil du verrückt warst. Du hast immer herumgeschrien oder geweint oder bist zusammengebrochen."

Adelina schloss ihre Augen. Dann flüsterte sie: „Es stimmt. Carrie war eure Mutter, weil ich es nicht sein konnte."

„Ja, aber wer hat sich um sie gekümmert? Wer hat sich um *Julia* gekümmert?"

„Ich denke, dass Gott sie vielleicht beschützt hat", sagte Adelina. „Ich konnte es nicht. Du hast recht. Ich war im wahrsten Sinne des Wortes außer mir vor Angst. Die ganze Zeit. Es tut mir so leid, Jessica. Es tut mir leid, dass ich bei dir versagt habe."

Jessica unterdrückte ein Schluchzen. „Willst du mich verarschen?", spie sie aus. „Es tut dir *leid*? Weißt du, wie es ist, wenn man seine Freunde nicht mit nach Hause bringen kann, weil man Angst hat, dass seine Mutter ausrasten könnte? Weißt du, wie es ist, in einem Haus aufzuwachsen, in dem alle innerhalb von einer Sekunde von kalt zu hasserfüllt wechseln?"

Adelina nahm Jessicas Hände in ihre. Sie sah ihrer Tochter in die Augen und flüsterte: „Wenn ich das alles rückgängig machen könnte, ich würde es tun. Wenn ich es besser machen könnte, ich würde es tun."

Jessicas Augen wurden feucht und Tränen begannen, ihr Gesicht herunterzulaufen. „Mama", flüsterte sie und streckte ihre Arme aus.

Adelina zog ihre Tochter an sich. Jessica begann zu weinen. Erst war es ein dünnes, leises Weinen, aber bald heulte sie mit lauten Schluchzern, die aus ihrem vollen Hals kamen, ihre Schultern zitterten, ihr Gesicht lag an der Schulter ihrer Mutter vergraben. Adelina wusste, dass es nicht nur diese Eröffnung war, wegen der sie weinte. Sie weinte um ihre verlorene Liebe. Sie weinte um ihre

Zwillingsschwester, die sich tausende Kilometer entfernt immer noch von einem Unfall erholte. Sie weinte wegen all der verlorenen Momente, der Einsamkeit und der leisen Kälte in ihrem Zuhause. Sie weinte um den Vater, den sie verlor, den Vater, den sie niemals gehabt hatte.

Adelina. 12. Februar 1984

Der Wecker klingelte in einem schrillen, unangenehmen Ton und weckte Adelina abrupt. Sie rollte zur Seite, war groggy. Sie war die Nacht zweimal würgend aufgewacht. Um genauer zu sein, war es ein Traum, in dem Richard sie würgte.

Es war nicht das erste Mal, keineswegs. Aber sie hatte den Traum schon eine Weile nicht mehr gehabt. Teilweise, dachte sie, weil er seit ihrer ersten Nacht in Bethesda keinerlei Annäherungsversuche mehr gemacht hatte.

In der Nacht war er hartnäckig gewesen. Er war von Pakistan nach Hause gekommen und hatte sich darum gekümmert, eine nagelneue Wohnung in Bethesda, Maryland, gleich an der Ecke zur Metro-Station, die gerade gebaut wurde, zu kaufen.

„Die Lage wird wirklich etwas wert sein, sobald die Station eröffnet wird", hatte er gesagt, und immer wieder die Gründe heruntergeleiert, die sie nicht wirklich interessierten.

Ihr waren seine Immobilienkäufe egal. Ihr war egal, wie seine Karriere verlief. Sie hasste ihn und wie er ihr Leben zerstört hatte.

Ihr Desinteresse hatte ihn zu ihrem Feind gemacht, er hatte sich in dieser ersten Nacht an ihr vergriffen und ihr dann nicht mal gestattet, das Zimmer zu verlassen, nicht mal, als Julias Schreie aus ihrem Zimmer anzeigten, dass ihre Tochter eine nasse Windel hatte.

Adelina dankte Gott, dass sie seitdem Ruhe vor ihm hatte. Und dass er sie in dieser Nacht nicht geschwängert hatte.

Nach dieser Nacht hatten sie einen beunruhigenden Waffenstillstand erreicht. Sie hatte versprochen, ihre sozialen Verpflichtungen einwandfrei zu organisieren. Er hatte versprochen, ihr nicht wehzutun.

Es war kein Leben und sie musste eine bessere Lösung finden.

An diesem Morgen wusste sie allerdings genau, warum sie den Traum gehabt hatte. Normalerweise war der Traum formlos, und er begann immer gleich – mit Adelina, die im Übungssaal des Nationalen Jugendorchesters war. Richard kam herein, immer in der schwarzen Jeans und dem schwarzen T-Shirt, welche er an dem Tag getragen hatte, als er sie zum ersten Mal vergewaltigt hatte. Lächelnd. Bedrohlich.

Letzte Nacht war der Traum anders gewesen. Denn *er* war dort gewesen. Der lächelnde, einundzwanzigjährige Prinz George-Phillip.

Sie sind eine charmante Frau, Adelina, hatte er gesagt.

Sie sind zu freundlich, hatte sie geantwortet.

Jedes Mal, wenn seine Augen über sie wanderten, spürte sie, wie sie errötete. Es war nicht so, als ob sie sich nicht auch schon vorher von jemandem begehrt gefühlt hatte. Immerhin hatte *Richard* sie begehrt. Aber dies war anders. George-Phillip war freundlich. Er war daran interessiert zu erfahren, was sie über das Nationale Jugendorchester zu sagen hatte und an ihrer Meinung über internationale Politik, damit hatte sie sich im letzten Jahr sehr viel beschäftigt. Sein ausdrucksvolles Gesicht und seine lebhaften Augenbrauen zeigten, wie genau er ihr zuhörte. Adelina hatte vielleicht die Schule abbrechen müssen, aber sie war eine intelligente Frau. Nach weniger als fünf Minuten Unterhaltung hatten George-Phillip und Oberst Rainsley das beide begriffen.

Die Unterhaltung hatte einen natürlichen Verlauf genommen, vor allem ging es um die Umstände, warum Oberst Rainsley für den Senat kandidierte.

„Das Problem war nicht, dass die Befehle falsch durchdacht waren", hatte Rainsley gesagt. „Das Problem war, dass es niemand im Weißen Haus genug gekümmert hat, die Konsequenzen zu bedenken, als man uns mit Befehlen dort stationiert hatte, die verhinderten, dass wir uns verteidigen konnten. Wussten Sie, dass das der tödlichste Tag für das Marine Corps seit der Schlacht um Iwojima war? Und die Sache ist die – das Weiße Haus konnte sich nicht dazu entschließen zu reagieren. Zu viel politisches Gerangel, also haben wir unsere Leute abgezogen, ein Kriegsschiff dafür verwendet, die falschen Leute auszubomben und es damit auf sich beruhen lassen. Jedes einzelne dieser jungen Leben war *vergeudet*."

Natürlich hatte sich die Unterhaltung um Politik und internationale Angelegenheiten gedreht. Richard war ein Beamter des auswärtigen Dienstes und zu den Gästen gehörten Leute, die zwar jetzt noch keine hohen Mitarbeiter der Regierung waren, es aber sehr wahrscheinlich eines Tages werden würden.

Adelina blieb vorsichtig. Hin und wieder wanderten Richards Augen zu ihr, und es war wichtig, den Anschein zu wahren, dass sie die Gäste nur um seinetwillen unterhielt.

In der Tat ertappte sie sich dabei, wie sie sich immer mehr zu George-Phillip hingezogen fühlte. Zunächst hatte Rainsley keine hohe Meinung von dem, was George-Phillip über irgendetwas, das mit dem Militär zu tun hatte, sagte. Das dauerte genau so lange, bis George-Phillip beschrieb, wie die Briten vor zwei Jahren die Falkland-Inseln zurückerobert hatten.

„Sie waren Teil der Landungstruppen?", fragte Rainsley mit ungläubigem Gesicht. „Sie sind zu jung."

„Ich war zu der Zeit neunzehn, Sir. Nachdem mein Vater starb, habe ich zwei Jahre in der 5. Infanteriebrigade gedient."

„Unter General Moore?"

„Ja, Sir, kennen Sie ihn?"

„Ich kenne ihn, ich war kurzzeitig im Jahre 1977 als Kontaktperson am Royal College of Defense Studies eingesetzt. General Moore war zur gleichen Zeit dort stationiert."

Adelina beobachtete George-Phillip, war fasziniert. Zunächst hatte sie ihn für einen Snob gehalten. Er mochte ja vielleicht Angehöriger des Königshauses sein, aber ein Snob. Aber anscheinend hatte er genug Rückgrat, dass er sich freiwillig für ein Infanterieregiment gemeldet und im Falkland-Krieg gekämpft hatte, obwohl er sich auch einfach hätte zurücklehnen und von seinem geerbten Reichtum hätte leben können.

Oberst Rainsley wandte seine Aufmerksamkeit von George-Phillip zu Adelina. „Wir sollten die Unterhaltung in andere Bahnen lenken", sagte er, „damit wir Adelina nicht langweilen."

Auf der anderen Seite des Tisches steckten Leslie Collins und Richard die Köpfe zusammen, sie flüsterten fast. Prinz Roshan schien genauso intensiv an ihrer Unterhaltung beteiligt zu sein, worüber sie sich auch immer unterhielten. Das bedeutete, dass Brianna Rainsley und Myriam Roshan auf den mittleren Plätzen abgehängt waren.

„Machen Sie sich keine Sorgen, dass Sie mich langweilen, Oberst, ich interessiere mich für diese Dinge. Falls jedoch Brianna und Myriam sich gerne über etwas anderes unterhalten möchten?"

George-Phillip schenkte Adelina ein warmes Lächeln, er hatte ein leichtes Zwinkern in den Augen, eine Seite seines Mundes war leicht nach oben gezogen. Adelina spürte ein tiefes Gefühl der Zufriedenheit, bei Rainsley eindeutiges Unbehagen.

Myriam Roshan ergriff die Gelegenheit, um Rainsley nach seinen Erfahrungen in Beirut zu fragen, und um sich über die Zerstörungen, die der Bürgerkrieg verursacht hatte, zu beklagen, und die Unterhaltung ging weiter.

In der Nacht träumte Adelina von George-Phillip. Träume, die sich langsam zu der gewohnten Szene entwickelten, Träume, die genauso endeten, wie immer. Mit Richards Händen um ihren Hals.

Ihre Augen öffneten sich und sie setzte sich instinktiv auf, Horror pulsierte in ihrem Hals, ihr Herz klopfte heftig in ihrer Brust. Es war vier Uhr morgens, als sie aus dem Traum aufwachte und es dauerte lange Zeit, bis sie wieder einschlafen konnte. Sie stand auf und holte sich ein Glas Wasser, dann ging sie zurück in ihr Zimmer und legte sich alleine wieder hin. Die Tür hatte sie hinter sich abgeschlossen. Als der Wecker sie um sechs Uhr weckte, fühlte sie sich ausgelaugt. Erschöpft.

Trotzdem schleppte sie sich aus dem Bett. Sie erwartete nicht, Richard zu sehen, aber sonntagmorgens ging sie zur Messe in der katholischen St. Jane Frances de Chantal Kirche an der Old Georgtown Road. Messe. Kommunion. Aber seit ihrer Ankunft in den Vereinigten Staaten hatte sie nicht mehr gebeichtet. Vielleicht bald, dachte sie. Sie sagte sich das seit dem Tag vor fast drei Jahren, als Richard in den Blumenladen ihres Vaters gekommen war. Der Tag des Putsches. Der Tag, an dem er sie vergewaltigt hatte.

Adelina verließ vorsichtig ihr Zimmer, so wie immer. Sie wusste nicht, ob Richard zu Hause war – er war es selten – aber sie wollte es nicht darauf ankommen lassen. Julia würde jeden Augenblick aufwachen. Adelina wollte vorher ein paar Minuten für sich haben. Sie ging den Flur entlang und kam auf ihrem Weg zur Küche an Richards geschlossener Tür vorbei. Zunächst war er von der Idee getrennter Zimmer nicht begeistert gewesen, aber schließlich hatte er nachgegeben, mit dem Hinweis, dass sie es niemals jemanden sagen durfte.

Die Leute werden denken, dass wir einander nicht lieben. Verheiratete Paare schlafen nicht in getrennten Zimmern.

Wir lieben uns nicht, hatte sie geantwortet. *Keine noch so große Lüge wird das ändern.*

Er hatte sie angefaucht und sie hatte ihn stehen lassen, denn sie wusste, ihn weiter gegen sich aufzubringen, war eine schlechte Idee.

In der Kaffeemaschine – der neuen, mit der eingebauten Zeitschaltuhr – stand bereits eine frisch gekochte Kanne Kaffee.

Gott sei Dank. Sie schenkte sich eine Tasse ein und fügte eine großzügige Menge Kaffeesahne und Zucker hinzu, dann ging sie in Richtung der Glasschiebetür zum Balkon. Sie kam am Kaminsims vorbei, mit seinen bizarren Dekostücken, inklusive einem riesigen Kupferkopf, von dem Richard behauptete, er hätte ihn in Indonesien gekauft. Er war schwer. Eines Tages wollte sie ihn dafür verwenden, *seinen* Kopf zu zertrümmern.

Sie trat durch die Balkontür und setzte sich auf einen der Metallstühle, die rund um den Tisch standen. Man konnte von hier aus Bethesda überblicken und auch Washington DC in der Ferne sehen. Sie ließ die Tür angelehnt – Julia würde bald aufwachen. Dies war die einzige Entschädigung dafür, dass sie nicht in San Francisco – oder zum Beispiel in Madrid oder Calella oder sonst irgendwo ohne Richard – leben konnte. Sie liebte die Aussicht von diesem Balkon, sie liebte es, hier draußen zu sitzen und Kaffee zu trinken und sich auszuruhen. Sie hatte selten die Gelegenheit, sich unbeaufsichtigt auszuruhen. Sehr selten. Sie schloss ihre Augen, lehnte ihren Kopf nach vorne und flüsterte ein Gebet.

„Mummy?"

Adelina schluckte und öffnete ihre Augen.

Julia war wach und stand in der Schiebetür. Ihr braunes Haar war zerzaust, es kringelte sich um ihren Kopf, umrahmte ihre grünen Augen, die Richards alarmierend ähnlich sahen. Sie trug ein blaues Nachthemd mit weißen Blumen darauf.

Adelina lächelte und stand auf, dann schob sie die Tür leicht zur Seite.

„Komm her, Kleines", sagte sie. Sie setzte sich und Julia krabbelte auf ihren Schoß, dann schlang sie die Arme um sie.

Adelina versteifte sich für einen Moment, dann kämpfte sie das Gefühl nieder und umarmte ihre Tochter, sie verfluchte sich. Es war nicht Julias Schuld, dass Richard... Es war einfach nicht ihre Schuld. Aber trotzdem musste sie jedes Mal ihre anfängliche Reaktion zurückdrängen. Sie musste gegen ihren Instinkt zurückzuschrecken ankämpfen, dagegen, sich niemals von irgendjemandem berühren zu lassen.

„Ich liebe dich, Kleines", flüsterte sie in Julia Ohr. Aber sie fragte sich, ob ihre Tochter sich irgendwann fragen würde, warum sie vor jeder Berührung zurückzuckte. Sie saß da, hatte ihre Arme um ihr kostbares Baby gelegt und versprach sich selbst, dass sie, egal was auch geschehen sollte, sich um das kleine Mädchen kümmern würde.

„Ich liebe dich, Mommy", sagte Julia.

Drinnen klingelte das Telefon. Adelina verspürte einen Hauch von Ärger, als sie aufstand, um ranzugehen, dabei schwang sie Julia herum, bis sie auf ihrer Hüfte saß. War es wieder die Babysitterin? Letzten Sonntag war sie spät dran gewesen und deshalb war Adelina zu spät zur Messe gekommen. Das war ein weiterer wunder Punkt mit Richard, denn er hatte darauf bestanden, dass Julia als Protestantin großgezogen wurde. Nicht, dass er sich darum gekümmert hätte, dass Julia irgendwelche religiösen Dinge lernte.

Und er war auch sonst nicht in irgendeiner Weise an seiner Tochter interessiert.

Du bist nicht mal religiös!, hatte Adelina gerufen. *Du machst das nur, um mich zu ärgern.*

Sie hatte diesen Kampf verloren, und Adelina hatte schon lange gelernt, dass sie nicht alle gewinnen *konnte*. Aber sie würde ihrer Tochter trotzdem etwas beibringen, egal was er sagte.

Adelina erreichte das Telefon und nahm ab.

„Hallo?" Während sie den Hörer hochhob, begann Julia, sich in ihren Armen zu bewegen. Adelina hielt sie gut fest.

„Mrs. Thompson? Hier ist Marcy Whitsun. Es tut mir leid, aber ich werde heute Morgen nicht rechtzeitig bei Ihnen sein können."

„Ist okay", sagte sie schnippisch. „Machen Sie sich keine Sorgen. Sie brauchen sich auch nicht darum zu kümmern, nochmal wieder zu kommen."

„Mrs. Thompson? Warten Sie, es ist nur, dass – "

„Es ist mir ziemlich egal, was es ist. Sie arbeiten seit drei Wochen für mich und dies ist das zweite Mal, dass Sie anrufen, um mir zu sagen, dass Sie sonntagmorgens zu spät oder gar nicht kommen können." Julia begann, mit den Armen um sich zu schlagen, aber Adelina hielt sie immer noch fest. Sie sprach weiter in das Telefon: „Ich habe nur begrenzte Geduld. Sie haben das Ende gerade erreicht."

Sie warf das Telefon ziemlich heftig auf die Gabel. Ungewollte Tränen traten in ihre Augen. Das einzige, das sie am Leben hielt, war die Möglichkeit, zur Messe zu gehen. Das war alles, was sie hatte. Sie *musste* dort hin. Sie brauchte die Zeit.

„Mummy?", sagte Julia. Ihre dünnen Arme wedelten wild herum. „Mummy? Mummy?"

„*Was?*", schrie Adelina.

Julias Augen sahen aus, als wären sie auf einmal doppelt so groß, während sie sich mit Tränen füllten. Ihr Gesicht begann rot zu werden, und Adelina sagte: „Es tut mir leid, Kleines, es hat nichts mit..."

Sie hatte keine Chance, den Satz zu beenden. Julias Gesicht wurde ganz rot, und sie begann zu kreischen.

„Oh, um Himmels Willen", murmelte sie. Sie ließ Julia auf den Boden gleiten, wo sich das Mädchen prompt zusammenrollte und weiterschrie. Adelina sah sich um, sie drehte ihren Kopf auf der Suche nach ihrer Tasse Kaffee, von der sie nur drei Schluck getrunken hatte, bevor Julia aufgewacht war.

Julia stieß einen spitzen Schrei aus.

Und genau in dem Moment öffnete sich Richards Tür und er schoss aus seinem Zimmer.

„Kannst du das Kind nicht beruhigen?", rief er. „Ich versuche, zu schlafen."

„Warum beruhigst du sie nicht?", schrie Adelina zurück. „Die einzige Zeit, die ich für mich habe, ist Sonntagmorgen, und jetzt verliere ich das auch noch."

Sein Gesicht wurde steif, sein Kinn bewegte sich und er streckte seine Arme aus, griff nach ihrem Gesicht und begann zu drücken. „Ich habe dir gesagt: Du. Sollst. Sie. Beruhigen. *Tu es.*"

Sein Gesicht war rot, während er die Worte aussprach, seine Zähne waren zusammengebissen und seine Augen traten leicht aus ihren Höhlen. Adelina begann zu wimmern, der Druck seiner Hände auf den Seiten ihres Gesichts tat sehr weh.

„Stopp", schrie sie.

Er ließ sie los und stupste sie weg. Adelina stolperte gegen die Wand.

Er holte Luft, seine Schultern zogen sich nach oben, und Julia stieß erneut einen spitzen Schrei aus.

Er zeigte auf sie. „Das Kind. Wenn du nicht dafür sorgst, dass sie ruhig ist, *werde ich es tun.*"

Adelina rutschte an der Wand entlang, zog sich vor ihm zurück. Seine Worte ließen sofort jedes Widerwort oder Streit versiegen. Sie musste sich nur an ihren Vater erinnern, der in einer engen Straße in Madrid von einem LKW überfahren worden war, und damit hatte er ihren Gehorsam. Sie hatte einen kleinen Bruder, den sie beschützen musste. Sie hatte eine Tochter, die sie beschützen musste. Es war egal, dass Richard Julias Vater war. Je länger sie ihn kannte, desto mehr wurde ihr klar, dass er einfach keine normalen menschlichen Gefühle hatte.

Sie kniete nieder und hob Julia hoch, die nur noch lauter schrie. „Halt dich von ihr fern."

Richard grinste sie höhnisch an. „Gerne. Ich werde jetzt wieder schlafen gehen. Wenn es sein muss, geh mit ihr raus, aber sieh zu, dass sie den Mund hält."

„Ich werde heute Morgen zur Messe gehen."

Er warf seine Hände in die Luft. „In Ordnung! Nimm sie mit zur Messe! Sieh einfach zu, dass sie den Mund hält!" Richard drehte sich um und stapfte davon, dann warf er die Tür zu seinem Zimmer hinter sich zu.

Adelina drehte sich zurück in Richtung Küche. Ihr Herz klopfte sehr schnell und sie konnte spüren, dass ihr der Schweiß auf der Stirn stand. „Beruhige dich, Julia. Beruhige dich einfach. Stör deinen Vater nicht."

Julia hickste und begann erneut, zu heulen. Adelina war verzweifelt. Sie wusste, wie man sich um Babys kümmerte – immerhin war Luis jünger als Julia jetzt gewesen, als sie Richard geheiratet hatte. Sie hatte viele Windeln gewechselt und viele Babys gefüttert und sie wusste, was sie tun musste, um Julia zu beruhigen. Aber das Schwierigste war, sich selbst zu beruhigen und Julia würde sich nicht beruhigen, bevor es ihre Mutter nicht tat. Alles, was Adelina vor ihrem inneren Auge sehen konnte, war Richard, der seine Hände um ihren Hals legte, ihr Kleid von ihr riss und den Menschen wehtat, die sie liebte.

Sie schloss ihre Augen, versuchte verzweifelt, die Wellen aus Übelkeit und Angst, die sie durchfuhren, wegzuatmen.

Schließlich begann Julia sich zu beruhigen, und sie saßen zusammen auf dem Balkon, während Adelina ihre Tochter fütterte. Die Sonne ging nun langsam auf, am Himmel sah man große Streifen aus rot und orange. Adelina wurde klar, dass sie trotz allem heute Morgen einen weiteren Sieg gegen Richard errungen hatte. Sie hatte einen wichtigen Sieg errungen, den Kampf um die Seele ihrer Tochter, den Kampf, ihrer Tochter die Kirche näherzubringen. Die Kehrseite war die blanke Erkenntnis, dass sie diesen Sieg nicht durch ihre eigenen Handlungen errungen hatte, sondern durch die ihrer Tochter.

###

Es war lange nach ein Uhr mittags, als Adelina zurück in die Wohnung kam. Julia schlief in ihrem Sportwagen – der lange Spaziergang zurück von der Kirche war friedlich gewesen. Der Himmel war ein wenig grau, aber bis sie den Nachhauseweg angetreten hatte, war es um die 15° C warm geworden.

Normalerweise ging Adelina immer zu Fuß nach Hause, egal, wie das Wetter war, aber das würde sich ändern, wenn sie Julia jede Woche mitnahm. Adelina störte es nicht, in einem Regenmantel und mit einem Schirm bei Minusgraden zu laufen, denn es gab ihr Zeit zum Nachdenken. Aber mit einer Zweijährigen ging das nicht.

Ihr Bedürfnis zu beichten war heute größer als je zuvor gewesen. Das letzte Mal, als sie zur Beichte gegangen war, war traumatisch gewesen. Sie erinnerte sich daran, wie sie in der Kirche Santa Maria in Calella gekniet hatte, ihre Mutter auf der einen Seite, der Pfarrer auf der anderen, während sie schluchzend eine Halbwahrheit herausgepresst hatte. Sie war schwanger gewesen und sie hatte den Namen des Vaters genannt – Richard Thompson. Aber sie hatte nicht erklärt, wie es dazu gekommen war, denn sie hatte zu viel Angst gehabt. Zu viel Angst, dass er ihrem Bruder etwas antun würde oder ihrer Mutter.

Vater Dennis, der Priester in St. Jane Frances de Chantal, schien ein vertrauenswürdiger Mann zu sein. Sie hatte ihn seit ihrer Ankunft in Bethesda beobachtet. Er war Anfang dreißig, hatte dunkelbraune Haare und Augen und er bewegte sich mit Achtsamkeit und Höflichkeit gegen jedermann durch die Kirche. Er hatte sich nach ihrer ersten Messe vorgestellt und seitdem zweimal gefragt, wie es ihr ging, um sicherzugehen, dass sie sich gut einlebte.

Sie hatte niemals zuvor einen Grund gehabt, einem Beichtvater zu misstrauen. Das Band zwischen einem Büßer und einem Beichtvater sollte unantastbar sein, aber sie hatte auf die harte Tour gelernt, dass nicht alle Männer in der Lage oder bereit waren, dieses heilige Band zu wahren. Nach ihrer Erfahrung in Calella musste sie sicher sein. Was würde geschehen, wenn sie Vater Dennis von der Vergewaltigung erzählte, von Richard, von den Lügen ihrer Familie gegenüber, über das alles? Sie wusste es nicht. Ein Teil von ihr hatte schreckliche Angst, dass er sie auf die gleiche Weise betrügen würde, wie der Gemeindepfarrer in Calella es getan hatte. Sie konnte sich gar nicht vorstellen, welche Konsequenzen es haben würde, wenn Richard wirklich wütend war. Wenn man zum Beispiel seine Position bedrohte. Er hatte ihr sehr deutlich gesagt, dass seine Ambitionen unermesslich groß waren, und dass sie alles dafür tun musste, um ihn dabei zu unterstützen.

Während Adelina mit dem Aufzug nach oben fuhr, spürte sie es mehr als sie es sah, dass Julia begann, sich zu bewegen. Adelina summte ein leises Lied und hoffte, dass sie solange schlafen würde, dass sie auch ein Nickerchen machen konnte. Sie entschied sich dazu, die Chance zu ergreifen. Nächstes Wochenende würde sie zur Beichte gehen. Ihre Seele war wichtiger, als irgendwelche weltlichen Konsequenzen.

Drinnen angekommen, hielt sie inne und atmete ruhig durch, als Julia sich nicht mehr bewegte. Der Concierge hatte ihr mitgeteilt, dass Richard nicht da war. Sie wusste, er würde nicht vor dem späten Abend zurück sein – was auch immer Richard in seiner freien Zeit machte, sie war kein Teil davon. Manchmal verbrachte er viele Stunden in seinem Büro, manchmal blieb er einfach weg. Es interessierte sie nicht wirklich, wo er war, so lange sie nicht zu oft mit ihm zu tun haben musste.

Sie rollte den Sportwagen in Julias Zimmer und hob sie langsam heraus, um sie in ihre Wiege zu legen; mitten drin erstarrte sie.

Das Telefon klingelte. *Verdammt.* Julia begann, sich zu bewegen, aber Adelina flüsterte ihr beruhigende Worte zu und legte sie langsam in ihr Bett. Sie deckte sie gut zu und trat dann einen Schritt zurück.

Das Mädchen bewegte sich nicht. Adelina verließ das Zimmer und schloss sanft die Tür.

Sie erreichte das Telefon gerade in dem Moment, in dem der Anrufbeantworter ranging.

„Ähm… hallo", sagte die Stimme auf dem Band. Ein warmer Akzent der britischen Oberschicht. Sie erkannte die Stimme von George-Phillip sofort und spürte dabei heftige Angst.

„Ich rufe an um, ähm… Mr. Thompson zu sprechen. Hier ist George-Phillip Windsor, sie waren neulich so freundlich, mich zu Ihrem Dinner einzuladen – "

Adelina hob den Hörer ab.

„Hallo? Hallo?"

„Ähm..."

Der peinliche Austausch brach ab. Dann sagte George-Phillip: „Ist dort Adelina Thompson? Ich freue mich sehr, Ihre Stimme zu hören."

Adelina spürte, wie ihre Wangen heiß wurden und im gleichen Moment schämte sie sich. Sie mochte Richard ja hassen, aber sie war mit ihm *verheiratet*. Aber allein George-Phillips Stimme zu hören führte dazu, dass ihr Herz raste.

„Hier ist Adelina", flüsterte sie.

„Ich – Ich rufe an, um mich bei Ihnen für die schöne Dinnerparty zu bedanken. Es war ein außerordentliches Vergnügen."

Adelina begann etwas zu antworten, und ertappte sich dabei, wie sie über die Worte stolperte. Nervös sagte sie: „Danke. Möchten Sie, dass ich Richard etwas ausrichte?"

George-Phillip hustete. Dann sagte er ein Wort, das dazu führte, dass Adelinas Brust ein wenig schmerzte.

„Nein."

Sie schluckte, wartete darauf, dass er erneut etwas sagte.

„Eigentlich", sagte er, „wollte ich mit Ihnen sprechen, wenn das okay ist. Sehen Sie, ich bin ziemlich neu in Washington..."

„Ja?"

„Ich vermute, es ist unangemessen, wenn ich Sie zum Mittagessen einlade."

Äußerst unangemessen. Aber sie wollte, dass er sie darum bat. Sie wollte es sehr.

„Vielleicht", sprach er weiter, „könnten Sie Ihre nette Tochter mitbringen. Ich habe wirklich nur die besten Absichten. Sie müssen wissen... ironischerweise sind Sie in Washington die erste Person in meinem Alter, die ich kennengelernt habe."

Sie runzelte die Stirn. Natürlich. Das ergab deutlich mehr Sinn. Julia würde als kleine Anstandsdame fungieren.

„Natürlich. Ich denke, das ist eine schöne Idee", sagte sie.

„Vielleicht nächsten Montag?"

„Montag ist gut. Ich kann Sie..." Sie dachte schnell nach. Nirgendwo in der Nähe der Straße, in der die Botschaften lagen, natürlich, auch wenn das für George-Phillip am bequemsten wäre. Das Außenministerium lag nicht weit von dort entfernt und Richard konnte sehr gut in diesem Teil der Stadt bei einer Besprechung sein. „Wie wäre es mit... Matisse an der Wisconsin Avenue?"

Matisse war weit genug vom Außenministerium entfernt. Es war unwahrscheinlich, dass Richard sich in diesem Teil der Stadt aufhalten würde. Und außerdem hasste er französisches Essen, außer, wenn er versuchte, andere zu beeindrucken.

„Das klingt gut", sagte George-Phillip.

„Dann am Montag? Um 13 Uhr?"

„Bis dann", antwortete er.

Adelina legte schnell auf, bevor sie sich klarmachen konnte, was sie tat. Dreißig Sekunden später keuchte sie auf und bemerkte erst jetzt, dass sie vergessen hatte zu atmen.

KAPITEL ELF
Der Prinz der Pinguine

Jessica. 2. Mai, 10.44 Uhr Westküstenzeit

Jessica Thompson saß auf der Steinmauer, von der aus man den Pazifischen Ozean überblicken konnte, und fragte sich, wie es wohl sein würde, wenn sie sich herunterstürzte, die Klippen herunterrollen würde, um in dem kalten, herzlosen Wasser unter ihr zu sterben. Ein brüsker und kalter Wind blies direkt in ihre Seele, während sie ihre Tränen wegwischte und hinaus auf den Ozean starrte, sie fragte sich, ob ihre Mutter eine Lügnerin oder verrückt war. Sie hatte stechende Kopfschmerzen, die Art Kopfschmerzen, die sich anfühlten, als hätte jemand einen Nagel durch ihren Schädel gebohrt. Der Schmerz konzentrierte sich über ihrem rechten Auge.

Abrupt sagte sie: „Zeig mir deinen Führerschein."

Adelina schreckte bei der merkwürdigen Bitte nicht zurück. Stattdessen stand sie auf und ging zu dem Minivan, öffnete die Tür und holte ihre Handtasche heraus.

Einen Augenblick später hielt Jessica den kalifornischen Führerschein in ihrer Hand.

Adelina Ramos Thompson. Geburtsdatum: 21. März 1964.

Es war nicht schwer auszurechnen. Julia war im Dezember 1981 geboren worden.

„Du warst sechzehn, als du schwanger wurdest."

Ihre Mutter nickte.

„Aber du hast immer gesagt, dass du zwei Jahre älter warst."

Adelina seufzte. „Dein Vater wollte es immer so. Er wollte eigentlich gar nicht heiraten, denke ich. Aber ein schwangeres Mädchen in Spanien zurückzulassen, wäre schädlich für seine Karriere gewesen." Ihr Gesicht sah wehmütig aus, als sie die Worte aussprach.

„Warum hast du ihn geheiratet?", fragte Jessica. „Wer heiratet schon seinen Vergewaltiger?"

Adelina schüttelte ihren Kopf. „Du bist in einer anderen Welt aufgewachsen, Jessica. Einer Welt, in der Mädchen auf Twitter, Facebook und Instagram posten und andere Mädchen heiraten können, wenn sie wollen. Eine Welt, in der Menschen die Begriffe wie *Vergewaltigung während einer Verabredung* und *sexuelle Belästigung* kennen, und sie auch wirklich wissen, was sie bedeuten. Als meine Mutter bemerkte, dass ich schwanger war, hat sie mich zum Pfarrer geschleift, um zu beichten. Sie haben mich gezwungen, ihn zu heiraten."

„Ich verstehe das nicht", sagte Jessica.

„Natürlich nicht. Für dich war es immer normal, ein gewisses Maß an Freiheit zu haben. Als ich aufgewachsen bin, war eine Scheidung in Spanien nicht mal legal."

Jessica schüttelte langsam ihren Kopf. Ihr Hirn war überflutet mit Gedanken und Verwirrung. Dann sagte sie: „Warum hast du noch mehr Kinder mit ihm bekommen?" Sie spürte einen stechenden Schmerz und etwas Ähnliches wie Kummer. „Warum hast du *mich* bekommen?"

Adelina seufzte: „Das ist eine lange Geschichte. Ich hatte nicht geplant, nach Julia weitere Kinder zu bekommen."

„Du hast ihn doch ein bisschen geliebt, richtig? Um nochmals mit ihm zu schlafen? Ansonsten... was ist mit Carrie? Wenn du ihn nicht geliebt hast?"

„Liebes, Carrie ist nicht Richards Kind."

Jessica zuckte zusammen. „Bin ich es?"

Adelina streckte ihren Arm aus und ergriff Jessicas Hand. „Ja, Richard ist dein Vater."

„Mein Vater ist der Mann, der dich vergewaltigt hat", sagte Jessica in einem bitteren Ton.

Adelina schloss ihre Augen. „Ja. Es tut mir leid."

Jessica schenkte ihrer Mutter einen verächtlichen Blick. „Es tut *dir* leid? Er ist derjenige, dem es leid tun sollte." Sie dachte an so viele Dinge in der Vergangenheit, die keinen Sinn ergeben hatten. Ihr Vater, der sich immer in seinem Büro eingeschlossen hatte, wenn er nicht auf der Arbeit gewesen war. Seine langen Reisen, in denen er nicht zu Hause gewesen war. Seine kalte Art.

War dies der Grund, warum – ?

„Mom? Ist das der Grund, warum Andrea von zu Hause weggezogen ist? Ist sie auch nicht sein Kind?"

Ihre Mutter nickte. „Ja. Ich habe es versucht. Ich hasste ihn, aber ich habe trotzdem versucht – du kannst dir gar nicht vorstellen, wie sehr ich versucht habe, zu... zu – "

Während ihre Mutter nach den richtigen Worten suchte, murmelte Jessica: „Du meinst, du hast versucht, treu zu bleiben."

Adelina sah nach unten, ihr Gesicht verzog sich vor Scham. „Ja. Aber ich konnte es nicht."

Warum hätte sie es sein sollen?, dachte Jessica. Sie sagte nicht sofort etwas. Soviel ergab keinen Sinn. Es war eine Sache zu glauben, dass ihr Vater Adelina bedrängt hatte. Dass es vermutlich eine Vergewaltigung während einer Verabredung gewesen war. Dass er betrunken oder schlimmeres gewesen war. Aber sie konnte nicht glauben, was Adelina über ihren Vater sagte – dass er ein kaltherziger Soziopath war. Ein Mann, der, um seine Geheimnisse zu wahren, töten würde.

Wer war Richard Thompson? Was wusste sie überhaupt über ihn?

Die Antwort war, im Grunde nichts. Sie wusste nichts über ihren Vater. Absolut gar nichts.

„Mom... was ist geschehen? *Warum?*"

Adelina holte tief Luft, dann begann sie, erneut zu sprechen.

Adelina. 13. Februar 1984

Adelina Thompson hielt Julias Hand ganz fest, als das Taxi fortfuhr und sich einen Weg durch den dichten Verkehr auf der Wisconsin Avenue bahnte. Es war fast ein Uhr Mittags und ein grauer Nieselregen sorgte in der ganzen Gegend für Kälte.

„Mir ist kall", sagte Julia.

Adelina ging den Bürgersteig entlang und sagte: „Komm mit, Julia."

„Aber mir ist kall!"

„Julia, das Wort heißt kalt. Bitte sprich deutlich."

„Mir ist kall!" Sie sprach nicht deutlicher, dafür aber um einiges lauter.

„Wir werden gleich drinnen sein."

Adelinas Herz raste, als sie durch den Eingang des Matisse trat. Sie dachte nicht, dass es wahrscheinlich wäre, jemanden zu treffen, den sie kannte, oder jemand, den Richard kannte. Aber man konnte nicht vorsichtig genug sein. Washington DC mochte eine große Stadt sein, aber die Schicht der hochrangigen Regierungsmitarbeiter, zu der ihr Mann gehörte, war in Wirklichkeit ein kleines Dorf.

Aber falls sie jemanden treffen würde, sie hatte ja Julia dabei. Sie ging mit jemandem Mittagessen, der gerade erst in die Stadt gekommen war, mit einem Prinzen, Himmelherrgott, und niemand hatte das Recht, das zu hinterfragen.

Als sie das Restaurant betrat, kam ein schnauzbärtiger, arroganter und autoritärer Mann auf sie zu. Er trug einen maßgeschneiderten Perry Ellis Anzug, der für seine Position vermutlich viel zu viel gekostet hatte. Seine Augen scannten Adelina und Julia unbarmherzig, vermutlich schätzte er den Wert ihrer Kleidung und ihrer Accessoires, er bemerkte unzweifelhaft den Diamantring, den sie trug. Richard mochte ein totaler Bastard sein, aber es gefiel ihm, sie gut aussehen zu lassen.

„Wie kann ich Ihnen helfen, die Damen?"

„Ich treffe mich mit einem Freund… George-Phillip?"

Der Maître hob seine Augenbrauen. „Natürlich. Prinz George-Phillip wird bald hier sein. Bitte, hier entlang."

Sie folgte ihm, war überrascht, als er sie zu einem kleinen Raum im hinteren Bereich des Restaurants führte. „Bitte verzeihen Sie mir meine Unverblümtheit. Eine ganz unmögliche Person verfolgt den Prinz."

„Oh nein", sagte Adelina. „Ich hoffe, niemand Kriminelles."

Er kicherte. Ein unangenehmes Geräusch. „Nicht, dass ich wüsste. Eine junge Dame, um genau zu sein."

Adelina schenkte ihm einen kalten Blick, während er sie zu dem separaten Esszimmer führte. „Sie sind unverschämt", sagte sie.

Er schnaubte und entfernte sich, ohne ihr den Mantel abzunehmen. Es war nicht ihr Problem. Sie zog ihren Regenmantel aus, dann Julias und warf sie auf einen sehr aufgepolsterten Stuhl in der Ecke.

„Setz dich, Julia", kommandierte sie und zog einen der Stühle des Esstisches heraus.

Das Kinn des kleinen Mädchens reichte kaum über den Tisch. Sie hatte ein stures und unglückliches Gesicht.

„Es ist schon okay, Liebes. Gleich bekommen wir etwas zu essen für dich."

„Hunnnger", sagte Julia.

„Ich bin auch hungrig. Was hältst du davon, wenn wir ein Spiel spielen!"

Julia lächelte, ein helles, glückliches Lachen und sie klatschte in die Hände.

„Wir werden raten, wer als nächstes durch die Tür kommt. Du bist als Erste dran."

Julias Unterlippe schob sich nach vorne. „Mag das Spiel nicht."

„Ist schon okay, Julia. Rate einfach."

„Ein Pinguin?"

Adelina runzelte die Stirn. „Es könnte sein... ja, dass könnte wirklich sein. Was wäre, wenn es ein... Prinz ist?"

Julia lächelte. „Ein Pinguinprinz!"

Und natürlich trat genau in dem Moment George-Phillip durch die Tür.

„Kein Pinguin, tut mir leid", sagte er.

Julia kicherte. „Du *bist* ein Pinguin."

George-Phillip sah an sich herunter. Adelina kicherte. Er trug einen schwarzen Anzug mit einem weißen Hemd.

„Hmmm", sagte er, und hob seine auffälligen Augenbrauen. „Vielleicht *bin* ich der Prinz der Pinguine. Aber getarnt."

Julia kicherte erneut.

Der vormals unhöfliche Maître hob ihre Mäntel von dem Stuhl hoch, während eine Hostess Adelina und George-Phillip auf die Stühle half.

„Es ist wunderbar, Sie zu sehen, Adelina."

„Sie auch", sagte sie.

„Und Julia. Du bist vermutlich das hübscheste kleine Mädchen auf der ganzen Welt. Ich kann mir sehr gut vorstellen, dass *Du* eine Prinzessin bist. Sag mir, dass es stimmt."

Julia kicherte und versteckte ihr Gesicht im Schoß ihrer Mutter.

„Der Maître hat mir gesagt, dass Sie Ärger mit... ähm... einer Stalkerin haben?", sagte Adelina.

George-Phillip grunzte. „Ein bisschen. Möchten Sie wirklich die Geschichte hören? Sie ist langweilig."

Adelina lächelte. „Ich bin neugierig."

„Na ja, als ich in der Botschaft ankam, wusste der Chargé d'affaires nicht, was er mit mir anfangen sollte. Also hat er ein Treffen mit einer jungen Mitarbeiterin des Gesellschaftsteils der *Washington Post* arrangiert. Vielleicht kennen Sie ja ihre Arbeit? Maria Clawson?"

Adelina verzog das Gesicht. „Schreckliche Frau", murmelte sie. „Ich habe sie vor zwei Wochen auf einer Party kennengelernt. Sie ist eine unmögliche Klatschbase."

George-Phillip grinste. „Ja, in der Tat. Wir sind ein paar Mal miteinander ausgegangen, bis ich bemerkt habe, wie rachsüchtig sie ist. Ich habe mich nach sehr kurzer Zeit von ihr getrennt, aber anscheinend hat es sie hart getroffen."

„Da bin ich mir sicher", sagte Adelina.

Sie war ziemlich sicher, dass Maria aus einem verlassenen Ort irgendwo in der Mitte des Landes, Kansas oder Ohio oder Minnesota, nach Washington gekommen war, und nur so tat, als würde sie zur besseren Gesellschaft gehören. Deshalb würde sie doppelt beleidigt sein, wenn ein echter Prinz ihr den Laufpass gab.

„Also, Adelina. Sie kennen meine Herkunft. Sie wissen, dass mein Vater gestorben ist, und dass ich viel zu jung zu einem Duke wurde, und dass ich auf den Falklandinseln gedient habe. Aber ich weiß noch fast gar nichts über Sie."

Sie lächelte und lenkte ihn ab, indem sie sagte: „Ich bin eine einfache Frau, George-Phillip. Es gibt keine wirkliche Geschichte."

„Sie kommen aus Spanien. Und ich habe gehört, wie Sie gesagt haben, dass Sie im Nationalen Symphonie-Orchester gespielt haben? In dem jungen Alter?"

„Nicht im Symphonie-Orchester, im Nationalen Jugend-Orchester. Ich habe Geige gespielt."

„Haben gespielt? Vergangenheit?"

Eine stechende Traurigkeit fuhr durch ihre Brust. „Habe gespielt. Ich habe jetzt keine Zeit mehr für solche Dinge."

George-Phillip lehnte seinen Kopf leicht zur Seite. „So jung und schon so traurig."

„Ich bin nicht viel jünger als Sie", antwortete sie lachend. „Wie alt sind Sie, einundzwanzig? Zwei Jahre ist wohl kaum ein *so* großer Unterschied."

George-Phillip runzelte seine Stirn ein wenig. „Ich dachte, *Sie* wären einundzwanzig."

Adelina erstarrte.

„Au weia", sagte er. „Wie alt *sind* Sie?"

„Neunzehn", flüsterte sie.

„Hmmm", sagte er. „Das verändert alles, oder?"

„Nicht wirklich. Es ist nur – manchmal schwierig zu erklären."

„Es gibt nichts, was Sie mir erklären müssten, meine Liebe. Manchmal tun wir im jungen Alter Dinge, die andere überraschen."

Sie wusste nicht, warum sie es gesagt hatte. Sie wusste nicht, warum. Absolut gar nichts hatte sie dazu gezwungen. Nichts in

ihrer Vergangenheit gab ihr einen Grund, irgendjemandem zu vertrauen – schon gar nicht einem weiteren überprivilegierten Mann
aus der Oberschicht. George-Phillip und Richard könnten Cou-
sins sein.

Trotz alledem waren die ersten Worte, die aus ihrem Mund
kamen: „Und manchmal tun Leute etwas mit jungen Menschen,
die sich überhaupt nicht wehren können."

Er runzelte die Stirn und sie sagte sofort: „Bitte entschuldigen
Sie. Also, sagen Sie mir... was hat Sie dazu veranlasst, mich zum
Mittagessen einzuladen?"

George-Phillip räusperte sich, dann stolperte er über seine eigenen Worte: „Ich... Schauen Sie... ich musste..."

Adelina konnte sich nicht helfen. Sie spürte, wie ihr Gesicht
begann, rot zu werden, die Hitze begann an ihren Wangenknochen und bewegte sich auf ihrem Gesicht nach unten zu ihrem
Hals.

„Mama wirde rot", sagte Julia, sehr hilfreich.

„Das Wort heißt *wird*, Julia", sagte Adelina.

„Nichtsdestotrotz sind Sie rot geworden", murmelte George-
Phillip.

„Ich habe kein Recht, rot zu werden", flüsterte sie.

Einen Augenblick später, betrat eine Kellnerin den Raum,
gefolgt vom Oberkellner. Innerhalb einer Minute hatte George-
Phillip dem Wein in fließendem Französisch zugestimmt und begann, über die Bestellung zu reden.

Adelinas Französisch war etwas eingerostet, aber gut genug.
Sie beteiligte sich an der Unterhaltung und innerhalb von ein paar
Augenblicken hatte sie ihre Bestellung aufgegeben.

„Est ce qu'elle comprend Français?", fragte George-Phillip und
nickte in Richtung Julia. Versteht sie Französisch?

„Du tout", sagte sie. *Gar nichts.*

„Très bien", antwortete er. *Sehr gut.* Er sprach weiter Französisch. „Sehen Sie, Adelina, ich muss zugeben, dass ich vom Altersunterschied zwischen Ihnen und Richard fasziniert und beunruhigt war. Und jetzt wo ich weiß, dass Sie sogar noch jünger sind, als Sie an dem Abend gesagt haben. Sie waren… siebzehn, als Julia gezeugt wurde?"

„Sechzehn", flüsterte sie. „Aber es geschah nicht freiwillig. Sie haben mich gezwungen, ihn zu heiraten."

„Sie?", fragte er.

„Meine Mutter. Mein Priester. Aber Sie dürfen es niemandem sagen. Sie dürfen nichts tun."

„Jeder Mann von Ehre würde das, und er sollte es auch."

Sie lehnte sich vor. „Nicht, wenn Ihnen meine Wünsche wichtig sind. Richard ist gefährlich. Und ich habe einen vier Jahre alten Bruder in Spanien, den ich beschützen muss, zusammen mit Julia."

„Sie meinen doch sicher nicht – "

„Ich meine, dass Sie es auf sich beruhen lassen sollen."

Er seufzte und rückte seine Krawatte gerade. „Na ja, dann. Es tut mir wirklich leid, Adelina. Ich wünschte…"

„Es hat keinen Sinn, sich irgendetwas zu wünschen", sagte sie. „Genießen Sie das Essen. Das ist alles."

„Oui", erwiderte er und hob ein Glas Wein in ihre Richtung.

Sie steuerte die Unterhaltung weg von dem sehr gefährlichen Thema, in dem sie sich befanden. „Erzählen Sie mir von Ihren Eltern", sagte sie.

„Ich habe nicht viel über sie zu sagen", meinte er. „Mein Vater war ein Tunichtgut."

„Das tut mir sehr leid", antwortete sie.

Er griff nach ihrer Hand und sagte: „Es ist schon in Ordnung. Ich habe eine Lieblingstante, Prinzessin Alexandra. Eine temperamentvolle Frau. Ihr Vater starb, während er das Land verteidigte, anders als meiner."

Adelina lächelte. „Mein Vater sprach sehr nett von ihr. Sie haben sich bei König Juan Carlos Hochzeit kennengelernt."

„Wirklich? Ich glaube Königin Sophia ist meine Cousine dritten Grades. Wie kam Ihr Vater zu der Hochzeit?"

„Die Welt ist klein", sagte sie. „Richard wird wütend, wenn ich es erwähne, aber mein Vater war der Marquis de Cerverales und ein Cousin zweiten Grades von Juan Carlos. Er traf Prinzessin Alexandra auf der Hochzeit und erzählte diese Geschichte, und auch andere, jahrelang."

„Was ist mit Ihrem Vater geschehen?", fragte er.

Sie seufzte. „Er hat wegen Franco alles verloren. Er musste als Straßenverkäufer ein neues Leben anfangen, aber er schaffte es. Dann wurde er auf der Straße überfahren. Ein LKW-*Unfall*." In ihren Augen sammelten sich Tränen. „Ich hatte niemals die Gelegenheit, mich von ihm zu verabschieden."

Er schloss seine Augen und streckte seine Hand nach ihrer aus. „Es tut mir so leid, Adelina. Sogar mein Vater... sogar nach vier Jahren... spüre ich den Verlust stark. Ich kann mir Ihren Schmerz kaum vorstellen."

Julia sagte: „Mommy hat Daddy verloren?" Eine Linie war zwischen ihren Augenbrauen zu erkennen.

„Nein, Süße", sagte Adelina. „Ich habe *meinen* Daddy verloren."

„Suchen wir einen neuen Daddy?"

Adelina unterdrückte ein Schluchzen. George-Phillip sagte: „Was bist du nur für ein süßes und freundliches kleines Mädchen."

„Mommy sagt, Jesus mag Freundlichkeit."

George-Phillip lächelte. „Ja, das tut er."

Dann ging die Unterhaltung zu sichereren Themen über. Der neueste Klatsch aus der diplomatischen Gemeinde. Die Auswirkungen der Invasion in Grenada, der Falklandkrieg, der Angriff auf die Marines-Unterkünfte in Beirut und die darauffolgende Eskalation des dortigen Krieges, der dazu geführt hatte, dass im Februar dicht bewohnte Gebiete der Stadt bombardiert worden waren. Die Verurteilung eines Mitglieds des Ku-Klux-Klans, der einfach zufällig ein schwarzes Opfer ausgewählt und an einem Baum erhängt hatte. Und das Thema, das in den diplomatischen Kreisen derzeit dominierte: Die Wahl eines neuen Obersten Sowjets nach dem Tod von Yuri Andropov. Politik war ein viel sichereres Gesprächsthema.

Dann ging es weiter mit Unterhaltung, Fernsehen, den Medien und *Spitting Image*, der satirischen und irgendwie auch skandalösen Puppenshow, die letzte Woche in London zum ersten Mal ausgestrahlt worden war. Unter anderem wurde darin die königliche Familie verspottet.

„Es ist wirklich lustig", sagte George-Phillip. „Natürlich hat jemand eine Aufnahme davon an die hiesige Botschaft geschickt. Aber die alte Frau, die die Botschaft führt, war empört."

Adelina lachte, während George-Phillip die Possen der Show beschrieb, inklusive der Satire *The President's Brain is Missing!* – *Das Gehirn des Präsidenten ist verschwunden!*

„Oh, wie gerne hätte ich das gesehen", sagte sie.

Er wurde ein wenig ernster und sagte: „Vielleicht kann ich es arrangieren, dass wir es in der Botschaft anschauen – "

Sie streckte ihren Arm aus und berührte seine Hand. „George-Phillip. Nein."

„Aber, es muss ja nicht – "

Sie seufzte. „Halt. Wir dürfen uns nach heute wirklich nicht mehr treffen. Es war sehr nett. Und in einem anderen Leben, wären die Dinge anders."

Sein Mund verzog sich auf einer Seite. „Natürlich. Und ich würde Sie niemals um etwas Unehrenhaftes bitten, Adelina."

„Muss mal", sagte Julia.

Adelina schloss ihre Augen. Sie war den Tränen näher, als ihr klar war. Sie brauchte das nicht. „Bitte entschuldigen Sie mich", sagte sie, ihre Stimme war fast nur ein Flüstern. Sie hob Julia aus ihrem Stuhl, während Julia die Worte aussprach. „Warum ist Mommy traurig?"

Mit Julia in ihren Armen, ging sie schnell aus dem Zimmer. In ihrer Eile sah sie die junge Kolumnistin der *Washington Post* nicht, bis sie fast mit ihr zusammenstieß.

Maria Clawson keuchte auf, während Adelina zurückwich.

„Es tut mir so leid", sagte Adelina.

Sie ging weiter, versuchte die Tränen zurückzudrängen. Auf der Damentoilette stöhnte sie vor Frust. Sie war zu spät dran – Julia hatte sich schon vollgenässt. Adelina suchte in ihrer Handtasche nach einer Windel. Sie fand eine, sie lag zerknüllt ganz unten zusammen mit allerlei anderen Dingen.

„Mrs. Thompson." Die Stimme war zuckersüß.

Die dreiundzwanzigjährige Maria Clawson war ein bisschen größer als Adelina. Sie hatte blasse Haut und blonde Haare, welches ihr klassisch irisches Gesicht umrahmte, eine Stubsnase und rote Wangen. Adelina wollte sie kneifen, bis sie weinte.

„Maria. Wie schön, Sie zu sehen." Sie verbarg das Gift in ihrer Stimme nicht.

„Essen Sie heute mit Freunden?", fragte Maria.

„Ja, das tue ich. Und Sie?" Adelina wollte sagen: *Sind Sie hier, um George-Phillip zu stalken?*, aber sie wusste, dass sie das nicht tun konnte.

„Ja. Ich bin mit Janna Farrington hier", sagte Maria.

Adelina hob ihre Augenbraue, sie kannte den Namen nicht.

„Oh, Sie erinnern sich bestimmt nicht mehr an ihren Namen", sagte Maria. „Sie gehört zur Alten Washingtoner Gesellschaft."

Adelina schnaubte ungewollt. Sie sollte sich eine Klatschkolumnistin der *Washington Post* nicht zur Feindin machen. Aber sie konnte nicht anders. „Ich vermute alte Washingtoner Gesellschaft bedeutet, dass ihr Reichtum schon länger als zehn Jahre besteht? Natürlich kenne ich sie nicht. *Gesellschaft* ist in Europa wesentlich älter."

Maria erstarrte. Sie schniefte und hob ihre Nase, dann sagte sie: „Ich bin mir sicher, dass Sie viele *Gesellschaften* in Europa kennen, nicht wahr, Adelina? Und wirklich, Sie sollten stolz auf sich sein. Die meisten Obdachlosen Adeligen würden sich niemals dazu herablassen, einen reichen Amerikaner zu heiraten. Aber Sie haben das gut angestellt. Und ich wette, Richard Thompson war noch nicht mal so alt wie Ihr Vater."

Julia begann zu weinen, und Adelina bemerkte, dass sie den Arm ihrer Tochter zu fest hielt.

„Entschuldigen Sie mich", sagte sie entschlossen.

Ein paar Minuten später, hatte sie sich um Julia gekümmert und sie abgetrocknet. George-Phillip saß im Speisezimmer und wartete auf sie.

„Adelina", sagte er.

„Ich muss jetzt wirklich gehen", antwortete sie.

„Natürlich", sagte er traurig.

Für eine kurze Sekunde gestattete sie sich, ihn *anzusehen*. Er war in ihrem Alter oder zumindest fast. Groß. Er war ein Mann, liebevoll und aufmerksam, aber auch stark. Er war alles, was Richard nicht war.

Er gehörte ihr nicht.

Sie seufzte und setzte Julia auf dem Boden neben ihnen ab und begann, ihrer Tochter ihren Mantel anzuziehen. Zwei Minuten später verließ sie das Zimmer und ging durch den Hauptraum des

Restaurants. Weder sie noch George-Phillip hatten ein weiteres Wort gesagt.

Während sie hinausging, sah sie Maria Clawson, die mit einer älteren blonden Frau in der Nähe des Fensters saß. Maria hatte ihre Krallen ausgefahren und sprach energisch mit ihrer Begleiterin. Dann sah sie auf, ihre Augen flogen sofort von Adelina zur Tür des privaten Speisezimmers.

Adelina hielt inne, dann sah sie George-Phillip in der Tür stehen.

Sie sah auf den Boden und ging dann nach draußen, ohne Clawson in die Augen zu sehen.

Während der gesamten Fahrt im Taxi nach Hause, dachte Adelina darüber nach, was Maria sagen würde. Was, wenn Maria, die Klatschkolumnistin, sich dazu entschloss, darüber zu schreiben, dass Sie Adelina mit George-Phillip bei einem gemeinsamen Mittagessen gesehen hatte? Das würde einen interessanten Bericht geben, oder nicht? Es wäre gerade genug, um sie durch den Dreck zu ziehen und Richard wütend zu machen. Sie dachte darüber nach, dem vorzubeugen, in dem sie Richard erzählte, dass sie mit George-Phillip essen war. Immerhin war ja nichts Unanständiges geschehen. Sie hatten sich unterhalten. Die zweijährige Julia war die ganze Zeit mit im Zimmer gewesen.

Aber Richard war an diesem Nachmittag nicht zu Hause, und am Abend auch nicht. Als es sieben Uhr abends war und Julia endlich schlief, ertappte Adelina sich dabei, wie sie auf ihren Schrank starrte.

Starrte.

Schließlich stand sie auf. Sie ging vor der Schranktür hin und her. Hin und her.

Dann öffnete sie sie.

Ganz oben, im obersten Fach ganz hinten lag ihr staubiger Gei-genkasten. Sie zog ihn herunter und legte ihn ehrfürchtig auf dem Bett ab.

Sie liebte diese Geige. Sie war nichts Besonderes. Sie war nicht antik. Es gab nichts, das das Instrument von einer Million gleicher Instrumente unterschied. Immerhin, ihr Vater mochte vom Titel her ein Marquis gewesen sein, aber im Grunde war er ein verarm-ter Ladenbesitzer gewesen, und kein Getue hatte ihm sein Land zurückgegeben. Er hatte mehrere Monate lang gespart, um dieses Instrument zu kaufen.

Sie öffnete den Geigenkasten zum ersten Mal, seit ihr Vater gestorben war. Er war staubig und sie spürte den Staub auf ihren Fingerspitzen mit einem rührseligen Kummer. Langsam hob sie das Instrument heraus. Es würde natürlich sehr verstimmt sein, aber sie hatte nichts vergessen. Schnell stimmte sie das Instrument.

Dann begann sie zu spielen. Eine einzelne, einsame Note. Dann eine weitere. Und noch eine. Und bevor es ihr klar war, spielte sie. Eine Note nach der anderen, das sehr schnelle Intro zu Antonio Vivaldis *Winter*. Tränen liefen ihr über das Gesicht, während sie sich durch das rhythmische, kraftvolle, schwermütige Stück spielte.

Die Tränen kamen schneller und schneller, so wie die Noten, und sie ertappte sich dabei, wie sie schwankte, immer lauter und immer schneller spielte. Die aufsteigenden Noten nahmen sie ein und für eine Sekunde spürte sie, wie sie die Augen schloss. Sie bewegte sich mit der Musik und sie befand sich nicht mehr im Ge-fängnis ihres Lebens in einem Vorort von Washington DC. Statt-dessen stand sie auf dem Boden des Orchestergrabens des Nationa-len Jugendorchesters, mit zweitausend Menschen im Publikum, ihr Vater saß auf dem Ehrenplatz und Tränen liefen über sein Gesicht.

Und dann heulte sie auf, denn für eine Sekunde war die Prä-senz ihres Vaters so real. So real, dass es wehtat. So real, dass sie sein schreckliches Parfüm riechen konnte, sie konnte seine rauen Hände spüren, während sie ihre festhielten, sie konnte seinen Bart spüren, als er ihre Wange küsste. Seine Präsenz war so real, dass es ihr das Innerste herausriss. Ihre Liebe wurde zu Trauer, ihre Freude zu Hoffnungslosigkeit, ihr Glaube zu Staub.

Mit einer plötzlichen, ruckartigen Bewegung nahm sie das Instrument von ihrer Schulter, hielt es am Hals hoch und schlug es hart gegen die Wand. Die Trockenbauwand bekam einen Riss, und sie schlug erneut zu, noch härter. Dieses Mal zerbrach das Instrument am Hals und sie schrie vor Schmerz auf.

Sie schwang die Geige ein drittes Mal, so, als ob es wirklich ihre Vergangenheit war, die sie zerstörte. Das Holz zersplitterte, Teile und Splitter flogen überall herum.

Adelina ließ den Rest des Holzes auf den Boden fallen. Julia bewegte sich in ihrem Zimmer, das nebenan lag, war kurz davor zu weinen. Die Geräusche. Adelina sank auf ihre Knie, hielt ihren Kopf mit ihren Händen fest. Ohne es zu wollen, drückte sie genau auf die Stellen ihres Kopfes, auf die Richard vor ein paar Tagen gedrückt hatte. Wie er drückte sie zu, so als ob sich selbst Schmerz zu verursachen, die Schreie ihrer Tochter aussperren könnten. Als ob sich selbst den Kopf zu quetschen, ihre eigenen Schmerzensschreie aussperren konnte. Die Schmerzen, die sie wegen des Verlustes ihres Lebens spürte.

Sie legte sich auf die Seite und weinte.

Jessica. 2. Mai, 11 Uhr Westküstenzeit

Während Jessica sich die Geschichte ihrer Mutter anhörte, lief eine Träne an ihrem Gesicht herunter.

„Du hast deine Geige zerschmettert?", flüsterte sie.

„Ja", sagte Adelina. Eine Träne lief ihr über das Gesicht.

„Warum hast du George-Phillip gesagt, dass du ihn nicht wiedersehen kannst?"

Adelina starrte auf den Boden und sie flüsterte: „Weil es eine Sünde ist, oder nicht? Ich bin verheiratet. Ich war damals verheiratet. Ich wollte ihn so gerne wiedersehen. Aber ich wusste, wenn ich es tun würde, dann... na ja..."

„Du hattest Angst, dass du ihn lieben würdest?"

Adelina schloss ihre Augen. Jessica lehnte sich vor und berührte ihre Mutter an der Schulter. Und dann flüsterte sie: „Ich wünschte, ich hätte es gewusst. Auf irgendeine Art."

„Du warst noch nicht mal geboren. Noch eine lange Zeit nicht."

Jessica drehte sich auf der Mauer um und sah hinaus auf den Ozean. Sie fühlte sich innerlich betäubt. Verwirrt. Aber auch erleichtert. Zum ersten Mal in ihrem Leben ergab das Verhalten ihrer Mutter einen Sinn.

Das Verhalten ihrer Mutter ergab einen Sinn. Und dieser Sinn war so herzzerreißend und voller Kummer und Traurigkeit und Tragödie, dass Jessica am liebsten von der Mauer gesprungen wäre. Stattdessen lehnte sie sich an ihre Mutter und legte eine Hand um ihre Taille.

Ihre Mutter seufzte.

„Hast du ihn wiedergesehen?", flüsterte sie. „Ist George-Phillip Carries Vater?"

Adelina holte tief Luft und begann, erneut zu sprechen.

KAPITEL ZWÖLF

Georgie, in der Tat

George-Phillip. 2. Mai

„**S**ir?" **Oswald** O'Leary, George-Phillips spezieller Assistent, hatte die Tür geöffnet und sich hineingelehnt.

„Oh", sagte George-Phillip. „Es ist drei Uhr, richtig?"

„Ja, Sir, das Auto wartet."

George-Phillip stand auf und schob seine Krawatte zurecht, dann zog er sein Jackett an. Er fühlte sich, als ob er sich in Zeitlupe bewegte. Es war der Nachmittag des zweiten Tages nach dem Anschlag auf ihn, und er hatte seitdem kaum geschlafen. Das lag vor allem auch daran, dass Security-Mitarbeiter seit der Nacht ständig in seinem Haus ein- und ausgingen, kugelsichere Fenster und gepanzerte Türen installierten, und einen Schutzraum zwischen seinem und Janes Schlafzimmer einrichteten.

Momente wie dieser brachten ihn dazu, seine Berufswahl zu hinterfragen. George-Phillip hätte genauso gut gelebt, wenn er in die Fußstapfen seines Vaters getreten wäre – als Mitglied in einigen Wohltätigkeitsorganisationen, beschäftigt mit Jagen und Trinken und den Öffentlichen Dienst, Menschen mit niedrigerem Status zu überlassen. Aber etwas am Beispiel seiner Tante Alexandra hatte ihn schon in jungen Jahren beeinflusst. Prinzessin Alexandra hatte sich jedes Jahr an hunderten königlichen Verpflichtungen beteiligt, bis ihr Alter und ihre Arthritis sie langsam gebremst hatten. Also hatte er, anstatt ein ruhiges Leben zu führen, die Militärakademie in Sandhurst besucht. Er hatte einige Zeit bei den Royal Marines gedient und den Rest seiner beruflichen Laufbahn beim Special Intelligence Service verbracht.

Das Ergebnis? Ein Verrückter hatte mit einem Gewehr vom Belgrave Square aus durch das Fenster seines Büros geschossen.

Außer der Tatsache, dass ihm natürlich sehr bewusst war, dass es nicht irgendein Verrückter gewesen war. Wer auch immer ihn hatte umbringen wollen, hatte auch eine Bombe in Adelina Thompsons Zuhause in San Francisco deponiert und Andrea Thompson und ihren Schwager in der Wohnung der Thompsons in Bethesda, Maryland, angegriffen. Wer auch immer es war, hatte einen großen Aktionsradius, eine Menge Ressourcen und es schien ein sehr persönlicher Rachefeldzug zu sein.

O'Leary lief ohne etwas zu sagen, neben George-Phillip her, während sie zu den Aufzügen gingen. O'Leary war, auf eine bestimmte Art und Weise, der perfekte Assistent. Die beiden Männer arbeiteten schon seit dreißig Jahren zusammen, und O'Leary war die *einzige* Person, die alles über seine Arbeit wusste – inklusive der Wakhan-Akte und natürlich auch die Verbindung zwischen George-Phillip und Adelina Thompson.

Sie betraten den Aufzug. George-Phillip sah O'Leary an und sagte: „Gibt es Neuigkeiten über den Aufenthaltsort von Adelina? Oder Andrea Thompson?"

O'Leary zuckte mit den Schultern. „Wir haben Leute, die nach beiden suchen, aber das ist ein großes Land. Am besten werden wir Adelina finden, wenn sie ihr Telefon oder ihre Kreditkarte benutzt, was irgendwann geschehen wird."

„Außer, wenn sie sie weggeworfen hat. Sie muss gewusst haben, dass Leute hinter ihr her sind."

„Ich denke nicht, dass sie so schlau ist, Sir."

George-Phillip verzog das Gesicht. „Sie ist um einiges schlauer, als Sie denken, O'Leary. Sie haben sie niemals für voll genommen."

„Wir haben ausgebildete Agenten, die nach ihr suchen, Sir. Sie wird schon auftauchen."

„*Wohlbehalten*", sagte George-Phillip. „Ich muss Ihnen nicht sagen, wie wichtig mir das persönlich ist."

„Das müssen Sie nicht, Sir."

Zwei Minuten später saßen sie in einem Auto, und kämpften sich durch den Verkehr in Richtung Brücke. Es waren nur etwa zweieinhalb Kilometer bis zur Downing Street, zu Fuß würde es vielleicht fünfundzwanzig Minuten dauern. An manchen Tagen wäre er vielleicht gelaufen, aber wenn Menschen hinter einem her waren und einen umbringen wollten, war das keine Option.

Wem machte er etwas vor? Das war nichts Neues. Früher waren es mal die Iren gewesen, die ihn hatten umbringen wollen. Oder die Araber. Jetzt war es... wer?

Er wusste es nicht. Vermutlich jemand innerhalb des CIA. Verbrecher, die für Leslie Collins arbeiteten. Alles andere ergab keinen Sinn. Wer auch immer es war, sie würden es bald wissen. In der Zwischenzeit hatte George-Phillip andere Probleme.

Nachdem sie den Wachposten durchquert hatten, hielt das Auto vor Downing Street Nr. 10. George-Phillip holte tief Luft, dann stieg er aus dem Auto, nachdem man die Tür für ihn geöffnet hatte. Einen Augenblick später wurde die Haustür geöffnet.

„Eure Hoheit", sagte der Mann, der in der Tür stand, ein Berater von Premierminister Duncan Howard. „Bitte kommen Sie herein."

George-Phillip fühlte sich wie jemand, der in die Höhle des Löwen trat. Er lächelte und ging auf den Berater zu, der ihn in die Eingangshalle führte.

„Hier entlang, Sir", sagte der Berater.

„Danke", sagte George-Phillip. Er war das erste Mal in dieses Haus gekommen, als Margaret Thatcher noch neu im Amt gewesen war. Er erinnerte sich, wie er der Frau gegenüber gesessen hatte, die als die Eiserne Lady bekannt wurde, der ersten – und immer noch einzigen – weiblichen Premierministerin.

Ich hoffe, Sie werden mehr für Ihr Land tun als Ihr Vater, hatte Miss Thatcher gesagt.

Das habe ich vor, hatte George-Phillip geantwortet. *Ich möchte den Royal Marines beitreten und dann nach Sandhurst gehen.*

Gut, hatte sie gesagt. *Ich werde mit General Moore reden.*

Sie hatte ihr Wort gehalten – General Moore hatte einen Job für ihn gefunden, und zwar keinen Bürojob. George-Phillip war ausgebildet worden und zur See gefahren, wie die anderen Marines auch.

Duncan Howard, der derzeitige Bewohner von Downing Street Nr. 10, war nichts als ein schwacher Abklatsch von Miss Thatcher. Ein arroganter Witzbold, der nichts von der Nationalen Sicherheit oder der Wirtschaft verstand, sein einziges Ziel war der Erhalt seines politischen Status'.

Wie auch immer, George-Phillip musste seine Position respektieren, wenn auch nicht den Menschen. Einen Augenblick später hielt der Berater an einer Tür an und ließ ihn eintreten.

Duncan Howard stand auf, als sie den Raum betraten. Er schenkte George-Phillip ein schmieriges Lächeln und streckte seine Hand aus.

George-Phillip ergriff die Hand.

„Georgie", sagte Howard und wedelte vage in Richtung eines scharlachroten Brokatsessels. „Ich bin so froh zu sehen, dass Sie am Leben sind und es Ihnen gut geht. Das muss ein ziemlicher Schreck gewesen sein."

„In der Tat", sagte George-Phillip. Er nahm auf dem offerierten Sessel platz und wartete darauf, dass Howard zur Sache kam, dabei tat er sein Bestes, seine Verärgerung über den Spitznamen zu unterdrücken. Georgie, in der Tat.

Howard setzte sich ihm gegenüber und fragte: „Tee?"

„Nein, danke."

Howard runzelte die Stirn, dann sagte er: „Georgie, ich habe Sie hierher gebeten, weil mir etwas zu Ohren gekommen ist. Eine Sache, auf die ich nicht wirklich – vorbereitet – bin."

„Tatsächlich?"

„Wie gut kennen Sie die Wakhan-Region in Afghanistan? Und genauer – was ist während der sowjetischen Besetzung des Landes dort geschehen?"

George-Phillip verzog das Gesicht. „Ich kenne sie sehr gut. Sie müssen wissen, dass der MI 6 in den späten 1980ern eine Untersuchung darüber durchgeführt hat. Es war mein erster größerer Auftrag."

„Das weiß ich. Deshalb frage ich Sie danach."

George-Phillip nickte.

„Ich habe einen beunruhigenden Bericht erhalten. Beunruhigend, weil er mir direkt überbracht worden ist. Beunruhigend, weil er auch von Ihnen handelt. Können Sie mir das erklären?"

„Ich habe keine Ahnung, wovon Sie sprechen."

„Haben Sie wirklich herausgefunden, wer für das Massaker in Wakhan verantwortlich war?"

„Die Afghanischen Mudschaheddin waren für das Massaker verantwortlich, Mr. Howard. Um genau zu sein, Ahmad Shah Massoud und sein Vertrauter, Vasily Karatygin."

„Der sowjetische Überläufer?"

„Ja. Jetzt ist er vor allem als Schmuggler tätig."

„Wo haben sie die chemischen Waffen herbekommen?"

George-Phillip antwortete nicht.

„Kommen Sie. Darum geht es in dem Bericht. Man hat mir gesagt, dass Sie herausgefunden haben, wer ihnen die Waffen verkauft hat."

„Das haben wir, Sir. Richard Thompson, der neue Verteidigungsminister der USA, war der Anführer der Gruppe, die die Waffen ins Land gebracht hat."

„Heiliger Gott. Warum haben wir damals nichts unternommen?"

George-Phillip verdrehte seine Augen. „Ironischerweise saß ich in genau diesem Büro mit Ihrer Vorgängerin Miss Thatcher, als wir genau das diskutiert haben, Duncan. Wir haben genau aus dem gleichen Grund wie die amerikanische Regierung nichts unternommen. Weil es in den höchsten Kreisen niemand interessiert hat, dass Zivilisten ermordet worden waren. Miss Thatcher hat mir befohlen, meine Entdeckungen zu verheimlichen. Wir haben den Bericht im Namen der nationalen Sicherheit unter Verschluss gehalten."

Howard sah ihn an und sagte: „Diese Entscheidung kann Sie heute noch etwas kosten."

„Sie hat mich bereits jahrzehntelang den Schlaf gekostet. Warum fangen Sie jetzt davon an?"

George-Phillip wusste die Antwort. Natürlich tat er das. Es musste einer der Verschwörer sein, der damals an der Vertuschung des Massakers beteiligt gewesen war. Vermutlich lag es an Thompsons Beförderung zum Verteidigungsminister, vielleicht auch an der immer größer werdenden Wahrscheinlichkeit, dass Carrie und Andrea Thompson herausfinden würden, wer ihr leiblicher Vater war. Irgendetwas hatte das alles in Gang gesetzt und wer wusste schon, wohin das alles führen würde?

Howard lehnte sich vor. „Wir sind vom Guardian um einen Kommentar zu einer Story gebeten worden, die sie bringen wollen."

„Über Wakhan?"

„Über das, was sie als die *Vertuschung in Wakhan* bezeichnen."

„Möchten Sie, dass ich einen Kommentar abgebe?"

„Wir überlegen, ob wir Ihnen unter Berufung auf das Staatsgeheimnis den Bericht untersagen sollen."

George-Phillip verzog das Gesicht und schüttelte seinen Kopf. „Das würde ich nicht empfehlen. Zunächst einmal würde es die Regierung wie Clowns aussehen lassen. Wir brauchen keine neue ABC-Affäre. Zweitens ist es nicht mal unser Geheimnis."

Howard runzelte die Stirn bei der Erwähnung der ABC-Gerichtsverhandlungen im Jahr 1978, als die Regierung die Journalisten Crispin Aubry und Duncan Campbell rücksichtslos dafür angeklagt hatte, Staatsgeheimnisse enthüllt zu haben. Die Verhandlungen waren ein unglaubliches Desaster für die Regierung gewesen.

„Vielleicht, aber es handelt sich auf jeden Fall um vertrauliche Informationen, auch wenn es nicht wirklich *unsere* sind."

„Wer ist *wir* überhaupt?"

Howard runzelte die Stirn. „Das Kabinett, Georgie. Das Kabinett."

George-Phillip lehnte sich auf seinem Sessel vor. „Duncan, ich bin ein Mitglied des Kabinetts. Wir haben keinerlei solche Treffen oder Unterhaltungen gehabt."

Howard wedelte abweisend mit seiner Hand. „Informell."

„Dann ist es sowieso fast kein Geheimnis mehr. Wenn Sie… informell… mit dem Kabinett darüber gesprochen haben, dann können Sie auch gleich selbst mit dem Guardian darüber sprechen."

„George, wirklich, das ist nicht – "

„Möchten Sie, dass ich ein offizielles Statement abgebe?"

„Noch nicht. Ich möchte, dass Sie so lange nichts sagen, bis wir wissen, woher der Wind weht."

George-Phillip seufzte und schloss seine Augen. Es gab Zeiten, da wünschte er sich, niemals von Wakhan, Adelina und Richard Thompson oder ihren Töchtern gehört zu haben. Es gab Zeiten, und in letzter Zeit mehrten sie sich, da fragte er sich, warum er nicht in die Fußstapfen seines Vaters getreten war. Das fehlende moralische Rückgrat in Duncan Howards Aussage widerte ihn an.

„Duncan, wir können uns nicht davor drücken oder unsere Antwort anhand von Politik fällen – "

Howard unterbrach ihn. „Alles ist Politik."

„Politik hat uns überhaupt erst in den Schlamassel gebracht." George-Phillip stand auf. *Nicht nur Politik,* dachte er. *Politik und Habsucht und die Gier nach Macht.* „Ich muss jetzt wirklich gehen, Herr Premierminister."

George-Phillip. 15. Februar 1984

„George-Phillip, können Sie bitte für einen Augenblick in mein Büro kommen?"

„Natürlich, Sir."

George-Phillip legte den schweren schwarzen Hörer auf die Gabel des Wählscheibentelefons, stand auf und streckte seinen Rücken. Er hatte mehrere Stunden am Schreibtisch gesessen und das Mittagessen ausfallen lassen, während er die stupiden Vorschriften las, die alle Botschaftsmitarbeiter kennen mussten. Sein Ziel war es, zum Militär zu gehen oder vielleicht zum Geheimdienst, aber er wusste, dass einige Zeit beim diplomatischen Dienst zu verbringen, dabei helfen würde. Und außerdem hatte Mrs. Thatcher es persönlich vorgeschlagen.

Trotzdem gefielen George-Phillip die vielen Details und Nuancen der diplomatischen Welt nicht. Es war wirklich alles geregelt, von der Art, wie man die rechte Hand eines Nomadenhäuptlings aus der Sahara ansprach bis zur Sitzordnung, wenn ein entthronter Adeliger anwesend war. Es war alles sehr präzise, detailliert und vollkommen leblos.

Der Anruf war vom Botschafter, Sir Francis Galvin, gekommen. Galvin, der George-Phillip dreimal pro Woche daran erinnerte, dass er ein *Self-Made-Man* war. Als Junge, der mit einem derben East-End-Akzent aufgewachsen war, hatte Galvin sich im Zweiten Weltkrieg ausgezeichnet und von König Georg VI. das Victoria Cross verliehen bekommen. Danach hatte er davon profitiert und eine Laufbahn im Auswärtigen und Diplomatischen Dienst eingeschlagen.

Trotz seines offensichtlichen Wagemutes und des Victoria Cross, das er immer noch täglich trug, war er eine snobistische Nervensäge.

George-Phillip musste auf Zuruf bei ihm antanzen. Er zwängte sich hinter seinem Schreibtisch in dem kleinen Büro im Erdgeschoss der Botschaft hervor und duckte sich, um nicht gegen das Rohr zu stoßen, das in der Nähe der Tür an der Decke entlang lief. Er trat aus dem Büro, rückte seinen Anzug zurecht, sodass er etwas ordentlicher saß, und ging den Flur entlang zum Aufzug.

George-Phillip war sich bewusst, dass er die einzige Person in der Botschaft war, die ein Büro im Erdgeschoss hatte. Irgendwie hatte es der Botschafter geschafft, Wohnungen für zweihundert

Diplomaten und weitere zweihundert Mitarbeiter zu finden, aber für George-Phillip war die Botschaft zu voll gewesen.

Während George-Phillip mit dem Aufzug nach oben fuhr, sinnierte er darüber nach, dass der 46. in der Thronfolge zu sein hochrangig genug war, um Verfechter des Egalitarismus zu verärgern, aber nicht hochrangig genug, um ihm wirkliche Privilegien zu verschaffen.

Trotzdem beeilte er sich, zu Galvins Büro zu kommen. George-Phillip war einundzwanzig Jahre alt, und er wusste, dass er sich seinen Platz hier erst verdienen musste.

Die Sekretärin des Botschafters winkte ihn hinein. Sie hatte ihr erst kürzlich blondiertes Haar auf eine Art und Weise auftoupiert, die in den USA sehr populär war, für den britischen Diplomatischen Dienst aber etwas zu aggressiv wirkte. Sie öffnete George-Phillip die Tür.

Drinnen saß der Botschafter entspannt auf seinem Stuhl. Ein Glas Bourbon stand unberührt auf dem Schreibtisch vor ihm.

„George-Phillip. Kommen Sie herein. Kennen Sie Oswald O'Leary schon?"

O'Leary war ein aggressiv aussehender Mann mit hochgezogenen Schultern und der flachen Nase eines Berufsboxers. Eine Bulldogge von einem Mann.

„Es freut mich, Sie kennenzulernen", sagte George-Phillip.

„O'Leary, das ist George-Phillip. Bitte entschuldigen Sie, *Prinz* George-Phillip. Mrs. Thatcher fand es passend, ihn uns unterzuschieben."

„Er darf Ihnen das nicht sagen, Georgie, aber O'Leary arbeitet für den MI 6."

George-Phillip räusperte sich höflich. „Was kann ich für Sie tun, Sir?"

Galvin sagte: „Ich gehe davon aus, dass Sie die Gesellschaftsseite der *Post* heute Morgen gelesen haben?"

George-Phillip antwortete sehr schnell. „Sir, ich beschäftige mich generell nicht mit dem, was in den Gesellschaftsteilen geschrieben wird."

O'Leary lehnte sich vor und sagte: „Wie gut kennen Sie Mrs. Thompson?"

„Wir kennen uns nicht sehr gut", sagte George-Phillip. „Ich war letzten Samstagabend zu einem Dinner in Richard Thompsons Wohnung eingeladen – ich habe meinen Bericht dazu geschrieben."

Galvin lehnte sich vor und sagte: „Sie haben keinen Bericht darüber eingereicht, dass sie mit seiner Frau am Montag Mittagessen waren."

„Na ja, Sie, ich...", George-Phillip seufzte. Er hatte keine Entschuldigung. Die Regeln waren eindeutig – Kontakte zu Mitgliedern des Diplomatischen Corps anderer Länder mussten gemeldet werden. Das betraf auch Ehefrauen. Aber er wusste, warum er keinen Bericht eingereicht hatte. Er hatte nicht geplant gehabt, irgendjemanden von seinem Mittagessen mit Adelina zu erzählen, aber diese Hexe Maria Clawson hatte es nötig gemacht. „Sir, Sie haben recht. Das habe ich nicht."

„Erzählen Sie uns von Ihrem Essen", sagte O'Leary.

George-Phillip sagte: „Ich war recht angetan von der jungen Dame. Sie ist... nicht glücklich in ihrer Ehe."

„Vielleicht liegt es daran, dass er alt genug ist, um ihr Vater zu sein", sagte O'Leary.

„Das ist er in der Tat. Sie hat ziemlich viel Angst vor ihm – sie scheint zu glauben, dass er in der Lage ist, ihr etwas anzutun."

Galvin wurde blass. „Das meinen Sie sicher nicht ernst."

„Ich meine es ernst, Sir. Sie tat mir leid. Aber sie hat deutlich gemacht, dass wir uns nicht noch einmal treffen werden."

„Und warum das?", fragte Galvin.

George-Phillip seufzte. „Ich glaube, dass die Anziehung auf Gegenseitigkeit beruht, Sir. Sie – sie schien am Ende unseres gemeinsamen Essens ziemlich zwiegespalten und aufgeregt zu sein."

O'Leary grunzte. „Sie möchte Sie also nicht mehr wiedersehen?"

„Leider nicht", sagte George-Phillip.

„Wir möchten, dass Sie sie wiedersehen."

„Wozu das?"

O'Leary sagte: „Haben Sie jemals vom Wakhan-Korridor gehört?"

„Nein – ", sagte George-Phillip. Dann hielt er inne und hob einen Finger. „Moment... Jemand hat diesen Ausdruck Samstagabend erwähnt. Ganz nebenbei und ich wusste nicht, was er bedeutete."

„Sie haben das in Ihrem Bericht erwähnt", sagte Galvin.

„Ja. Sir. Aber ich denke, es hat vermutlich nichts zu bedeuten."

„Es hat sehr wohl etwas zu bedeuten", sagte O'Leary.

„Tja, und was bedeutet es dann?"

Galvin lehnte sich vor und sagte: „George-Phillip, zunächst muss ich Sie darauf hinweisen, dass diese Unterhaltung unter die Geheimhaltung fällt. Wenn Sie irgendetwas von dem, was wir hier besprechen, ausplaudern, wird das als Hochverrat gegen die Krone angesehen werden. Haben Sie das verstanden?"

George-Phillip starrte Galvin schockiert an, er war beleidigt, dass Galvin das für erwähnenswert hielt. Er verdrängte seinen Ärger und machte deutlich, dass er verstanden hatte.

„Verstehe, Sir."

„In Ordnung. Fahren Sie fort, O'Leary."

O'Leary lehnte sich vor: „Es ist so, Sir. Am 12. Dezember zog die Miliz von Ahmad Massoud durch den Wakhan-Korridor. Anscheinend hatte eines der dortigen Dörfer zu sehr mit den Sowjets kooperiert. Aber statt der üblichen Vergeltung haben sie zwei Kanister Sarin von einem Hubschrauber aus auf das Dorf gekippt."

„Heiliger Gott", sagte George-Phillip. „Was... was ist geschehen?"

„Alle sind gestorben. Frauen, Männer, Kinder, es war egal. Sogar die Schafe und Esel sind gestorben."

„Also... Warum erzählen Sie mir das?"

„Unglücklicherweise haben wir Grund zur Annahme, dass die Miliz die Chemiewaffen vom CIA erhalten hat. Wir wissen nicht, ob es eine skrupellose Operation war oder nicht, aber Richard Thompson war beteiligt, zusammen mit Leslie Collins und Prinz Roshan. Ich gehe davon aus, dass Sie alle drei Männer kennen?"

George-Phillip spürte ein Schaudern. „Ja. Collins und Roshan waren beide bei dem Abendessen am Samstag dabei."

Der Botschafter lehnte sich vor und sah George-Phillip genau an. „Georgie, mir ist klar, dass Sie im Grunde immer noch fast ein Kind sind. Aber manchmal erwartet ein Land auch etwas von seinen Kindern. Gehe ich richtig in der Annahme, dass wir Ihre Loyalität und Diskretion in dieser Sache haben?"

George-Phillip sah Galvin in die Augen. „Botschafter, mein Urgroßvater war George V. Ich weiß, was Loyalität gegenüber der Krone bedeutet."

Galvin starrte ihn an, in seinen Augen war Ärger zu erkennen. „Na ja, Ihr Großvater interessiert mich nicht, Sie interessieren mich. Sie freunden sich mich Adelina Thompson an und finden heraus, was in Wakhan geschehen ist. O'Leary wird mit Ihnen zusammenarbeiten. Habe ich mich deutlich ausgedrückt?

George-Phillip seufzte. „Ja, Sir. Ich werde mein Bestes geben."

George-Phillip. 2. Mai

„Lassen Sie mich aussteigen", sagte George-Phillip.

„Sir?", sagten der Fahrer und O'Leary gleichzeitig. Sie waren auf der Millbank unterwegs, in der Nähe der Riverside Walk Gardens. Die Vauxhall Bridge, die über die Themse führte, lag immer noch zwischen ihnen und dem Hauptquartier des Secret Intelligence Service.

„Sie haben mich gehört", sagte George-Phillip. „Halten Sie an und lassen Sie mich aussteigen. Ich werde von hier aus laufen."

O'Leary lehnte sich nah an ihn heran. Seine Stimme war leise und ruhig, so als ob er mit einem Kind sprach. „Sir, jemand hat vor zwei Tagen versucht, Sie umzubringen."

„Ja, das stimmt. Jetzt halten Sie das Auto an und ich werde laufen. Bleiben Sie in der Nähe und schauen Sie nach mir, falls Sie Bedenken haben, dass auf mich geschossen wird. Aber ich brauche ein paar Minuten für mich allein."

„Halten Sie das Auto an", befahl O'Leary.

Der Fahrer hielt das Auto an. George-Phillip war unvernünftigerweise verärgert. Der Fahrer hatte nicht angehalten, als er es befohlen hatte, erst als O'Leary es getan hatte. Aber so war das eben. Je höher man in der Befehlskette aufstieg, desto weniger Einfluss hatte man auf die Dinge. George hatte diesen Frust schon früher oft verspürt. Aber jetzt tat es weh, denn Adelina Ramos Thompson war irgendwo da draußen, verloren und allein und verängstigt, es waren vermutlich Menschen hinter ihr her, die ihr und ihren Töchtern etwas antun wollten. Es tat weh, denn *seine* Töchter waren da draußen, ungeschützt und unwissend.

Sie hatte es ihm gegenüber niemals zugegeben.

Sie hatte niemals auch nur ein Wort gesagt. Aber er hatte es gewusst, seit er die damals zwölfjährige Carrie bei einem diplomatischen Empfang in Peking zum ersten Mal gesehen hatte, und später, als er seine beiden Töchter zusammen am Strand von Calella beobachtet hatte. Es war offensichtlich, denn beide sahen ihm sehr ähnlich, und seiner Cousine Eloise noch mehr.

George-Phillip hatte Adelinas Wunsch dreißig Jahre lang respektiert und sich seinen Töchtern nicht zu erkennen gegeben. Aber jetzt wurden sie vermisst und sie schwebten alle in Gefahr. Und jetzt musste er sich auf sein eigenes Urteil verlassen. Egal, was das für seine Karriere oder seine eigenen Erwartungen bedeutete.

Er stieg aus dem Auto aus und begann, den schmalen Kai entlang des Ufers entlang zu laufen, dann über die Vauxhall Bridge. Er war sich genau darüber bewusst, dass diese Art von Benehmen genau das war, das dazu führen konnte, dass man ihn in den Boulevardblättern durch den Kakao zog. *Riesige Augenbraue verdeckt die Themse*, oder irgendetwas ähnlich Beleidigendes. Aber manchmal musste man einfach mal ausbrechen. Während er über die Brücke ging, sah er das Hauptquartier des SIS genau an, das die Brücke und den Fluss überragte. Das Gebäude aus grünem Glas und Stein war erdrückend, ein Haufen aus Stein und Glas, das aus Orwells *1984* entsprungen zu sein schien. Was wirklich beeindruckend war, war die Tatsache, dass der Platz zwischen dem SIS und dem Fluss, der Öffentlichkeit zugänglich war, der Zugang zum Gebäude und seinem Grundstück wurde durch einen hohen Stahlzaun blockiert.

Drinnen war es allerdings ganz anders. Innerhalb dieses Gebäudes behielt George-Phillip gerade so die Kontrolle über den Puls von hundert Nationen. Einige Menschen fragten, ob man einen solchen Apparat wirklich brauchte. Diese Menschen fragten, warum der SIS spionierte, warum sie Agenten in allen Staaten der Erde hatten, warum man sich Sorgen wegen der Ausbreitung von Nuklearwaffen, Terroristen und Dschihadisten machte. Aber diese Menschen hatten niemals die Leichen von Frauen und Kindern gesehen, die auf einer Straße zerfetzt von Bomben der Terroristen verteilt lagen. Menschen, die die Notwendigkeit des SIS infrage stellten, verstanden nicht, dass der Sinn eines Geheimdienstes nicht mehr war, als Schutz.

Trotzdem nagte das Gewicht der Verantwortung manchmal an George-Phillip. Das Gewicht, immer einen Bodyguard um sich zu haben. Das Gewicht, dass seine Tochter Jane von Beschützern in die Grundschule und zu anderen Orten gefahren werden musste, weil seine Familie nicht sicher war.

Das Gewicht seiner Entscheidungen war es, was an ihm nagte. Seine Entscheidung, Adelina gehen zu lassen, obwohl er gewusst hatte, dass sie unter diesem Hurensohn Richard Thompson litt.

Adelina, sinnierte er.

Manchmal spielte er gerne *Was-Wäre-Wenn*-Spielchen. Was, wenn er nach dem Tod seines Vaters nicht zur Army, sondern nach Spanien gegangen wäre? Was, wenn er am Tag des Putsches in Madrid gewesen wäre? Es war gar nicht *so* abwegig.

Es war doch sehr unwahrscheinlich. Er war in der Schule gewesen, war entschlossen gewesen, sein Abschlussjahr zu beenden, bevor er der Armee beigetreten war. Er hatte damit zu kämpfen gehabt, wer er sein wollte, nachdem sein Vater bei einem Autounfall gestorben war. Adelina war an dem Tag hilflos gewesen, und seitdem hatte sich nichts geändert. Jetzt waren dreißig Jahre vergangen, und er war niemals in der Lage gewesen, ihr zu helfen.

Was wäre wenn, dachte er manchmal. Was wäre, wenn sie gesagt hätten, zur Hölle nochmal und nach Brasilien oder Thailand oder Burma oder sonst irgendwo außerhalb der Reichweite des CIA und des SIS durchgebrannt wären? Was wäre, wenn er nicht so ein Feigling gewesen wäre?

Er hielt auf halber Strecke auf der Brücke an und sah hinaus auf den Fluss. Es war ein grauer, kalter Tag.

Was würden Carrie oder Andrea sagen? Wenn sie wüssten, dass er ihr Vater war. Wenn sie wüssten, dass er nicht genug Mut gehabt hatte, um sie zu kämpfen?

Na ja. Vielleicht war es zu spät. Es mochte alles ruinieren, wovon er gedacht hatte, dass es jetzt sein Leben war. Aber er würde um seine Töchter kämpfen. Und... falls sie ihn ließ... um seine Liebe.

KAPITEL DREIZEHN
Hexe, Hexe, Hexe, Hexe

Adelina. 16. Februar 1984

„**Nein, ich** kann mich nicht noch einmal mit Ihnen treffen."

„Adelina, ich muss Sie treffen."

Bei seinen Worten spürte sie erneut, wie die Dunkelheit nach ihrem Herz griff. Denn sie *wollte* ihn sehen. Sie wollte es so sehr, dass sie es schmecken konnte.

Sie wusste, dass es nichts als ein Desaster sein würde.

„Ich kann Sie nicht treffen", flüsterte sie.

Sehr langsam legte sie das Telefon auf und schloss ihre Augen, verscheuchte die Dunkelheit.

Jessica. 2. Mai

Jessica fühlte, wie ihr Magen grummelte. Sie hatte seit fast einer Stunde nichts mehr gegessen und seit Tagen hatte sie ständig Hunger. Sie zog ihre Beine enger an sich heran und sah hinaus auf das Wasser. Die Unterhaltung mit ihrer Mutter war voller unwillkommener Enthüllungen gewesen, unter anderem, dass ihr Vater ein Vergewaltiger war.

Oder zumindest *behauptete* Adelina das. Immerhin war ihre Mutter eine Verrückte. Alle Töchter Adelinas wussten das. Sie nahm genügend Medikamente, um einen Elefanten zu betäuben. Sie hatte Ausraster und Zusammenbrüche. Sie weinte ständig und hatte Panikattacken, die sie alle verängstigten. Sie war mehr als einmal ausgerastet und hatte ihre Töchter mit ihren Worten und ihren Schlägen verletzt.

„Jessica?", sagte ihre Mutter.

„Lass mich allein", flüsterte Jessica.

Adelina seufzte und stand auf. Jessica sah nicht dabei zu, wie sie fortging. Stattdessen starrte sie hinaus auf den Ozean und versuchte, die Wut gegen ihre Mutter aufrechtzuerhalten.

Das war nicht schwer. Alles, was sie dafür tun musste, war, sich an mehr Vorfälle, als man zählen konnte, zu erinnern. Vor allem an den Schlimmsten, das kaputte Cello, eine Erinnerung, die ein für alle Mal bewies, dass ihre Schwester Carrie eine Heilige und ihre Mutter eine Teufelin war.

Jessica war damals sechs Jahre alt und es musste Ende Oktober gewesen sein, denn sie erinnerte sich daran, dass sie und Sarah auf einer Halloween-Party bei den Brewers in ihrem alten viktorianischen Haus ein paar Häuser weiter gewesen waren. Jessica war als Engel verkleidet gewesen und Sarah als Hexe. Schwarz und weiß. Sie hatten sich an den Händen gehalten und waren auf der Party herumgerannt und hatten so viel Süßigkeiten gegessen, bis Sarah sich über Randy Brewers Harry Potter und die Kammer des Schreckens LEGO-Set erbrochen hatte. Randy, der fünf Jahre älter als sie war, hatte Sarah eine runtergehauen. Sarah hatte erneut erbrochen, während Jessica geschrien hatte. Ihre Mutter hatte sie beide und Alexandra in aller Eile nach Hause gebracht und sich während des ganzen Weges lautstark darüber beschwert, dass sich keine ihrer Töchter benehmen konnte.

Am nächsten Morgen schien im Haus alles merkwürdig zu sein. Ihr Vater hatte sich in seinem Büro eingeschlossen, was nicht weiter ungewöhnlich war, aber ihre Mutter hatte den ganzen Morgen weinend im Esszimmer verbracht. Jessica erinnerte sich nicht daran, wo Alexandra an dem Morgen gewesen war. Vielleicht hatte sie bei einer Freundin übernachtet.

„Haltet euch von ihr fern", hatte Carrie an dem Morgen geflüstert. „Geht nicht nach unten, ich werde euch was zum Frühstücken raufbringen."

„Was ist los?", hatte Sarah gefragt. Wie immer hatte Sarah kein Gefühl dafür, sich selbst zu schützen. Sie verärgerte ihre Mutter ständig.

„Das würdest du nicht verstehen, es hat etwas mit Julia zu tun", hatte Carrie gesagt.

„Wer ist Julia?" hatte Jessica gefragt.

„Unsere Schwester, du Dumme", hatte Sarah gesagt.

„Nenn mich nicht dumm!", hatte Jessica gerufen. „Sie ist fast nie hier. Wie hätte ich das wissen sollen?"

„Du *bist* dumm", hatte Sarah gesagt. Dann hatte sie ihre Hand ausgestreckt und nach Jessicas Arm geschlagen.

„Hört auf, alle beide!", hatte Carrie drängend geflüstert. „Mutter ist heute total verrückt. Verärgert sie *nicht!*"

Sarah hatte auf den Boden geschaut und gesagt: „Es tut mir leid, Carrie." Ihre Stimme war leise gewesen.

Jessica hatte zurückgeschlagen. Daraufhin hatte Sarah ihre großen blauen Augen in Jessicas Richtung verdreht und sie angestarrt. Sie hatte nicht geweint und auch nichts gesagt, aber ihre Lippen hatten sich zur Karikatur eines Lächelns verzogen.

„Hört auf!", hatte Carrie erneut gesagt. „Ich werde Julia anrufen und euch dann etwas zum Frühstücken besorgen. Bleibt hier und macht keinen Ärger, okay?"

Also waren die Zwillinge in Carries Zimmer geblieben und hatten mit Andrea gespielt, die rumgenörgelt hatte, weil sie Hunger hatte. Aber alle drei hatten gewusst, dass es besser war, nicht nach unten zu gehen. Es war Wochen, vielleicht sogar Monate her gewesen, seit ihre Mutter einen Zusammenbruch gehabt hatte. Aber sie hatten Bescheid gewusst.

Es hatte lange zwanzig Minuten gedauert, bis Carrie wieder nach oben gekommen war. Andrea hatte geweint. „Ich habe Hunger", hatte sie geheult.

„Ist schon okay, Pu-Bär", hatte Carrie geflüstert. Sie hatte angefangen, Donats und kleine Packungen Apfelsaft zu verteilen.

„Ich wollte aber Traubensaft", hatte Sarah gesagt.

„Das ist alles, was sie in dem kleinen Supermarkt an der Ecke hatten, Sarah. Vielleicht kannst du nachher noch einen Traubensaft trinken?"

„Okay", hatte Sarah geflüstert. Ihre Augen waren feucht geworden.

Jetzt, mit achtzehn, verstand Jessica, wie schrecklich es gewesen war, dass ihre ältere Schwester sich hatte zum nächsten Supermarkt herausschleichen müssen, um ihnen Frühstück zu besorgen, weil sie Angst gehabt hatte, ihre Mutter zu stören, die sich in der Nähe der Küche aufgehalten hatte. Aber das war schnell überschattet worden.

Sie waren alle erstarrt, als sie Fußstapfen auf der Holztreppe hörten.

„Carrie?" Die Stimme war ängstlich und zitternd gewesen. Sie hatte dazu geführt, dass es Jessica kalt den Rücken heruntergеlaufen war. Ihre Mutter hatte geweint, und das war niemals gut. „Carrie? Wo bist du? Mit wem hast du telefoniert?"

Carrie hatte geflüstert: „Versteckt das Essen."

Während die Mädchen schnell die Donuts und die Getränke unter das Bett geschoben hatten, war Carrie aufgestanden und zur geschlossenen Tür gegangen. Schreckliche Angst hatte Jessica erfüllt, als ihre ältere Schwester die Tür geöffnet hatte.

„Hier drinnen, Mutter", hatte Carrie gesagt.

Ihre Mutter war in den Raum gestolpert. Ihr Gesicht war rot und aufgedunsen gewesen, und ihre Hände hatten sich aneinander geklammert. „Mit wem hast du telefoniert?"

„Ähm, einer Freundin aus der Schule", hatte Carrie gesagt.

„Welche Freundin?"

„Eine Hexenfreundin", hatte Sarah gesagt. Dann kicherte sie.

„Was hast du gesagt, junge Dame?" Ihre Mutter hatte ihre Augen zusammengekniffen.

Sarah hatte große Augen bekommen. Lustigerweise. Trotzig wie immer hatte sie ihre Zähne gezeigt, ihre Augen verdreht und gesagt: „Hexe, Hexe, Hexe, Hexe."

„Wie kannst du es *wagen?*" hatte ihre Mutter gerufen, dann ihre Hand gehoben, um Sarah eine runterzuhauen.

Das war der Moment, der alles geändert hatte. Denn die siebzehnjährige Carrie hatte sie am Handgelenk festgehalten.

„Du wirst sie nicht schlagen", hatte Carrie gesagt. „Nie mehr."

Die Antwort war sofort gekommen. Adelina hatte mit ihrer freien Hand ausgeholt und Carrie ins Gesicht geschlagen. „*Du* sagst mir nicht, was ich tun soll! *Du* fasst mich nicht an", hatte sie geschrien und Carrie noch ein zweites Mal geschlagen.

„Hör auf", hatte Carrie gerufen, während sie zurückgestolpert war. „Hör auf, du verrückte Hexe!"

Ihre Mutter hatte etwas nicht Verständliches geschrien und Sarah und Jessica hatten Andrea geschnappt und mit unter das Bett gezogen. Die Rangelei war lauter geworden, während ihre Mutter herumschrie, Carrie zurückbrüllte, es waren wortlose Laute der Wut. Dann hatte es einen lauten Schlag gegeben und Carrie hatte verblüfft auf dem Boden neben ihrem Cello gesessen. Ihre Mutter war rückwärts durch die Tür gewankt, auf ihrem Gesicht war Horror und Kummer zu erkennen gewesen.

Ihre Mutter hatte das Zimmer ohne ein weiteres Wort verlassen und Jessica und Andrea waren unter dem Bett hervorgekrochen. Carrie hatte auf dem Rücken gelegen und die Augen vor Schmerz geschlossen gehalten. Ihr Cello hatte neben ihr auf dem Boden gelegen, der Hals war an der Stelle gebrochen, wo sie aufgeschlagen war.

„Ich *hasse* sie", hatte Carrie geflüstert und sich zu einer embryonalen Haltung zusammengerollt. „*Hasse sie.*"

Jessica erinnerte sich nicht mehr daran, was danach geschehen war, außer, dass Sarah sich den ganzen Morgen unter dem Bett versteckt hatte. Sie hatte geweint, sich geweigert, herauszukommen, und immer und immer wieder geflüstert: „Es tut mir leid, es tut mir leid, es tut mir leid, Carrie".

Im nächsten Herbst war Carrie ausgezogen, um ans College zu gehen, und Jessica hatte sie niemals wieder Cello spielen sehen.

Aber sie hatte einen Sieg errungen. Ihre Mutter hatte nie wieder eine von ihnen geschlagen.

Wie sollte Jessica das mit dem Bild einer schlecht behandelten, vergewaltigten Frau, die darum gekämpft hatte, mit einem psychotischen Ehemann zu überleben, in Einklang bringen, welches ihre Mutter von sich gezeichnet hatte? Wie könnte sie jemals, *jemals*, nett über ihre Mutter denken?

„Ich hasse dich", flüsterte sie, ihre Worte waren kaum lauter als der Wind, der durch die Bucht blies.

„Was?", sagte ihre Mutter.

Jessica sah von ihren Knien auf und sagte: „Ich hasse dich. Du warst keine Mutter für uns. Und jetzt nimmst du mir auch noch meinen Vater? Ich *hasse* dich."

Adelina zuckte zurück. „Ich verdiene es", flüsterte sie. „Ich erwarte nicht, dass du mir verzeihst."

„Ich weiß nicht mal, wie du nur an Verzeihung denken kannst", sagte Jessica. „Du hast unser Leben zur Hölle gemacht", fluchte sie. Aber während sie die Worte aussprach, rannen Tränen über ihr Gesicht.

„Es tut mir leid", erwiderte Adelina.

„Ich akzeptiere deine Entschuldigung nicht. Das werde ich niemals."

Jessica drehte sich weg. Sie erinnerte sich an Carries Schreie, während sie ihre Schwestern vor ihrer verrückten Mutter beschützt hatte. Sie erinnerte sich an Sarah, die stundenlang unter dem Bett gelegen und geweint hatte. Sie erinnerte sich an Andrea, wie sie mal wieder für Spanien packte und nicht mal wusste, dass der Grund dafür, dass ihre Eltern sie nicht bei sich haben wollten, war, dass ihre Mutter eine Affäre gehabt hatte. Man kann nicht einfach eine nette Geschichte erzählen und erwarten, dass danach alles besser ist. Man kann lebenslange Verletzungen nicht einfach ausradieren.

Scheiß auf sie, dachte Jessica.

Adelina. 17. Februar 1984

„Komm, Julia."

Julia trug ein blaues Kleid mit Lackschuhen und einem passenden Gürtel. In letzter Zeit rannte sie immer, beugte sich leicht nach vorne, die Arme hinter ihr, so als wäre es das Normalste auf der Welt, mit dem Kopf gegen eine Wand zu laufen. Sie rannte auch jetzt los, direkt auf den marmornen Tresen zu, hinter dem der Concierge saß.

„Halt!", rief Adelina, sie streckte einen Arm aus, während sie gleichzeitig versuchte, den Buggy, zwei Taschen voller Lebensmittel, ihre Handtasche und einen Becher mit Kaffee, festzuhalten. Etwas musste fallen, in dem Fall war es der Kaffee, der eine braune Pfütze auf dem Boden bildete. Julias Fuß glitt auf der klebrigen Flüssigkeit aus, während sie sich immer noch an Adelinas Arm festhielt. Sie begann sich in einem großen Kreis zu drehen, als die erste Tasche mit Lebensmitteln auf den Boden fiel.

In der Tasche ging ein Glas zu Bruch, es war vielleicht die Erdnussbutter oder das Apfelmus. Hoffentlich nicht der Wein.

„Julia!", schrie sie, sogar als das kleine Mädchen begann, erneut loszustapfen.

Einen Augenblick später hatte sie alles unter Kontrolle und ihre Tochter zum Stehen gebracht. Die Tasche mit den Lebensmitteln und der Kaffee waren allerdings verloren.

„Wir werden Ihnen… die erhaltenen Lebensmittel hinaufbringen… Mrs. Thompson.

„Vielen Dank, Harold", sagte sie.

Der Concierge sagte: „Ach übrigens, hat heute ein Bote einen Brief für Sie gebracht. Von der Britischen Botschaft."

In ihrer Brust zog sich plötzlich etwas zusammen, es war schon fast schmerzhaft. „Oh… ich werde ihn mitnehmen", sagte sie.

Er gab ihr den Brief. „Ich vermute, es hat etwas mit Mr. Thompsons Geburtstag zu tun? Der Bote hat sehr deutlich gesagt, dass ich ihn nur Ihnen geben darf."

Verblüfft sagte Adelina: „Ja... natürlich." Sie hob ihren Finger an ihre Lippen. „Das bleibt bitte unser Geheimnis. Wir wollen doch die Überraschung nicht ruinieren."

Das Einzige, was sie Richard zu seinem Geburtstag schenken wollte, war ein Messer in seiner Brust. Aber das war keine realistische Möglichkeit. Mit scharfer Stimme sagte sie: „Bleib ruhig!", zu Julia, dann öffnete sie den Umschlag.

Es war eine Einladung auf einer cremefarbenen Karte mit goldener Gravur, auf der in schöner Handschrift stand: *Sie sind herzlich zu einem Mittagessen mit Seiner königlichen Hoheit Prinz George-Phillip Windsor, Duke of Kent, am 22. Februar in der Botschaft Ihrer Majestät in Washington, District of Columbia, eingeladen.*

Sie verdrehte ihre Augen. Die Einladung war mit Absicht vage gehalten, sie vermutete für den Fall, dass Richard sie entgegen nahm. *Das* wäre eine üble Situation.

Sie würde mit niemandem zu Mittag essen.

Das würde sie nicht.

Und schon gar nicht in der Britischen Botschaft. Es war schon schlimm genug, dass die Post über ihr Essen mit George-Phillip im Matisse berichtet hatte. Richard hatte es noch nicht erwähnt. Würde er es noch? Wusste er Bescheid? Richard war nicht dumm, und die diplomatische Gemeinde war winzig. Sie konnte sich nicht vorstellen, dass er es nicht gehört hatte. Richard wartete nur auf den richtigen Moment. Irgendwann, diesen Nachmittag oder heute Abend oder nächste Woche oder nächstes Jahr, würde er etwas unaussprechlich Grausames tun. So funktionierte das.

„Komm, Julia", rief sie und marschierte los.

Die Zweijährige rannte hinter ihr her und griff nach Adelinas Hand, als sie den Aufzug erreichten. Sie nahm die Hand ihrer Tochter in ihre und sagte auf der Fahrt nach oben kein Wort. Adelina war nicht bewusst, dass sich ihre andere Hand zu einer

Faust geballt hatte, bis sie nach unten sah und bemerkte, dass die Einladung zerknüllt war.

Adelina. 2. Mai

Adelina saß zusammengesunken auf dem Fahrersitz des Minivans. Es war ein schöner Tag, der Himmel war wolkenlos und die Sicht bis zum Horizont ungewöhnlich klar. Vom Ozean wehte ein kräftiger Wind hinauf in die Berge, hin und wieder wurde der Minivan dadurch hin und her geschaukelt.

Jessica saß immer noch auf der Mauer. Sie hatte ihre Arme um ihre Beine geschlungen und den Kopf auf ihre Knie gelegt. Sie weinte nicht. Ihre Schultern zitterten nicht, auch wenn Adelina nicht verstand, wie ihre Tochter da draußen sitzen konnte, ohne auch nur zu zittern.

Du warst keine Mutter für uns.

Es war die Wahrheit, und sie wusste es. Ihre älteste Tochter war zweiunddreißig Jahre alt, ihre jüngste sechzehn. Sechs Töchter und alle hassten sie. Das Schlimmste daran war, dass sie wusste, dass sie es verdiente. Jessica saß dort auf der Mauer und weigerte sich, mit ihr zu reden, und sie hatte nicht mal das Schlimmste abbekommen. Sie wusste, dass es Julia und Carrie gewesen waren, die das Meiste von ihrer nicht beherrschbaren Unruhe und Angst, ihren Panikattacken und ihrer Wut abbekommen hatten.

Sie hätte alles dafür getan, es zu ändern. *Alles.*

Im Moment war alles, was sie tun konnte, dieser einen Tochter zu helfen. Sie stieg erneut aus und sagte: „Du musst nicht mit mir reden, wenn du nicht willst. Aber denkst du nicht auch, dass wir etwas zum Essen besorgen sollten?"

Jessicas Schultern sackten in sich zusammen. Sie nickte und sagte: „Es tut mir leid. Ich verstehe dich nicht, aber ich hasse dich nicht. Wirklich nicht."

Adelina seufzte. „Ich würde es dir nicht verdenken, wenn es so wäre, musst du wissen."

Jessica grunzte leicht und schüttelte kräftig ihren Kopf.

„Egal, lass uns weiterfahren."

„Wo fahren wir jetzt hin?", fragte Jessica.

„Na ja... ich mache mir Sorgen, weil wir mit dem Minivan unterwegs sind, vor allem jetzt, wo sie nach uns suchen. Es ist nur eine Frage der Zeit, bis sie uns finden werden. Also habe ich mir überlegt, dass wir im nächsten Ort anhalten und den Bus nehmen."

Jessica starrte sie an, ihre Augen bewegten sich nicht und sie blinzelte auch nicht. Dann sagte sie: „Wohin?"

„Kanada."

Verblüfft fragte Jessica: „Warum?"

Adelina sagte: „Hast du die Nachrichten nicht gehört? Sie suchen nach uns."

„Ja schon. Aber... Kanada?"

„Ja. Wir müssen irgendwohin, wo wir *sicher* sind", sagte Adelina, Jessica seufzte. „Ich weiß nicht, wie ich dir vertrauen soll."

Adelina streckte ihren Arm aus und berührte die Hand ihrer Tochter. „Ich weiß. Aber trotzdem müssen wir los."

„In Ordnung", flüsterte Jessica.

KAPITEL VIERZEHN

Hat es dir die Sprache verschlagen, Adelina?

Adelina. 25. Februar 1984

In der Woche nach ihrem Mittagessen mit George-Phillip mied Adelina Richard, genauso vermied sie es, allein zu sein. Tagsüber war es recht einfach, sich zu beschäftigen, sie führte Vorstellungsgespräche mit Kindermädchen und fuhr mit Julia zu verschiedenen Klavierlehrern.

Richard hatte zu beiden Themen seine Meinung geäußert. Aber Adelina hatte ihn davon überzeugt und ihn daran erinnert, dass die meisten gut erzogenen Kinder ein Instrument spielen konnten. Julia war jung, aber bei der Suzuki-Methode begann man üblicherweise im Alter von drei bis fünf Jahren.

Ich bestehe darauf, dass sie ein Instrument lernt, hatte sie gesagt.

Dann bring ihr bei, auf deiner eigenen Geige zu spielen, hatte er geknurrt.

Natürlich war ihm bewusst, was sie mit ihrer Geige gemacht hatte. Richard entging nicht viel, aber um es ganz deutlich zu machen, hatte sie das zerschmetterte Instrument genommen und auf seinem Bett platziert.

Als Antwort darauf, hatte Richard die Geige in den Müll geworfen und ein Riegelschloss an seiner Tür installieren lassen.

Und so ging es weiter. Wenn Richard von ihrem Essen mit George-Phillip wusste, dann erwähnte er es nicht. Aber sie war sich sicher, dass er es wusste. Natürlich wusste er davon, der Hexe

Maria Clawson sei Dank. Da war er, der unterste Absatz ihrer Kolumne. *Der Duke of Kent und derzeitiger Junior Attaché der Britischen Botschaft, Prinz George-Phillip, wurde am Montag beim Essen mit Adelina Thompson, der Frau eines Nachwuchsmitarbeiters des Außenministeriums, im exklusiven Restaurant Matisse gesichtet. Keiner der beiden war bereit, einen Kommentar abzugeben, aber man fragt sich, ob sich die Beziehungen zwischen den USA und Groß Britannien verbessern.*

Es war unmöglich, dass Richard es nicht wusste. Vielleicht behielt er das Wissen für sich, um es im richtigen Moment einzusetzen. Es sähe ihm ähnlich, etwas tagelang zurückzuhalten und sie dann damit in Angst und Schrecken zu versetzen.

Aber die Tage vergingen, ohne, dass er etwas sagte und während der nächsten zehn Tage hatte sie keinen weiteren Kontakt zu George-Phillip.

Als es soweit war, war es wie eine Bombe. Das Telefon klingelte um 14.30 Uhr. Julia war den ganzen Tag schwierig gewesen – extrem schwierig. Als das neue Kindermädchen kam, machte sich Adelina einen Drink und floh auf den Balkon. Sie war bei ihrem zweiten Drink, als das Telefon klingelte.

Sie ignorierte es und entschied sich stattdessen dafür, das ungewöhnlich warme Wetter zu genießen.

Die Glastür wurde aufgeschoben. „Mrs. Thompson?"

Jenny Sullivan, das neue Kindermädchen, reichte das Telefon nach draußen. „Es ist Mr. Thompson."

Adelina schloss ihre Augen. Sie wollte nicht mit Richard reden.

Sie hatte keine Wahl. Sie griff nach dem schnurlosen Telefon.

„Ja, Richard."

„Geh und kauf dir ein neues Kleid. Etwas Schickes. Wir sind heute Abend zu Gast beim britischen Botschafter. Es ist eine sehr formale Angelegenheit, man erwartet Abendgarderobe."

„Der britische Botschafter?"

„Ja und der Junge, mit dem du dich zum Mittagessen davongeschlichen hast. Prinz George-Phillip"

Adelina holte schnell Luft, sagte aber kein Wort.

„Du hast nicht gedacht, dass ich es weiß oder, Adelina? Inzwischen solltest du es besser wissen."

Adelinas Worte waren normal, aber sie konnte nicht verhindern, dass ihre Stimme zitterte. „Reg dich nicht auf, Richard, es war nur ein Mittagessen. Ich hatte sogar Julia dabei."

„Natürlich war es nur ein Mittagessen. Sogar ich weiß, dass ein Mitglied des britischen Königshauses nicht an einer Bauernschlampe aus Spanien interessiert ist. Aber ich mag es nicht, wenn man mich in der Zeitung wie einen Idioten aussehen lässt, Adelina. Das ist besser das *letzte* Mal, dass Maria Clawson meinen Namen in ihrer Kolumne erwähnt."

Adelina wurde starr vor Wut. Sie stand fast fünfzehn Sekunden da, hatte ihre Zähne zusammengebissen, hielt den Telefonhörer ganz fest und war nicht in der Lage, ein Wort zu sagen.

„Was? Hat es dir die Sprache verschlagen, Adelina?"

„Ich werde ein Kleid finden", grollte sie.

Und dann warf sie das schnurlose Telefon mit einer geschmeidigen Bewegung auf den schmiedeeisernen Tisch. Sie schlug es dreimal gegen den Tisch, ein viertes Mal, dann weitere fünf Male, bis die Hülle schließlich brach und Plastikteile herumflogen.

Dann brach sie in Tränen aus. Sie *hasste* ihn. *Hasste* ihn.

Sie schloss ihre Augen und sackte auf ihrem Stuhl zusammen. Dann flüsterte sie ein Gebet, die Worte ergossen sich über sie wie eine Flut. Sie musste sich und ihr Temperament unter Kontrolle bringen. Manchmal schien die Wut alles zu überdecken. Das war neu. Als Kind oder Teenager hatte sie nie zu Wutausbrüchen geneigt.

Sie öffnete ihre Augen. Jenny war mit Julia im Wohnzimmer. Beide starrten sie an.

Adelina stand auf und strich sich den Rock glatt. Ihr Temperament verängstigte sie manchmal. Und war ihr manchmal peinlich. Sie schob die Tür auf und sagte zu dem verblüfften Kindermädchen. „Ich werde ausgehen."

„Warum hat Mummy Telefon kaputt macht?", fragte Julia.

Weder Adelina noch Jenny beantworteten die Frage. Adelina machte ihren Mantel sorgfältig zu und verließ die Wohnung.

Stunden später fuhr sie im Auto neben Richard zur Britischen Botschaft, ohne ein Wort zu sagen. Draußen war es dunkel, der Verkehr dicht und in Richards Mercedes 500SE war es sehr heiß. Sie starrte zum Fenster hinaus, die Ledersitze und das polierte Holz beeindruckten sie nicht. Ihr Vater hatte den größten Teil ihres Lebens kein Auto besessen und sie hätte lieber mit ihrer Tochter in einer Berghütte gelebt, als mit dem pompösen und oft verängstigenden Luxus, den Richard für selbstverständlich hielt.

„Du bist ruhig", sagte er.

Adelina zuckte mit den Schultern. „Ich bewahre meine Energie für das Abendessen auf."

„Bezaubere sie mit deinem Charme, Adelina."

Sie verdrehte ihre Augen. „Jemand bestimmten?"

„Eugene Jackson."

„Wen?"

Richard schnaubte vor Ungeduld. „Ich erwarte, dass du solche Dinge weißt, Adelina. Wir haben unsere diplomatischen Beziehungen mit dem Vatikan wieder aufgenommen. Jackson ist Reagans Gesandter im Vatikan und er ist als erster Botschafter nominiert worden."

„Richtig", sagte sie und hielt ihre Hand hoch. „Seine endgültige Anhörung ist nächste Woche?"

„Genau."

„Warum hatten wir keine diplomatischen Beziehungen zum Vatikan?"

„Der Kongress hat im Jahre 1867 die Gelder dafür gestrichen, weil der Papst protestantische Gottesdienste in der Stadt verboten hatte."

„1867? Meinst du das ernst? Und es hat mehr als hundert Jahre gedauert, das zu ändern?"

Richard zuckte mit den Schultern. „Ich kenne die Geschichte nicht. Man war in den Vatikan eingedrungen und er war Teil des Italienischen Königreichs oder sowas geworden. Egal, die Briten haben letztes Jahr ihre diplomatischen Beziehungen wieder aufgenommen und wir jetzt."

„Okay. Und warum willst du, dass ich Botschafter Jackson bezaubere?"

Seine Augen wurden klein und seine Fäuste ballten sich um das Lenkrad, während sein Gesicht rot wurde – das waren bei Richard gefährliche Zeichen. Einen Augenblick lang erwartete sie, dass er sagen würde, es ging sie nichts an.

Nach einer Sekunde entspannte er sich etwas und sagte: „Außer, dass er der neue Botschafter werden wird, sind Eugene Jackson und seine Frau auch enge Freunde der Reagans. Ein gutes Wort seinerseits beim Präsidenten könnte viel für meine Karriere tun."

Adelina nickte. „Verstehe. Was wissen wir über ihn?"

„Er ist siebzig oder so. Ein prominenter Geschäftsmann aus Kalifornien, er hat geholfen, die Wahlkampagne des Präsidenten zu finanzieren und er war ein Mitglied des Kitchen Kabinetts." Das Kitchen Kabinett war eine formlose Gruppe aus konservativen Ratgebern des Präsidenten – politische Gegner hatten sie beschuldigt, Reagans wirkliche Kabinettsmitglieder ausgesucht zu haben.

Richard fuhr fort. „Er geht mit dem Präsidenten *reiten* und er und seine Frau haben die Geburtstagfeier von Nancy ausgerichtet."

Adelina nickte. „Okay. Ich soll ihn bezaubern. Wie heißt seine Frau? Wird sie auch da sein?"

„Elizabeth. Sie haben sich in Stanford kennengelernt. Und ja, sie wird auch dort sein."

„Okay. Mich gut benehmen. Ihn bezaubern. Wird gemacht."

In einem scharfen Ton sagte Richard. „Werde ja nicht frech."

„Du bist ein Soziopath und ein totaler Bastard, Richard. Glaubst du, ich bin dumm genug, dich zu verärgern?"

Ohne zu zögern streckte er seine Hand zu ihr rüber und kniff sie durch ihr Kleid fest ins Bein, dabei drehte er seine Finger noch. Sie rutschte von ihm weg, dann griff sie nach seiner Hand und versuchte, sie wegzuziehen, als der Schmerz schlimmer wurde.

„*Ich hasse dich*", flüsterte sie.

„Das ist okay", antwortete er. „Solange du tust, was man dir sagt."

Sie antwortete nicht, stattdessen entschied sie sich dafür, den Schmerz zu verdrängen, sie starrte durchs Fenster hinaus in die Dunkelheit. Sie steckte eine Hand in ihre Handtasche und griff nach ihrem Rosenkranz, sie ließ die Perlen durch ihre Finger gleiten. Sie wusste genau, dass Richard sofort eine gewalttätige Antwort parat hätte, wenn sie das Gebet laut sagen würde. Also betete sie mit ihrem Herz, folgte den Perlen, sie begann mit dem Vater Unser. Manchmal blieb sie dort stecken, und betete immer wieder um Erlösung von dem Bösen.

Zwanzig Minuten später hielt Richard das Auto an. Die Wachen an der Botschaft überprüften seinen Ausweis und winkten ihn durch. Er parkte, dann ging er vorne um das Auto herum und öffnete ihr die Tür. Sie stieg aus und ließ den Rosenkranz zurück in ihre Tasche fallen. Er legte seine Hand auf ihren Arm und führte sie zum Eingang.

Drinnen angelangt wurde klar, dass dies eine sehr vertrauliche Sache werden würde. Ein Dutzend Männer verschiedenen Alters waren in dem Raum, viele wurden von ihren Frauen oder Freundinnen begleitet. Adelinas Augen suchten nach George-Phillip.

Er war auf der anderen Seite des Raumes und sprach mit einer etwas älteren Frau in einem auberginefarbenen Kleid. Adelina spürte einen Stich aus Eifersucht, was albern war. Sie hatte kein Anrecht auf George-Phillip. Die Frau war unglaublich groß, mindestens 1,80 m. Ihr dunkles braunes Haar war zu einem umgekehrten Bob geschnitten und ihre grünblauen Augen schienen ungewöhnlich groß zu sein.

Trotz der Tatsache, dass sie kein Anrecht auf ihn hatte, nahm er die Frau beim Arm und ging, sobald er Richard und Adelina gesehen hatte, auf sie zu.

„Mr. Thompson, ich freue mich sehr, dass Sie kommen konnten", sagte George-Phillip. „Und Mrs. Thompson." Er drehte sich zu der Frau neben ihm um und sagte: „Eloise, lass mich dir Richard und Adelina Thompson vorstellen. Richard ist ein amerikanischer Diplomat und hat mich netterweise vor zwei Wochen zu einem Abendessen bei sich eingeladen. Richard und Adelina, dies ist meine Cousine, Lady Eloise Percy."

Cousine, dachte Adelina und war merkwürdig erleichtert. Es ergab Sinn. Eloise war groß, wenn auch nicht so groß wie George-Phillip, und sie hatte unglücklicherweise die gleiche Hakennase und die gleichen Augenbrauen, die bei einem Mann machtvoll aussahen, aber bei ihr nicht.

„Ich bin entzückt", sagte Richard. Er klang alles andere als entzückt. Die anderen schienen es nicht zu bemerken, aber Adelinas Überleben hing davon ab, Richard und seine Stimmungen zu kennen, auch die Augenblicke, in denen er log oder manipulierte. Seine Stimme war voller Süße, während er weitersprach. „Lady Eloise, ich freue mich, Sie kennenzulernen. Ich denke nicht, dass wir uns schon mal begegnet sind. Sind Sie schon lange in Washington?"

Eloise lächelte und zeigte zwei vorstehende Zähne. Adelina wusste, dass es unbedeutend war, aber die Zähne gefielen ihr. „Dies ist meine erste Reise nach Washington."

„Herzlich willkommen", sagte Adelina. „Ich bin auch neu in der Stadt."

„Oh wirklich!", sagte Eloise. „Sie sind nicht zufällig daran interessiert, die Stadt mit mir zu erkunden, oder?"

Adelina lächelte und dachte darüber nach, wie sie die Einladung höflich ablehnen konnte. Sie hatte kein Interesse daran, tagelang mit einer überprivilegierten Britin durch die Stadt zu latschen – . „Ich denke, das ist eine entzückende Idee", sagte Richard, seine Stimme war immer noch widerlich. „Adelina sagte gerade neulich erst, dass sie nicht oft genug aus dem Haus kommt. Wir haben eine zweijährige Tochter und sie hängt sehr an ihrer Mutter."

George-Phillip sagte: „Adelinas Vater hat Alexandra gekannt."

Eloises Augen begannen zu strahlen. „Oh wirklich? Sie war meine Lieblingstante. Ihr Vater ist…"

„Juan Ramos, Lady, er war der Marquis de Cerverales."

„Oh ja", sagte Eloise. „Ich habe von ihm gehört. Er hatte einige politische Meinungsverschiedenheiten mit Franco, nicht wahr?"

„Ich befürchte ja", sagte Richard. Seine Stimme war nicht länger zuckersüß. „Adelina war die Tochter eines Ladenbesitzers, als ich sie aus Spanien herausholte."

Adelina hielt krampfhaft an ihrem Lächeln fest.

„Seien Sie nicht so bescheiden", sagte Eloise. „Unsere Tante hat sehr gut von ihrem Vater gesprochen."

„Er wäre hocherfreut gewesen, wenn er das gewusst hätte", sagte Adelina.

„Oh nein", sagte Eloise, sogar als George-Phillip fast erstarrte. „Sie sprechen von ihm in der Vergangenheit?"

„Er ist vor zwei Jahren gestorben", antwortete Adelina. „Ein Unfall."

„Sehr traurig", erwiderte Eloise."

„Tragisch", sagte Richard mit trockener Stimme. „Oh... ist das nicht Eugene Jackson, der neue Botschafter im Vatikan?"

Er klang wie ein Idiot, dachte Adelina. Aber er wollte natürlich jede Unterhaltung, die mit Adelinas Vergangenheit zu tun hatte, vermeiden.

„Ich denke ja", sagte George-Phillip. „Ein Öl-Mann, richtig? Und Freund Ihres Präsidenten?"

„Ich muss ihm meine Ehre erweisen", antwortete Richard. „Adelina?"

„Ich komme, Liebling", sagte sie. „Bitte entschuldigen Sie uns", sagte sie fast flüsternd zu George-Phillip und Eloise.

„Natürlich", sagte George-Phillip, seine Stimme war leise und besorgt.

Adelina hatte aber keine Zeit, George-Phillip weitere Aufmerksamkeit zu schenken. Richard war sehr schnell zu Jackson gegangen, dem neuen Botschafter im Vatikan, und er sprach bereits, als Adelina ihn eingeholt hatte.

„Darf ich Ihnen meine Frau Adelina vorstellen?"

„Es freut mich, Sie kennenzulernen, Mrs. Thompson", sagte Jackson, seine Augen wanderten sofort zum Ausschnitt von Adelinas Oberteil. Er war ein freundlich aussehender Mann, mit scheckigem Haar, hoher Stirn und tiefen Grübchen auf beiden Seiten seines Mundes. „Das ist meine Frau Elizabeth."

Adelina schüttelte seine Hand und lächelte die ältere Frau an. Die Jacksons waren vermutlich siebzig Jahre alt. Elizabeth war eine adrette Frau mit weißem Haar, das ihr gerade bis auf die Schultern reichte.

„Herzlichen Glückwunsch zu Ihrer Ernennung zum Botschafter, Sir."

„Vielen Dank, junge Dame. Auch wenn sie noch nicht bestätigt ist."

„Oh?", sagte Adelina und blinzelte unschuldig mit den Augen.

„Es gibt im Senat ein paar Ewiggestrige", sagte Jackson. „Sie denken, wir sollten die diplomatischen Beziehungen gar nicht wieder aufnehmen."

„Oh je", sagte Adelina. „Das tut mir so leid."

Elizabeth Jackson lächelte und sagte: „Ist schon okay, meine Liebe. Ich bin sicher, dass Eugene für die Herausforderung gut gerüstet ist."

„Da bin ich sicher", sagte Adelina. „Ich habe nichts anderes gemeint."

„Ist schon gut", sagte Elizabeth. „Ich muss allerdings sagen, dass ich mich freue, nach Rom zurückzukehren."

„Wie lange haben Sie dort gelebt?"

„Zwei Jahre", antwortete sie. „Wir haben ein Stadthaus in Celio gemietet. Ich versuche, Eugene davon zu überzeugen, es zu kaufen und dann unseren Ruhestand dort zu verbringen. Es ist eine schöne Gegend."

Jackson lächelte. „Das ist es. Überbevölkert und dreckig und laut, aber schön."

„Es ist *Rom*", konterte Elizabeth.

„Stimmt", sagte Jackson.

Adelina lächelte das ältere Ehepaar an und spürte Erleichterung, als Richard sich entschuldigte. „Ich wollte immer schon mal

Rom besuchen", sagte Adelina. „Ich hatte geplant, nach dem Abitur dort hinzufahren, stattdessen habe ich geheiratet."

„Wir lieben es", antwortete Elizabeth. „Es ist wirklich schön. Auch wenn ich Kalifornien manchmal vermisse."

„Washington nicht?", fragte Jackson und hob eine Augenbraue.

„Pfff", sagte Elizabeth und schubste ihren Ehemann leicht an der Schulter. „Wer würde schon Washington vermissen?"

Adelina fühlte, wie sich ihre Lippen nach oben zogen. „Ich nicht", sagte sie. „Ich bin noch nicht lange hier, aber ich muss sagen, es dauert lange, sich daran zu gewöhnen."

Elizabeth sprach in einem freundlichen Ton, wie eine liebende Tante. „Na ja, Sie sind eine junge Frau und ich vermute, da ihr Mann im Auswärtigen Dienst ist, werden Sie in den kommenden Jahren viel umziehen. Ich empfehle Ihnen, sich zu engagieren – bei örtlichen Wohltätigkeitsveranstaltungen, in Ihrer Kirche oder etwas in der Art. Es kann ein sehr einsames Leben sein, wenn man der Karriere seines Mannes folgt."

„Es war nicht so einsam für dich, oder meine Liebe?", fragte Eugene.

„Du hättest es gar nicht gemerkt, du dummer alter Mann", sagte Elizabeth.

Adelinas Augen wanderten zu Boden.

„Danke für Ihren Rat", sagte sie leise.

Das Letzte, das sie wollte, war, ihrem Mann über den ganzen Globus zu folgen. Aber in ihrem Herzen wusste sie, dass sie, sollte sie nicht bald einen Weg finden Richard zu entkommen, es vielleicht niemals schaffen würde.

Jemand bewegte sich neben ihr. Sie holte tief Luft und sah auf, sie wusste bereits, dass es George-Phillip war. Sie spürte, wie ihre Wangen rot wurden, sie schaute ihn kurz an und sah dann wieder zu Elizabeth.

„Elizabeth und Botschafter Jackson, darf ich Ihnen seine königliche Hoheit, George-Phillip, Duke of Kent vorstellen?"

George-Phillip grinste und streckte seine Hand aus.

Jackson ergriff sie und sagte: „Ich freue mich, Sie kennenzulernen. Nennt man Sie George?"

„Man nennt mich George-Phillip", antwortete George-Phillip. „Ich freue mich, Sie kennenzulernen. Herzlichen Glückwunsch zu Ihrer Ernennung zum Botschafter."

Jackson grinste. „Es ist vor allem fürs Protokoll", sagte er. „Der Papst hat schließlich keine Armee, also werde ich als Botschafter keine weltbewegenden Dinge zu tun haben."

„Vielleicht seelenheilbewegende", sagte George-Phillip.

„Sind Sie gläubig?"

„Meine Mutter war katholisch", sagte George-Phillip. „Es hat einen ziemlichen Aufruhr gegeben, als sie konvertiert ist. Mein Vater musste fast seinen Titel abgeben. Ich gehöre der Church of England an, so wie es jeder gute Cousin dritten Grades zur Krone tun sollte." Während er die Worte sagte, stand ein liebenswertes Grinsen in seinem Gesicht.

Jackson kicherte. „Ein Diplomat trotz des Alters."

„Verzeihen Sie mir den Lapsus in dieser Gesellschaft", antwortete George-Phillip, „aber manchmal denke ich, dass diplomatisch ein schlechtes Wort ist. Vielleicht sähen die Dinge in der Welt anders aus, wenn jeder genau das sagen würde, was er meint."

Jacksons Grinsen wurde sogar noch breiter. „Jung und idealistisch."

„Du warst auch mal jung und idealistisch", sagte Elizabeth. „Stoß ihn nicht vor den Kopf."

„Das würde ich nie tun", sagte Jackson. „Das Leben wird das schon erledigen."

„Ich hoffe, dass ich immer ein Idealist sein werde", sagte George-Phillip.

Seine Augen waren weit geöffnet, hell und eine leichte Rötung seiner Wangen schien darauf hinzuweisen, dass er sich Adelinas Nähe sehr bewusst war. Sie sah von ihm weg, suchte nach Richard.

Er war etwa fünfzehn Meter entfernt, in einer schmalen Traube aus Diplomaten und ihren Ehefrauen. George-Phillips Cousine Eloise hatte sich auch zu der Gruppe gesellt. Er schien sie nicht zu bemerken, aber sie wusste es besser.

George-Phillip sagte: „Und was ist mit Ihnen Mrs. Thompson? Sind Sie auch eine Idealistin?"

Für eine kurze Sekunde lang sah sie George-Phillip in die Augen – Augen, die sie aufspießten, ihr an die Gurgel griffen.

„Man kann nicht nur für Versprechungen und Hoffnung leben", sagte sie.

„Ich kann mir nicht vorstellen, für was man sonst leben sollte", erwiderte George-Phillip.

„Leider muss ich Sie verlassen", sagte Elizabeth. „Es war mir ein Vergnügen, Sie beide kennenzulernen."

„Ich werde dir bis du zurück bist einen Drink besorgen", sagte Jackson.

Beide gingen schnell fort und ließen Adelina und George-Phillip allein stehen. Adelina fühlte sich, als ob ein Scheinwerfer auf sie gerichtet wäre.

„Ich muss Sie treffen", sagte George-Phillip.

„Ich kann nicht", antwortete sie.

„Ich *muss*", sagte er.

Adelina trat einen Schritt zurück. Sie spürte, wie ihr die Tränen aufstiegen, unterdrückte die Gefühle, die in ihrer Kehle wallten. Sie erinnerte sich nur schwach daran, wie es sich anfühlte, wenn man jemandem wichtig war.

Aber sie erinnerte sich nur zu gut daran, wie es war, Richard ausgeliefert zu sein.

„Ich kann nicht", flüsterte sie.

Dann ging sie fort, zu der sicheren Menschenmenge, in der Richard sich befand.

KAPITEL FÜNFZEHN
Das ist mein kleines Mädchen!

Adelina. 26. Februar 1984

Es war schwer, Julia diese Nacht zum Schlafen zu bringen – sie war rastlos und gereizt. Adelina hatte schließlich aufgegeben und sich neben ihre Tochter gelegt, dabei hatte sie leicht auf ihre Beine getippt, um sie zu beruhigen. Julia fielen die Augen zu, öffneten und schlossen sich schnell, während sie gegen den Schlaf ankämpfte.

Schließlich wurde Julias Atem ruhiger, ihre Augen schlossen sich, ihre Wangen waren leicht gerötet. Adelina sank auf das Bett und ließ langsam die Hand ihrer Tochter los. Sie brauchte dringend eine Stunde Ruhe, und zwar ungestört. Jetzt wo Julia eingeschlafen war, würde sie sie hoffentlich bekommen. Es sähe Richard nicht ähnlich, etwas von ihr zu wollen – sie vermutete, dass er eine andere Quelle als seine Frau gefunden hatte, um seine sexuellen Bedürfnisse zu befriedigen. Nichts machte Adelina glücklicher.

Das Letzte, das sie wollte, war, dass Richard sie *anfasste*. Unglücklicherweise musste sie mit ihm sprechen. Sie tat es so selten wie möglich, aber manchmal ließ es sich nicht vermeiden.

Ihre Gedanken wanderten zurück zu George-Phillips Worten von gestern.

„Ich muss Sie treffen.“

„Ich kann nicht“, hatte sie geantwortet.

„Ich *muss*“, hatte er gesagt.

George-Phillip verstand es nicht. Er hatte ihr anscheinend nicht geglaubt, als sie ihm erzählte, was für eine Gefahr Richard darstellte. Oder noch schlimmer, es war ihm egal. Es war ihm egal, was für ein Risiko *sie* einging, in was für einer Gefahr *sie* schwebte.

Es schien ihr wahrscheinlich, bis sie an seine Freundlichkeit und die Sorge in seinen Augen dachte. George-Phillip war nicht der Mann, der nach einer einfachen sexuellen Beziehung suchte, und falls er es wäre, dann könnte er leichtere Opfer finden als Adelina Thompson.

Was zu einer Frage führte. Was *wollte* er?

Sie fühlte sich zu ihm hingezogen. Sehr sogar. Bei ihren wenigen Treffen war klar geworden, dass dies auf Gegenseitigkeit beruhte. Es war aber genauso klar, dass es unmöglich war. Sogar wenn ihr Ehemann nicht gefährlich wäre, Tatsache war, sie war *verheiratet*. Sie liebte Richard nicht – im Gegenteil, sie hasste ihn. Aber sie musste sich immer noch in die Augen sehen können und egal, wie sehr sie Richard Thompson auch hasste, sie hatte ihn kirchlich geheiratet. Sie war vor Gott verheiratet. Das war das Einzige, was zählte.

Sie stand auf und passte auf, dass sie Julia nicht störte. Als sie neben dem schmalen Bett zum Stehen kam, stockte Julias Atmen für einen Moment. Adelina wartete, um zu sehen, ob ihre Tochter die Augen öffnen würde – ob sie ihre Hände zu Fäusten ballen oder rot im Gesicht anlaufen würde und laut anfangen würde zu schreien, um Richards Wut heraufzubeschwören. Nach einem Moment bewegte sich Julia, kuschelte sich tiefer ins Bett, ihre kleine Brust hob sich, als sie einatmete.

Adelina trat hinaus in den stillen Flur. Von Julias Zimmer aus konnte sie bis zum Ende des Flures sehen: zwei weitere Zimmer auf der rechten Seite und drei auf der linken. Das Hauptschlafzimmer, Richards, war am Ende des Flures. Gott sei Dank war diese Wohnung riesig. Adelina hatte das Zimmer gewählt, das am weitesten von dem ihres Mannes entfernt lag.

Seine Zimmertür war ein paar Zentimeter weit geöffnet. Sie ging auf die Tür zu, dabei spürte sie Angst. Seine offene Tür mochte bedeuten, dass er unachtsam war, was hin und wieder vorkam. Oder es bedeutete, dass er vorhatte, sie zu bedrohen. Das hatte er seit seiner Rückkehr in die Vereinigten Staaten allerdings nur ein paarmal getan.

Als sie der Tür näher kam, bemerkte sie, dass es wirklich Unachtsamkeit war. Und noch etwas anderes. Er telefonierte mit jemandem, seine Worte kamen ungewöhnlich schnell aus seinem Mund.

„Gott", sagte er. „Woher hätte ich wissen sollen, dass Karatygin es bei Zivilisten verwenden würde? Ich dachte, die Sache wäre erledigt."

Stille. Wovon redete er? Was war bei Zivilisten verwendet worden?

„Bockmist, Leslie", sagte er, seine Stimme war barsch.

Redete er mit seinem Freund, dem Buchhalter? Leslie Collins. *Buchhalter, zur Hölle*, dachte sie. Sie wusste nicht, was Leslie Collins war, aber er war ganz sicher kein Buchhalter.

„Okay. Ich werde mich darum kümmern und Prinz Roshan beruhigen, und dann vergessen wir die Sache, in Ordnung? Ich will nicht noch einmal über diese Angelegenheit sprechen."

Er warf das Telefon auf die Gabel und Adelinas Herz hatte einen Aussetzer. Was, wenn er bemerkte, dass sie hier gestanden hatte? Was, wenn –

Es war zu spät. Er stand in der Tür, trug immer noch seinen Anzug und die Krawatte. Ein Auge zog sich etwas mehr als das andere zusammen, und er verlangte zu wissen: „Wie lange hast du hier gestanden und gelauscht?"

„Ich habe nicht wirklich etwas gehört –"

„Natürlich hast du das. Ich *weiß*, dass du etwas gehört hast. Sag mir was." Seine Augen waren kalt, als er die Worte aussprach, sein Gesichtsausdruck ruhig. Kalkulierend.

Sie schluckte und versuchte dann zu sprechen. Aber sie ertappte sich dabei, wie sie stotterte, die Worte kollidierten an ihren Lippen und außer undeutlicher Laute brachte sie nichts zustande.

„Lass mich dir helfen", sagte er, seine geöffnete Hand schwang in ihre Richtung.

Sie konnte sich nicht schnell genug entfernen. Sein Schlag traf sie auf dem Ohr, sie schwankte.

„Hör auf", schrie sie.

„Ich werde aufhören, wenn du meine gottverdammte Frage beantwortet hast."

„Ich habe nur gehört, dass du etwas über Zivilisten gesagt hast, und dass du Prinz Roshan beruhigen musst. Ich habe keine Ahnung, worum es geht."

Ein weiterer Schlag führte dazu, dass sie gegen die Wand fiel.

Gegen ihren Willen rannen ihr Tränen über die Wangen. Er legte seine Hände an die Wand, um ihren Kopf herum und brachte sein Gesicht ganz nah an ihres.

Sie schreckte zurück, drehte ihr Gesicht von ihm weg.

„Lass mich eines klar ausdrücken, Miss Adelina. Denke nicht, dass meine Tochter nicht viel besser dran wäre, wenn sie eine weiße Frau als Mutter hätte."

Sie erstarrte.

„Erinnere dich immer daran. Du wirst niemals mit irgendjemanden über etwas, das ich sage, reden, hast du mich verstanden?"

Sie nickte, versuchte, die Tränen zu unterdrücken.

Er schrie: „Hast du mich verstanden? Antworte mir!"

„Ja", flüsterte sie.

Am anderen Ende des Flures hörte sie, wie Julia in ihrem Bett plapperte. *Verdammt.*

„Bitte weck das Baby nicht", flüsterte Adelina.

„Ich werde tun, was auch immer ich will, zur Hölle nochmal", flüsterte er zurück.

„Mama?" Das Wort hallte vom Ende des Flurs hinüber. Julia stand in ihrer Tür, dabei hatte sie eine Hand ausgestreckt, um das Gleichgewicht zu halten. „Mmmm nass."

„Ich komme gleich, Julia", sagte Adelina, ihre Stimme zitterte.

Richard grinste und dann zwinkerte er Adelina zu und zeigte damit beängstigende Berechnung. Er setzte ein breites Lächeln auf und drehte sich zu ihrer Tochter.

„Da ist ja mein kleines Mädchen!", er schrie fast mit einer fröhlichen, warmen Stimme.

Julia lachte und blies ihre Wangen auf.

Richard hob Julia hoch in die Luft und sie kicherte.

„Da!", sagte sie mit einem Lachen im Gesicht.

Adelina. 27. Februar 1984

Als Adelina am nächsten Morgen erwachte, war Richard nicht da.

Er hatte eine kurze Nachricht auf einen schmalen Zettel geschrieben, den er von einem Block abgerissen hatte, auf dem „Aus dem Büro von Richard Thompson" stand.

In der Nachricht schrieb er:

Liebste Adelina, ich muss in den nächsten Tagen nach Saudi Arabien und eventuell nach Pakistan reisen. Ich werde mich melden.

Sie sackte vor Erleichterung in sich zusammen, als sie die Nachricht las.

Liebste Adelina. Von wegen. Er muss gedacht haben, dass das Kindermädchen die Nachricht sehen würde. Oder er war wirklich ein Soziopath. Sie wusste nicht, was es war und im Moment war es ihr auch egal. Was sie wusste, war, dass seine Abwesenheit eine unerwartete Atempause von der täglichen großen Angst bedeutete, die sie, ohne dass sie es bemerkt hatte, während des letzten Monats sehr belastet hatte.

Monat, dachte sie. Es war nur ein Monat her, seit er in die Vereinigten Staaten zurückgekehrt war. Nur ein Monat, seit sie San Francisco verlassen hatte, um in diese Wohnung am Rand der Landeshauptstadt zu ziehen.

Als sie so dastand, liefen ihr Tränen über das Gesicht, sie versuchte sich vorzustellen, wie sie ihre Ehe mit Richard überleben sollte. Während seines Einsatzes in Pakistan schien es aushaltbar gewesen zu sein. Sie war alleine mit ihrer Tochter in San Francisco gewesen. Sie hatte Freunde gefunden, sich in der Kirche engagiert. Sie hatte erneut begonnen zu leben.

Seine Rückkehr hatte das alles zunichtegemacht. Er mochte heute nicht da sein, aber sie wusste, dass er zurückkehren würde und seine Rückkehr würde die Instabilität, die Angst, die Lügen und das zwiespältige Benehmen nur verstärken. Während sie darüber nachdachte, wurde ihr Atem schneller und sie konnte spüren, wie sich ein Knoten in ihrer Brust bildete, wie die beklemmenden Fäden der Angst sich in ihrem Nacken zusammenzogen.

Sie zwang sich dazu, zu atmen, aber sogar ihr Atem wurde stockend.

Als die Panikwelle über sie schwappte, begann sie zu beten, den Kopf gebeugt, bis sie auf ihre Knie fiel. Sie bemerkte nicht, dass ihr Tränen über die Wangen liefen. Sie bemerkte nicht, dass ihre Schultern bebten.

Sie bemerkte nicht, dass sie vollkommen zusammenbrach.

Sie versenkte sich in ihre Gebete, ihre Finger wanderten unbewusst über die Perlen ihres Rosenkranzes, ihre Lippen bewegten sich leise, versuchten den Terror in sich zu beruhigen.

„Mama?"

Julias Stimme drang zunächst nicht bis zu ihr durch.

„Mama? Ich habe Hunger."

Dieses Mal hörte sie Julia, die hohe, weinende Stimme durchbrach ihre Gebete.

„Hunger. Ich habe Hunger."

Gott verdammt, konnte sie nicht sehen –

Adelina erstarrte. Natürlich konnte sie nicht sehen, in was für einer Verfassung sich Adelina befand. Julia war noch nicht mal drei.

Sie holte tief Luft, öffnete ihre Augen und sagte mit zittriger Stimme: „Okay, Julia. Möchtest du zuerst mit mir beten?"

„Ich Hunger", sagte Julia. Ihre Augen waren ganz groß.

Adelina stieß stockend ihren Atem aus und stand auf. Die Angst war nicht verschwunden. Sie fühlte sich wie ein dicker Riemen um ihre Brust an. Sie wischte wütend die Tränen von ihrem Gesicht, hob Julia hoch und setzte sie auf die Arbeitsplatte.

„Ich werde dir etwas zum Frühstück machen", sagte Adelina.

„Cornflakes?", fragte sie, die Worte kamen ganz automatisch aus ihrem Mund. Ihr Herz klopfte immer noch wie wild in ihrer Brust, sie drehte sich um, um nach den Cornflakes zu greifen, aber Julia sagte: „Will Eis."

„Nein, kein Eis, Julia. Du kannst Cornflakes haben oder Joghurt."

„Eis!", verlangte Julia. „Will Schokolade!"

Adelina schloss ihre Augen. „Ich habe kein Schokoladeneis."

Sie holte die Cornflakes heraus und füllte sie in eine Plastikschüssel, dann fügte sie Milch hinzu. In drei Wochen würde sie zwanzig Jahre alt werden. Der Gedanke führte dazu, dass ihr schon wieder Tränen übers Gesicht liefen. Sie war zwanzig, ihr Vater war tot und ihr Leben war hoffnungslos.

Sie stellte die Schüssel auf den Tisch des Hochstuhls und hob Julia dann in den Stuhl. Julia begann zu schreien: „Eis! Eis!"

Adelina wollte auch schreien. Sie rückte den Tisch des Hochstuhls zurecht, nachdem sie Julia hineingesetzt hatte. Julia kreischte nun richtig und Adelina wollte nur noch, dass sie *den Mund hielt*. Die Schmerzen in ihrer Brust wurden schlimmer und sie konnte nur daran denken, dass sie noch nicht mal zwanzig war und hier raus wollte. Sie wollte zu ihrer Mutter. Sie wollte zu ihrem Vater. Sie wollte ihr Leben wieder haben und das ging nicht.

Sie sank gegen die Arbeitsplatte, Julias Geschrei war ungebrochen. Julia schlug mit ihrer Faust auf die Schüssel und sie flog davon, dabei spritzten die Milch und die Cornflakes gegen die Wand.

Für eine Sekunde fühlte Adelina, wie die Wut sie überkam. Sie drehte sich um, ging ins Wohnzimmer und ballte ihre Hände neben ihrem Kopf zu Fäusten. Sie bekämpfte den Drang, zu schreien, Julia anzubrüllen, etwas zu *zerbrechen*. Sie drängte ihn zurück, aber während sie das tat, spürte sie, wie die Beklemmung in ihrer Brust schlimmer wurde.

Das Klopfen an der Tür schreckte sie auf.

Oh, Gott sei Dank! Das musste Jenny sein, das Kindermädchen. Adelina eilte zur Tür und öffnete sie schnell.

Jenny war zweiundzwanzig – drei Jahre älter als ihre Arbeitgeberin – und Studentin an der Universität des District of Columbia. Sie war schlau und hübsch.

Adelina beneidete sie. Jenny mochte sehr arm sein, wenn sie diesen Job angenommen hatte, um die Bücher für ihr Studium bezahlen zu können, aber sie traf die Entscheidungen in ihrem Leben selbst. Entscheidungen, die man Adelina abgenommen hatte.

„Zum Glück sind Sie da", flüsterte Adelina drängend. „Sie ist heute Morgen schrecklich. Kommen Sie rein."

Jennys Augen wurden groß, als sie erst die Cornflakes und die Milch an der Wand und dann Julia sah, die kreischend in ihrem Hochstuhl saß.

Als sie Jenny sah, schrie Julia nur noch lauter. „Mommy! Geh nicht! Geh nicht! Mommmmyyyy!"

Adelina verdrängte den Schmerz in ihrer Brust. „Ist schon in Ordnung, Julia. Ich werde bald zurück sein." Sie küsste ihre Tochter auf die Wange und eilte zurück in ihr Zimmer, um sich umzuziehen. Mit ein bisschen Glück würde sie genug Zeit haben, um in Frieden in einem Café einen Kaffee trinken zu können, bevor sie in die Kirche ging.

Adelina. 27. Februar 1984

„Segne mich, Vater, denn ich habe gesündigt", flüsterte Adelina, während sie das Kreuzzeichen machte. Vater Dennis wedelte mit seiner Hand und murmelte einen Segen, und sie fühlte, wie sie schauderte, als sie die nächsten Worte sagte. „Herr, du weißt alles. Du weißt, dass ich dich liebe. Seit meiner letzten Beichte sind drei Jahre vergangen."

Vater Dennis bewegte sich. Obwohl es in der Kirche Beichtstühle gab, hatte Adelina darum gebeten, sich in seinem Büro mit ihm zu treffen. Sie kniete vor ihm, und hin und wieder wanderten ihre Augen zu seiner purpurfarbenen Stola. Einerseits war es beruhigend, es erinnerte sie an die Gegenwart Gottes und Vater Dennis' Autorität.

Andererseits bereitete es ihr schreckliche Angst. Immerhin war es der Gemeindepriester in Calella gewesen, der ihr mit der Autorität Gottes befohlen hatte, Richard zu heiraten. Wenn sie nur nicht hätte zurück zu ihrer Mutter nach Calella ziehen müssen. Wenn nur ihr Vater nicht gestorben wäre.

Wenn sie nur Richard Thompson niemals kennengelernt hätte.

Sie holte tief Luft, wusste nicht, wo sie anfangen sollte.

„Sie können beginnen", sagte Vater Dennis.

Mit sehr leiser Stimme und einem Körper voller Scham sagte Adelina: „Ich weiß nicht wie."

Er streckte seinen Arm aus und legte eine Hand auf ihre Schulter. „Der Herr kennt die Geschichte bereits, Adelina. Wenn Sie bereuen, dann erzählen Sie sie einfach so, wie Sie können."

Sie nickte, sie unterdrückte ein Schluchzen, war entsetzt darüber. Schniefend sagte sie: „Dies sind meine Sünden."

Sie kniff ihre Augen zu, ganz fest, und flüsterte. „Seit drei Jahren lüge ich jeden um mich herum an, um meinen Bruder zu beschützen."

„Worüber haben Sie gelogen?"

„Mein Alter. Meinen Ehemann."

„Sagen Sie mir jetzt die Wahrheit."

Sie verschluckte sich an den Worten. Dann spie sie sie aus. „Ich war sechzehn und er hat mich vergewaltigt. Ich hasse ihn. Vater, ich weiß, er ist mein Ehemann, aber ich *hasse* ihn. Manchmal stelle ich mir vor, wie er im Gefängnis dahinsiecht. Oder in der Hölle. Ich stelle mir die schrecklichsten Dinge vor."

Vater Dennis wurde blass. „Ihr Ehemann hat Sie vergewaltigt? Bevor Sie geheiratet haben?"

Sie nickte. Jetzt liefen ihr die Tränen nur so über das Gesicht und sie schüttelte sich, war entsetzt.

„Es tut mir so leid, Adelina. Ich hatte keine Ahnung. Haben Sie das der Polizei gemeldet? Warten Sie... wie kam es dazu, dass Sie ihn geheiratet haben?"

Sie kämpfte darum, die Worte auszusprechen. Aber dann erzählte sie die Geschichte, wie ihre Mutter sie zum Priester in Calella gezerrt hatte.

Er murmelte etwas zu sich selbst, dann sagte er: „Es tut mir so leid, Adelina."

„Das ist noch nicht das Schlimmste", sagte sie. Sie sah auf, schaute ihm in die Augen, und sagte: „Vater, Ich habe Fantasien – darüber ihn umzubringen. Darüber... davon zu rennen. Manchmal werde ich so wütend, dass ich Angst habe, meiner Tochter wehzutun."

„Sie müssen lernen, Ihre Wut zu kontrollieren, Adelina."

„Ich bete jeden Tag darum", flüsterte sie.

„Machen Sie weiter damit. Sie dürfen Ihrer Tochter nicht weh-tun. Oder Ihrem Ehemann. Ich denke – Adelina, ich denke, dass Sie das der Polizei melden sollten. Oder erlauben Sie mir, es zu tun."

Horror durchfuhr Adelina. Sie zuckte zurück und sagte: „Das können Sie nicht tun!"

Er lächelte, um sie zu beruhigen. „Ich werde es nicht ohne Ihre Erlaubnis tun. Erinnern Sie sich an die Geschichte des Heiligen Johannes Nepomuk?"

Sie schüttelte ihren Kopf. „Ich… Nein."

„Der Heilige Johannes war der Beichtvater der Königin von Böhmen. Anscheinend dachte Wenzel, der König, dass die Königin ihn betrog und er befahl Johannes, das Beichtgeheimnis zu bre-chen. Als er sich weigerte, ließ der König ihn foltern und ermorden, dann wurde er in den Fluss geworfen."

Adelina schauderte, sie stellte sich mit Entsetzen vor, wie das für den Priester gewesen sein musste. „Und er hat nichts gesagt?"

„Nein, Adelina. Er ist in den Tod gegangen, um das Beichtge-heimnis zu wahren."

„Mein Priester hat das nicht getan. Er hat es meiner Mutter gesagt, als mir klar wurde, dass ich schwanger war."

Vater Dennis schloss seine Augen. „Er hat damit ein großes Verbrechen begangen. Ich versichere Ihnen, Gott wird sich um ihn kümmern. Aber ich kann Ihnen versichern, dass so etwas jetzt nicht geschehen wird."

Sie sah Vater Dennis an und sagte: „Ist es eine Sünde, meinen Ehemann zu hassen?"

Er seufzte. „Vielleicht keine sehr ungewöhnliche Sünde, und unter den Umständen – Tatsache ist, wenn Sie wirklich bereuen, dann soll Ihnen vergeben sein. Ich möchte Sie drängen, über meinen Vorschlag nachzudenken. Ihr Ehemann hat ein Verbrechen begangen, und zwar an einem Kind."

„Ich kann nicht", flüsterte sie. „Er wird meinem Bruder etwas antun. Er hat schon einmal damit gedroht und ich glaube ihm."

Dennis seufzte. „Dann empfehle ich Ihnen zu beten. Vielleicht können Sie einen guten Einfluss auf Richard haben. Und Sie können Ihre Tochter weiter aufziehen. Haben Sie vor, weitere Kinder zu bekommen?"

Adelina schauderte. Dann flüsterte sie: „Lieber sterbe ich."

„Ich muss Ihnen von Verhütungsmitteln abraten."

Adelina nickte. Verhütungsmittel waren ihre letzte Sorge.

„Schließlich – obwohl ich weiß, dass es schwer ist, wenn man die Umstände ihrer Ehe bedenkt – muss ich Sie daran erinnern, dass Richard Ihr Mann ist. Bleiben Sie bei ihm und vielleicht können Sie ihn irgendwie zurück auf den Pfad Gottes bringen. Ist er katholisch?"

Sie schüttelte ihren Kopf. „Anglikanisch", sagte sie. „Aber nicht gläubig. Das Einzige, an das er glaubt, ist er selbst."

„Lehren Sie ihn so gut Sie können. Vielleicht durch Ihre Tochter."

Adelina wusste, dass der Rat gut gemeint war, aber trotzdem führte er dazu, dass sie am liebsten erbrochen hätte. Sie fühlte sich verzweifelter denn je.

„Das werde ich", flüsterte sie. „Was ist meine Buße?"

„Ich möchte, dass Sie den ersten Brief des Petrus, Kapitel 3 lesen und über die Anweisungen darin nachdenken. Nicht nur über die Ehefrauen, sondern auch über die Ehemänner. Sie sollen sich ihm unterordnen, aber sie können auch ein Beispiel sein und ihn zum Herrn bringen."

Sie schreckte fast vor ihm zurück. Sie würde die Verse lesen, aber sie verängstigten sie.

„Ja, Vater."

Er brachte ihr die Bibel und sie lasen zusammen darin. Während sie die Worte las, spürte sie, wie neue Tränen über ihr Gesicht rannen.

Ebenso sollt ihr Frauen euch euren Männern unterordnen, damit auch sie, falls sie dem Wort nicht gehorchen, durch das Leben ihrer Frauen ohne Worte gewonnen werden, wenn sie sehen, wie ehrfürchtig und rein ihr lebt.

Die Worte machten sie wütend. Sie fühlte, wie ihre Hände sich zu Fäusten ballten und ihre ersten Gedanken waren rebellisch. Sie wollte kein Beispiel für Richard sein. Sie wollte ihm *wehtun*. Sie wollte ihn verlassen. Sie wollte, dass er zur Hölle fuhr.

Sie schloss ihre Augen. Maria hatte nicht den leichten Ausweg genommen. Als ihr Gottes vollständiger Plan für ihr Kind klar wurde, war sie nicht geflohen. Sie versteckte ihr Kind nicht. Sie ließ zu, dass er aufwuchs, hoch hinaufstieg und dann voller Schande und Ungnade und Terror und Schmerz ans Kreuz genagelt wurde.

Adelina hatte keinen solchen Mut. Sie konnte ihn bewundern. Sie konnte ihn sich wünschen. Aber wie sollte sie so leben?

Vater Dennis begann zu beten. „Gott, der Vater der Gnade, hat durch den Tod und der Auferstehung Seines Sohnes die Welt mit sich versöhnt und den Heiligen Geist zu uns geschickt, um unsere Sünden zu vergeben. Gott möge dir durch das Amt der Kirche Vergebung und Frieden geben, und ich vergebe dir deine Sünden im Namen des Vaters und des Sohnes und des Heiligen Geistes."

Adelina beugte ihren Kopf und würgte das Wort „Amen" heraus.

Als sie die Kirche verließ, dachte sie bei sich, dass sie keinerlei Erleichterung verspürte. Sie spürte keinerlei Führung. Gott und die Kirche erwarteten einfach von ihr, dass sie sich unterordnete, sie sollte zulassen, dass Richard weitermachte mit allem, was er wollte.

Es war falsch. Es war *so* falsch. Sie ertappte sich dabei, wie sie fast rannte, als sie durch das Hauptportal ging und die Treppe heruntereilte. Es war wieder kalt geworden, der Winter war mit voller Wucht zurückgekehrt, die Kälte kroch durch ihre ungeeignete Kleidung. Der Himmel war fast schwarz, mit dunklen, sich aufbäumenden Wolken. Ihre Absätze klapperten auf der Treppe, als sie sie herunterrannte und kaum darauf achtete, was sie tat. Tränen liefen über ihr Gesicht und sie begann zu schluchzen, als sie begann los zu sprinten.

Aber dann hielt sie abrupt an. Denn neben dem Bordstein stand ein Auto und daneben stand George-Phillip Windsor und blockierte ihren Weg, mit einem offenen und hoffnungsvollen Gesicht.

TEIL ZWEI

KAPITEL SECHZEHN
Einen Gefallen einfordern

Andrea. 2. Mai, 13.45 Uhr

„**I**ch bekomme langsam Hunger", sagte Andrea.

„Ja, ich auch", meinte Dylan. „Hiernach holen wir uns was."

Während er sprach, beobachtete er den Tresen, hinter dem die Mitarbeiter der Bibliothek saßen. Um sicher zu gehen, hatten sie die Washington Metro hinaus in die Vororte von Virginia genommen. In der Bibliothek war es voll, und die zwölf Computer, die an drei langen Tischen aufgestellt waren, waren alle in Benutzung. Die Bibliothek wurde durch lange Neonröhren hell erleuchtet. Am anderen Ende des Gebäudes saßen viele Kinder im Kreis um eine Bibliothekarin herum, die eine Geschichte vorlas. In der Nähe standen junge Mütter, einige unterhielten sich, andere lasen, alle sahen froh aus, weil sie während der Vorlesestunde ein paar Minuten Ruhe von ihren Kindern hatten.

„Da", murmelte Dylan.

Eine Frau stand von einem der Computertische auf und hob ihre Tasche auf ihre Schulter, dann ging sie fort.

Andrea atmete erleichtert auf, als sie sah, dass die Frau sich nicht ausgeloggt hatte. Sie waren überrascht gewesen, als sie erfahren hatten, dass man, um die Computer zu benutzen, einen Bibliotheksausweis benötigte – den natürlich keiner von ihnen hatte.

Sie folgte Dylan, als er sich auf den Sitz fallen ließ und den Web-Browser öffnete. Er begann mit der *Washington Post*.

„Gott", murmelte er.

Andrea spürte, wie sie große Augen bekam. Die ganze Startseite der Homepage war dem Angriff auf die Thompsons gewidmet, darüber war eine große Schlagzeile.

**Zuhause des zukünftigen
Verteidigungsministers angegriffen
Adelina Thompson und zwei Kinder vermisst
Beziehungen zur Drogenszene vermutet**

Unter der Überschrift waren kleinere Berichte und Fotos, inklusive einzelner Bilder von ihrer Mutter, Jessica, Dylan und Andrea. Andreas Atem wurde schneller, als sie sich neben Dylan auf den Sitz quetschte und die Story las. Die Zeitung hatte auch Fotos vom Eingang zur Wohnung in Bethesda und dem ausgebrannten Haus in San Francisco.

„Gott", murmelte Dylan erneut. Seine Stimme war leise. „Ich habe gestern Abend mit deiner Mutter gesprochen. Nur für einen Moment – und dann hat die Schießerei begonnen."

„Denkst du, dass sie verletzt ist?", flüsterte Andrea.

„Vermutlich auf der Flucht", sagte er. „Sie hat angerufen, um uns zu warnen, damit du dich in Sicherheit bringen kannst. Es war nur einen Moment zu spät."

„Was zur Hölle geht hier vor?"

Er schüttelte seinen Kopf. „Keine Ahnung. Alles was ich weiß, ist, dass wir so lange in Deckung bleiben, bis wir mehr wissen. Schau dir das an." Er zeigte auf etwas.

Einer der vielen Artikel beschrieb eine Pressekonferenz, die heute Morgen stattgefunden hatte. Es ergab überhaupt keinen Sinn. Richard Thompson wurde vorgeworfen, korrupt zu sein und Geldwäscherei betrieben zu haben. Die Behörden hatten einen *Haftbefehl* für sie ausgestellt, weil sie als Komplizin galt.

„Deshalb waren die Drogen dort", sagte er, „und das Geld." Er sah sie an. „Ich wette, die Banknoten, die wir haben, sind irgendwie gekennzeichnet."

Sie nickte. „Vielleicht können wir... ich weiß nicht... eine Menge Prepaid-Kreditkarten kaufen?"

„Nicht zu viele an einem Ort. Wenn das Geld verfolgt wird – zum Beispiel durch eine Bank – kann es eventuell bis zur Karte weiterverfolgt werden. Wir werden immer nur wenige und an verschiedenen Orten kaufen, denke ich. Und... neue Klamotten. Frisuren."

„Du könntest eine Rasur vertragen", sagte Andrea.

Dylan grinste, seine Zähne schimmerten weiß hinter seinem dunklen Bart hervor. „Das sagt Alex auch immer. Aber auf den Fotos bin ich rasiert, also werde ich ihn wachsen lassen."

„Wir können nicht zurück zu dem Hotel gehen."

„Nein", sagte er. „Sie werden sehr bald die Fingerabdrücke zuordnen. Wenn nicht heute, dann morgen. Und auf den Überwachungskameras der Metro wird man uns auch finden."

Sie verzog das Gesicht. „Was werden wir tun?"

„Warte noch einen Moment. Mir sind die Möglichkeiten noch nicht ausgegangen. Aber wenn wir hier fertig sind, müssen wir schnell los."

Er drehte sich wieder zum Computer, öffnete Facebook und loggte sich ein. Dann gab er einen Namen ein: Christopher Mendoza.

Die Seite, die sich öffnete zeigte einen grinsenden Mann mit ganz kurzem schwarzem Haar und einem Drei-Tage-Bart, er trug ein graues Sweatshirt mit dem Wort ARMY darauf. Auf dem Info-Teil der Seite stand: „US Army, Arlington, Virginia."

„Wer ist das?", fragte Andrea.

„Ein alter Freund", antwortete Dylan. Er öffnete ein Chatfenster und schrieb hinein: **Was geht, Grenzkarnikel?**

Die Antwort kam fast sofort: **Hey, du Wichser. Was willst du?**

Andrea holte schnell Luft. Was bedeutete *Grenzkarnikel*? Mit *Wichser* konnte sie etwas anfangen.

Dylan: **Einen Gefallen einfordern. Höchste Priorität. Brauche sofort Hilfe.**

Mendoza: **Was willst du?**

Dylan: **Einen Übernachtungsplatz. Und einen Abholdienst. Werde später alles erklären, aber wenn du mir hilfst, kannst du im Knast landen.**

Mendoza: **Cool. Wo?**

Dylan: **Clarendon Metro. 15 Uhr.**

Mendoza: **Bis dann, Speckie.**

Dylan lachte leise, dann öffnete er ein Suchfenster. Alex Paris. Das Profil von Andreas Schwester erschien sofort. Dylan öffnete ein Chatfenster und schrieb: **Andrea und ich sind am Leben und es geht uns gut. Untergetaucht. Melde mich wieder, sobald ich kann. Verhalt dich ruhig. Halt deinen Status aktuell, damit ich weiß, dass es dir gut geht. Liebe dich.**

Dann loggte er sich aus, ohne auf eine Antwort zu warten. Er sah über seine Schulter und öffnete das Drop-Down-Menü. Cookies löschen. Verlauf löschen. Dann loggte er sich auch am Computer aus.

„In Ordnung. Los geht's." Er stand auf und Andrea folgte. Sie gingen beide so normal wie möglich zum Ausgang der Bibliothek.

Andrea konnte erkennen, dass Dylan nervös war. So, als dächte er, jemand würde sie beobachten, oder als wären sie in Gefahr. Sein Rücken war angespannt, die Muskeln an seinen Armen gehärtet und sein Nacken etwas eingezogen.

Sie berührte seinen Arm und er erstarrte. „Stimmt was nicht?", flüsterte sie.

Er schüttelte seinen Kopf. „Komm", sagte er. Seine Stimme war barsch, fast schon unhöflich.

Sie verstand nicht, warum er immer so ein Arsch war. Was fand Alexandra nur an ihm?

Sie folgte ihm trotzdem. Was hatte sie schon für eine Wahl? Sobald sie draußen waren, drehte er sich schnell nach rechts und ging den Bürgersteig entlang. Eine kühle Brise kam auf, und in der Zeit, die sie in der Bibliothek verbracht hatten, war der Himmel sehr viel wolkiger geworden.

Mit fest zusammengepressten Lippen ging er weiter. Sein rechtes Bein war ein wenig steif – das Bein, das er während des Krieges fast verloren hätte.

„Eine der Bibliothekarinnen hat uns beobachtet und dabei telefoniert. Sie hat geschwitzt."

„Denkst du, sie hat uns erkannt?"

„Ja. Wir müssen sofort die Metro nehmen. Die Cops sind vielleicht schon unterwegs."

Sie nickte. Sie waren weniger als einen halben Block vom Eingang der Station entfernt.

In dem Moment hörten sie die Sirenen.

„Scheiße", murmelte er. Er kam nicht ins Straucheln, seine Beine bewegten sich weiter, ein Schritt nach dem anderen. „Zerzaus deine Haare", sagte er beiläufig. „Lass sie ins Gesicht hängen."

Er drehte sich um und ging rückwärts, dabei zündete er sich ganz nebenbei eine Zigarette an. Ein Polizeiwagen kam um die

Ecke, fuhr an der Metro-Station und dann an ihnen vorbei. Ein weiteres folgte. Beide Polizeiwagen hatten das Blaulicht an, aber keine Sirene.

Er zog tief an seiner Zigarette und drehte sich dann wieder um. „Komm." Er duckte sich in den Eingang der Metro-Station, warf seine Zigarette auf den Boden und zog dann die Metro-Card, die sie heute Morgen an einem Automaten gekauft hatten, durch den Schlitz. Sie folgte.

In der Station war es voll. Es war zwar noch nicht Zeit für die Rushhour, aber es waren weit mehr Leute in der Station als vor einer Stunde, als sie hier angekommen waren. Dylan führte sie die Rolltreppe zum Bahnsteig hinunter, dann lehnte er sich an einen Pfeiler. Sie machte es ihm nach und schaute ihn an.

„Ich mache mir Sorgen, Dylan", flüsterte sie.

Er verzog das Gesicht. „Es wird alles gut werden."

Er sagte die Worte, aber sie konnte seine Augen sehen, und Dylan war ein schrecklicher Lügner.

„Du siehst nicht so aus, als ob du das auch meinst."

Er zuckte mit den Schultern. „Vielleicht tue ich das nicht. Ray hat mir immer so eine Scheiße gesagt. Es wird alles gut werden. Mach dir keine Sorgen, hat er gesagt. Es ist alles okay. Aber manchmal ist es das nicht." Er sah von ihr weg.

Andrea seufzte. Regel Nr. 1, wenn man mit Dylan auf der Flucht ist: Sag ihm nicht, dass du Angst hast. Denn er kann dir nicht helfen.

„Was ist los mit dir?", fragte sie.

Er verdrehte seine Augen. „Mir geht's gut."

Ja, klar. Sie drehte sich von ihm weg. Sie konnte fühlen, wie Wind aus dem Tunnel kam und einen Augenblick später sah sie die Lichter. Mit einem lauten Quietschen der Bremsen und einem Windstoß fuhr der Zug in die Station.

Sie drehte sich zu ihm zurück, als der Zug anhielt. „Ich weiß, dass du deinen Freund verloren hast, Dylan. Aber du musst dich um dich kümmern. Du hast noch sehr viel mehr, das du verlieren *könntest*."

Sein Mund öffnete sich, aber er sagte kein Wort. Sie ging los und stieg in den Zug. Er folgte einen Augenblick später. Ein lautes Klingeln ertönte aus den Lautsprechern über ihnen, dann schlossen sich die Türen mit einem dumpfen Schlag. Sie schaute sich im Waggon um. Keine freien Sitze, also legte sie ihre Hand um einen der Stahlpfosten. Dylan nahm den Pfosten, der ihr gegenüberlag, und starrte sie an.

Als der Zug losfuhr, sagte er: „Was soll das bedeuten?"

Sie seufzte. „Ich mache mir Sorgen. Ich mache mir Sorgen, denn du klingst wie ein Pessimist und du siehst aus wie ein Alkoholiker und mein Leben hängt von dir ab. Das soll das bedeuten."

„Ich bin der Typ, der sich diesen Killern mit einem Messer gestellt hat, um dich zu beschützen", murmelte er.

„Das weiß ich, Dylan. Denke nicht, dass ich undankbar bin. Ich sage dir nur, dass ich mir Sorgen um dich mache. Und ich weiß, dass meine Schwestern das auch gesagt haben. Carrie sagte, seit Rays Tod bist du nicht mehr derselbe Mensch."

Er sah aus, als hätte sie ihm zwischen die Augen geschlagen. „Er war mein bester Freund."

Sie lehnte sich näher an ihn heran, während der Zug schwankte, man hörte ein lautes Quietschen von den Gleisen unter ihnen. „Dann solltest du seine Erinnerung ehren."

Dylans Augen wurden groß. Er bewegte sich etwas und drehte sich von ihr weg, sah durch die Fenster des Zuges hinaus in den dunklen Tunnel.

Er seufzte, dann sagte er. „Du hast recht. Ich weiß es. Es ist fast neun Monate her, seit er gestorben ist. Ich hänge fest. Ich erinnere mich nur immer wieder daran, wie ich ihn in diesem Krankenhausbett gesehen habe, sein Körper total kaputt, dann die Beerdigung. Er hat so viel Leben in sich gehabt."

Sie streckte ihre rechte Hand aus, die sich nicht an dem Pfosten festhielt, und griff nach seinem Arm. „Es wird alles gut werden, Dylan."

Er lachte kurz auf. „Du *siehst* aus, als ob du es so meinst."

Sie zuckte mit den Schultern. „Das tue ich. Manche Dinge können wir ändern. Wir können fliehen und uns selbst schützen. Wir können das Beste für die Menschen tun, die wir lieben, für die Menschen um uns. Wir können sie bedrängen – die Wahrheit zu sagen. Das Richtige zu tun. Aber manche Dinge *können* wir nicht ändern. Und diese Dinge – sie liegen nicht in unserer Hand. Alles, was ich weiß, ist, dass ich eine Familie habe, die ich liebe. Onkel Luis und Abuelita und meine Schwestern. Sogar dich."

Er nickte. Er sagte kein Wort. Er nickte nur.

„In Ordnung. Und was jetzt?"

Er schenkte ihr ein sanftes Grinsen. „Wir werden Mendoza treffen."

„Wer ist dieser Mendoza? Ist er Spanier?"

„Ich denke, er kommt aus Guatemala. Oder Texas. Ich weiß es nicht. Ist auch egal, er ist vernetzt und er schuldet mir ein paar Gefallen."

„*Vernetzt?*"

„Gut vernetzt. Ich denke, er kann uns gefälschte Papiere besorgen. Und er glaubt, dass er mir einen Gefallen schuldig ist."

„Was für einen Gefallen?"

„Ich kenne ihn aus Afghanistan. Zwei Monate nach unserer Stationierung dort, hat er sich einen Knöchel gebrochen, also hat er im Grunde den ganzen Spaß verpasst."

Was für eine Art von Spaß?, fragte sie sich. Sie hatte eigentlich den Eindruck gehabt, dass Dylan sehr verbittert über seine Erfahrungen in Afghanistan war. Manchmal ergaben die Dinge, die er sagte, keinen Sinn. Oder vielleicht verstand sie auch seine bizarre Sprache nicht.

„Kannst du ihm trauen?"

Er zuckte mit den Schultern. „Ja, ich kann ihm trauen. Ich habe dir gesagt, dass wir zusammen in Afghanistan waren."

Andrea sagte: „Ich dachte Ray ist fälschlicherweise angeklagt worden. Durch seinen Sergeant."

Dylan erstarrte, war ergriffen. Er starrte sie eine Minute lang mit offenem Mund an, dann nickte er. „Ja", flüsterte er. „Das stimmt."

„Dylan..."

„Bitte hör auf. Wir trauen Mendoza, weil wir im Moment keine andere Wahl haben."

Sie starrte ihn an. „In Ordnung."

Zehn Minuten später hielt der Zug an der Clarendon Station. Dylan beugte seine Knie, als der Zug in die Station fuhr, spähte aus dem Fenster und schaute, ob Polizei zu sehen war. Als die Türen aufgingen, sagte er: „Komm."

Auf dem Bahnsteig war es unangenehm heiß, aus dem Tunnel wehte Wind. Der Zug in die Gegenrichtung fuhr ein und ließ seine Passagiere aussteigen. Andrea war auf einmal von Menschenmassen umgeben, zu allen Seiten waren Ellbogen, Aktentaschen und Rucksäcke. Dylan griff nach ihrem Arm und zog sie durch die Menge.

In einem Unterhaltungston sagte er: „Schau dort hin, in der Nähe der Stationsaufsicht."

Andreas Augen wandten sich sofort zu dem kleinen Büro, das von Glasscheiben umgeben war und in der Nähe der Drehkreuze lag. Dort standen zwei Polizisten und beobachteten die Menge.

Ihr Herz begann zu pochen, und sie schüttelte ihren Kopf, ließ ihr Haar teilweise in ihr Gesicht fallen. Dylan beobachtete die Menge und traf dann eine spontane Entscheidung. Er ging hinüber zu einem Teenager, einem Jungen mit Igelfrisur. Er flüsterte ihm drängend etwas zu, während die Menge an ihnen vorbeirauschte. Ein weiterer Zug fuhr ein. Dylan steckte dem Teenager etwas in die Tasche, dann drehte er sich um und griff erneut nach ihrem Arm. „Kopf runter", sagte er.

Sie gingen auf die Drehkreuze zu. Die Cops beobachteten die Menge immer noch sorgfältig. Es war unmöglich, an ihnen vorbeizukommen.

Bis der Teenagerjunge plötzlich am anderen Ende des Bahnsteigs losschrie, laut *Huhu, Huhu, Huhu!* brüllte und mit seinen Armen wedelte. Ein Cop, dann auch der andere sahen in Richtung des Teenagers.

„ICH WILL JEMANDEN FICKEN!", schrie der Teenager.

Jemand in der Menge kicherte und die Cops schüttelten gleichzeitig ihren Kopf, dann begannen sie, sich einen Weg durch die Menge zu bahnen.

Andrea und Dylan erreichten die Drehkreuze. Sie schoben ihre Karten durch den Schlitz und gingen hindurch, als die Cops das andere Ende des Bahnsteigs erreichten. Andrea schaute noch ein letztes Mal zurück – der Teenager stand neben den beiden Polizisten und hatte ein Grinsen im Gesicht.

Sie fuhren mit der Rolltreppe nach oben und erreichten das Ende in der Mitte der Menschenmenge.

„Da, auf der anderen Straßenseite. Das ist Mendoza in dem grünen Auto."

Das grüne Auto war ein Oldtimer, vermutlich dreißig oder mehr Jahre alt. Er war zweimal so lang, als die meisten anderen Autos an dem Block und er war nicht einfach grün, es war ein grelles, fluoreszierendes Grün, das vermutlich sogar auf Satellitenfotos herausstach. Ein Mann Mitte zwanzig – Christopher Mendoza – saß am Steuer.

Mendoza erspähte sie in der Menge, aber Dylan gab ihm nicht zu erkennen, dass er ihn gesehen hatte, stattdessen drehte er sich um und ging auf dem Bürgersteig fort von der Station.

Am Ende des Blocks sagte Dylan: „Da kommt er."

Das war ihr klar, denn der Motor des Oldtimers röhrte so laut, dass er sogar den Zeitungsstand am anderen Ende des Blocks zum Zittern brachte. Das Auto hielt an der Ecke an. Dylan öffnete die hintere Autotür für sie, dann rannte er auf die Beifahrerseite und stieg auf dem Beifahrersitz ein.

Der Rücksitz hatte früher einmal aus Leder bestanden, jetzt aber bestand er hauptsächlich aus Klebeband. Die Rückbank war lang genug, dass sie sich hätte komplett längs ausstrecken und bequem schlafen können. Im Moment rutschte sie aber in die Mitte des Sitzes.

„Chris Mendoza", sagte der Fahrer und streckte seine Hand nach hinten. „Ich bin früher mit diesem Trottel rumgehangen."

Sie lächelte und schüttelte seine Hand. „Andrea Thompson."

Mendoza legte einen Gang ein und fuhr schnell los, als die Ampel auf grün schaltete. Er drehte sich zu Dylan und sagte: „Ich habe gesehen, wie Cops in die Station gegangen sind – wie seid Ihr an ihnen vorbeigekommen?"

Dylan grinste. „Ich habe einen Teenager dafür bezahlt, dass er sich zum Affen macht."

Mendoza kicherte. „Tja, lasst uns von hier verschwinden. Ich bin, nachdem wir miteinander geredet haben, online gegangen und habe mir die Nachrichten angeschaut. Da sind ein paar ziemlich heftige Typen hinter euch her. Warum, zur Hölle?"

Dylan schaute über seine Schulter zu Andrea. Dann zuckte er mit den Schultern. „Keine Ahnung. Aber wer auch immer es ist, sie meinen es ernst."

„Ja, du übertreibst nicht", antwortete Mendoza. „Egal, wir werden euch untertauchen lassen. Was braucht ihr?"

„Neue Klamotten. Frisuren. Ich habe eine ganze Menge Bargeld – ich möchte ein paar Prepaid-Kreditkarten und Wegwerftelefone kaufen."

Mendoza nickte. „Das können wir alles machen. Was ist mit Ausweisen?"

Andrea sagte: „Die Polizei hat meinen Ausweis. Eigentlich alles."

Mendoza schaute in den Spiegel und sah ihr in die Augen. Dann blickte er zurück auf die Straße. „Wir können uns darum kümmern. Ich kenne da jemanden. Er ist gut."

„Wie lange?"

„Eiljob? Ich weiß es nicht. Normalerweise braucht er ein oder zwei Wochen. Manchmal helfe ich ihm dabei, Ausweise für die hiesigen Highschool-Kids zu erstellen."

Dylan schnaubte. Er drehte sich auf seinem Sitz um und sagte zu Andrea. „Mendoza hatte eine ganze Operation laufen. Er kaufte und verkaufte Mist, den wir über die PX nicht bekommen konnten. Ich schwöre bei Gott, dass die Typen in der ganzen VOB geweint haben, als er sich seinen Knöchel gebrochen hat."

Mendoza kicherte, während er das Auto vor einer roten Ampel abbremste. Andrea hörte nur mit halbem Ohr zu. Sie verstand viele von Dylans Worten nicht. War die PX eine Art Belieferung-Shop? Ein Laden? Was war vob? Sie wusste es nicht und irgendwie dachte sie nicht, dass die Details wirklich wichtig waren. Was wichtig war,

war Dylans Auftreten. Während er sprach, schien er lebendig zu sein, er hatte große Augen und einen hellen, lässigen Tonfall.

Andrea hatte Dylan zuvor nur zweimal getroffen: An seiner Hochzeit mit ihrer Schwester Alexandra, und ein paar Monate später, nach dem Unfall, als Ray um sein Leben gekämpft hatte, und dann noch die Tage, die sie letzte Woche zusammen verbracht hatten. Dylan schien nicht gefestigt zu sein. Grimmig. Humorlos. Aber in Gegenwart von Mendoza erschien ein anderer Dylan. Er lachte und schien weniger grimmig zu sein.

War es nur die Anwesenheit eines alten Army-Kameraden? Und falls es so war, warum hatte Alexandra nicht den gleichen Effekt auf ihn? Immerhin waren sie, wie Alexandra nicht weniger als neunundneunzigtausend Mal gesagt hatte, Seelenverwandte.

Was auch immer das bedeutete. Anstatt weiter zu spekulieren, lehnte sie sich auf ihrem Sitz zurück und versuchte, sich zu entspannen, während Dylan Mendoza ihre Geschichte erzählte. Er ging ziemlich ins Detail und brauchte dabei einige Zeit.

Als er fertig war, sah Mendoza in den Rückspiegel und schaute ihr erneut in die Augen. „Du bist wirklich gegen diese Typen im Auto vorgegangen und hast sie erledigt? *Dann* bist du von einem achtzehnstöckigen Gebäude gehüpft?"

Sie schluckte, antwortete aber nicht.

Mendoza fuhr in die Einfahrt eines alten Stadthauses. Es war aus Backstein und von vertrocknendem Gras umgeben, und auf der vorderen Veranda lagen Spielsachen herum. Er drehte sich auf seinem Sitz um und hob eine geballte Faust in ihre Richtung.

„Respekt", sagte er.

Sie berührte seine Faust mit der ihren. Und sie sagte kein Wort, als sie aus dem Auto ausstiegen.

KAPITEL SIEBZEHN Was ist dein Plan, Paris?

Dylan. 2. Mai, 16 Uhr

„**Mama! Das** ist mein Freund Dylan Paris und seine Schwester Andrea."

Dylan atmete erleichtert aus, als Mendoza das Wort aussprach. Von jetzt an würde, immer wenn jemand danach fragte, Andrea seine Schwester sein.

Mendozas Mutter war nicht so, wie Dylan erwartet hatte. Sie trug ein schwarzes Kleid mit einem Wasserfallausschnitt und eine Perlenkette mit ungewöhnlich großen Perlen. Als sie hereinkamen, saß sie mit drei weiteren Frauen an einem Tisch, sie alle waren elegant gekleidet und hielten Karten in der Hand. Dylan sah die Karten an – sie waren anders, als alle Karten, die er bisher gesehen hatte. Bunt, mit Schwertern und Bechern und Münzen anstatt der Karten, die er kannte.

„Dylan und Andrea? Ich bin Sofia. Freut mich, euch kennenzulernen." Sie legte ihre Karten mit der Innenseite nach unten auf den Tisch, dann murmelte sie: „Und ihr Ganoven fasst meine nicht an."

Sie ging zu ihnen hinüber und schüttelte Dylans und Andreas Hand.

„Freut mich, Sie kennenzulernen", sagte Dylan. „Ich verstehe nicht, wie eine so hübsche Frau, *ihn* als Sohn haben kann."

Mendoza schlug Dylan auf die Schulter, auch wenn seine Mutter rot wurde.

„Vielen Dank, mein Lieber. Seid Ihr auf Besuch hier? Wohnt Ihr hier in der Nähe?"

Sie war eine nette Frau. Aber Dylan plante nicht, im Moment irgendjemandem die Wahrheit zu sagen. „Wir kommen aus Raleigh, North Carolina, Ma'am." Sein Akzent klang nicht genau nach North Carolina, aber nur jemand aus Raleigh würde den Unterschied bemerken.

„Oh, ist das nicht schön? Ich habe mal in North Carolina einen Strafzettel wegen zu schnellen Fahrens bekommen", sagte sie.

Dylan kicherte. „Die meisten Leute können nicht schnell genug von dort fortkommen", sagte er.

„Ma, wir machen uns was zum Essen, okay? Dann müssen wir ein paar Sachen einkaufen."

„Macht das. Ich muss mich jetzt wieder meinem Spiel widmen", sagte Sofia.

Mendoza führte Dylan und Andrea in die Küche.

Andrea sagte: „Es hat mich gefreut, Sie kennenzulernen", als sie den Raum verließen, und Dylan dachte, er würde sich wohl eine bessere Story einfallen lassen müssen. *Er* würde als jemand aus North Carolina durchgehen. Andrea nicht, nicht mit ihrem spanischen Akzent.

„Also, was ist dein Plan?", fragte Mendoza.

Dylan sah Andrea an. Sie schaute zurück, ihr Gesichtsausdruck gab nichts preis. Er sagte: „Können wir uns ein paar Tage hier verstecken? Und dann werden wir verschwinden. Ich will dich nicht in Gefahr bringen."

„Gefahr ist mein zweiter Vorname", sagte Mendoza und schob seine Brust raus.

„Tja, na ja, deiner vielleicht, aber ich denke nicht, dass das bei deiner Mutter auch so ist."

Mendoza nickte. „Stimmt. In Ordnung. Wir werden euch ein komplett neues Aussehen verpassen, richtig?"

„Ja", sagte Dylan.

„Dann lass mich nur machen. Ich muss dir vorher allerdings eine Frage stellen – hast du genug Bargeld für all das? Die Ausweise werden ein bisschen was kosten. Ich kann dir zwar was leihen... Ich habe immer noch was auf der Bank wegen Afghanistan."

„Nee", sagte Dylan. Mendoza hätte das nicht anbieten müssen, aber auf eine Art war er froh, dass er es getan hatte. „Es ist alles gut."

Während der nächsten paar Minuten trottete Mendoza durch die Küche wie eine alte Frau. Dylan und Andrea standen in peinlicher Stille da – Andrea nippte an einem Glas Wasser und Dylan schaute einfach nur zu. Mendoza schien anders zu sein. Sie waren in Fort Drum Freunde gewesen und dann zusammen nach Afghanistan geschickt worden. Schon ein paar Wochen, nachdem sie dort angekommen waren, hatte Mendoza sich den Knöchel gebrochen, ein gemeiner, komplizierter Bruch, es war während eines Gefechts passiert.

Damals hatte er mehr Witze gemacht und auch weit mehr gelacht, dachte Dylan. Jetzt hatte Mendoza einen verfolgten Blick. Er sprach nicht mehr soviel und er lachte eindeutig nicht mehr so viel.

Dylan machte sich Sorgen. Er sagte nicht sofort etwas, er ließ Mendoza den Salat fertigmachen.

„In Ordnung", sagte Mendoza. „Ich hoffe, Ihr habt nichts gegen Grünzeug. Es ist gut für euch, so lebt ihr länger."

„Das sieht sehr gut aus", sagte Andrea.

„Kaninchenfutter", murmelte Dylan. „Na gut."

Mendoza grinste. „Wir werden es mit nach draußen auf die Terrasse nehmen, und wenn es dir nicht schmeckt, kannst du es den Kaninchen geben, okay? Wir haben ein paar in der Nachbarschaft."

Draußen setzte sich Dylan auf einen schmiedeeisernen Stuhl und ließ die Sonne auf sich scheinen. Der Garten war einfach gestaltet, mit ordentlich gemähtem Rasen und einem Holzzaun darum. Überall lag Spielzeug herum.

„Du hast eine jüngere Schwester, richtig?", fragte Dylan.

„Zwei. Zwölf und sieben. Sie werden bald aus der Schule kommen."

„Und dir geht es gut?"

Mendoza sah ihm in die Augen. „Warum fragst du?"

Dylan zuckte mit den Schultern. „Du scheinst nicht du selbst zu sein. Du lachst nicht."

Mendoza kicherte ein wenig. „Du solltest mal dich selbst ansehen, *Amigo*. Du siehst aus, als ob jemand gestorben wäre."

Dylan zuckte mit den Schultern. „Jemand ist gestorben."

Mendozas Lippen wurden zu einer schmalen Linie. „Das stimmt. Viele jemands."

Andrea sah verwirrt aus. Mendoza lehnte sich vor und sagte zu ihr: „Eine Menge unserer Leute sind in Afghanistan getötet worden. Oder danach, wie Sherman und Hicks."

„Hicks ist der Mann, der Ray umgebracht hat?", fragte sie.

Dylan nickte. „Ja. Er war – er war wirklich total durcheinander."

„Alle waren das, außer mir", sagte Mendoza. „Ich habe mir den Knöchel gebrochen, wurde nach Hause gebracht und habe alles verpasst."

„Gute Sache", sagte Dylan.

Eine halbe Stunde später saßen sie wieder im Auto. Mendoza fuhr sie zuerst zu einem Frisör am Columbia Pike.

Der Laden war ganz anders, als die Frisöre, zu denen Dylan normalerweise ging. Vor allem hingen an den Wänden Bilder mit einer großen Auswahl an Frisuren, keine davon sah normal aus. Igelfrisuren und Irokesenschnitte in tausend Variationen. Er schaute sich um, während Andrea herum ging. Ihre Augen wurden schmal, schließlich zeigte sie auf etwas.

Als sie den Laden wieder verließen, sah sich Andrea nicht mehr ähnlich. Ihr Haar, das bisher dunkelbraun gewesen war, war nun ganz schwarz, außer einer Strähne mit einem Farbverlauf von Türkis nach Violett auf der linken Seite ihres Gesichts. Ihre Haare waren zu einem umgekehrten Bob geschnitten, und ihre Augenbrauen waren gezupft und in Form gebracht worden, sie gaben ihrem Gesicht ein völlig anderes Aussehen. Älter, schmaler, ihre Wangenknochen waren jetzt wesentlich auffälliger. Dylan dachte, dass es keinen Zweifel daran gab, dass sie Sarah Thompsons Schwester war, aber sie sah völlig anders aus als zuvor.

Dylans Haare und Augenbrauen waren drei Nuancen heller, es war ein Hellblond, und sein Bart war ordentlich hergerichtet und getrimmt worden. Er sah sich lange im Spiegel an – die Änderung seines Aussehens hatte einen merkwürdigen Effekt auf seine Stimmung. Sogar als Teenager hatte er kaum auf sein Aussehen geachtet, außer, dass er versucht hatte, sauber auszusehen. Aber dies war ein Aussehen, das etwas bedeutete und es fühlte sich komisch an.

„Schickimicki", murmelte Mendoza halb sarkastisch, nachdem Dylan fertig war.

„Du solltest es auch machen lassen", antwortete Dylan.

„Nee", sagte Mendoza und fuhr mit seinen Fingern durch sein dichtes schwarzes Haar. „An meinen Look lasse ich niemanden ran."

Andrea kicherte und Dylan lächelte. Es war das erste Mal, dass er sie wirklich lachen sah.

„In Ordnung", sagte Mendoza. „Es wird Zeit, den neuen Look zu vervollständigen."

Dylan fluchte leise in sich hinein, aber er folgte ihm.

Eine Stunde später hatten sie ihre Kleider weggeworfen. Dylan trug nun anstatt seiner normalen Hose und des Flanellhemds eine schickere Hose und ein Businesshemd. Andrea hatte ein rot-schwarzes Flanellkleid an.

„Du siehst nach den 1990ern aus", sagte Mendoza zu Dylan.

„Halt die Klappe", kicherte Dylan. Dann schob er die recht-eckige Sonnenbrille mit dem Plastikrand, die er gekauft hatte, zu-recht. „Die ist scheußlich."

„Nein", sagte Andrea. „Sie sieht gut aus. Und es geht auch nicht darum, schick auszusehen. Es geht darum, dich zu verstecken."

Dylan nickte. „Ja, ja, du hast leicht reden. Du siehst ja auch nicht auf einmal so aus, als wärst du dreißig."

Sie lächelte. „Und jetzt?"

Dylan dachte einen Moment nach. Bevor er letzte Nacht die Wohnung verlassen hatte, hatte er in die Tasche mit dem Bargeld gegriffen und einfach etliche Banknotenbündel in seine eigene Ta-sche gepackt. Nachdem er schließlich das Geld gezählt hatte, war er total verblüfft gewesen. Er hatte kaum etwas von dem Geld genommen, das sie in Andreas Zimmer gefunden hatten. Aber es waren zweiunddreißig Geldbündel, insgesamt 80.000 Dollar.

Er hatte keine Ahnung, wo das Geld hergekommen war. Oder warum man sie angegriffen hatte. Aber er wusste, dass sie sich im Moment versteckt halten mussten, und dass das Geld dabei helfen würde.

„Mendoza, wie viel Zeit hast du?"

„Ich stehe ganz zu deiner Verfügung, Mann."

„Ich möchte ein paar Pre-Paid-Visa-Karten kaufen. Eine ganze Menge. Aber man kann nicht einfach in einen Laden gehen und viele davon kaufen... ich denke also an ein halbes Dutzend Geschäfte. Und dann will ich noch ein paar Wegwerftelefone besorgen. Vier Telefone und ein Dutzend SIM-Karten."

„In Ordnung."

„Okay... dann habe ich noch eine letzte Frage an dich."

„Ja?"

„Wie viel ist dieser Schrotthaufen von Auto wert?"

„Keine Ahnung... zweitausend?"

„Ich werde dir sechs dafür geben. Wir werden einen fahrbaren Untersatz brauchen."

„Abgemacht. Und ich habe eine Nachricht von meinem Bekannten erhalten – er wird uns treffen, um die Ausweise zu erstellen."

Andrea. 2. Mai, 18 Uhr

Andrea sank auf die Sitzbank, sie war erschöpft und die Füße taten ihr weh. Dylan, der genauso müde aussah, sackte auf die Lederimitatbank ihr gegenüber. Er hatte einen düsteren Gesichtsausdruck, während er sich in dem Restaurant umschaute.

„Was ist los, Mann? Du siehst aus, als ob dir eine Laus über die Leber gelaufen wäre." Mendoza saß neben Andrea und war wesentlich wachsamer, als ihm zustand. Schließlich war er nicht letzte Nacht von Attentätern angegriffen worden und hatte sich die Nacht auch nicht in einem Scheißhotel in einem der schlimmsten Vororte von Maryland versteckt.

„Nichts", sagte Dylan und schüttelte abwesend seinen Kopf. „Ich vermisse Alex ein bisschen – wir essen oft in diesem Restaurant gleich in der Nähe des Campus. Es sieht diesem ziemlich ähnlich."

Mendoza zuckte mit den Schultern. „Es wird alles gut werden mit ihr, Mann. Mach dir keine Sorgen. Um euch zwei hier mache ich mir viel mehr Sorgen."

Dylan sah einfach von Mendoza weg, seine Augen verfolgten die Kellnerin, die sich ihnen näherte. Mendoza bewegte sich, war unglücklich. Es gefiel ihm nicht, nicht im Mittelpunkt zu stehen, und es gefiel ihm auch nicht, dass Dylan ihn ignorierte.

„Was ist dein Plan, Paris?"

Dylan sah zurück zu Mendoza. „Wir werden heute Nacht bei dir übernachten. Ich denke, jetzt wird man uns so schnell nicht wiedererkennen, also werden wir morgen früh damit beginnen, nach Andreas Vater zu suchen."

Andrea setzte sich auf. „Wo sollen wir anfangen?"

„Wir werden mit den Wegwerftelefonen beginnen. Ich möchte deinen ältesten Schwestern ein paar Fragen stellen. Herausfinden, an was sie sich erinnern können, Carrie war mit dir in Spanien, als du noch ein Kleinkind warst, richtig?"

Andrea nickte. Sie dachte an das Fotoalbum und die so schrecklich unscharfen Fotos. Sie öffnete ihren Mund, um zu sprechen, aber die Kellnerin kam an den Tisch und sie bestellten schnell ihr Essen.

Wer *war* der Mann auf diesen Fotos? Sie wünschte, sie hätte Gelegenheit gehabt, sich die Bilder genauer anzuschauen. Es kam ihr wie eine Ewigkeit vor, seit sie zusammen mit ihrer Schwester Carrie die Bilder von Spanien angeschaut hatte. Dabei war das erst am Dienstag gewesen. Sie schloss ihre Augen und stellte sich erneut den Mann auf diesen beiden Fotos vor. Sein Gesicht war leicht verschwommen, aber es war deutlich genug, um zu sehen, dass seine Augen wie ihre aussahen, genau wie die leichte Hakennase. Der Mann auf den Bildern war locker 1,95 m groß.

Aber sie hatte keine Ahnung, wer er war, und Carrie konnte sich auch nicht erinnern. Vielleicht würden Luis oder Abuelita etwas wissen. Sie musste die beiden sowieso anrufen. Inzwischen würden sie von dem Angriff gehört haben und sich unglaublich sorgen. Sie fühlte sich schrecklich, weil sie sich noch nicht bei ihnen gemeldet hatte, aber es hatte auch kaum eine Gelegenheit dazu gegeben.

Ihr war klar, dass ihre Stimme müde klang, als sie sagte: „Ich denke, wir sollten Luis fragen."

Dylan sah verwirrt aus. Andrea sagte: „Mein Onkel – Mutters jüngerer Bruder. Er ist *viel* jünger. Ich denke, sie war sechzehn, als er geboren wurde. Er könnte eventuell wissen, wer der Mann am Strand war. Oder andere Details, die ich nicht kenne."

Während sie sprach, begann Dylan zu nicken. „Okay. Das könnte ein Ansatz sein. Weißt du, ob Carrie diese Bilder auf ihrer Facebookseite hat?"

Andrea schüttelte ihren Kopf. „Ich denke nicht. Ich hatte sie noch niemals vorher gesehen."

„Okay", sagte er. „Dann müssen wir sie dazu bringen, sie zu posten. Ich möchte nach allen Personen auf den Bildern suchen. Alle, die du nicht kennst. Wer weiß, was wir herausfinden?"

„Julia könnte mehr wissen", sagte Andrea. „Sie ist die Älteste. Ich meine – ich bin in China geboren worden. Sie war damals schon ein Teenager. Sie muss etwas gesehen haben, richtig?"

„Sie hat niemals wirklich mit mir darüber geredet, aber ich habe den Eindruck, dass sie in China viel zu viel gesehen hat", sagte Dylan.

Ihre Kellnerin war schon auf dem Weg zu ihnen und trug ein schweres Tablett voller Essen. „Das Essen kommt", sagte Andrea.

„Das wurde auch Zeit", sagte Mendoza. „Ich habe eine Frage. Was, wenn das alles gar nichts mit dem Bluttest zu tun hat?"

„Wie meinst du das?", fragte Andrea.

„Na ja, sieh mal – ich verstehe schon. Dein Dad ist nicht dein Dad. Und man hat dich angegriffen. Aber – wie heißt deine Schwester nochmal? Carrie? Richtig? Niemand hat sie angegriffen."

Dylan hob eine Augenbraue. „Wir waren in ihrer Wohnung."

„Ja, ja, ich weiß. Was ich sagen will, ist – schließt keine Möglichkeit aus. Wenn dein Dad in der Scheiße steckt", sagte er und nickte in Andreas Richtung, „dann gibt es sehr viele Möglichkeiten. Und außerdem ist das nicht das erste Mal. Ich meine, Ray wurde ermordet."

Dylan runzelte die Stirn. „Sowas wird nicht nochmal geschehen."

„Viel Glück dabei, dass zu verhindern, Dylan. Kein Wunder, dass du scheiße aussiehst, wenn du denkst, du hättest irgendetwas tun können, um Ray zu retten. Du warst in New York, als es geschehen ist, richtig?"

Dylan grunzte. „Ja, ich weiß. Ich neige dazu, mich für Sachen verantwortlich zu fühlen, die –"

„Sachen, für die du gar nichts kannst. Ich verstehe schon, Dylan."

„Ja, ja. Ich kann zumindest sie beschützen", sagte er und zeigte auf Andrea.

Diese Aussage und sein leidenschaftlicher Gesichtsausdruck, führten dazu, dass es ihr kalt den Rücken runter lief. Sie konnte immer noch nicht fassen, dass er vor weniger als vierundzwanzig Stunden *mit einem Messer* gegen Angreifer mit Schusswaffen gekämpft hatte. Um sie zu beschützen.

„Gut. Da hast du es. Etwas, das du tun kannst", sagte Mendoza.

„Lass ihn in Ruhe", sagte Andrea.

„Ich soll *was* tun?", antwortete Mendoza.

„Dylan hat eine schwere Zeit hinter sich. Lass ihn in Ruhe."

„Du musst mich nicht beschützen", sagte Dylan. Seine Stimme war barsch.

„Du musst *mich* nicht beschützen", erwiderte Andrea.

Dylan verdrehte seine Augen. „Man versucht, dich umzubringen."

„Ja, das weiß ich, Dylan."

Er schloss seine Augen. Dann sagte er: „Ich bin so müde, ich könnte auf der Stelle einschlafen. Ich kann keinen Bissen essen."

„Dann ruh dich aus", sagte Mendoza.

„Ja", antwortete Dylan. „Aber tu mir einen Gefallen. Gibt es bei euch in der Nähe einen überlaufenen Ort, zum Beispiel ein Einkaufszentrum?"

„Wir könnten zu Tysons hochfahren. Das ist ein großes Einkaufszentrum. Überlaufen. Aber wir müssen um neun wieder bei mir sein, um eure Ausweise entgegenzunehmen."

„Ja... lass uns das machen. Wir werden Alex und Carrie anrufen, dann die erste SIM-Karte in den Müll werfen und zu dir fahren. Und schlafen. Ich weiß nicht, wie es dir geht, aber ich kann es gar nicht mehr abwarten."

„Lasst uns gehen", erwiderte Andrea, ihr Herz klopfte beim Gedanken, mit ihren Schwestern reden zu können, auf einmal schneller.

KAPITEL ACHTZEHN
Einer der kleinen Leute

Anthony. 2. Mai, 13 Uhr

Anthony Walker spürte eine Welle der Erschöpfung, als er sich auf den Stuhl vor seinem Schreibtisch in den Büros der *Washington Post* fallen ließ. Um ihn herum saßen, in alle Himmelsrichtungen verteilt, die Mitarbeiter des Unterhaltungsteils – ein Dutzend Reporter, Lektoren und Fotografen, zwei Rechercheassistenten und seine Chefin, Linda Halloran.

Linda war nicht gerade seine Freundin. Im Gegenteil, am Tag als er vor ihrem Schreibtisch erschienen war, hatte sie mit gerunzelter Stirn zu ihm hochgeschaut. „Ich weiß, dass Sie denken, dass Sie besser als wir anderen sind, Walker. Aber Auslandskorrespondenten kochen auch nur mit Wasser. Während Sie für mich arbeiten, gehören Sie zu den kleinen Leuten. Verstanden?"

Ihr Benehmen war ungerecht. Anthony mochte ein Auslandskorrespondent gewesen sein, aber er hatte Respekt vor der Arbeit eines jeden, der für die Zeitung arbeitete.

Persönlicher Respekt – nun, das war etwas anderes. In den wenigen Monaten, die er im Exil des Unterhaltungsteils verbracht hatte, hatte Linda ihn für die unmöglichsten Storys eingeteilt. Er hatte über die wöchentlichen kostenlosen Vorführungen für Kleinkinder am National Theater berichtet. Er hatte Efua Lawal, die nigerianische Popsängerin interviewt, die in New York zusammen mit zwei Prostituierten und vierzehn Gramm Kokain verhaftet worden war. Er hatte im Januar *zwei geschlagene Wochen* damit verbracht, über die Verhaftung von Justin Bieber in Miami zu berichten.

Vor dem 24. Januar hatte er noch niemals von Justin Bieber gehört.

Nur noch ein paar Wochen, dann konnte er diese Hölle verlassen. Aber dann war Anfang der Woche ein Anruf gekommen. *Morbid Obesity* nahm ein neues Album auf. Könnte er bitte eine Reportage über den Frontmann, Crank Wilson und seine Frau Julia, machen? Und als kleine Zugabe war Julia Wilson auch noch die älteste Tochter des designierten Verteidigungsministers.

Anthony hatte die Gelegenheit ergriffen. Das würde wesentlich interessanter sein, als die Storys, die er sonst bekam.

Julia und Crank repräsentierten eine weit größere Story, als er sich erhofft hatte. Zunächst war Julias jüngste Schwester am Tag, als sie in die Vereinigten Staaten gekommen war, entführt worden und hatte einen Medienrummel verursacht. Jetzt hatte jemand ihr Zuhause in die Luft gejagt, die Finanzbehörden hatten ihre Firma geschlossen und gegen Julias Vater wurde ermittelt.

Nicht ganz die typische Story für den Unterhaltungsteil.

Anthony loggte sich an seinem Computer ein, dann nahm er den Hörer seines Telefons in die Hand und wählte die Nummer, um seinen AB abzuhören. Er öffnete sein Notizbuch und begann, die Nachrichten aufzuschreiben. Zwei von Linda Halloran, irgendwann gestern Abend. Ein Anruf von seiner Mutter. Bill Lieby, sein bester Freund und Auslandskorrespondent für die *Post*. Die letzte Nachricht war von Jackson Barlow, dem Chefredakteur. *Diese* Nachricht war um 12.30 Uhr hinterlassen worden, erst vor einer halben Stunde.

Anthony zog das Telefon zu sich und wählte.

„Jackson Barlows Büro." Eine freundliche, aber unbekannte Stimme. Hatte Barlow eine neue Assistentin? Er war notorisch grimmig und verschliss zwei bis drei Assistentinnen pro Jahr. Es war ein Wunder, dass die Zeitung niemals verklagt worden war – oder zumindest wusste Anthony nichts davon. Das bedeutete aber nicht, dass nicht jemand etwas vertuscht hatte. Anthony hatte sich mehr als einmal gefragt, ob Jackson zusätzlich zu seiner Grimmigkeit auch ein Frauenheld war. Es würde die Parade aus neuen hübschen Mädchen, die für ihn arbeiteten, erklären.

„Ist Jackson im Haus? Hier ist Anthony Walker, ich bin gerade zurück ins Büro gekommen."

„Oh! Mr. Walker! Mr. Barlow ist im Besprechungszimmer A. Er hat mir gesagt, ich soll sie gleich dorthin schicken, wenn Sie anrufen. Das Meeting hat gerade begonnen."

„Bin schon unterwegs", sagte Anthony, er war schon am Aufstehen und griff nach seinem Laptop.

Während er das tat, fielen seine Augen auf die vielen Monitore, die nicht weit von seinem Schreibtisch an der Wand angebracht waren. Darauf waren CNN-Nachrichten zu sehen. Prinz George-Phillip, der Chef des SIS, stand auf einem Podium und sprach in ein Mikrofon, während Reporter mit ihren Armen winkten. Die Schlagzeile, die am unteren Teil durch den Bildschirm lief, lautete: *Terroristen versuchen, den Chef des Britischen Geheimdienstes zu ermorden.*

Anthony schüttelte seinen Kopf und drehte sich weg, ging in Richtung des Aufzugs. Er hatte den großen, schlaksigen George-Phillip vor vier Jahren interviewt, als der Prinz der oberste Chef des Secret Intelligence Service gewesen war, eine öffentliche Ansprache gehalten hatte. Die Zeitungen in London machten sich gerne über George-Phillips wirklich witzigen Augenbrauen lustig, die immer in Bewegung waren, wenn er sprach. Aber für Anthony war es ganz klar, dass die Zeitungen seine wichtigste Eigenschaft übersahen – die Intelligenz hinter diesen blaugrünen Augen war unerschütterlich. George-Phillip Windsor war ein würdiger Chef des Geheimdienstes.

Während er vom Aufzug zum Besprechungszimmer lief, dachte Anthony, dass er viel lieber über den Attentatsversuch auf George-Phillip berichtet hätte, als über was auch immer in der Thompson Familie vorging.

Dann erstarrte er, seine Hand lag auf der Türklinke zum Besprechungsraum.

War es nicht ein merkwürdiger Zufall, dass jemand zur gleichen Zeit, in der die Kinder des US-Verteidigungsministers angegriffen wurden, versucht hatte, den Chef des Britischen Geheimdienstes zu ermorden?

Anthonys Gedanken rasten, als er die Tür öffnete und er beachtete das Dutzend oder mehr Leute in dem Raum kaum, während er eintrat. Er dachte an die Bilder von Carrie Sherman und ihrer Schwester Andrea, die er gesehen hatte. Zwei auffällig große Frauen mit sehr dunklem Haar und blaugrünen Augen. War es möglich? Was für ein unglaublicher Skandal das wäre: Die Frau eines amerikanischen Diplomaten war nicht nur einmal, sondern *zweimal* von einem Mitglied des Britischen Königshauses geschwängert worden.

Jackson Barlow stand am Kopfende „Willkommen zurück in Washington, Anthony. Wie schön, dass Sie zu uns stoßen.“

„Ähm… danke, Jackson.“

Anthony zwang seine Aufmerksamkeit zurück in die Gegenwart. Er schaute sich im Raum um, um zu sehen, wer an der Besprechung teilnahm.

Jackson Barlow, der Chefredakteur der Zeitung. David Samuel, der Redakteur für Inlandsangelegenheiten und vier seiner Mitarbeiter. Jim Hsu, Anthonys alter Chef in der Auslandsabteilung. Bill

Lieby und einige weitere Auslandskorrespondenten. Zwei Rechtsreporter und ein Politikreporter.

Anhand der Menschen in diesem Raum war es leicht zu folgern, um welche Story es in *diesem* Meeting ging.

„Setzen Sie sich", sagte Barlow. „Soweit ich weiß, haben Sie den gestrigen Tag und den heutigen Morgen mit Julia Wilson verbracht?"

„Und mit ihrem Ehemann, Crank", sagte Anthony und schenkte Barlow ein falsches Lächeln. „Er wird bald ein neues Album veröffentlichen."

Barlow sah Anthony in die Augen. „Verstanden. Haben Sie immer noch Kontakt zu ihnen?"

Anthony nickte. „Ja. Vor allem, nachdem das Finanzamt heute Morgen ihre Büros beschlagnahmt hat."

„Okay, ich höre, was wissen Sie?"

Anthony sah sich im Raum um. Er wusste nicht, welche Infos die anderen hatten. Einige würden unzweifelhaft die Story des Spezialstaatsanwalts glauben – dass Richard Thompson in Geldwäscherei und mehr verwickelt war, und dass er sich die Hilfe seiner Tochter gesichert hatte. Anthony glaubte das nicht.

Er sah Barlow in die Augen und sagte: „Wir haben nicht genügend Informationen. Aber die Vorstellung, dass Richard Thompson irgendwie seine Kinder dazu gebracht hat, sich bei Geldwäschereien zu beteiligen, halte ich für zweifelhaft. Ehrlich gesagt denke ich nicht, dass Julia Wilson so dumm ist."

Barlow nickte, dann sagte er: „Okay – wenn das so ist, was steckt dann wirklich dahinter?"

Anthony sah sich im Raum um. Warum zur Hölle setzte Barlow ihn so auf den Präsentierteller?

„Ich weiß es nicht, Jackson. Ich war seit heute früh am Morgen in Fahrzeugen eingesperrt. Aber ich denke, wir müssen es herausfinden. Was steckt wirklich dahinter?"

Barlow schüttelte seinen Kopf und lächelte. „In Ordnung. Dies ist, was wir tun werden. Team rechtliche Angelegenheiten – Ich möchte, dass Sie sich auf die eigentliche Untersuchung konzentrieren. Was weiß der unabhängige Staatsanwalt oder was denkt er, dass er weiß? Was machen die Finanzbehörden? Warum beschlagnahmen sie Julia und Crank Wilsons Besitz? Inlandsabteilung – Sie kümmern sich um die politische Seite. Was geschieht im Pentagon? Wird Richard Thompson zurücktreten? Wird der Congress beteiligt? Was geschieht sonst?"

Anthony sagte: „Ich möchte wissen, ob es eine Verbindung zum Attentatsversuch auf den Chef des SIS gibt."

Barlow fielen fast die Augen aus dem Kopf. „Was? Da gibt es keine Verbindung, Anthony."

„Vermutlich nicht. Aber das Timing ist seltsam."

„Vermutlich hat es letzte Nacht auch ein Erdbeben in Mumbai gegeben. Das bedeutet nicht, dass es eine Verbindung zu Richard Thompson gibt."

„Nein... aber dies hier ist anders. Wie oft werden verschiedene hochrangige Geheimdienstmitarbeiter aus verschiedenen Ländern am gleichen Tag angegriffen?"

„Richard Thompson gehört nicht –"

„Er gehört zum CIA, nicht zum Außenministerium."

„Quatsch. Wo haben Sie das her?"

„Aus seinen eigenen Akten. Als Julia und Crank Wilson letzte Nacht in sein Büro eingedrungen sind, war ich dabei. Hier steckt mehr dahinter, als man auf den ersten Blick meint, Barlow."

Barlow sah Anthony kühl an. Dann holte er tief Luft und schloss seine Augen.

„Okay, Anthony. Sie arbeiten nicht mehr für den Unterhaltungsteil. Ich möchte, dass Sie das Team für diese Story leiten."

Anthony versuchte, ein Grinsen zu unterdrücken. Und versagte. Er würde wieder in seinem Element sein. Als er aufstand, bewegte sich Linda Halloran auf ihrem Stuhl.

„Jackson", sagte Linda. „Anthony hat noch einige Live-Berichte für den Unterhaltungsteil zu erstellen. Die muss er erst fertig machen."

Barlow wies sie mit einer beiläufigen Handbewegung ab. „Dies hat Priorität, Linda. Anthony – Ihr Auftritt. Was haben Sie?"

Anthony spürte überraschend wenig Anspannung in seinem Magen. Dies war die Chance, sein Leben zurückzubekommen. Er würde sie nutzen. Er ging um den Besprechungstisch herum, nahm einen Stift auf und schrieb in großen fetten Buchstaben an eine Tafel:

Angriffe am gleichen Tag

Wakhan-Massaker?

R. Thompson – sexueller Übergriff auf seine Frau im Jahre 1991?

Die anderen im Raum bewegten sich unbehaglich, als er die zweite und dritte Zeile aufschrieb. Zu Anthonys rechter Seite runzelte Jackson Barlow die Stirn.

Verbindungen zwischen GP und R. Thompson?

R. Thompson – Laufbahn beim CIA

Vermisst: Adelina Thompson, Dylan Paris, Andrea Thompson, Jessica Thompson

Er trat einen Schritt zurück und schaute auf die Tafel.

„Was fehlt?", fragte er.

„Was zur Hölle soll das mit Wakhan? Und einem sexuellen Übergriff?", Barlows Stimme war barsch, als er die Fragen stellte.

Anthony sagte: „Was wir in Thompsons Büro gefunden haben, war... schlimm. Zunächst einmal war Adelina Thompson erst sechzehn, als sie mit ihrer ersten Tochter schwanger wurde. Richard Thompson hat sie geheiratet, als sie siebzehn und schon schwanger war.“

„Heilige Scheiße“, murmelte jemand.

„Zweitens – wir haben einen Bericht über einen Vaterschaftstest gefunden, aus dem hervorgeht, dass Carrie Sherman nicht Thompsons Tochter ist. Am Tag nachdem der Bericht verfasst worden ist, gibt es einen Polizeibericht. Adelina wurde im Februar 1990 angegriffen und vergewaltigt. Sie hat keine Anklage erhoben, aber nach dem, was die Polizei in San Francisco schrieb, war ihr Ehemann der Hauptverdächtige.“

Stille hatte sich im Raum ausgebreitet.

„Schließlich – und das ist der verwirrendste Teil für mich – Thompson hatte eine Akte mit Informationen über das Wakhan-Massaker in seinem Büro. Nichts Vertrauliches, jeder weiß, dass das Massaker stattgefunden hat. Was ich wissen will, ist: Wusste er davon, als es geschah? Richard Thompson war 1983 in der US-Botschaft in Pakistan eingesetzt.“

„Hurensohn“, sagte Jackson.

„Ich werde mich um die Sache mit Pakistan kümmern“, sagte Bill Lieby. „Und um die Verbindung zu Prinz George-Phillip. Das ist wirklich interessant. Wusstest du, dass er an den Ermittlungen des SIS um Wakhan beteiligt war?“

Anthony bekam große Augen. „Meinst du das ernst?“

Lieby nickte. „Ich weiß den Zeitpunkt nicht mehr genau – es war, ich weiß nicht – vielleicht 1984? Die Ergebnisse kamen niemals ans Licht, aber ich erinnere mich, dass George-Phillip Fragen gestellt hat – “

Liebys Augen wurden groß und sahen zu Anthony.

„Was?", sagte Anthony.

„Du musst verstehen, er war damals noch ein Junge. Vielleicht einundzwanzig? Ich war damals für diplomatische Angelegenheiten zuständig. Und es gab einige Unruhen – die britische Botschaft hat sich offiziell bei der Zeitung beschwert."

„Worüber?"

„Die Kolumnistin unseres Gesellschaftsteils hatte geschrieben, dass George-Phillip und Adelina Thompson beim gemeinsamen Mittagessen gesehen worden waren."

Barlow nickte. „Ja, das stimmt. Ich denke Maria Clawson hat die Story geschrieben."

Anthony runzelte vor Missfallen die Stirn. Maria Clawson war eine Klatschkolumnistin, die sich darauf spezialisiert hatte, anderer Leute Leben zu zerstören. „Clawson hat für die *Post* gearbeitet?"

„Bis in die späten 1990er", sagte Barlow.

Anthony schüttelte seinen Kopf. „Allmächtiger. Vor meiner Zeit. Also – George-Phillip und Adelina Thompson waren in den 1980ern zusammen essen. Sonst noch was?"

Barlow zuckte mit den Schultern. „Keine Ahnung."

„Wir werden es herausfinden", sagte Lieby.

„In Ordnung. Wir müssen herausfinden, was die Briten bei ihrer Untersuchung über Wakhan herausgefunden haben. Und ich denke, wir müssen auch selbst nochmal ermitteln."

Linda Halloran sagte: „Was ist mit den politischen Verwicklungen? Weiß jemand, ob der Präsident die Ernennung Thompsons aufrechterhält?"

Barlow schüttelte seinen Kopf. „Ich wäre verblüfft, wenn er das täte. Und dies wird eine schmutzige Sache werden."

Anthony antwortete: „Alle anderen werden sich um die Politik kümmern. Ist das schlecht für den Präsidenten? Wie wird sich das auf die Wahlen auswirken? Sie werden die wahre Geschichte nicht sehen."

Barlow zeigte mit seinem Finger auf Anthony. „Dann haben Sie besser die wahre Geschichte für uns."

Anthony nickte. „Ich bin dabei."

Julia. 2. Mai, 14 Uhr

Das Telefon klingelte viermal. Fünfmal. Sechsmal. Dann ging die Mailbox ran.

„Sie haben die Telefonnummer von Richard Thompson gewählt. Leider kann ich derzeit nicht ans Telefon gehen. Bitte hinterlassen Sie eine Nachricht und Ihre Telefonnummer."

Julia legte auf. Sie hatte bereits eine Nachricht hinterlassen. Mehrere, um genau zu sein. Ihr Vater ging nicht ans Telefon.

Natürlich, er war der Verteidigungsminister. *Und* er hatte heute Morgen die Nachricht erhalten, dass das Justizministerium Ermittlungen wegen Dingen gegen ihn durchführte, die lächerlich waren.

Aber er sollte trotzdem an sein verdammtes Telefon gehen.

Sie legte ihr Handy beiseite und sah sich in der Suite um, die sie in Arlington bezogen hatten. Sie musste etwas *tun*. Sie musste sich um etwas kümmern, etwas Konkretes, dass sie verändern konnte. Carrie war im Safehouse, aber weder sie noch Julia wussten die Adresse. Ihr Anwalt traf sich gerade mit jemandem vom Finanzamt und es gab absolut gar nichts, das Julia tun konnte, um die Situation zu ändern. Sie hatte eine Stunde lang mit ihren Mitarbeitern telefoniert, hatte ihnen versichert, dass sie sich um sie kümmerte, und auch sichergestellt, dass ihre sofortigen Bedürfnisse nicht außer Acht gelassen wurden. Aber sie spürte ein Drücken in der Magengrube. In ein paar Tagen waren die Gehälter fällig und ihre Firmenkonten waren gesperrt worden, ihre und Cranks

Spar- und Investmentkonten auch. Auf ihrem Girokonto war eine Menge Geld, aber nicht genug, um die Gehälter über einen längeren Zeitraum zahlen zu können.

Julia stand auf und ging hin und her. Im Nebenzimmer übte Crank hinter verschlossener Tür. Er hatte die Lautstärke leise gestellt, was gut war. Er arbeitete an mehreren neuen Songs und sie hatte ihn bedrängt. Bedrängt, denn auf eine Weise waren die Songs, die er in letzter Zeit geschrieben hatte, Routine gewesen. Morbid Obesity war jetzt seit mehr als zwölf Jahren zusammen und sie hatten acht Alben veröffentlicht. Sie hatten so viele Touren gemacht, dass die Hotelzimmer und Suiten, die sie über den Globus verteilt belegt hatten, miteinander verschwammen. Aber die Musik hatte immer eine Spitze gehabt, war emotional und tief verbunden mit ihnen als Menschen. Aber in letzter Zeit fühlte es sich so an, als ob sie einer Formel folgten.

Sie stand für eine kurze Sekunde da, legte ihren Kopf zur Seite und hörte den Gitarrentönen zu, die durch die geschlossene Tür drangen. Es war schwer zu hören, aber, woran Crank auch immer arbeitete, es hatte einen merkwürdigen, einnehmenden, synkopischen Rhythmus.

Sie griff erneut nach ihrem Telefon. Vielleicht hatte Carrie inzwischen die Erlaubnis erhalten, sie zu treffen.

Es klingelte bevor sie es in die Hand nehmen konnte. Sie erstarrte. Das Wort „Dad" erschien auf dem Display.

Annehmen. Abweisen. Die zwei Möglichkeiten kamen ihr vor, wie die Wahl zwischen Gut und Böse, und sie wusste nicht, was was war.

Sie starrte das Telefon an. Ihre Zunge fühlte sich an wie Blei. Sie hob das Telefon hoch und drückte auf „Annehmen" und sagte etwas, ohne darüber nachzudenken oder auch nur Luft zu holen. Ihre Worte überraschten sie selbst genauso, wie sie ihren Vater überraschen mussten.

„Wo ist meine Mutter?"

Verblüffte Stille am anderen Ende. Dann sagte er mit perfekt ruhiger und beschwichtigender Stimme: „Ich weiß es nicht, Julia. Ich weiß nicht, wo sie ist."

Kalte Wut schlang sich um ihr Herz. „Warum hat das Finanzamt unsere Büros heute Morgen geschlossen? Was zur Hölle geschieht mit unserer Familie, Vater?"

„Julia, ich rufe dich zurück. Ich habe nicht erwartet, dass so mit mir gesprochen wird."

„Ich habe nicht erwartet, herauszufinden, dass – dass...", sie konnte die Worte nicht aussprechen.

„Was herauszufinden?"

„Ich habe den Polizeibericht gelesen."

„Welchen Polizeibericht? Ich habe keine Ahnung, wovon du sprichst." Seine Stimme klang verdammt vernünftig.

„Lass mich deinem Gedächtnis auf die Sprünge helfen, Vater." Ihre Stimme war scharf und sarkastisch und trug mehr als dreißig Jahre an Lügen und Verletzungen in sich. „Am Tag, nachdem du herausgefunden hast, dass Carrie nicht deine Tochter ist, wurde Mutter halb totgeschlagen und vergewaltigt. Klingelt es?"

„Julia, wo hast du – "

„In deinem Büro, Vater. Verleugnest du es noch nicht mal?"

Seine Antwort kam unerwartet, war barsch und drängend. *„In meinem Büro? Wann?"*

„Gestern. Kurz bevor zwei Schlägertypen ins Haus eingebrochen sind, versucht haben, uns zu töten und dann eine Bombe gezündet haben."

Stille. Nach ein paar Sekunden sagte er: „Hinter allem steckt viel mehr, als dir klar ist, Julia. Ziehe keine voreiligen Schlüsse."

Die Tür zum Schlafzimmer öffnete sich und Crank erschien in der Tür. „Hey", sagte er. „Du wirst nicht glauben, dieser Song – " Er erstarrte und hörte auf zu sprechen, als er ihren Gesichtsausdruck sah.

„Was sollte ich sonst tun, Vater? Anscheinend kann keines meiner Elternteile die Wahrheit sagen. Was sollte ich also sonst tun, außer meine eigenen Schlüsse zu ziehen?"

„Ich habe dich niemals angelogen, Julia."

„Was?", schrie sie. „Du hast mich niemals angelogen? Was ist mit den Affären in China? Was ist mit der Tatsache, dass meine Schwester nicht meine Schwester ist? Was ist mit der Sache, dass du meine Mutter vergewaltigt hast? Was ist mit der Tatsache, dass sie noch ein *Kind* war, als sie mit mir schwanger wurde. Du hast mich niemals angelogen?"

Während sie die Worte herausschrie, konnte sie es sehen. Julia war – acht Jahre alt gewesen? Sie war an dem Tag nach unten gerannt, hatte Carrie an der Hand festgehalten. Sie hatten gekichert, waren frei gewesen. Es muss an einem Samstag gewesen sein, und sie beide hatten Süßigkeiten vom Valentinstag in der Schule gehabt. Sie hatten gespielt und gelacht, aber sie erinnerte sich, dass sie sich gewundert hatte, warum Mary, ihr Kindermädchen, so betrübt ausgesehen hatte.

An dem Morgen waren sie und Carrie ins Wohnzimmer gerannt und zusammen auf die Couch gesprungen, dann hatte Carrie gesagt: „Warum weint Mommy? Mommy? Warum Mommy traurig?"

Ihr Gesicht war voller Blutergüsse gewesen und sie hatte zusammengerollt auf der Couch gelegen, die Augen rot vor Tränen und ein Buch gelesen. Ihr Arm hatte in einer Schlinge gesteckt.

„Ich bin nicht traurig", hatte ihre Mutter gesagt. Dann hatte sie versucht zu lächeln. „Ich bin nur ein bisschen krank."

„Krank macht dich lila?", hatte Carrie gesagt. Dann hatte sie gekichert, war zu ihrer Mutter gerannt und hatte sie umarmt, Adelina war zusammengezuckt. Carrie hatte gesagt: „Küsse machen Mommy gesund", und hatte sich hochgelehnt und sie geküsst.

Valentinstag, dachte Julia. Sie hatte seit Jahren nicht mehr an den Tag gedacht. Aber sie hatte letzte Nacht den Polizeibericht gesehen. Ihre Mutter war nicht krank gewesen. Man hatte sie geschlagen und vergewaltigt.

Ich bin nicht traurig. Ich bin nur ein bisschen krank.

Nur ein bisschen krank. Das war ein paar Tage nach dem Valentinstag gewesen, ein paar Tage, nachdem laut dem Polizeibericht ihre Rippen gebrochen waren.

Eine Welle der Wut überkam Julia. Mit leiser Stimme flüsterte sie ins Telefon. „Du hast niemals etwas anderes gemacht, *als* mich zu belügen."

Dann legte sie das Telefon weg. Helles Sonnenlicht schien in das Hotelzimmer, aber sie fühlte sich innerlich tot.

„Babe?", sagte Crank mit leiser Stimme.

Julia drehte sich zu ihrem Ehemann. Sie öffnete ihren Mund, aber sie konnte nichts sagen. Es gab keine Worte. Nichts. Sie dachte an all die Male, in denen sie mit ihrer Mutter gestritten hatte. Die grausamen Dinge, die ihre Mutter gesagt hatte. Der ständige Kampf.

Warum? Warum war ihre Mutter so gehässig gewesen? War es nur die Angst vor ihrem Vater? Warum hatte sie eine Affäre gehabt? Ihre Mutter war sechzehn gewesen, als sie mit Julia schwanger geworden war.

Und fünfzehn Jahre später war Julia schwanger geworden und hatte das Kind abgetrieben. Ein Kind, das nun in Andreas Alter wäre.

Ein Kind, dass sie niemals würde in ihren Armen halten, küssen oder lieben können.

Sie wusste, es war nicht logisch. Sie wusste, es ergab überhaupt keinen Sinn. Aber plötzlich liefen ihr die Tränen über das Gesicht und Julia stieß ein leises Grollen aus. Crank ging sofort zu ihr und legte seine Arme um sie.

„Ist schon okay, Babe", flüsterte er.

„Nein", sagte sie. „Das ist es nicht. Es wird niemals okay sein." Dann traf sie die Welle der Qual. Kein körperlicher Schmerz, aber geistige Qual, Reue und Kummer und Verlust über die eine Sache, die sie immer hatte haben wollen, aber niemals bekommen hatte. „Ich muss Carrie anrufen", flüsterte sie.

Er löste sich von ihr und sie wählte Carries Nummer.

„Wo bist du?", fragte sie, sobald Carrie ranging. „Hast du die Adresse?"

Carrie gab ihr die Adresse. „Ruf mich an, wenn ihr weniger als fünf Minuten entfernt seid. Ich soll niemandem sagen, wo wir sind. Ich werde daher warten, bis ihr hier seid, bevor ich es ihnen verrate."

„Perfekt", sagte Julia. „Ich werde anrufen. Wir müssen miteinander reden."

Julia drehte sich zu ihrem Ehemann. Er hatte einen besorgten Gesichtsausdruck, große Augen und erhobene Augenbrauen. „Gehen wir?", fragte sie.

Fünf Minuten später saßen sie in einem Mietwagen. Crank fuhr, während Julia mit ihrem Telefon herumhantierte.

„Rede mit mir", sagte er.

„Ich denke immer wieder an Belgien. Ich erinnere mich daran, dass ich so einsam war. Ich weiß nicht… Ich meine, ich verstehe, dass sie Angst vor ihm gehabt haben muss. Sie muss manchmal verrückt vor Angst gewesen sein. Aber warum hat sie ihn nicht einfach verlassen?"

Sie schloss ihre Augen, erwartete keine Antwort von Crank. Julia erinnerte sich nicht an den Flug nach Belgien, aber sie erinnerte sich daran, dass sie sauer gewesen war, weil sie San Francisco und ihre Freunde hatte verlassen müssen.

Der letzte Tag in San Francisco.

Ihre Mutter war selten so in Form gewesen, wie an diesem Tag. Sie hatte versucht, drei Kinder in Schach zu halten, den Umzug zu organisieren und die Kontrolle über alles zu behalten. Schon einige Wochen lang war die Geduld ihrer Mutter knapp gewesen, sie war abwechselnd untröstlich oder wütend gewesen.

Wo war ihr Vater gewesen? Julia konnte sich vage daran erinnern, dass er in Brüssel auf sie gewartet hatte – während der drei Jahre, bevor sie nach Brüssel gezogen waren, war er nur für kurze Besuche zu Hause gewesen.

Julia erinnerte sich deutlich an den Zusammenbruch kurz bevor sie zum Flughafen aufgebrochen waren. Das Taxi hatte einige Minuten vor der Tür gewartet, während Adelina drei Kinder und ein halbes Dutzend Taschen zusammensammelte. Julia hatte die Anzeichen bereits gesehen, die Stressfalten, die um die Augen ihrer Mutter erschienen waren, die dünner werdenden Lippen, als sie ihren Mund zusammengekniffen hatte.

Sie hatte auf den Stufen vor dem Haus gestanden, als ihre Mutter Panik bekommen und herumgesucht hatte.

„Julia, pass auf deine Schwestern auf, ich habe eine meiner Taschen vergessen." Dann war sie wieder ins Haus gegangen.

Julia hatte die Hand der sechsjährigen Carrie in ihre linke und Alexandras in ihre rechte Hand genommen. Alexandra hatte sofort begonnen, daran zu ziehen, und Carrie hatte gerufen: „Hör auf, du hältst meine Hand zu fest."

Carrie hatte ihre andere Hand ausgestreckt und Julia gegen den Arm geboxt. Julia hatte sich zu ihrer Schwester umgedreht und Alexandras Hand war aus ihrer gerutscht, dabei war das Kleinkind die Treppe runtergefallen.

Carrie hatte gekreischt und Julia war das Herz in die Hose gerutscht. Alexandra war – vielleicht vierzehn Monate alt gewesen? Sie hatte noch nicht lange laufen können, und als sie fiel, war es, als ob man einer hinkenden Puppe zusah, wie sie über eine Kante fiel.

Ihr kleines Gesicht war sofort rot geworden und sie hatte zu schreien begonnen. Der Taxifahrer war ausgestiegen und hatte gerufen: „Geht es ihr gut?", und genau in dem Moment war ihre Mutter wieder herausgekommen.

Adelina hatte einen Schrei ausgestoßen, war zu Alexandra gerannt und hatte sie aus Julias Griff gerissen. „Ich kann dich nicht mal für *fünf Sekunden* allein lassen."

War sie verletzt gewesen? Hatte es wehgetan? Sie erinnerte sich nicht mehr genau, aber die Worte ihrer Mutter hatten tief gesessen.

„Es ist okay, Mommy", hatte Carrie gesagt. „Sie hat sich nichts gebrochen."

Adelina hatte geschnieft. „Nein, sie hat sich nichts gebrochen."

„Ich will Daddy besuchen", hatte Julia gesagt.

Ihre Mutter hatte sie erschöpft und mit unglaublich traurigen Augen angeschaut und gesagt: „Tja, dein Wunsch wird erfüllt werden, Julia. Steig ins Auto."

Die Bitterkeit hatte ihr den Atem genommen. Wenn sie jetzt zurückdachte, ertappte Julia sich dabei, dass sie alles, was sie jemals über ihren Vater und ihre Mutter gedacht hatte, in Frage stellte.

Sie sagte mit einer brechenden, angestrengten Stimme: „Alles, was ich je geglaubt habe, steht Kopf."

Crank nickte, aber er sagte nichts. Er streckte seine rechte Hand aus und verschränkte seine Finger mit ihren.

„In San Francisco war alles okay gewesen. Daran kann ich mich erinnern. Meistens zumindest. Nicht immer – ich erinnere mich daran, dass Mom nach dem Valentinstag in dem Jahr, in dem Alexandra geboren wurde, krank und verletzt gewesen ist. Als er sie geschlagen hat und... und..."

Ihre Stimme verstummte. Sie konnte die Worte nicht aussprechen.

„Ist schon okay", sagte Crank.

Julia kämpfte die Worte heraus. „Als er sie vergewaltigt hat. Ich erinnere mich daran, aber ich wusste nicht, was es bedeutete. Ich wusste nur, dass sie krank war und ich war sauer, weil sie tagelang nichts tun konnte und wir beim Kindermädchen bleiben mussten. Und dann wurde sie so traurig, als wir nach Brüssel zogen." Julia stöhnte ein bisschen. „Oh Gott, sie war so traurig. Und ich war sauer auf sie. Denn wir würden Daddy wiedersehen und ich wusste nicht, warum sie traurig war."

Crank fuhr auf den Highway. „Du konntest nicht wissen, was mit ihr los war."

„Stimmt", sagte sie; „aber trotzdem. Ich denke immer wieder an diese drei Jahre in Belgien. Barry hat sich manchmal um Carrie und mich gekümmert. Alexandra hatte eine Gouvernante. Dad habe ich kaum gesehen. Sie schliefen damals schon in getrennten Schlafzimmern. Ich denke, dass haben sie schon immer getan, ich habe es nur nie beachtet."

„Du warst so einsam", murmelte Crank.

„Das war ich", sagte Julia. „Aber ich habe niemals etwas bemerkt – wie muss es für sie gewesen sein? Haben sie sich gehasst?

Dad – ich verstehe... ich verstehe nichts davon. Ich meine – weißt du wie viele Jahre Therapie ich hinter mir habe, dank ihr?"

Das war natürlich eine rhetorische Frage – er hatte alles mit ihr zusammen durchgemacht. Er wusste alles über ihre Therapeuten.

Sie schloss ihre Augen. Sie erinnerte sich an den Tag, als sie ihre Mutter damit konfrontiert hatte, kurz bevor sie nach Deutschland geflogen war. Julia hatte die bitteren Worte ausgespien: *Warum hast du mir nicht geholfen? Warum warst du nicht da, als ich dich brauchte?*

Sogar damals, während dieser Konfrontation, hatte ihre Mutter die Geheimnisse ihres Vaters gewahrt. Und während der Fahrt zum Flughafen am nächsten Tag hatte ihr Vater Julia leise und beruhigend angelogen. Er hatte sie angelogen, als er ihr erzählte, wie er und ihre Mutter sich kennengelernt hatten. Er hatte sie angelogen, als er ihr von seiner nächsten Stationierung erzählt hatte. Er hatte sie angelogen, als er gesagt hatte, sie würden eine Therapie machen. Er hatte sie *bei allem* angelogen.

Aber ihre Mutter auch.

Julia schüttelte ihren Kopf. Sie verstand das alles nicht. Sie schaute die Autos vor ihnen auf dem Highway an und ein Gefühl der Leere kam über sie. Ihre Firma war vom Finanzamt geschlossen worden. Zwei ihrer Schwestern und ihre Mutter wurden vermisst. Nichts ergab mehr einen Sinn.

Sie setzte sich aufrecht hin und schloss langsam ihre Augen. Sie würde nicht weinen. Nicht jetzt. Sie hatte so viel zu tun, zu viele Probleme zu lösen, zu viele Menschen hingen von ihr ab, nicht zuletzt Carrie und das kleine Baby, das Hilfe benötigte, um zu überleben.

KAPITEL NEUNZEHN
Suspendiert

Bear. 2. Mai, 20 Uhr

„**Ja**", murmelte Bear in sein Telefon und kämpfte dabei darum, seine Augen aufzubekommen. Er stöhnte und bewegte sich, setzte sich auf, war desorientiert. Licht schien in seine Augen und er kniff sie zusammen, dann bemerkte er, wo er war.

Das Krankenhaus. Er hatte, nachdem er Carrie zurück zum Safehouse gebracht hatte, den Nachmittag mit den Kindern verbracht, danach zwei Stunden geschlafen und war dann hergekommen. Leah war auf der Intensivstation und Gary, ihr riesiger Boxer von einem Ehemann, ging am anderen Ende des Wartebereichs hin und her.

Bear setzte sich auf, als er die Stimme am Telefon hörte. Es war der Minister.

„Bear, Sie müssen herkommen."

„Ja, Sir", sagte Bear und unterdrückte verzweifelt ein Rülpsen, sein ganzer Brustkorb rumpelte. „Was... Bitte entschuldigen Sie, Sir... Ich bin ein bisschen groggy."

„Seien Sie in einer Stunde in meinem Buro."

„Ja, Sir."

Scheiße. Bear nahm das Telefon vom Ohr, als der Minister auflegte. Er sah sein Telefon verständnislos an. Es war zwanzig Uhr. Er hatte zwei Stunden geschlafen. Es war nicht genug, um sich ausgeruht zu fühlen, aber genug, um seine Verzweiflung zu schüren.

Er stand auf, strauchelte ein wenig und wünschte sich, er hätte nicht mit dem Rauchen aufgehört. Gott, er brauchte einen Kaffee. Und eine Dusche. Hatte er genug Zeit, um zu Duschen? Vielleicht, wenn er sofort von hier verschwand. Er ging zum anderen Ende des Warteraums.

„Gary", sagte er.

„Wichser", sagte Gary.

„Wie geht es ihr?"

„Sie ist noch nicht wach. Aber sie erholt sich."

Bear sackte in sich zusammen. „Die Kinder?"

„Deine Mutter ist bei ihnen."

„Okay", sagte Bear. Er sah auf sein Telefon und meinte: „Der Minister hat mich gerade angerufen. Ich muss zu ihm."

„Ja, wie auch immer."

Bear zuckte mit den Schultern. Er und Gary würden niemals beste Freunde werden.

„Ruf mich an, wenn es irgendwelche Neuigkeiten gibt."

„Ja, in Ordnung."

Bear streckte eine Hand aus und legte sie kurz auf Garys Schulter. Gary erstarrte.

„Gary. Sie wird wieder gesund werden."

Zunächst sagte Gary nichts. Er stand einfach nur da, sein ganzer Körper war eine einzige Masse aus verspannten Muskeln. Bear fühlte, wie er zitterte, die ganzen 120 Kilo vollgepackter Muskelmasse vibrierten wie ein gut gestimmtes Instrument. Für eine

Sekunde dachte er, dass Gary ihm eine runterhauen würde. Statt-dessen sackte er in sich zusammen.

„Ja."

Bear trat zurück und ließ seine Hand fallen. Er wollte sein Glück nicht herausfordern, außerdem gefiel es ihm nicht gerade, dass iro-nischerweise er den Ehemann seiner Exfrau beruhigte. Knigge hat *dafür* keine Empfehlungen ausgesprochen.

Er verließ das Krankenhaus so schnell er konnte. Um Zwanzig Uhr musste er mit einer langen Wartezeit an der Subway Station rechnen oder mit einer ähnlich langen Wartezeit auf ein Taxi. Oder er konnte einfach gehen oder joggen. Es waren zwölf lange Blöcke bis zu seinem Apartment, vermutlich ein Lauf von fünfzehn Minu-ten. Um einiges schneller, als auf ein Taxi zu warten.

Er entschied sich, zu laufen. Vielleicht würde ihn das auch ein wenig aufwecken.

Bear hatte nicht mit der Hitze gerechnet. Washington DC – ei-gentlich die gesamte Ostküste – hatte gerade einen ungewöhnlich langen und kalten Winter hinter sich. Bear hatte sich noch nicht vollständig an den Wetterumschwung von Winter zu Sommer, ohne wirklichen Übergang, gewöhnt. Die Luft war schwül, sehr feucht und voll von den Gerüchen der Straße. Und statt in Sneakers, rann-te er in Business-Schuhen.

Arschloch. Manchmal war Bears innerlicher Monolog alles an-dere als diplomatisch.

Als er sein Apartment erreichte, war er durchgeschwitzt. Im ersten Moment war er etwas desorientiert, als er hineinging. Es waren sechsundzwanzig Stunden vergangen, seit er den Anruf von Leah erhalten hatte.

Bear, ist ein Ablöseteam für uns unterwegs?

Nein. Nein, kein Ablöseteam.

Es war ein Angriff gewesen, ein Angriff, bei dem mindestens eine Person beteiligt war, die zu ihrem Team gehörte. Ein Betrug von einem langjährigen DSS-Agenten, und Bear hatte immer noch keine weiteren Informationen, denen er nachgehen konnte.

Bear ließ von der Tür bis zur Dusche eine Fährte aus dreckiger Kleidung fallen und wusch sich und seine Haare in Rekordzeit. Er hatte den Wärmeregler auf Anschlag gedreht, ließ das heiße Wasser über seinen zerschundenen und erschöpften Körper laufen. Er hatte ein rotes Gesicht und fühlte sich entspannt, als er aus der Dusche stieg. Er begann, sich abzutrocknen, nur um festzustellen, dass er vergessen hatte, sich unter den Achseln zu waschen, die immer noch ziemlich rochen. Egal. Er sprühte Deo darauf und zog sich schnell an, er nahm die dicksten Socken, die er hatte, denn er hatte sich beim Lauf hierher an seiner Ferse eine Blase gelaufen.

Er nahm seine Schuhe und begann sie anzuziehen. Sie waren total verkratzt. 20.32 Uhr, er hatte noch achtundzwanzig Minuten, bis er im Büro des Ministers sein musste. Er nahm sich dreißig Sekunden, um seine Schuhe zu putzen, neunzig Sekunden, um einen Red Bull zu trinken und fünfzehn Sekunden, um in die Schublade nach seinem Laptop zu greifen, um seine E-Mails zu checken.

Dann erstarrte Bear. Sein Laptop war nicht in der Schublade.

Sein Küchentisch war total leer.

Oh Scheiße. Als er seine Wohnung vor sechsundzwanzigeinhalb Stunden verlassen hatte, war er ohne zu zögern losgerannt. In der Wohnung der Thompsons waren Schüsse abgefeuert worden, seine Ex-Frau war in der Schusslinie gewesen und er hatte sich keine Zeit genommen, die vertraulichen Dokumente, die auf seinem Küchentisch gelegen hatten, wegzuschließen. Vertrauliche Dokumente, zu denen die Personalakte des früheren, als Diplomat getarnten, Spions und zum Verteidigungsminister auserwählten Richard Thompson gehörte.

Er konnte sie vor seinem inneren Auge sehen. Die Akte, wie sie ordentlich aufgeschlagen auf seinem Tisch lag, während er sie gelesen hatte.

Er ging seine Bewegungen von letzter Nacht durch. Er hatte das Büro ein paar Minuten nach 17.30 Uhr verlassen. Das Büro für vertrauliche Dokumente hatte ihm hinterhergerufen, dass sie ein Fax der Polizei aus San Francisco erhalten hatten. Der Polizeibericht.

Es ergab immer noch keinen Sinn. Adelina Thompson war sexuell angegriffen worden und ihr Ehemann war der Verdächtige gewesen, das war mehr als zwanzig Jahre her. Sie hatte sich geweigert auszusagen und der Vorgang war geschlossen worden, Bear kam es wie eine schnelle Abfertigung vor. Bear hatte das Dokument, zusammen mit Thompsons Personalakte und den Hintergrunddokumenten zu Wakhan und Pakistan in den 1980ern, in eine Tasche gepackt und das Gebäude verlassen.

Er hatte das Gebäude mit einer Tasche voller nicht korrekt gesicherter vertraulicher Dokumente verlassen. Dann, nachdem er erfahren hatte, dass man auf seine Ex-Frau schoss, hatte er sie einfach auf dem Tisch liegen lassen.

Scheiße. Scheiße. Scheiße.

Er zitterte und sah auf seine Uhr. 20.38 Uhr. Zweiundzwanzig Minuten. Es dauerte zwanzig Minuten, um von hier zum Außenministerium zu laufen, und normalerweise nochmal vier weitere Minuten vom Eingang zu den Aufzügen und hinauf in den 7. Stock.

Er musste sofort gehen. Stattdessen ging er hinüber zu seinem Wandschrank und kniete sich vor den Safe, der darin stand. Vielleicht hatte er es vergessen. Bear hatte insgesamt während der letzten achtundvierzig Stunden gerade mal drei Stunden geschlafen. Er funktionierte automatisch. Vielleicht hatte er es nur vergessen.

Er gab seine Kombination ein, vertippte sich aber und fluchte vor Frust. Dann versuchte er es erneut und öffnete den Safe.

Er war leer.

Keine vertraulichen Informationen.

Gar nichts. Sein Reisepass, Geburtsurkunde, tausend Dollar in bar und andere Dokumente waren verschwunden, inklusive der drei verbliebenen Fotos von seiner und Leahs Hochzeit, die er weggeschlossen hatte, um sicher zu gehen, dass er sie nicht, während er besoffen war, verbrannte. Alles war verschwunden.

Zitternd schüttelte Bear seinen Kopf, dann stand er auf. Er musste jetzt zum Minister. Er hatte noch neunzehn Minuten. Während er hinausrannte, ließ er die Tür hinter sich ins Schloss fallen und drückte den Rufknopf für den Aufzug.

Dann stand er dort. Der linke Aufzug war im 18. Stock, der rechte ganz unten. Keiner der beiden bewegte sich.

Gott.

Er verlagerte sein Gewicht von einem Fuß auf den anderen, lockerte sich. Er würde rennen müssen. Es war nicht weit, nur die New Hampshire Avenue bis zur 23. Straße herunter, dann nach links über den George Washington Universitätscampus und dann war er da. Er lief die Strecke jeden Tag.

Er rannte sie nicht zweimal am Tag. Er wünschte sich, er hätte Sneakers angezogen. Endlich. Der Aufzug bewegte sich.

„Oh, da sind Sie ja. Mister Bear!"

Gott. Es war Millie McPherson, die Witwe, die zwei Wohnungen neben ihm wohnte. Millie war eine grauhaarige Frau, die, ihrer Sprache nach zu urteilen, auf einer Plantage in Georgia aufgewachsen war, die noch aus der Zeit vor dem Bürgerkrieg stammte. Sie trug ein sechzig Jahre altes gelbes Strandkleid, Lackschuhe und eine Schleife im Haar, um Gottes Willen, und ihr Lächeln entblößte Zähne, die unnatürlich gerade standen.

„Oh, hallo, Miss Millie.“

„Haben Sie Zeit, für eine kleine Unterhaltung, Bear?“

Der Aufzug bewegte sich jetzt, er kam herauf. 7. Stock. 8. Jetzt 9.

„Nein, wirklich nicht. Ich habe gerade so etwas wie einen Notruf erhalten, wenn nur der Aufzug endlich hier wäre.“

„Es wird nur einen Moment dauern, mein Lieber. Ich verspreche es.“

„Vielleicht könnten Sie mit mir nach unten fahren, Miss Millie.“ Er wollte höflich sein. Das wollte er wirklich. Aber der Aufzug klingelte und die Türen öffneten sich und er stieg ein. Er drückte mit seinem Zeigefinger auf Erdgeschoss, während sie in Richtung Aufzugstür trottete.

„Warten Sie...“, rief sie.

Er tat so, als würde er versuchen, die Tür am Schließen zu hindern und sagte unaufrichtig „Oh, nein“, während die Tür zuging.

Der Aufzug begann sich zu bewegen, und er machte sich bereit zu rennen.

Zwei Minuten später hatte er das Gebäude verlassen und war auf dem Weg. Es war 20.47 Uhr und er hatte dreizehn Minuten Zeit für einen zwanzigminütigen Weg. Er rannte so schnell er konnte.

Es war ein warmer Freitagabend in Washington DC in der Nähe des DuPont Circle. Die Menschen waren alle draußen und füllten die Bürgersteige und der Verkehr staute sich, keines der Autos bewegte sich, außer den Taxis, die wagemutig zwischen den Spuren fuhren und manchmal fast auch noch den Bürgersteig benutzten. Bear rannte durch eine Horde Mitte zwanzigjähriger Collegestudenten, die den Gehweg bevölkerten, alle trugen enge Jeans und Trägertops, überall sah man Haut, eine fürchterliche Zurschaustellung von Jugend und Schönheit und niederschmetternden Neid. Normalerweise hätte Bear das genossen. Heute hatte er keine Zeit und keine Lust dazu, er schob die Kids aggressiv zur Seite und erzeugte damit Schreie und Flüche.

Schließlich war er durch und lief die New Hampshire Avenue entlang. Er rannte an den Kreuzungen durch den stehenden Verkehr und musste nur anhalten, als er endlich die K Street erreichte, auf der die Autos fuhren. Er sah auf sein Telefon. 20.55 Uhr. *Verdammt*. Er würde es auf keinen Fall rechtzeitig schaffen.

Egal. In dem Moment, in dem die Ampel auf grün schaltete, rannte er über die Straße, dabei hörte er das Quietschen von Reifen, als ein überaus aggressiver Taxifahrer plötzlich anhalten musste. Die 23. Straße entlang, am George Washington Universitätskrankenhaus vorbei, wo Leah sich von den Schusswunden erholte, und weiter zum Außenministerium.

Es war fünf Minuten nach neun, als er atemlos und verschwitzt die Tür des Büros des Ministers erreichte.

Er klopfte, atmete keuchend. Er musste sich, bevor sich diese Tür öffnete, fassen. Er holte einen letzten zitternden Atemzug, dann versuchte er ruhig zu bleiben, als die Tür aufging.

Der Minister persönlich kam an die Tür. Er war ein großer, hagerer Mann. James Perry war ein ehemaliger Kapitän eines Marineflussboots in Vietnam und später dann Senator der Vereinigten Staaten. Seine Präsidentschaftskandidaturen waren gescheitert – die Republikaner fanden er wäre zu wankelmütig, zu intellektuell und zu weich für einen Präsidenten. Bear bewunderte ihn, obwohl er normalerweise Demokraten wegen ihrer fehlenden Standhaftigkeit oder fehlendem Patriotismus nicht mochte. Aber in Bears Augen konnte niemand den Mut oder den Patriotismus von Perry infrage stellen.

„Bear, kommen Sie herein. Ich habe schon angefangen, mir Sorgen zu machen."

„Bitte entschuldigen Sie, Sir", japste Bear.

„Bear… geht es Ihnen gut?"

Bear folgte Perry in das halbdunkle Büro. „Ja, Sir", sagte er.

Das Büro des Ministers war groß, in einem ziemlich ansehnlichen Bereich standen verzierte Sofas und Tische. Sein Arbeitsbereich, ein großer Mahagonischreibtisch, stand am anderen Ende. In dem großzügigen Raum war rotbrauner Parkettfußboden verlegt, er bildete einen Kontrast zu den weißen Wänden, der eleganten Vertäfelung und den schicken Formen.

„Dann setzen Sie sich", sagte Perry, er ging hinüber zu seinem Schreibtisch und deutete auf einen Stuhl, der im rechten Winkel zum Tisch stand. Bear setzte sich, holte nochmals keuchend Luft, versuchte dabei diskret zu sein.

„Sind Sie *sicher*, dass es Ihnen gut geht?", fragte Perry. „Atmen Sie, Mann."

„Mir geht's gut. Ich war spät dran, also bin ich vom DuPont Circle hergerannt. Ich wohne dort."

Perry hob seine Augenbrauen. Bear bemerkte zum ersten Mal, dass seine Augenbrauen grau wurden. Perry schien sich die Haare zu färben.

„Verstehe", sagte Perry. „Zunächst einmal, wie geht es Leah Simpson?"

„Die OP ist beendet, Sir, und sie erholt sich jetzt. Die letzte Info, die ich habe, ist, dass ihre Aussichten gut sind."

„Gut, gut", sagte Perry und nickte. „Und die Thompson Töchter? Sind sie immer noch in unserem Safehouse?"

„Ja", sagte Bear. „Obwohl Carrie Sherman vorhin den Ort an eine der älteren Schwestern verraten hat."

Perry runzelte die Stirn. „Wie hat sie das gemacht? Haben Sie ihnen nicht die Telefone abgenommen?"

„Sie sind keine Gefangenen, Sir."

„Stimmt. In Ordnung, das ist richtig. Sagen Sie mir, was Sie sonst wissen."

Bear seufzte. Dann sagte er das Erste, das ihm einfiel. „Nichts, Sir. Oder – sehr wenig."

Perry biss sich auf die Lippen. Allmächtiger. Er war hieran *persönlich* interessiert, nicht nur beruflich.

Bear sagte: „Wir wissen, dass Adelina gelogen hat, was ihr Alter angeht. Nicht in den offiziellen Dokumenten, aber in der Gesellschaft. Sie war sechzehn, als Richard Thompson sie geschwängert hat."

„Okay. Was noch?"

„Sie hatte eine Affäre. Wir wissen nicht, mit wem, aber zwei der Töchter sind nicht von Thompson. Und wir wissen, er hat sie geschlagen und vergewaltigt, als er es herausfand."

Perry wurde blass. „Was? Meinen Sie das ernst?"

„Ja, leider. Das war im Jahr 1990."

„Davon wusste ich nichts. Zu welchem Ergebnis sind Sie gekommen, was das Thema Richard Thompsons Arbeitgeber angeht?"

„Thompson hat zum CIA gehört."

„Richtig. Sie haben gesehen, dass Henry Kissinger sein Empfehlungsschreiben unterschrieben hat. Er war damals der Nationale Sicherheitsberater. Richard Thompson hat zum CIA gehört."

„Aber der CIA nutzt ständig die Diplomatie als Tarnung."

„Natürlich tun sie das, Wyden. Sagen Sie mir, wie es funktioniert."

Bear nickte. Natürlich. Wenn der CIA einen Spion undercover platzierte, dann taten sie das *mit Hilfe* des Staates.

„Das war eine Art Langzeitplan", sagte Bear. „Aber wozu?"

„Denken Sie an die Leute, die damals den CIA geleitet haben. George Bush und William Colby und Kissinger. Diese Leute dachten, sie könnten alles tun. Der CIA hatte Attentatsprogramme und Drogenhandel und alles Mögliche am Laufen. Ich denke, Thompson war ein Neuling und man hat ihn im Außenministerium platziert. Dann kam Kissinger auch hier her, als Minister.“

„Was hat das alles mit *heute* zu tun?“

„Das weiß ich noch nicht. Aber so viel kann ich Ihnen sagen – Thompson hat einige Feinde. Sie versuchen, ihn zu Fall zu bringen, und es ist ihnen egal, wer mit untergeht. Im Moment verändern sich die Dinge sehr schnell.“

Bears Gedanken wanderten zu den Akten, die verschwunden waren.

„Richtig. Das verstehe ich“, sagte Bear. „Sir, wir haben da ein Problem. Ich denke, ich sollte mich selbst anzeigen. Ich hatte Thompsons Personalakte zusammen mit den anderen vertraulichen Akten über Wakhan und Pakistan in meinem Apartment. Ich habe die Dokumente nicht ordentlich weggeschlossen, als letzte Nacht die Schießerei gemeldet wurde. Und als ich heute Abend endlich wieder in meine Wohnung kam – waren sie verschwunden.“

Perry lehnte sich auf seinem Stuhl zurück und rieb sich die Augen. Dann sagte er: „Dann *haben* wir ein Problem.“

Bear wartete. Das war ein ziemlich großes Problem. Der DSS hatte schon Leute wegen wesentlich kleineren Vergehen gefeuert. Menschen waren wegen kleinerer Vergehen *ins Gefängnis gekommen.*

Perry sah auf und sagte: „Sie müssen wissen, der Grund, warum ich Sie herbestellt habe – ich habe eine Stunde, bevor ich Sie angerufen habe, einen Anruf aus dem Weißen Haus erhalten.“

„Ja, Sir?“

„Thompsons Nominierung wird vom Präsidenten zurückgezogen werden. Er wird ihn einfach hängenlassen, ich denke, das hat er verdient.“

Bear nickte. Das waren gute Neuigkeiten. Aber nicht, wenn sie seine Töchter mit untergehen ließen. Bear kannte die älteste Tochter Julia nicht, aber er wusste, dass Carrie schon viel zu viel hatte durchmachen müssen.

„Ich wurde beordert, die Untersuchung an den unabhängigen Staatsanwalt und das FBI abzugeben. Sie werden mit den Finanzbehörden und dem Secret Service eine gemeinsame Untersuchung vornehmen. Wir sind draußen."

„Ja, Sir", murmelte Bear. Er wollte nicht draußen sein. Er wollte wissen, wer auf Leah geschossen hatte.

„Die Sache ist die", sagte Perry mit leiser Stimme. „Irgendetwas stimmt hier nicht. Irgendetwas ergibt keinen Sinn. Richard Thompson ist eine Schlange. Aber Drogengeldwäsche? Das glaube ich nicht. Ganz und gar nicht."

Bear war verwirrt. Er sah Perry an und sagte: „Also... was geschieht jetzt?"

„Na ja, ich muss Sie ganz offensichtlich von dem Fall abziehen", sagte Perry. „Wir werden ihr Team anweisen, alles zu berichten, was es weiß, was, nachdem, was Sie mir gesagt haben, nicht viel sein wird. Und – nach dem, was Sie gemeldet haben, werde ich sie zeitweise suspendieren, bezahlt, während ich Ermittlungen durchführen werde."

Suspendiert. Das war ein Schlag. Bear lehnte sich zurück und nickte. Dann bemerkte er, dass Perry ihn ganz genau ansah.

„Nun, Bear, ich kann Ihnen nicht sagen, was Sie in Ihrer Freizeit machen sollen, wenn Sie suspendiert sind. Aber ich erwarte, dass Sie vorsichtig sind."

Hä? Was sagte er da? Er sollte alleine weitermachen? Sagte er damit, er würde ihn decken? Oder war das eine dieser Situationen, die manchmal passierten, wenn Leute einen einfach hängen ließen? Er würde da draußen sein, ohne professionelle Hilfe, ohne wirkliche Genehmigung an dem Fall zu arbeiten. Er würde kein Budget haben oder das Recht, eine Waffe zu tragen, außer um sich selbst zu verteidigen, mit keinerlei Zuständigkeit.

Machte es einen Unterschied? Er dachte nur für eine Sekunde an seine Ex-Frau, die im Krankenhaus um ihr Leben kämpfte. An Andrea Thompson, die auf der Flucht war und noch nicht mal wusste, wer ihr Vater war. Er dachte an Carrie Sherman, die um das Leben ihrer Tochter kämpfte.

Er nickte langsam. „Sir, ich entschuldige mich. Ich vermute, ich muss die Suspendierung hinnehmen. Wie lang werde ich suspendiert sein, Sir?"

„Ich würde sagen, für einen unbestimmten Zeitraum. Bis ich die Untersuchung abgeschlossen habe. Im Moment habe ich allerdings viel zu tun."

„Ja, Sir. Ich verstehe." Bear stand auf. Dann ließ er ein charakteristisches Grinsen auf seinem Gesicht erscheinen. „Wissen Sie, Sir, für einen Demokraten sind Sie echt in Ordnung."

Perry zwinkerte. „Das sind Sie auch, Wyden. Sie wissen, was jetzt zu tun ist."

KAPITEL ZWANZIG
Ich war nicht ehrlich

Sarah. 2. Mai, 17 Uhr

Zuerst kam eine SMS und Carrie sah auf ihr Handy. Ihre Augen zogen sich zusammen und sie schaute Sarah an.

„Sarah, tu mir einen Gefallen", flüsterte Carrie.

Sarah kniff ihre Augen zusammen. In den Monaten nach dem Unfall hatte sie ihre viel ältere Schwester um einiges besser kennengelernt. Ihr Rücken war ungewöhnlich gerade und Rachel, die normalerweise ein feenhaftes, sanftmütiges Baby war, begann, sich zu bewegen.

„Was ist los?"

„Geh zur Eingangstür. Ich möchte, dass du Ausschau hältst. In ein paar Minuten wird ein Auto vorfahren. Julia und Crank. Stell sicher, dass sie durchgelassen werden."

„Ich dachte Bear hat gesagt, wir dürften niemandem die Adresse geben", flüsterte Sarah.

„Es ist Julia", antwortete Carrie, als Sarah schon dabei war aufzustehen.

Die Wache an der Tür war Lucas Steelman, ein vierundzwanzigjähriger, uniformierter Agent des Diplomatischen Sicherheitsdienstes. Sarah war sicher, dass er seinen Namen geändert oder ihn sich ausgedacht oder in einem Teich aus purem Testosteron gefunden hatte. Niemand gab jemandem einen so dummen Namen.

Auf der anderen Seite, er *sah* gut aus. Der Name mochte dumm sein, aber er passte. Er war ganz offensichtlich ein Gewichtheber, sein Bizeps war deutlich unter seinem Ärmel zu sehen, der aussah, als wäre er für jemanden angefertigt worden, der ein bisschen dünner war. Extrem muskulös. Er sah in der Tat aus, wie ein begriffsstutziges Muskelpaket, dachte Sarah. Ein hübsches Muskelpaket, aber trotzdem begriffsstutzig.

Sie war sich ziemlich sicher, dass Eddie ihn bei einem Kampf besiegen konnte. Eddie war auch ein ziemlich großer Mann, aber was viel wichtiger war, er war unglaublich schlau.

Im Moment lehnte sich Steelman – sie konnte nicht an seinen Namen denken, ohne kichern zu wollen – gegen die Wand in der Nähe der Eingangstür und pfiff leise vor sich hin.

Sie lehnte sich an die gegenüberliegende Wand. „Hey."

Er sah sie ungerührt an. „Sie sollten nicht an der Tür sein." Aber seine Augen wanderten leicht an ihrer Brust entlang, so wie sie es erwartet hatte. Sie lehnte sich etwas weiter gegen die Wand, drückte ihren Rücken leicht durch, damit brachte sie vermutlich jeden Serotoninrezeptor im Gehirn des armen Mannes zum Glühen. Seine Augen wurden leicht größer, aber er bemerkte es nicht.

„Dieser Job muss langweilig für Sie sein", sagte sie leise. Ihre Stimme hatte am Ende des nicht sehr langen Satzes einen Lockton. Es würde nicht lange dauern, bis er anbiss.

„Manchmal. Man muss sehr oft warten, aber wenn es hart auf hart kommt, muss man seinen Mann stehen." Jetzt lagen seine Augen ganz auf ihr. Es war vorherzusehen. Er hatte angebissen. So schnell.

„Mussten Sie sowas schon oft tun? Situationen, in denen Sie... Ihren Mann stehen mussten?" Sie ließ eine Seite ihres Mundes nach oben wandern und öffnete ganz leicht ihren Mund. Diese Sache war lächerlich.

Er zuckte mit den Schultern, konnte sich nicht zusammenreißen. „Ich bin ein Bundesagent. Man tut, was man tun muss. Sagen Sie, wie alt sind Sie eigentlich?"

„Ich bin vor drei Wochen achtzehn geworden", sagte sie mit absichtlich heiserer Stimme und überkreuzte ihre Beine an den Knöcheln.

Agent Steelman errötete ungewollt, seine Ohren waren leuchtend rot. Sarah wäre fast in lautes Lachen ausgebrochen, aber sie musste ihn für noch mindestens eine Minute oder so beschäftigen. Stattdessen fuhr sie mit ihrer Zunge über ihre Lippen.

In dem Moment fuhr ein graues Mietauto in die Einfahrt. Steelman spannte sich sofort an und griff nach seiner Waffe.

„Halt", sagte Sarah. „Das ist meine Schwester Julia und ihr Mann."

„Was zur Hölle?", rief er. Vier Agenten liefen zum Auto, ihre Waffen waren gezückt und sie schrien etwas.

„Halten Sie sie auf! Das ist meine Schwester."

„Verdammte Scheiße!", murmelte er. Er öffnete die Tür und knurrte: „Bleiben Sie hier!". Sie sah zu, wie er durch die Eingangstür stürmte und den anderen Agenten etwas zurief, die dann schnell ihre Waffen sinken ließen.

Ein blasser Crank und eine blasse Julia Wilson stiegen aus dem Auto. Sie wurden sofort von den vier Agenten ins Safehouse geschoben, wo ein verärgerter Ben Crosby Carrie gegenübertrat.

„Möchte mir jemand erklären, was hier vor sich geht?", verlangte er zu wissen.

„Ich denke, die Antwort ist offensichtlich", antwortete Julia.

Crosby ignorierte Julia und sah Carrie an. „Wir haben Ihnen erklärt, dass Sie *niemandem* sagen dürfen, dass Sie hier sind."

Carrie bewegte Rachel, die auf ihrem Schoss saß, ein wenig. Das Baby, dessen Arme herumfuchtelten, begann zu plappern, als Crosby sprach.

„Ich wäre Ihnen dankbar, wenn Sie mich nicht anschreien würden", sagte Carrie. „Sie machen meiner Tochter Angst."

„Was zur Hölle haben Sie sich dabei gedacht, Carrie?" Crosbys Gesicht war rot, als er die Worte sagte.

Das Baby blubberte, ein tiefes gurgelndes Geräusch, und begann mit ihren Armen in Crosbys Richtung zu winken.

Sarah lehnte sich gegen die Wand und kicherte. Crosbys verärgertes Gesicht sah irgendwie lustig aus, fast wie eine Karikatur, aber das lachende Baby machte es nur noch lächerlicher. Sein Gesicht machte unbeschreibliche Possen, sein Kinn bewegte sich ein wenig und schließlich sagte Carrie etwas, da er anscheinend verlernt hatte zu sprechen.

„Wir sind keine Gefangenen, Crosby. Das ist meine Schwester und sie gehört genauso zu uns, wie wir auch. Und da Sie uns keinerlei Infos geben, habe ich es in die Hand genommen. Ende der Diskussion."

Crosby schüttelte seinen Kopf. „Ich werde das Bear melden."

Verachtung stand auf Carries Gesicht. „Melden Sie es von mir aus dem *Präsidenten*. So wie ich das verstanden habe, versuchen Sie, uns zu beschützen und dafür bin ich Ihnen dankbar. Aber ich werde meine Schwester nicht davon abhalten herzukommen."

Er seufzte und ging fort. Lucas lief an Sarah vorbei, wandte seine Augen von ihr ab. Er wusste, dass sie ihn benutzt hatte.

Während die Agenten davongingen, stand Carrie auf und griff nach Julia. „Gott sei Dank, dass du hier bist", flüsterte sie und sie umarmten sich.

Die zwei ältesten Schwestern hielten sich lange im Arm. Crank ging hinüber zu Sarah und sagte: „Hi, Kindchen", dann zog er sie in eine Umarmung. „Kommst du klar?"

„Ja", sagte Sarah. „ Und du?"

„Julia kümmert sich um das Meiste. Ich weiß noch nicht mal genau, was los ist."

Sarah zuckte mit den Schultern. Natürlich tat Julia das. Ihre älteste Schwester war von zu Hause ausgezogen, als Sarah kaum mehr als ein Kleinkind gewesen war. Sie war selbstsicher, durchsetzungsfähig und kompetent. Sie managte die Band, hatte ihre eigene Firma und kam Sarah niemals völlig menschlich vor. Sie erinnerte sich an Zeiten, als sie noch jünger gewesen war, als Julia sie besucht hatte oder sie sie getroffen hatten. Das Haus war voller Anspannung gewesen, ihre Mutter war manchmal wütend und manchmal widersprüchlich gewesen. Aber diese Besuche waren rar und mit großen Abständen erfolgt und in den Jahren, als Julias Karriere immer erfolgreicher wurde, waren sie immer seltener geworden.

Es war nicht so, dass Sarah ihre älteste Schwester nicht liebte. Das tat sie. Es war nur so, dass sie sie nicht sehr gut kannte. Der große Alters- und Erfahrungsunterschied schaffte eine Distanz und sie wusste nicht, wie sie sie überbrücken konnte.

Auf der anderen Seite des Raums stand Alexandra in der Tür und sah genauso unsicher aus, wie Sarah sich fühlte. Natürlich, sie war heute Morgen unglaublich gemein zu Carrie gewesen und Carrie würde Julia ohne Zweifel davon erzählen. Die beiden standen sich sehr nahe. Sarah sah zu Alexandra. Sie liebte ihre Schwester, mochte sie aber nicht immer. Alexandra war die Mittlere der Schwestern und schien niemals sicher zu sein, wer sie war. Es war, als hätten ihre ältesten Schwestern alle Talente abbekommen, sodass Alexandra nichts anderes übrig blieb, als sich auf ihre Willenskraft zu stützen.

Zumindest davon hatte sie sehr viel. Sarah sah Alexandra für eine Sekunde in die Augen. So als hätten sie sich ein unsichtbares Signal gegeben, gingen sie beide in die Mitte des Raumes und umarmten Julia.

Als sie sich wieder voneinander trennten, sagte Julia: „Hört zu – wir müssen uns auf den laufenden Stand bringen. Bei vielen Dingen. Aber ganz besonders – Crank und ich haben ein paar Dinge in Dads Büro gefunden, die ihr wissen müsst."

„In Dads Büro?", fragte Carrie, dabei zogen sich ihre Mundwinkel nach unten.

Julia nickte. Ihre Augen schauten schnell zu Crank, und sie beschrieb die Szene, die sie am letzten Abend im Haus in San Francisco vorgefunden hatten. Als sie die Details hörte, wurden Sarahs Augen groß. Jessica und ihre Mutter waren verschwunden. Erbrochenes auf dem Boden des Esszimmers und mehrere Liter verschüttete Milch in der Mitte des Küchenbodens. Das *Tagebuch*.

Julia gab Carrie das Tagebuch, als sie sprach. Sie sagte Worte, die Sarah kaum begriff. Ihre Mutter war sechzehn gewesen, als sie mit Julia schwanger wurde. *Sechzehn*. Julia sah Alexandra mit einem Blick an, von dem Sarah geschworen hätte, dass es Mitleid war, dann zeigte sie ihnen den Polizeibericht.

Sarah erbleichte bei den Bildern, aber sie erstarrte auch und behielt ihre Reaktion für sich. Alexandra war blass, eine Hand bedeckte ihren Mund. Sie begann schrecklich zu zittern, und Carrie sagte: „Alex, es ist – "

„Lass mich in Ruhe", sagte Alexandra. „Das ist unmöglich. Du lügst."

„Alexandra", flüsterte Julia. „Ich weiß, dass es schwer ist..." Ihre Stimme verstummte.

Sarah sah Alexandra an, im Kopf rechnete sie die Monate von Alexandras Geburt zurück bis zu dem Übergriff.

Es stand außer Frage. Wenn ihr Vater ihre Mutter vergewaltigt hatte, und der Polizeibericht und die Dokumentation über den Übergriff stimmten, dann war Alexandra während der Vergewaltigung gezeugt worden.

Entsetzt stand Alexandra auf. „Lasst mich in *Ruhe*", verlangte sie. Dann stolperte sie davon in ihr Zimmer und warf die Tür hinter sich zu.

Alexandra. 2. Mai, 20 Uhr

Als drei Stunden später Alexandras Handy klingelte, hätte sie den Anruf fast abgewiesen. Es war eine Nummer, die sie nicht kannte mit einer 571er-Vorwahl und sie wusste nicht, wo das war. Sie war fertig vom vielen Weinen, bevor sie eingeschlafen war. Sie hatte Carries Bitten, sie hereinzulassen ignoriert – sie konnte sich einfach nicht damit auseinandersetzen. Nach dem dritten Klingeln ging sie ans Telefon, hatte plötzlich Angst.

„Hallo?" Ihre Stimme war drängend und brach ein wenig.

„Hey Babe, ich bin's."

Panik und Euphorie durchschossen Alex gleichzeitig und sie flüsterte sofort. *„Oh mein Gott, geht es dir gut?"* Während sie das tat, sah sie sich um. War Ben Crosby in der Nähe? Oder einer der anderen Wachleute des Außenministeriums? Sie würden Dylan sofort melden.

Sie sah hinaus in den Flur, dann beeilte sie sich, ins Bad zu gehen und die Tür hinter sich zu schließen. Als Dylan sprach, machte sie die Dusche an und ließ das Wasser laufen.

„Mir geht's gut", sagte er. „Andrea geht es auch gut. Im Moment verstecken wir uns."

Sie schloss ihre Augen und presste eine Hand gegen ihre Brust. Sie wusste, sie konnte ihn nicht fragen, wo er war. Aber sie wollte es unbedingt wissen.

„Seid ihr sicher?", flüsterte sie. Tränen bildeten sich in ihren Augen, ungewollte Tränen und sie konnte nichts tun, um sie zu stoppen und sie daran zu hindern, ihre Wangen herunter zu laufen.

„Im Moment geht es uns gut. Man wird euch vermutlich bald ein paar Fragen stellen. In der Wohnung war eine ganze Menge Bargeld."

„Bear hat es uns gesagt", sagte Alexandra. „Er sagte, dass sie auch Drogen gefunden haben."

„Ja. Und ich habe keine Ahnung, wo sie herkommen. Andrea weiß es auch nicht. Alex, jemand hat uns verraten."

Alexandra flüsterte: „Bear hat gesagt, dass du die Angreifer getötet hast, um Andrea zu beschützen."

Stille. Atmen am anderen Ende. Dann sagte er: „Ich will nicht darüber reden. Nicht jetzt. Es gibt zu viele andere Dinge, auf die ich mich konzentrieren muss."

Oh, Dylan. Sie konnte sich nicht mal vorstellen, was er durchmachte. „Du weißt, dass ich dich liebe", flüsterte sie. „Egal was passiert."

„Ich weiß", sagte er. „Und ich liebe dich. Jetzt rede mit mir. Was ist los? Ich habe versucht, die Nachrichten zu lesen, aber das ist alles Mist."

Sie seufzte. „Wir sind in einem Safehouse. Die Security des Außenministeriums hat uns gestern Abend während des Essens abgeholt. Direkt nachdem... direkt nachdem... man euch angegriffen hatte."

„Bist du dort sicher?", fragte er.

„Wir haben Wachleute. Eine ganze Menge. Julia und Crank sind jetzt auch hier, zumindest heute Nacht."

„Sie stecken in Schwierigkeiten", sagte er.

„Ja. Hast du darüber gelesen?"

„Es steht überall. Das ist alles Mist."

„Das ist noch nicht das Schlimmste. Carrie hat Senator Rainsley getroffen. Er ist nicht ihr Vater. Aber... Dylan..." Ihre Stimme begann zu zittern. Das Badezimmer füllte sich mit Dampf, sie setzte sich auf die geschlossene Toilette und umarmte sich selbst mit einem Arm.

„Was ist es, Babe?"

„Schau, mein Dad hatte herausgefunden, dass Carrie nicht seine Tochter ist. Julia hat... sie hat einen Bericht von einem Testlabor. Er ist im Februar 1990 datiert. Und... am nächsten Tag wurde meine Mutter zusammengeschlagen. Ziemlich... böse. Angegriffen und vergewaltigt und die Polizei dachte, dass es mein Vater war. Alle denken, es war mein Dad. Meine Schwestern glauben es."

„Ja? Es würde mich nicht überraschen".

Sie zuckte zusammen. Sie wusste, dass Dylan und ihr Vater sich niemals verstanden hatten. Ihr kontrollfanatischer Vater hatte einen Hintergrundcheck über Dylan gemacht, als sie noch in der High School gewesen waren. Sie wusste immer noch nicht genau, was vorgefallen war, als Dylan und ihr Vater damals miteinander gesprochen hatten und sie wollte es auch nicht wirklich wissen. Dad war sehr beschützend. Aber er konnte nicht – böse – sein.

„Dylan, es ist... Du verstehst nicht. Es war... es war fast genau neun Monate bevor... bevor... ich geboren wurde."

Sie schloss ihre Augen. Sie konnte die Worte nicht sagen, nicht mal zu sich selbst. Dass ihre Mutter *vergewaltigt* worden war. Das sie das Produkt einer Vergewaltigung war. Ungewollt. Einfach nur ein... ein Ding.

„Gott, Babe", murmelte Dylan. „Meinst du das ernst?"

Sie schloss ihre Augen. „Es kann nicht mein Dad gewesen sein. Das würde er niemals tun."

Dylan war für ein paar Sekunden still. Dann holte er tief Luft und sagte: „Ich liebe dich, Babe."

„Ich liebe dich", flüsterte sie zurück. „Dylan…"

„Ja?"

„Wann kannst du nach Hause kommen? Wann wird es sicher sein?"

„Ich weiß es nicht", sagte er. „Aber ich verspreche, dass ich vorsichtig sein werde, und ich werde mich um deine Schwester kümmern."

„Wirst du dich wieder melden?"

„Ja. Ich werde von unterschiedlichen Nummern aus anrufen und zu unterschiedlichen Zeiten, okay? Also halte die Augen offen. Ich weiß nicht, wer hinter uns her ist, also verhalten wir uns so unauffällig wie möglich. Und ich möchte, dass du auch vorsichtig bist. Bleib in dem Safehouse oder wo auch immer du sicher bist."

„Das werde ich", flüsterte sie.

„Und Alex… Ich möchte, dass du mir für einen Moment zuhörst."

„Ich höre."

Er atmete langsam aus. Dann sagte er: „Seit Rays Tod war ich nicht gerade gut drauf. Ich weiß das."

Ihre Stimme brach, als sie sagte: „Dylan, du musst nicht – "

„Doch, das muss ich." Seine Unterbrechung war energisch. Aber dann hielt er für einen Augenblick inne und sagte. „Ich war ein Desaster. Ich war ein schlechter Ehemann. Und ich war nicht ehrlich zu dir."

„Dylan…" Sie spürte, wie sich ihr Herz bei seinen Worten zusammenzog.

„Hör auf, mich zu unterbrechen und hör mir zu. Die Sache ist die... Ich... Scheiße. Ich kann es nicht sagen."

„Du kannst es", sagte sie.

Er stöhnte. Dann sagte er, es war fast ein Flüstern: „Ich habe wieder getrunken."

„Ich weiß", antwortete sie.

„Ich werde mir helfen lassen. Ich verspreche es."

Sie lehnte ihren Kopf nach hinten gegen die Wand und ließ sich vom Dampf einnebeln. Dann flüsterte sie: „Du musst wissen, dass ich stolz auf dich bin. Und ich liebe dich. Ich bin für dich da, Dylan."

„Ich weiß. Ich werde es nicht wieder vermasseln."

„Vielleicht könntest du zu den Anonymen Alkoholikern gehen, wie deine Mom?"

Er seufzte. „Ich – ich kann diesen ganzen Gotteskram nicht machen. Das weißt du."

„Wirst du darüber nachdenken? Du versuchst, immer alles alleine zu machen, Dylan."

Er antwortete nicht sofort, aber nach ein paar Sekunden Stille sagte er: „Ja. Ja, ich werde darüber nachdenken."

Sie seufzte, dann sagte sie: „Danke, dass du es mir gesagt hast, Dylan. Du weißt, dass ich dich liebe."

„Und ich liebe dich", antwortete er. „Hör mir zu – schau regelmäßig auf Facebook. Ich werde anrufen oder Nachrichten schicken, wenn ich kann. Und ich möchte, dass du deinen Status aktuell hältst und mir Nachrichten schickst, damit ich weiß, dass es dir gut geht. Okay?"

„Das werde ich. Und Dylan?"

„Ja", sagte er.

„Ich liebe dich. Egal was auch passiert. Komm einfach nur nach Hause."

„Das werde ich", sagte er. Und dann legte er auf.

KAPITEL EINUNDZWANZIG
Warum lebt er noch?

George-Phillip. 2. Mai, Mitternacht

„**Wirklich, Sir.** Ich weiß wirklich nicht, wie ich so weiterhin arbeiten soll, wenn Sie nicht in der Lage sind, sich an normale Zeiten zu halten. Die arme Jane hat sich in den Schlaf geweint, weil Sie nicht nach Hause gekommen sind. Ich sollte eigentlich gleich meine Kündigung einreichen."

George-Phillip seufzte. Janes Kindermädchen, Adriana Pole, stand aufrecht in der Tür zu seinem Büro und hatte rote Wangen, während er sich auf seinen Stuhl sinken ließ. Sie hatte recht, natürlich, und normalerweise bemühte sich George-Phillip darum, zu einer normalen Zeit zu Hause zu sein, auch wenn es bedeutete, dass er, nachdem Jane eingeschlafen war, bis spät in die Nacht arbeitete.

„Miss Pole, ich möchte Sie bitten, mir noch eine Weile erhalten zu bleiben. Leider steuern wir auf eine Krise zu."

„Was für eine Krise?" Ihre Stimme war hoch und laut genug, um in Whitehall gehört zu werden.

„Bitte, Miss Pole, reden Sie leise." Während er sprach, war seine Stimme drängend. Janes Zimmer war nicht weit entfernt und sie war schon verstört genug.

„Die einzige Krise, die ich sehe, ist eine Tochter, die ihren Vater vermisst."

„Es scheint so, als hätte ich bald sehr viel mehr Zeit", sagte er. Die Worte kamen aus seinem Mund, bevor er es verhindern konnte.

„Wovon reden Sie, Sir?"

„Ich habe Ihnen gerade gesagt, dass wir auf eine Krise zusteuern. Es könnte sein, dass ich zurücktreten muss. In der Zwischenzeit… Ich habe gerade herausgefunden, dass ich morgen früh nach Washington fliegen muss, und ich brauche Sie, damit Sie sich um Jane kümmern. Sie können jetzt einfach nicht kündigen."

„Sie verreisen! Jetzt? Nachdem ein Verrückter erst gestern Nacht auf das Haus geschossen hat? Ich denke, Sie haben den Verstand verloren, Sir."

George-Phillip stöhnte. Er mochte ein Prinz und ein Duke und ein Mitglied des Kabinetts des Premierministers sein, aber dieses vierundzwanzigjährige Mädchen machte ihn einfach so nieder, und er konnte nichts dagegen tun, *denn sie hatte recht*. Er konnte seine Tochter jetzt nicht verlassen, wo sie sich nach dem Angriff auf das Haus fast in die Hosen machte.

Er dachte fünf Sekunden darüber nach. „Tja, dann werden Sie beide mit mir kommen."

„Nach Amerika?", kreischte Adriana.

„Ja, nach Washington DC. Ich weiß nicht, wie lange wir weg sein werden – vielleicht eine Woche."

„Ich kann nicht. Ich habe nichts zum Anziehen."

George-Phillip schloss seine Augen und holte tief Luft. Dann zählte er langsam bis zehn. Und dann noch einmal, nur um sicher zu gehen.

Als er seine Augen öffnete, stand sie immer noch da. „Miss Pole, ich bitte Sie, bitte begleiten Sie meine Tochter nach Washington DC. Es ist dringend und ich werde zumindest in den nächsten paar Tagen keine Zeit haben, um nach jemand anderem zu suchen.

Ich flehe Sie an. Es geht um die nationale Sicherheit. Ich muss gehen."

Sie war für einen Moment ruhig. Dann sagte sie: „Also gut, Sir. Wenn es um die nationale Sicherheit geht, hätten Sie es sagen sollen. Ich werde meine Sachen packen."

„Wir werden morgen früh um sechs Uhr zum Flughafen aufbrechen."

„Ja, Sir."

Adriana eilte davon, Gott sei Dank. George-Phillip drehte sich zu seinem Schreibtisch und seufzte. Er war erschöpft. Kurz nachdem er nach seinem Treffen mit dem Premierminister in sein Büro zurückgekehrt war, war der Anruf gekommen. Richard Thompson würde in den Vereinigten Staaten angeklagt werden. Die politischen Räder in Washington drehten sich schnell und niemand wusste, wie es enden würde.

George-Phillips Augen schauten auf seinen Schreibtisch. Darin war die Akte. Er wusste, sollte der Inhalt der Akte publik werden, dann würde Richard Thompsons Karriere vorbei sein, und seine wäre nicht die Einzige. Im Laufe der Jahre hatte er immer wieder über die Entscheidung nachgedacht, ob es richtig gewesen war zu begraben, was geschehen war. Es genauso zu begraben, wie die Körper, der Zivilisten, die dort gestorben waren. Eine ganze Generation war vergangen, Regierungen waren aufgestiegen und gefallen, der Kalte Krieg hatte geendet, aber die Geheimnisse von vor drei Jahrzehnten klangen immer noch nach, vergifteten die Gegenwart.

George-Phillip griff in seinen Schreibtisch und holte die Akte heraus. Der Originalbericht seiner Untersuchung. Befragungen und Dokumente. Beweise, die er drei Jahrzehnte lang sorgfältig aufbewahrt hatte. Er legte die Akte vorsichtig in seinen Metallaktenkoffer und schloss den Koffer in seinem Schreibtisch ein. Er schaute nach der Uhrzeit, dann rief er O'Leary an.

Das Telefon klingelte einmal, bis eine barsche Stimme sagte: „O'Leary, Sir."

„Hier ist C", sagte George-Phillip. Der Spitzname C war der traditionelle Name für den Chef seit Sir Mansfield Cumming, der erste Chef des MI6, seine Dokumente so unterzeichnet hatte. „Gibt es was Neues?"

„Nichts, Sir, aber unsere Ermittler denken, dass sie nach Süden gefahren ist. Wir beobachten die Grenzübergänge, unter anderem in San Diego. Aber wenn sie Bargeld benutzt, kann es sein, dass wir ihren Aufenthaltsort nicht ermitteln können."

„In Ordnung. Und Andrea Thompson?"

„Die letzte bekannte Position ist ein Motel in einem Vorort in Maryland, gleich außerhalb von Washington DC. Anscheinend hat sie etwas Auffälliges im Zimmer nebenan gehört und die Polizei gerufen. Sie haben ihre Fingerabdrücke überall gefunden. Sir – das Hotel war ein ziemlich übles. Prostituierte und Drogendealer."

George-Phillip zuckte zusammen. „Suchen Sie weiter", sagte er.

„Das werde ich, Sir. Ich habe meine besten Leute darauf angesetzt."

„Gut, gut. Ich weiß, dass ich Ihnen hierbei vertrauen kann. Irgendwelche Anhaltspunkte, wer für den Angriff auf die Thompsons verantwortlich ist?"

„Keine, Sir. Das waren Profis. Ich vermute der Mittlere Osten."

„In Ordnung. Ich werde einen Flug um sieben Uhr nehmen. Halten Sie mich einfach auf dem Laufenden."

Er legte auf. Vier weitere Stunden und er würde wieder aufstehen und sich für den Flug fertigmachen müssen. Es war Zeit, etwas zu schlafen. Er stand auf und schaute zum Fenster, das nun mit einer Stahlplatte bedeckt war, bis es mit einer kugelsicheren Scheibe ersetzt werden würde. Die Schüsse letzte Nacht hatten ihn nur knapp verfehlt – es war pures Glück, dass er nicht getötet worden war. Aber er verstand immer noch nicht, *warum*. War es die Wakhan-Akte? Oder etwas ganz anderes?

Leslie Collins. 2. Mai

Leslie Collins versuchte sich jeden Tag, wenn er die Lobby im Gebäude des ursprünglichen Hauptquartieres in Langley betrat, daran zu erinnern, kurz innezuhalten. Dort, an der Nordwand der Lobby war das Denkmal. 102 Sterne waren in die Wand graviert, jeder davon repräsentierte einen Agenten, der während seines Dienstes gestorben war. Mehr als ein Drittel der Agenten wurde *nur* durch einen Stern geehrt. Ihre Namen, die Operationen und ihr Tod waren immer noch eine Angelegenheit der nationalen Sicherheit.

Collins erinnerte sich, als er aus dem Gebäude ging, erneut daran, dass er für diese 102 Männer und Frauen verantwortlich war. Die Verantwortung, die Integrität der Agency zu beschützen, ihre Geheimnisse zu schützen, die Nation zu schützen, die die Agency schützte. Manchmal bedeutete diese Verantwortung allerdings auch, Opfer zu bringen – Opfer, die er persönlich unangenehm fand und manchmal auch unmoralisch. Aber man konnte nicht immer die Entscheidungen treffen, die einem gefielen. Der Grund, warum es solche Regierungsorganisationen gab, der Grund, warum es Gewaltenteilung gab, war, dass es darum ging, Sicherheit zu gewährleisten. Und als Teil des Systems, dachte Collins, musste man manchmal seine eigenen Wünsche und Glaubensvorstellungen beiseiteschieben.

Seine Fußstapfen hallten auf dem Boden der Lobby wider, als er in Richtung des Eingangs ging. Sogar in einer Agency, die 24 Stunden am Tag, 365 Tage im Jahr arbeitete, war es spät am Abend ruhig. Wachoffiziere und anderes notwendiges Personal arbeitete bis spät in die Nacht, aber der Großteil der Mitarbeiter der Agency pendelte ins Büro, wie jeder andere Mitarbeiter der Regierung in Washington auch. Er hielt an der Tür an, sah hinüber zum großen Parkplatz. Er konnte Grillen und Frösche und Gott weiß was sonst noch aus dem Wald hören, der die Agency umgab.

Er zuckte ein wenig, war verblüfft, als sein Handy klingelte. Nur etwa ein Dutzend Personen kannte seine private Telefonnummer. Dazu gehörten unter anderem seine Frau, sein Pastor und der Präsident.

Er seufzte, als er den Namen auf dem Telefon sah.

Richard Thompson.

Sein Auto gab zwei laute Pieptöne von sich, als er den Auf-Knopf an seinem Schlüssel drückte und die Alarmanlage abschaltete. Er ging ans Telefon.

„Hier spricht Leslie Collins."

„Leslie. *Was zur Hölle?*"

„Richard, das ist keine abgesicherte Leitung, ich bin sicher, dass du das weißt."

„Das ist mir ziemlich egal, Leslie. Soll ich mich deutlicher ausdrücken? Es ist mir egal."

Leslie seufzte und öffnete die Tür zu seinem Volvo S60 aus dem Jahr 2014. Zunächst hatte sich Leslie aus politischen Gründen dagegen gewehrt, ein europäisches Auto zu kaufen. Aber Meredith hatte den Volvo von einem ihrer verrückten Freunde gefahren und ihn davon überzeugt, eine Probefahrt zu machen. Das Handling und die Ledersitze hatten ihn überzeugt. Er hatte ihr seinen alten 2010er Cadillac vermacht und das neue Auto gekauft.

Er fühlte sich immer ruhig, wenn er auf dem Ledersitz saß.

„Richard, dir mag es egal sein, aber mir nicht."

„Was weißt du über die Untersuchung?"

Die Stimme kam automatisch über die Autolautsprecher, als er den Wagen anließ. Die körperlose Stimme von Richard Thompson um ihn herum zu hören, war mehr als verstörend.

„Ich weiß überhaupt nichts darüber, Richard. Aber ich würde sie ernst nehmen, wenn ich du wäre."

„Von wegen du weißt nichts darüber, Leslie. Du bist mit diesem Hurensohn Armitage zur Schule gegangen."

Rory Armitage war der Spezialermittler gegen Thompson. Er war auch Collins WG-Mitbewohner am College gewesen. Nicht, dass das von Bedeutung war.

„Armitage macht nur seine Arbeit. Ich habe keine Ahnung, wo er so eine verrückte Theorie her hat. *Drogengeldwäscherei?* Wirklich? Ich kann mir nicht vorstellen, dass da irgendetwas dran ist, Richard. Außer..." Leslies Stimme verstummte mit dem suggerierenden Satz.

„Du Hurensohn. Du hast das alles eingefädelt, nicht wahr?"

Collins seufzte. „Richard, ich finde deine wilden Anschuldigungen ein bisschen befremdlich. Du stehst im Moment ziemlich unter Stress. Vielleicht solltest du darüber nachdenken, etwas kürzer zu treten – oder vielleicht sogar einen Therapeuten aufsuchen. Ich mache mir Sorgen um dich."

Thompson antwortete nicht. Die Stille am anderen Ende der Leitung beunruhigte Collins. Thompson war, wenn er ruhig und gut organisiert war, ein eindrucksvoller Feind.

Nach einem Moment sagte Collins. „Richard, bist du noch dran?"

„Ich bin hier", antwortete Thompson. „Leslie, ich möchte, dass du vorsichtig bist. Du willst dich nicht in mein Leben einmischen."

Collins hob eine Augenbraue. Er legte den Rückwärtsgang ein und fuhr aus seiner Parklücke, dann drehte er und fuhr in die Dunkelheit in Richtung des Checkpoints am Eingang des Hauptquartiers. Für eine kurze Sekunde schienen seine Scheinwerfer in drei leuchtende Augen – Hirsche am Rande des Parkplatzes, gleich auf der anderen Seite des Zaunes. Manchmal ließen sie die Alarmsensoren am Rand des Grundstücks verrücktspielen.

Er fand es merkwürdig, dass Thompson nicht über seine Frau oder seine Töchter sprach. Oder war er so egozentrisch und narzisstisch, dass er sich um sie überhaupt keine Sorgen machte, wenn seine eigene Position in Gefahr war? Das war ziemlich traurig, oder?

„Richard, hör zu, ich fahre gerade, ich muss jetzt wirklich auflegen. Lass uns nächste Woche reden, okay? Wir werden zusammen Mittagessen."

„Ich werde nicht mit jemandem zu Mittag essen, der – "

Die Worte brachen ab, als Leslies Hand den Auflegen-Knopf an seinem Lenkrad drückte. Er winkte den Wachen am Eingang zu, dann fuhr er auf die Colonial Farm Road in Richtung Süden zum Georgetown Pike. So spät sollte die Rushhour vorbei sein und er könnte in zehn Minuten zu Hause sein.

Unglücklicherweise klingelte sein Telefon sofort wieder. *Unbekannte Nummer?*

Es konnten nur wenige Personen sein. Er ging ran.

„Collins hier."

„Leslie. Wie schön, deine Stimme zu hören."

Collins trat unwillentlich auf die Bremse und brachte damit das Auto hinter ihm dazu, gefährlich zu schleudern. Er brachte sich unter Kontrolle und fuhr fast sofort weiter. Die kultivierte Stimme am anderen Ende war ihm bekannt. Roshan al Saud – ein Mitglied des saudi-arabischen Königshauses und Generaldirektor des *al Mukhabarat Al A'amah* – des saudi-arabischen Geheimdienstes. Er war auf die besten britischen Schulen gegangen und schien ein sehr höflicher, gut gebildeter Mann zu sein. Er täuschte alle damit, außer denen, die wie Collins dabei zugesehen hatten, wie er russische Gefangene mit präziser und beängstigender Grausamkeit gefoltert hatte.

„Roshan! Ich freue mich auch, deine Stimme zu hören. Geht es dir gut? Soweit ich weiß, bist du in den Vereinigten Staaten."

„Das bin ich, aber nur kurz. Und ich würde mich sehr gerne mit dir ungestört unterhalten."

Leslie schaute auf die Uhr. „Bist du zu Hause?", fragte er.

Roshan besaß ein exklusives Haus mit dreißig Zimmern, das nicht mehr als 1,5 Kilometer von Leslies entfernt war.

„Das bin ich."

„Ich bin schon auf dem Weg. Du hast mich zu einem perfekten Zeitpunkt erreicht."

Collins legte auf und fuhr. Der Verkehr auf dem Georgetown Pike war nicht sehr dicht, aber auch nicht besonders wenig. Manchmal, vor allem wenn es regnete oder schneite, konnte man hier stundenlang feststecken. Aber jetzt war es warm, ein bisschen schwül und nach einem langen, unangenehmen Winter waren die meisten Washingtoner draußen und erholten sich, anstatt zu arbeiten.

Fünfzehn Minuten später fuhr er vor das Tor zum Grundstück von Prinz Roshan. Er ließ das Fenster herunter, als ein Wachmann auf ihn zukam. Der Wächter – ein Mann Anfang dreißig mit kalten Augen und einem dicken Dreitagebart, starrte Collins fünfzehn lange Sekunden an.

Dann sagte er: „Mr. Collins, bitte fahren Sie die Einfahrt hoch. Man wird sie am Haus in Empfang nehmen."

Collins kannte die Prozedur der Saudis. Er war schon sehr oft hier zu Gast gewesen. Als er das Auto parkte und ausstieg, war er verblüfft zu sehen, dass kein Wachmann die Eingangstür öffnete – es war Prinz Roshan persönlich.

Roshan war, wie Collins, kein junger Mann mehr. In den frühen 1980ern war Roshan der inoffizielle Anführer einer kleinen
Gruppe von westlichen Geheimdienstagenten gewesen, die zusammen in Afghanistan gearbeitet hatten. Collins erinnerte sich,
wie sie zusammen mit einem LKW durch die Badakhshan Provinz
gefahren waren. Einmal hatten Thompson und er sich unter den
Bodenplanken versteckt, während Prinz Roshan mit den Russen
verhandelt hatte.

Das war schon lange her. Jetzt war Roshan korpulent mit auffälligen, fast aufgedunsenen Wangen und einem grau werdenden
Bart.

Bei offiziellen Veranstaltungen trug Roshan eine Robe und eine
rot-weiß gemusterte Kufiya. Aber zu Hause hatte er üblicherweise
Jeans und ein T-Shirt an. Roshan war nur dann ein traditioneller
Saudi, wenn es darum ging, wie er seine Frau behandelte und bei
offiziellen Auftritten. Privat genoss er allen Luxus, den die westli-
che Kultur zu bieten hatte.

„Leslie!", sagte Roshan, ein ehrlich aussehendes Lächeln
schmückte sein Gesicht. „Komm rein, komm rein! Es ist so lange
her. Wie geht es Meredith?"

Leslie verzog das Gesicht. „Es geht ihr gut, Eure Hoheit. Gut."

„Komm rein. Du solltest es besser wissen, als solche Höflichkeiten von dir zu geben, Leslie. Ich halte nichts von Titeln." Als er
die Worte aussprach, legte Roshan eine Hand auf Collins' Arm, als
ob er seine Worte und seine Freundlichkeit unterstreichen wollte.

„Roshan. Du warst immer ein guter Freund. Wie geht es Myriam?"

Roshan führte ihn ins Haus und murmelte nichtssagende Phra-
sen über seine Frau. Myriam al-Saud war im Grunde egal. Durch
die Kultur und die Gesetze ihres eigenen Landes entrechtet, spielte
sie keine größere Rolle im Leben ihres Mannes, als die Models,

die ihn ungeniert zu teuren Essen und Shows im Kennedy Center begleiteten, wenn er in Washington war.

Roshan schenkte Collins ein Glas Eagle Rare Single Barrel Bourbon ein. Collins roch daran, der Geruch von verkohlter Vanille, alter Eiche und Leder füllte seine Nase.

Er nahm einen winzig kleinen Schluck, dann murmelte er: „Der ist sehr gut."

„Sei mein Gast", sagte Roshan. Er goss sich selbst einen Drink ein und kippte ihn mit einem Schluck herunter, dann setzte er sich in einen tiefen Ledersessel, der Leslie gegenüber stand.

„Mein Freund, wir haben ein Problem."

„Wir?", antwortete Leslie.

„Ja. *Wir.* Das Problem hat mehrere Köpfe und jeder davon kann uns beiden schaden, und unseren Staaten."

„Thompson", sagte Collins.

„Genau. Er ist am Abstürzen."

„Wir müssen sicherstellen, dass wir nicht mit ihm untergehen", sagte Collins. „Es gibt eine Menge loser Fäden. Ich mache mir vor allem Sorgen, weil die älteste Tochter jetzt vermutlich Informationen über Wakhan hat. Sie sind in sein Büro in San Francisco eingebrochen. Gott allein weiß, was er alles dort hatte."

Roshan runzelte die Stirn. „Deine Leute sind dafür verantwortlich, dass sein Haus zerstört wurde?"

Collins nickte. „Nicht die Agency. Unabhängige Mitarbeiter."

Roshan runzelte erneut seine Stirn und zog seine Augen zusammen. Er sah für einen Moment weg von Collins, dann wieder zurück. „Leslie, ich mache mir Sorgen, dass du die Nerven verlierst. Nicht, weil du Thompsons Familie angreifst, aber weil du es so – unangemessen – tust. Ein sechzehnjähriges Mädchen davonkommen lassen? Was hast du dir dabei gedacht?"

„Ist dir klar, wer der Vater des Mädchens ist?"

„Natürlich. Er stellt keine Gefahr für uns dar."

Collins verdrehte seine Augen. „Er ist die einzige Person außerhalb unseres Kreises, der weiß, was wirklich in Wakhan passiert
ist."

„Wenn er es wüsste, wäre keiner von uns auf unserem jetzigen
Posten."

„Er *weiß es*."

„Warum glaubst du das?"

Collins schloss seine Augen. „Er hat mich darauf angespro-
chen."

Roshan setzte sich gerade auf. „*Wann?* Und warum hast du
nichts gesagt?"

„Ich habe dafür gesorgt, dass er nichts sagt. Das war 1984."

„Warum lebt er noch?"

„Meinst du das ernst? Die Queen von England ist seine Cousine. Und außerdem, wie ich schon gesagt habe, ich habe dafür gesorgt, dass er nichts sagt. Er hatte eine hässliche kleine Affäre mit
Thompsons Frau. Wir mussten ihm nicht drohen – wir haben sie
bedroht. Das hat dafür gesorgt, dass er die Klappe hält."

Roshan schüttelte seinen Kopf. „Nicht gut genug. Was machst
du jetzt?

„Ich hatte ein Team auf ihn angesetzt, aber sie haben ihn ver-
fehlt. Wir werden es erneut versuchen. In der Zwischenzeit wird
Thompson vollständig diskreditiert und Prinz George-Phillip wird
bald folgen. In einer Woche wird nichts, was sie sagen, mehr von
Bedeutung sein. Ich erwarte, dass der Präsident jeden Moment die
Ernennung von Thompson zurückziehen wird."

„Gut. Und der Rest von ihnen? Diese ganze Gewalt hat nichts
außer Aufmerksamkeit gebracht."

„Wir ziehen uns zurück. Überwachung, aber mehr auch nicht.
Wir haben Drogen und Bargeld in der Wohnung der Thompsons

platziert und bei uns gut gesonnenen Banken Konten im Namen der Thompsons auf den Cayman Inseln eröffnet. Die Finanzbehörden werden sie vermutlich innerhalb der nächsten paar Tage finden."

Roshan nickte. „Und Windsor? Glaubst du wirklich, dass er die Klappe hält?"

Collins dachte darüber nach. Die Drohung, Adelina Thompson zu töten war nicht länger geeignet, George-Phillip am Reden zu hindern. Das war vermutlich schon seit Jahren vorbei. Was bedeutete, dass sie sich für ihn etwas Neues würden einfallen lassen müssen. Oder ihn zum Schweigen bringen.

„Ich denke nicht", sagte Collins.

„Dann überlass ihn mir", sagte Roshan. „Ich habe Agenten, die hierfür besser geeignet sind. Du kümmerst dich darum, Thompson zu diskreditieren."

„Einverstanden", sagte Collins.

Dann nahm er einen weiteren Schluck von seinem Bourbon. Er war wirklich gut.

Kalifornien. 2. Mai

Der Campingplatz wurde in rotes und oranges Licht gebadet, das schräg durch die Redwoods fiel, als Nick Larsden seinen Hummer aus dem Jahre 2008 auf den Platz fuhr. Er schaute die Gegend genau an. Es war ein Campingplatz, der abseits lag, die Anlage war verlassen und abgenutzt. Das Büro des Campingplatzes, neben dem Eingang, war alt und die weiße Farbe blätterte ab, außer dem offenen LKW neben dem Büro, war kein einziges Auto zu sehen.

Nick hatte sich den ganzen Tag die Küste hinaufgearbeitet, hatte bei Drive-Ins, Campingplätzen und anderen Orten, die ihm geeignet erschienen, angehalten. Eine Erwachsene und ihre Tochter im Teenageralter in einem Minivan sollten nicht so schwer zu finden sein, aber bisher hatte er kein Glück gehabt. Und er war ziemlich sicher, dass er nicht der Einzige war, der nach ihnen suchte. Der Preis, den er dafür bekommen würde, dass er die Frau fand, war hoch.

Nick war ein ehemaliger Soldat, der als privater Ermittler und jetzt Kopfgeldjäger arbeitete. Meistens verfolgte er Männer, die auf der Flucht waren, nachdem sie ihren Unterhalt, der unglaublich niedrig war, nicht gezahlt hatten. Also hatte er, als er den Anruf erhalten hatte, nicht weiter nachgefragt. Vor allem, als der Anrufer, ein eingebildeter Schnösel mit einem irischen Akzent, angemerkt hatte, dass er bereit war, einen großen Vorschuss zu zahlen.

„Wo soll ich sie hinbringen?", hatte er gefragt.

„Wenn Sie sie gefunden haben, kontaktieren Sie mich für weitere Anweisungen."

Das war mehr, als nur ein bisschen ungewöhnlich. Nick vermutete, dass der Anrufer die Frau tot oder vermisst haben wollte. Das war okay, vermutete Nick, obwohl er kein großer Fan davon war, Krieg mit Frauen zu führen. Aber manchmal musste man tun, was man eben tun musste. Falls es so sein sollte, würde er allerdings darauf bestehen, dass er das Geld vorab erhielt. Der ursprüngliche Preis war genug, damit er seinen Job an den Nagel hängen konnte. Nick wollte einen schönen Ort in den Bergen kaufen, wo er jagen und seine Hunde halten konnte, ohne sich um den täglichen Stress Sorgen machen zu müssen.

Er schlüpfte aus dem Fahrerhäuschen seines Hummers. Ein alter Mann kam auf ihn zu. Er war klein und dürr, es war fast schon krankhaft, und seine Kleider passten ihm nicht. Eine dicke Brille zeigte Augen, die merkwürdig vergrößert waren.

„Suchen Sie einen Stellplatz oder eine Hütte? Wie lange möchten Sie bleiben?", fragte der alte Mann.

„Ich suche nach zwei Frauen", sagte Nick.

Er hielt ein Blatt Papier in der Hand, das er heute Morgen gedruckt hatte. Zwei einzelne Fotos: Das der älteren Frau sah aus, als wäre es aus einer Zeitung und das Bild des Teenagers war ein Selfie von ihrer Facebook-Seite.

Die Augen des Mannes zogen sich zusammen, als sein Blick auf das Papier fiel. *Bingo*. Er hatte sie gesehen.

„Ich habe sie noch niemals gesehen", sagte der alte Mann.

Oh, oh. Er würde die Sache erschweren.

„Sind Sie sicher, alter Mann? Sie rennen vor dem Gesetz weg."

Die Augen des Mannes wurden ein wenig größer und er holte nervös Luft. Kein Wunder, dass er so arm aussah. Nick könnte wetten, dass er pokerte - und jedes Mal sein letztes Hemd verlor.

„Ich weiß nicht, wovon Sie reden", sagte der alte Mann.

Nick seufzte. Er sah sich erneut auf dem Campingplatz um, nur um sicher zu gehen. Es war keine Menschenseele hier.

Mit einem so plötzlichen Ausbruch von Gewalt hatte der alte Mann nicht gerechnet. Nick streckte seinen Arm aus, griff nach der Hand des alten Mannes und verdrehte sie. Der erste Knochen brach fast sofort und der alte Mann schrie auf.

„Sagen Sie mir jetzt die Wahrheit, Sie alter Drecksack. Sind sie hier durchgekommen?"

„Ja! Ja! Sie haben letzte Nacht in Hütte 3 geschlafen. Sie sind heute Morgen sehr früh fortgefahren, vor Sonnenaufgang. Das Mädchen war bekifft oder sowas. Sie haben mir zwanzig Dollar extra gezahlt! Jetzt lassen Sie mich los!"

Nick sah den alten Mann für eine Sekunde an und runzelte die Stirn. „Was können Sie mir sonst noch sagen? Fahren sie immer noch einen Minivan?"

Der alte Mann nickte drängend. „Die Nummernschilder waren mit Matsch verschmiert. Ich weiß nicht, wohin sie gefahren sind.

Richtung Norden, denke ich, sie sind vom Campingplatz aus rechts abgebogen."

Nick sah sich noch einmal auf dem Campingplatz um, dabei verdrehte er immer noch geistesabwesend das Handgelenk des alten Mannes, was ihn dazu veranlasste zu stöhnen. Er erwartete nicht, in der Hütte etwas zu finden, aber er sollte trotzdem nachschauen.

„Hat sie Ihnen ihren Führerschein oder sonst etwas gezeigt? Haben Sie irgendeinen Beleg?"

Der alte Mann schüttelte seinen Kopf. „Nein. Das sollte ich eigentlich. Kontrolleure des Staates. Aber... Au, *bitte hören Sie auf! Das tut weh!*"

Nick seufzte. „Sie sind gerade bei der Kontrolle durchgefallen", sagte er.

Dann streckte er beide Hände aus, ergriff den alten Mann am Hals und hob ihn in die Luft, dabei presste er einen Unterarm gegen den Adamsapfel des Mannes. Er drückte fest zu, der alte Mann drehte sich ein paar Mal, dann sackte er in sich zusammen, war schon bewusstlos. Nick hielt in weiter fest und drückte ihm die Luftröhre zu.

„Tut mir leid, Mann", sagte er.

Er hielt den Mann fest, bis er sicher war. Kein Puls. Dann ließ er ihn zu Boden fallen und ging zur Hütte 3.

Die Tür war nicht abgeschlossen. Der alte Mann hatte die Hütte noch nicht gereinigt, natürlich nicht, aber er sah nichts, was wichtig wäre. Ein Haargummi. Und das war es. Er zuckte mit den Schultern. Zumindest wusste er, dass sie hier gewesen waren. Und nach Norden fuhren.

Kanada? Er vermutete es. Aber die Wahrscheinlichkeit, sie mit den wenigen Informationen, die er hatte, zu finden, war gering.

Er schüttelte seinen Kopf, seine Augen fielen erneut auf den alten Mann. Was für eine Verschwendung.

KAPITEL ZWEIUNDZWANZIG
Señora? Geht es Ihnen gut?

Adelina. 3. Mai

Das Schlagloch muss groß genug gewesen sein, um ein kleineres Auto zu verschlucken. So wurde das hintere Ende des Busses mit einem dumpfen Schlag in die Luft geschleudert und Adelina spürte, wie sie für eine Sekunde aus ihrem Sitz gehoben wurde. Jessica stöhnte und begann, aus ihrem Sitz zu rutschen. Adelina griff hinüber und schob ihre achtzehnjährige Tochter zurück auf ihren Sitz, als wäre sie ein Kleinkind.

Der Bus war voll und wäre ganz ordentlich ausgestattet gewesen, wenn die Klimaanlage nicht etwa im Jahr von Jessicas Geburt kaputt gegangen wäre. Die Polster der Sitze waren abgenutzt, und ein Baby zwei Reihen vor Adelina und Jessica hatte die gesamten dreieinhalb Stunden von Tacoma bis hierher geweint. Die Hitze schien lebendig, sie bewegte sich, wie ein unsichtbares Reptil unter der Oberfläche eines Sumpfes in Louisiana, grün und undeutlich, dick und gefährlich.

Die Fahrgäste waren eine bunte Mischung. Mindestens zwei Dutzend Männer und Frauen, die Adelina für Gastarbeiter hielt. Spanischer Herkunft, arm und müde. Zwei Reihen vor ihr schlief auf der anderen Seite des Ganges ein Mann, der seinen Kopf nach hinten gegen den Sitz gelehnt hatte, sein Mund war offen, er ignorierte das quengelnde Baby auf der anderen Seite des Ganges völlig.

Der Mann faszinierte Adelina. Er trug Jeans, die dünn waren, aber an den Knien noch nicht durchgescheuert, und Arbeitsschuhe aus Leder, die so aussahen, als wären sie mehr als einmal neu besohlt worden, anscheinend von Hand. Vermutlich hatte er das selbst getan – heutzutage war es billiger ein neues Paar Schuhe bei Walmart zu kaufen, das in einem Dritte-Welt-Land von Arbeitern bei fast sklavenhaften Arbeitsbedingungen hergestellt worden war, als ein paar Schuhe von einem Schuster reparieren zu lassen. Die Naht am Rand der Ledersohle war leicht ungerade.

Sein Sweatshirt war sauber, aber alt, das Bündchen an seinen Gelenken war verschlissen und ausgeleiert, es hingen Fäden heraus, und es hatte Flecken an den Ellbogen, von denen Adelina wusste, sie würden nicht raus gehen, egal, was er versuchen würde. Aber es war nicht seine Kleidung, die ihre Aufmerksamkeit erregte. Es war sein zerfurchtes Gesicht, wettergegerbt, alte Haut, die sich kaum von seinen Lederschuhen unterschied. Tiefe Lachfalten gingen von seinen Augen aus und er hatte Fältchen um seinen Mund. Sein Mund war offen, er schlief so fest, wie man es normalerweise nur bei kleinen Kindern sah, außer, dass er fast keine Zähne mehr im Mund hatte.

Er sah nicht viel anders aus, als ihr Vater, Juan Ramos, in den Jahren vor seinem Tod. Erschöpft, ja. Müde vom Gewicht der Jahre mit zuviel Arbeit und zu vielen Sorgen. Aber ihr Vater war auch zufrieden gewesen in den letzten Jahren seines Lebens. Nachdem er und ihre Mutter sich getrennt hatten, war er auf eine Art und Weise glücklich gewesen, die sie bis heute beneidete. Er hatte gelacht, er hatte geweint und sein Leben mit einer Hingabe gelebt, von der sie wünschte, dass sie sie verstehen würde.

Der Mann in dem Bus sah auch so aus. Er schien erschöpft zu sein und trotz ihrer Not, ihrer Angst und der Gefahr, wollte sie ihm helfen.

Es war lächerlich. Wie könnte sie jetzt jemandem helfen?

Weiter vorne im Bus saßen vier Backpacker. Sie waren Anfang zwanzig – zwei Männer mit Flanellhemden und brandneuen Sandalen, die Frauen mit bunten Tank-Tops und zu engen Jeans. Zwei Mädchen, die mit ihren Freunden unterwegs waren. Ihre Rucksäcke nahmen zu viel Platz auf der Ablage über ihnen ein, was dazu führte, dass alle im hinteren Teil des Busses ihre Taschen zusammenquetschen mussten. Die mit Birkenstock-Schuhen bekleideten College-Kinder bemerkten nicht, dass der Bus hinter ihnen voller menschlicher Schicksale war. Adelina dankte Gott, dass sie es, trotz ihrer Probleme, trotz der Tatsache, dass ihre Töchter sie hassten, geschafft hatte, ihnen einen tiefen Sinn dafür zu geben, sich um andere zu kümmern und auch für Wohltätigkeit und Liebe für die Welt um sie herum.

Der Gedanke füllte Adelina mit einem atemberaubenden Gefühl des Verlustes. Sie hatte in so vielen Dingen bei ihren Töchtern versagt, und jetzt wusste sie nicht mal, wo alle ihre Töchter waren. Sie hatte die Überschriften gesehen. Andrea wurde vermisst, zusammen mit Alexandras Ehemann Dylan. Sie war niemals begeistert von Dylan gewesen, nicht bis er quer durch das Land gereist war, um Alexandra einen Heiratsantrag zu machen. Aber das hatte Mut und Hingabe gezeigt, und er hatte noch mehr davon gezeigt, als es darum gegangen war, Carrie nach Rays Tod beizustehen.

Sie drängte ihre Tränen zurück und sah zum Fenster hinaus. Der Bus näherte sich nun Bellingham, ihrem letzten Halt. Sie wusste nicht, was sie dann machen sollte. Sie hatte ihre Reisepässe dabei, glücklicherweise nicht nur ihre offiziellen Diplomatenpässe. Ihrer Erfahrung nach reiste man damit nicht schneller, im

Gegenteil, oft wurde man damit gebremst. Denn sie waren ungewöhnlich, Zollbeamte auf der ganzen Welt schienen aufzuhorchen, genauer hinzuschauen und mehr Fragen zu stellen.

Fragen, die Adelina nicht beantworten wollte. Wenn sie die Grenze der Vereinigten Staaten überquerte, hoffentlich während der nächsten vierundzwanzig Stunden, wollte sie, dass es schnell ging, routiniert war und ohne Scherereien. Sie wollte überhaupt keine Aufmerksamkeit erregen. Sie wollte keine Fragen gestellt bekommen, bis sie zu den Zollbeamten Kanadas kam.

Die Frage war, konnte sie es schaffen? Trotz der Tatsache, dass sie während der letzten dreißig Jahre in mehr als ein Dutzend Länder gereist war und in Europa, Asien und den Vereinigten Staaten gelebt hatte, hatte sie niemals die US-Grenze nach Kanada oder Mexico überquert. Würde man ihre Identität checken, wenn sie das Land verließ? Würde ein Routinecheck offenbaren, dass sie vermisst wurde und dazu führen, dass man sie festhielt?

Sie hatte Angst, dass genau das geschehen würde. Und falls es so war, wusste sie nicht, was man mit ihr machen würde.

Na ja, sie würde sich darum kümmern, wenn es soweit war. Sie reckte ihren Hals und schaute in die Ferne. Auf beiden Seiten des Highways waren Sträucher, Bäume und dichte Büsche. Auf beiden Seiten fuhren Autos an ihnen vorbei, der Bus wurde ein bisschen langsamer.

Ihr stockte der Atem ein wenig, als der Bus die Spur wechselte, ganz nach rechts fuhr und dann noch langsamer wurde, der laute Dieselmotor bremste mit einem Heulen ab. Der Bus wurde immer langsamer, dann hielt er an. Sie drehte ihren Hals, aber sie konnte nicht nach hinten hinaus schauen – keine Fenster, und ihr Blickwinkel ließ keine gescheite Sicht zu.

Die Hitze im Bus war drückend, der Geruch von Schweiß erfüllte den Raum.

Adelina zwang sich dazu, nicht in Panik zu verfallen, als zwei Männer in dunkelgrünen Uniformen am Bus entlang liefen. Sie trugen grüne Smokey-the-Bear-Hüte und kurzärmelige Uniformen mit einem hellgelben Aufnäher auf einer Seite. Zoll- und Grenzkontrolle.

Sie schluckte. Wie hatte man sie gefunden? Sie hatte ihre Tickets bar bezahlt und ihre Bankkarten, seit sie San Francisco verlassen hatten, nicht benutzt. Sie hatte seitdem auch niemandem ihre Ausweise gezeigt.

Die beiden Männer stiegen in den Bus, genau in dem Moment, als zwei weitere Beamte erschienen, darunter eine Frau. Die beiden, die eingestiegen waren, könnten unterschiedlicher nicht sein. Der erste, ein großer Mann, der offensichtlich mit seinen eigenen Süchten kämpfte, war kahl werdend, hatte ein rotes Gesicht und einen Bauch, der über seinen Gürtel hing, wie der bauchige Bug eines Öltankers. Er sah aus, als ginge es ihm nicht gut und als ob es ihm heiß war, ein Schweißfilm reflektierte die Sonne, die draußen schien.

Sein Partner hatte dunklere Haare, war kleiner, kompakter und wesentlich muskulöser, er hatte unter seiner perfekt sitzenden Uniform Oberarme, wie aus einem Hochglanzmagazin. Er sah Spanisch aus, als käme er aus Puerto Rico oder vielleicht der Dominikanischen Republik, hatte dunkle Haut und einen dichten Haarteppich. Er erinnerte sie an eine ältere Version von Eddie Vasquez, den Studenten und Sanitäter, der seit dem Unfall letztes Jahr um Sarah herumgeschlichen war.

Der mit dem glänzenden Gesicht rief mit einer Stimme, die autoritär klingen sollte, aber nur heiser war: „In Ordnung, bitte halten Sie alle ihre Ausweise zur Kontrolle bereit. Dies ist ein Routinestopp, wir gehören zum Zoll und der Grenzkontrolle.“

Eine ganze Reihe von Flüchen ging Adelina durch den Kopf, sogar noch, als Jessica sich neben ihr bewegte. Was würde sie tun? Was würden die Männer tun? Sie war sich sicher, dass sie nach ihr suchten. Warum würde die Grenzpolizei den Bus zum Anhalten bringen?

Warum hatte sie nur ihr Telefon fortgeworfen? Wenn sie jemanden anrufen könnte – Carrie oder Julia, würden sie zumindest wissen, was mit ihr geschah. Dann wäre es wesentlich unwahrscheinlicher, dass sie einfach *verschwinden* würde. Aber es war weg und es gab nichts, das sie tun konnte.

Der kleinere Grenzbeamte wiederholte die Worte seines Partners mit einem schrecklichen Akzent auf Spanisch. Er mochte aussehen, als ob San Juan sein zu Hause war, aber seine Muttersprache war eindeutig Englisch. Es war interessant, dass er die Übersetzung vornahm. Er musste sich fühlen, wie ein Schauspieler, der nur wegen seines Aussehens ausgewählt worden war.

Die zwei Beamten hatten bereits angehalten und befassten sich mit den vier Backpackern, mit ihren manikürten Fingernägeln und ihren Dreihundert-Dollar-Rucksäcken. Eine der Frauen, eine kleine blonde Zwanzigjährige mit einem Whitman College Sweatshirt, erklärte laut, dass ja wohl jeder sehen konnte, dass *sie eine Weiße war*.

Der kleinere Grenzbeamte sah verärgert und die Freunde der Frau sahen entsetzt aus. Adelina sank in ihrem Sitz zusammen. Sie wollte, dass das hier so schnell wie möglich vorbei war.

Es schien aber nicht sehr wahrscheinlich zu sein. Der kleine Beamte verlor seine Geduld. „Lady, entweder geben Sie mir jetzt Ihren Ausweis, oder Sie können es auf der Wache tun."

„Ich muss Ihnen *gar nichts* geben. Ich bin amerikanische Staatsbürgerin und ich kenne meine Rechte. Ich verstehe nicht, warum Sie *ihn* nicht kontrollieren!" Als sie die Worte sagte, zeigte sie auf den alten Mann zwei Reihen vor Adelina, der jetzt wach war und ruhig die Grenzbeamten beobachtete. Adelina konnte sehen, dass er einen US-Reisepass feinsäuberlich in seinen Händen hielt.

„Verrückte Hexe", murmelte der größere Beamte. Er wischte sich mit einem Taschentuch über die Stirn, dann sagte er: „Ich stelle Ihnen eine einfache Frage. Sind Sie amerikanische Staatsbürgerin? Zeigen Sie mir Ihren Ausweis."

„Mein Kopf", murmelte Jessica. Sie bewegte sich, sah nach vorne und murmelte: „Können die nicht leise sein?"

Es entstand Chaos. Einer der zwei Jungen stand für eine halbe Sekunde auf. Sofort hielt der kleinere Grenzbeamte ihn an seinem Shirt fest.

„*Hinsetzen!*", schnauzte der Beamte.

Der Busfahrer lehnte sich auf sein Lenkrad, anscheinend gab er die Hoffnung auf, in nächster Zeit irgendwohin zu fahren. Das blonde Mädchen sank in seinen Sitz, bemerkte plötzlich, wie Ernst diese Sache war. Sie zitterte und begann, an ihrer Handtasche herumzufingern.

„Hier ist er", sagte sie mit zitternder Stimme.

„Tja, Lady, dafür ist es zu spät", sagte einer der Beamten. „Stehen Sie auf und verlassen Sie den Bus."

Langsam stand die Frau auf, sie hatte einen ernsten Gesichtsausdruck. Sie stieg aus dem Bus, und die zwei Beamten draußen eskortierten sie außer Sicht.

„Gott", murmelte Jessica. „Was für eine dumme Zicke."

„*Jessica*", sagte Adelina, „ es ist mir egal, wie – irregeleitet – das Mädchen war. Du sollst nicht so reden."

Jessica begann sich zu verspannen, und schenkte ihr einen spöttischen Blick – dann sah sie hinab auf ihren Schoss. „Tut mir leid", sagte sie. So, als hätte sie sich plötzlich an etwas erinnert.

Die zwei Beamten gingen nur systematisch – und ereignislos – den Gang entlang. Sie kontrollierten Ausweise und Führerscheine. Adelina sah zu, wie die Beamten auf sie zukamen. Es war tatsächlich fraglich, ob das, was sie taten, legal war. Aber darum ging es nicht. Sie taten es und sie hatte keine andere Wahl, als sich zu fügen.

Die Beamten waren jetzt zwei Reihen vor ihr und Jessica. Auf der linken Seite saß der alte Mann. Er lächelte freundlich und gab seinen Pass dem größeren, verschwitzten Beamten. Er sah abgenutzt, oft benutzt aus. Der Beamte sah ihn sich an, seine Augen schauten auf das Foto, dann zurück zu dem alten Mann.

„Sie sind US-Staatsbürger?"

„Ja, das bin ich", sagte der alte Mann.

„Wohin reisen Sie?"

Adelina wusste, dass der Mann darauf keine Antwort geben musste. Aber er tat es. „Meine Enkeltochter lebt in Bellingham. Sie wird bald mein erstes Urenkelkind zur Welt bringen."

Der verschwitzte Beamte wischte sich erneut über die Stirn, dann sagte er mit saurer Stimme: „Herzlichen Glückwunsch." Er gab dem alten Mann energisch seinen Pass zurück und ging weiter zur nächsten Reihe.

Der kleinere Beamte war nun an dem Ehepaar mit dem weinenden Baby vorbei und stand nur noch ein paar Zentimeter von Adelina entfernt.

In der Reihe direkt vor ihr saßen zwei Männer, Afro-Amerikaner, und sie zeigten beide ihren Führerschein.

„Sind Sie US-Staatsbürger?", fragte der Beamte.

„Ja, Sir", antworteten beide.

Adelinas Zunge und Wangen waren steif, ihr Nacken tat ihr weh. Es fiel ihr schwer, sich zu konzentrieren, als der Beamte den beiden Männern vor ihr weitere Fragen stellte. Ihr Herz klopfte zu schnell, von ihrer Zungenspitze ging ein Kribbeln aus.

Der verschwitze Beamte war nun in ihrer Reihe und sprach mit den beiden Frauen auf der anderen Seite des Ganges.

„Mom", sagte Jessica.

Adelina war erstarrt, ihre Gedanken wanderten nach innen, zu der kalten Februarnacht ein paar Monate vor ihrem siebzehnten Geburtstag, als Richard Thompson sie vergewaltigt hatte. Zu der emotionalen Folter, die er mit ihr getrieben hatte. Die psychologischen Spielchen. Das eine Mal, als er sie wirklich geschlagen hatte, nachdem er erfahren hatte, dass Carrie nicht seine Tochter war.

Sie hatte versucht, ihre Töchter zu lieben. Aber es war schwer. Vier von ihnen waren von *ihm*. Vier von ihnen waren das Ergebnis von Vergewaltigung und Lust.

Sie sah auf ihre Handgelenke und dachte an Julia, die einen Selbstmordversuch unternommen hatte. Adelina würde lieber sterben, als zurückzugehen. Der Schmerz in ihrer Brust wurde schlimmer und schlimmer. Stechend.

„*Mom*", zischte Jessica.

„Señora? Geht es Ihnen gut?"

Erschreckt sah sie auf. Der kleinere Beamte – der spanische – stand vor ihr. Sie hatte keine Ahnung, wie lange die Angst sie betäubt hatte. Sie wusste nicht, wie lange die Panikattacke sie im Griff gehabt hatte.

„Entschuldigung", murmelte sie. Sie griff in ihre Handtasche und gab ihren Reisepass weiter. Dann erstarrte sie sofort vor Angst. *Sie hatte den falschen Reisepass ausgehändigt.*

Als Frau eines ehemaligen US-Diplomaten (und jetzt Mitglied des Kabinetts) hatte sie zwei Reisepässe; einen normalen und dann ihren offiziellen Diplomatenpass.

Ihre Augen, die nun groß waren, wanderten schnell zu Jessica, die ebenfalls erstarrt dasaß, einen Arm ausgestreckt hatte, und dem Beamten ihren normalen Reisepass hinhielt.

„Sie sind US-Staatsbürger?"

„Ja", krächzte Adelina.

Er sah ihren Reisepass an. „Ihr Geburtsort ist Calella in Spanien? Wo ist das genau?"

„Es ist am Mittelmeer", sagte sie, dann hustete sie.

„Geht es Ihnen gut, Ma'am?"

„Im Bus ist es so heiß, ich brauche nur etwas Wasser zum Trinken."

Jessica stimmte ein: „Wir machen einen Tagesausflug und haben uns entschlossen, den Bus zu nehmen, anstatt selbst zu fahren. Mann, was für ein Fehler."

Der Mann schenkte Jessica einen merkwürdigen Blick, dann wanderten seine Augen zurück zu Adelina. Er hielt ihren Pass beiläufig hoch. „Hey Perkins, hast Du schon mal so einen Pass gesehen? Diplomatischer Reisepass."

Der größere Beamte schüttelte seinen Kopf und hatte einen verärgerten Gesichtsausdruck. „Wir haben keine Zeit für sowas, Alvarez. Wenn sie Staatsbürgerin ist mach weiter. *Gott*, ist es heiß in diesem Bus."

Der kleinere Beamte – Alvarez – kicherte, dann gab er ihr den Pass zurück. Er sah Jessica an. „Seien Sie vorsichtig, und holen Sie Ihrer Mutter etwas Wasser, sie sieht nicht gut aus."

Beide Beamte gingen zur nächsten Reihe und Adelina sackte in ihrem Sitz zusammen.

KAPITEL DREIUNDZWANZIG

Du verstehst es nicht

Carrie. 3. Mai

„**I**ch verstehe das nicht", sagte Carrie. „Wollen Sie uns sagen, dass wir aus dem Safehouse müssen? Die Wachleute verlieren?"

Bears Kinn bewegte sich, als er von ihr weg schaute. Mit fast zusammengebissenen Zähnen sagte er: „Es liegt nicht mehr in meiner Hand, Carrie. Die gesamte Untersuchung wird an den Spezialstaatsanwalt und die Finanzbehörden übergeben. Man hat mir befohlen, den Fall abzugeben – man hat mich sogar freigestellt."

Carrie runzelte die Stirn. Sie gab nicht vor, dass sie die Feinheiten von Regierungsuntersuchungen und der Gerichtsbarkeit kannte. Aber da die Finanzbehörden die Familienangelegenheit untersuchte – und nicht nach den Angreifern suchte – kam ihr das alles gar nicht gut vor.

„Also, bis wann müssen wir hier raus sein?", fragte sie.

„Heute Vormittag", sagte er, seine Stimme war leise.

Carrie seufzte. Dann drehte sie sich von Bear weg und sank in ihren Stuhl.

Julia, die immer noch auf der Couch neben Crank saß, sagte: „Wir werden eine Suite mieten müssen, denke ich. Im sichersten Hotel, das wir finden können, und wir werden Bodyguards engagieren."

Carrie schüttelte ihren Kopf. „Deine Konten sind eingefroren, Julia."

„Nur die Geschäftskonten. Meine persönlichen Konten sind immer noch zugänglich. Es ist genug, um eine Weile damit auszukommen."

„Warum hat man Sie freigestellt?" Sarahs Stimme, die aus Richtung der Tür kam, war aggressiv, ein bisschen hoch und monoton.

Bear sah quer durch den Raum zu ihr. Dann sagte er: „Ich war letzte Nacht lange wach und habe mir Akten zu Ihrem Fall angesehen, als ich wegen des Angriffs angerufen wurde. Leider habe ich die Dokumente auf meinem Küchentisch liegen lassen – und jemand ist in meine Wohnung eingebrochen, während ich weg war. Die Akten sind verschwunden."

Carrie runzelte die Stirn und sah Julia in die Augen. Dann sah sie wieder zu Bear.

„Was war in den Dokumenten?"

„Die Personalakte Ihres Vaters beim Außenministerium."

Sarah murmelte etwas in ihren Bart. Carrie konnte nicht genau hören, was es war, aber es klang verdächtig, als würde sie *Wichser* sagen.

„Was tun wir jetzt?", fragte Carrie.

„Ich möchte, dass du Anthony Walker kennenlernst", sagte Julia zu Carrie „Ich denke, er kann uns helfen."

„Der Reporter?", sagte Bear. „Das ist eine schlechte Idee."

„Da bin ich anderer Meinung", sagte Julia. „Es ist ja nicht so, als ob der Staat uns hilft. Jemand versucht, unsere Familie zu zerstören. Wir haben keine Zeit zu verschenken."

Carrie starrte Julia entgeistert an. Sie hatte mehr als ein Jahr damit verbracht, Reportern aus dem Weg zu gehen, seit der Zeit, als man Ray angeklagt hatte und die Anrufe begonnen hatten. Sie waren von den Medien gejagt worden, karikiert, und es hatte auch nach Rays Ermordung nicht geendet.

„Ich weiß nicht", murmelte Carrie.

Julia lehnte sich vor und griff nach ihren Händen. „Hör mal – ich weiß, dass du das nicht möchtest und ich weiß auch, warum. Ich habe schon seit Jahren mit der Presse zu tun, ich verstehe es. Aber ich sage dir – dieser Typ ist gradlinig. Und wenn jemand der Sache auf den Grund gehen kann, dann er."

„Das ist eine schlechte Idee", sagte Bear.

„Ich weiß nicht, ob ich einem Reporter trauen kann", sagte Carrie.

„Schau. Lass ihn uns einfach treffen. Wenn du entscheidest, dass du ihm nicht trauen kannst, dann müssen wir nicht weiter mit ihm reden."

Carrie seufzte. Ihre Gedanken wanderten immer wieder zu Ronald Lafferty, dem Reporter der *New York Post*. Er hatte Ray wochenlang belästigt und war dann, während ihrer dreitägigen Wache nach dem Unfall, im Krankenhaus aufgetaucht.

Lafferty hatte weniger, als eine Woche nach Rays Tod einen giftigen Artikel auf der Titelseite gebracht, in dem er sie und Ray angegriffen hatte. Nur damit er seine Story bekam. Und sie war voller Lügen und Anspielungen mit anschaulichen Details gewesen, aber nur wenig oder kaum Wahrheitsgehalt darin. Julia hatte ihr angeboten, ihn zu verklagen und kurz mit den Anwälten der *Post* zu tun gehabt, aber es war nicht vor Gericht gegangen.

Carrie seufzte. „Ich werde mit ihm reden. Aber ich bin skeptisch."

Bear runzelte die Stirn. Dann sagte er: „Es ist Ihre Entscheidung, ich kann Sie nicht davon abhalten. Aber ich denke, Sie machen einen Fehler. Man kann nicht einfach einem Reporter trauen."

„Können wir Ihnen trauen?", fragte Carrie.

Bear wurde rot. „Das ist auch Ihre Entscheidung, oder nicht? Ich werde Ihnen soviel sagen: Ich möchte wissen, wer auf die Mutter meiner Kinder geschossen hat. Sie können kooperieren oder nicht, aber ich werde der Sache nachgehen, bis man mich erschießt."

Carrie drehte sich zu Julia, dann zu Alexandra, die allein für sich saß. Alexandra nickte knapp. Carrie nickte ebenfalls.

„In Ordnung. Ich werde ihn treffen. Bear – würden Sie mitkommen? Wir können alle Hilfe brauchen, die wir kriegen können."

George-Phillip. 3. Mai

Wäre es nicht schön, wenn man, nur einmal, etwas ohne tausende Kontrollen tun könnte?

Der Gedanke ging George-Phillip im Kopf herum, als er die Unterlagen entgegennahm, die ihm die Stewardess gab. In ihnen waren die Kosten ausführlich aufgeschlüsselt, die er oder die Agency oder der Etat der königlichen Familie für den Flug würde zahlen müssen. Zweiundneunzigtausend Pfund Sterling für den Hin- und Rückflug nach Washington.

Es kam ihm merkwürdig vor, dass Kabinettsmitglieder – und damit auch Mitglieder der königlichen Familie außer der Queen – oft normale Linienflüge nahmen. Aber die immer größer werdende Schere zwischen Arm und Reich in Groß Britannien bedeutete auch weniger Ressourcen für den Öffentlichen Dienst. Während die Queen immer Chartermaschinen nahm, oder die Jets der 32. Schwadrone der Royal Air Force, wurden alle diese Flüge aus einem Reisebudget gezahlt, das begrenzt war.

Der Rest der Familie nahm üblicherweise Linienflüge, außer bei besonderen Situationen. Prinz Charles hatte nach einen Hin- und Rückflug nach Süd Afrika für sechshunderttausend Pfund, der einen öffentlichen Skandal ausgelöst hatte, erkennen müssen, dass solche Situationen äußerst rar waren. Und das war auch noch eine Reise in Sachen Umweltschutz gewesen – eine ziemliche Ironie. Im Ergebnis musste George-Phillip sich jetzt überlegen, wie zur Hölle er persönlich für einen gecharterten Flug über den Atlantik zahlen sollte, der für offizielle Dinge notwendig war.

Egal. Sollten die Zeitungen doch aufschreien. Er würde mit seiner Tochter keinen Linienflug nehmen – nicht zwei Tage, nach einem Attentatsversuch – und er würde sie auch nicht alleine in London zurücklassen.

Im Moment schlief Jane, sie hatte sich auf der Sitzreihe, die George-Phillip gegenüber lag, ausgestreckt. Ihr Kindermädchen, Adriana, saß in der Sitzreihe auf der anderen Seite des Ganges und las ein Taschenbuch mit zwei Muffins auf dem Cover. Sie hatte, als sie vor vier Stunden beim Abflug aus dem Fenster geschaut hatte, große Augen bekommen und war seitdem still gewesen. Im Gegensatz dazu hatte Jane sich so verhalten, als wäre ihr erster Flug schon ihr zwanzigster. Sie hatte es kaum beachtet, als das Flugzeug abhob, stattdessen hatte sie ihre Nase in die *Discovery Box* gesteckt, ihrer Lieblingszeitschrift. Das war eigentlich ziemlich typisch für Jane – sie schien neuen Erfahrungen keine Aufmerksamkeit zu schenken, bis zum nächsten Tag. Morgen würde sie über nichts anderes sprechen.

Diese Tendenz stimmte ihn bedenklich. Denn heute Morgen auf dem Weg zum Flughafen hatte sie ohne Punkt und Komma darüber gesprochen, wie sie die vorletzte Nacht von Schüssen aufgeweckt worden war.

Zum ersten Mal in seiner dreißigjährigen beruflichen Laufbahn, überlegte George-Phillip, sich zur Ruhe zu setzen. Jane hatte schon ihre Mutter verloren.

Eine Sekunde lang spürte George-Phillip einen Kloß aus Traurigkeit im Hals. Er hatte die Liebe seines Lebens vor vielen Jahren verloren. Dann hatte er eine gute Frau geheiratet, eine freundliche Frau, eine Frau, mit der er sich hatte vorstellen können, den Rest seines Lebens zu verbringen. Aber ihre Ehe hatte nur drei Jahre gedauert.

Er schloss seine Augen und biss seine Zähne zusammen. Er hatte keine Zeit für solchen Unsinn.

Als er seine Augen öffnete, winkte George-Phillip die Stewardess herbei. „Bringen Sie mir bitte einen Pimm's Eistee und ein Telefon."

„Ja, Sir."

Er bekam das Telefon schneller als das Getränk, was schlecht war. Aber er musste es nehmen, wie es kam. Er lehnte sich zum Fenster vor und schaute hinaus in das grelle Licht. Weit unter ihnen waren Wolken und darunter nur das Meer. Er sah zurück zu seiner Tochter und damit war seine Entscheidung gefällt. Wenn diese Krise mit der Thompson-Familie vorbei war, würde er sich aus seinem Regierungsjob verabschieden. Er hatte dreißig Jahre seines Lebens der Queen gewidmet. Der Rest würde Jane gehören.

Er hob das Telefon hoch und wählte.

„Aye", sagte die schroffe Stimme von Oswald O'Leary.

„Hier ist C", sagte George-Phillip. „Gibt es was Neues?"

„Ja, Sir, das gibt es. Einer unserer Agenten in Kalifornien hat eine Spur von Mrs. Thompson. Man hat mir gesagt, dass sie in Richtung Süden nach Mexico unterwegs ist, und das ziemlich schnell."

Verdammt, dachte George-Phillip. Er würde etwas Einfluss haben, wenn sie in der Lage wäre, die kanadische Grenze zu erreichen. Der Versuch, nach Mexico zu kommen war allerdings ziemlich gewagt. Die Sicherheitsvorkehrungen an der amerikanischen

Grenze zu Mexico waren wesentlich aggressiver, als an der Grenze zu Kanada – von den Gefahren der Drogenkriege und Korruption, die in den letzten Jahren in den nördlichen Städten von Mexico tobten, ganz zu schweigen. Was hatte sie sich dabei gedacht?

Er seufzte. Er hatte, außer ein paar Worten, seit sechzehn Jahren kein Wort mit ihr gewechselt. Und selbst damals hatte sie sich schon sehr verändert gehabt, war durch Angst und Furcht sehr durcheinander gewesen.

Zum hundertmillionsten Mal wünschte sich George-Phillip, dass Richard Thompson tot wäre.

„In Ordnung. Verfolgen Sie sie weiter. Ich weiß nicht mal, wer alles hinter ihr her ist, aber ich will, dass Adelina Thompson und ihre Töchter beschützt werden.“

„Aye, Sir. Ich tue mein Bestes.“

Sie legten auf und George-Phillip sah durch das Fenster hinaus auf die Wolken unter ihnen. O'Leary würde am nächsten Tag einen Flug nach Washington nehmen, aber seine Rolle war so wichtig, dass George-Phillip darauf bestanden hatte, dass einer von ihnen immer am Boden war.

Seine Affäre mit Adelina war von Anfang an dem Untergang geweiht gewesen. Er erinnerte sich so deutlich an diese intensiven Monate im Jahre 1984. Sie hatte schreckliche Angst vor Richard Thompson gehabt – Angst, dass er ihr wehtun würde, noch mehr Angst, dass sie Julia verlieren würde, wenn sie sich trennten. Sie hatten diese Unterhaltung so oft geführt, dass er aufgehört hatte, zu zählen.

Du solltest ihn verlassen.

Ich kann nicht. Du verstehst es nicht.

Aber das hatte er. Er hatte verstanden, dass sie schreckliche Angst hatte. Aber manchmal hatte er sich gefragt, ob die Angst berechtigt war, oder ob das alles nur in ihrem Kopf stattfand.

Er hatte aufgehört, sich zu fragen, als seine Untersuchung über Wakhan wirkliche Fortschritte gemacht hatte.

George-Phillip schüttelte seinen Kopf, während er hinaus zu den Wolken und dem Ozean tief unter ihnen schaute. Das war das einzige Mal in seiner beruflichen Laufbahn gewesen, dass er sich nicht an die Vertraulichkeitsregeln gehalten hatte. In der Tat hatte er Staatsgeheimnisse preisgegeben und gegen jedes Prinzip seines Berufs verstoßen.

Es war ein Tag Anfang März gewesen und die Sonne hatte grell über Washington DC geschienen. Adelina war mit einer Ausrede über ein nichtexistierendes Bridge-Spiel mit nichtexistierenden Freunden aus der Kirche davongeschlichen. Stattdessen hatten sie sich bei einem Aussichtspunkt hoch ober dem Potomac Fluss am George Washington Parkway getroffen. Dort, umgeben vom Wald mit Blick auf Washington DC, hatten sie alleine miteinander reden können, auch wenn die Autos auf dem Parkway vorbeigerauscht waren.

„Bevor wir weitermachen, es gibt da etwas, das du wissen musst", hatte er gesagt.

„Machen wir weiter?", hatte sie gefragt und dabei eine ihrer schon schmerzhaft schönen Augenbrauen gehoben.

Er hatte gesagt: „Egal, ob wir weitermachen oder nicht. Du musst wissen, dass, obwohl mein Interesse an dir rein persönlicher Natur ist, ich ein *berufliches* Interesse an deinem Ehemann habe."

„Nenn ihn nicht so. Nicht, wenn wir allein sind. In der Öffentlichkeit mag er mein Ehemann sein, aber im Privaten ist er mein Gefängniswärter. Mein Vergewaltiger. Nenn ihn *niemals* meinen Ehemann."

George-Phillip hatte geseufzt. „Trotzdem ist er meine Zielperson."

Ihre Augen waren groß geworden. „Willst du mir damit sagen, dass du angefangen hast, mich zu treffen, um an ihn heran zu kommen?"

George-Phillip hatte seinen Kopf geschüttelt. „Nein. Die beiden Dinge sind getrennt voneinander geschehen. Aber im Endeffekt bedeutet das, dass letztes Jahr in Afghanistan etwas Schreckliches geschehen ist und ich glaube, dass Richard daran beteiligt war."

„Nichts was er getan haben könnte, würde mich verwundern."

„Hattest du erwartet, dass er so schnell von seinem Einsatz zurück sein würde?"

Sie hatte ihren Kopf geschüttelt. „Nein, er hatte in der Tat ursprünglich gesagt, dass er drei Jahre in Pakistan sein würde und dass ich ihn nur hin und wieder während seines Urlaubs sehen würde." Ihr Mund hatte sich zu einem bitteren Lächeln verzogen. „Ich hatte mich darauf gefreut, dass er weg sein würde. Aber am Ende waren es weniger als zwei Jahre."

„Wann hast du erfahren, dass er zurück in die Vereinigten Staaten kommen würde?"

„Er hat Mitte Dezember angerufen, um mir zu sagen, dass er zu Weihnachten nicht nach Hause kommen würde. Und dass ich alle Sachen packen und mich bereit machen sollte, um Ende Januar nach Washington zu ziehen."

George-Phillip hatte gespürt, wie ihm das Herz schwer wurde. Das Massaker in der Badakhshan Provinz war am 12. Dezember geschehen. Es stand außer Frage – jemand im US-Außenministerium, oder noch wahrscheinlicher der CIA, hatte Thompson nach dem Massaker nach Hause beordert.

„Ändert das etwas?", hatte Adelina ihn gefragt.

„Nichts kann ändern, was zwischen uns ist", hatte er gesagt. Und er hatte es auch so gemeint. Aber am Ende hatte es sich als falsch herausgestellt. Die nächsten Wochen waren die intensivsten seines Lebens gewesen. War die Affäre dadurch, dass sie verboten gewesen war, noch süßer geworden? Er wusste es nicht genau. Aber er wusste, dass er in den dreißig Jahren danach nichts so emotional intensives mehr gefühlt hatte, als diese Wochen im Frühjahr 1984, als er sich in Adelina verliebt hatte.

Es mochten dreißig Jahre vergangen sein, aber die Stärke des Gefühls war niemals weniger geworden – es war ein dumpfer Schmerz, einer der manchmal besser wurde und hin und wieder sogar ganz verschwunden zu sein schien, aber er kam immer wieder. Das lag zum Teil daran, dass er niemals erfahren hatte, warum es geendet hatte. Das Ende war plötzlich und ohne Vorwarnung oder Erklärung gekommen. An einem Nachmittag im späten Mai 1984 hatte er sie angerufen und sie hatte nicht zurückgerufen. Nicht an dem Tag und auch nicht am nächsten.

Bis dahin hatte es keinen Tag gegeben, an dem sie nicht miteinander geredet hatten. George-Phillip hatte sich Sorgen gemacht, war aber nicht in Panik geraten. Bis zum nächsten Tag, als sie auch am dritten Tag in Folge nicht zurückgerufen hatte.

Am vierten Tag war George-Phillip, als Ergebnis auf seinen Bericht zum Wakhan-Massaker, für ein paar Tage nach London zu einigen Besprechungen beordert worden und es hatte zwei Wochen gedauert, bis er zurück nach Washington gekommen war.

Zwei Wochen, in denen sie weder ans Telefon gegangen noch zurückgerufen hatte.

Verzweifelt hatte George-Phillip nach seiner Ankunft in den Vereinigten Staaten ein Auto gemietet und war direkt vom Flughafen zur Wohnung der Thompsons in Bethesda gefahren.

Das war unheimlich riskant gewesen. Aber nach drei Wochen ohne ein Zeichen hatte er das Schlimmste befürchtet. War sie tot? Hatte Richard schließlich genug von ihr gehabt? Als er das Gebäude erreicht hatte, war er an dem Concierge vorbeigegangen, als würde er dort wohnen, war in den Aufzug gestiegen und hatte den Knopf für das Penthouse gedrückt.

Sechzig Sekunden später, hatte er im gleichen Takt in dem sein Herz schlug, an die Tür der Wohnung geklopft. Er hatte seinen Puls im Nacken gespürt, als er gewartet hatte.

Eine unbekannte Frau hatte die Tür geöffnet – nicht Jenny Sullivan, Julias Kindermädchen. Diese Frau war jung – vielleicht achtzehn oder neunzehn und hatte blondes Haar.

„Kann ich Ihnen helfen?"

George-Phillip hatte sich geräuspert und gesagt: „Ist Mrs. Thompson da?"

Die Frau an der Tür sagte: „Warten Sie hier." Dann hatte sie die Tür vor seiner Nase zu gemacht.

Er war im Flur hin und her gelaufen. Zehn Sekunden. Zwanzig. Dreißig.

Schließlich hatte Adelina die Tür geöffnet. Eine Falte der Anspannung war in der Mitte ihrer Stirn verlaufen, wie eine Furche durch ein gepflügtes Feld. Die Belastung war an ihrer Statur und im Leuchten ihrer Augen zu erkennen gewesen.

„Was machst du hier?" hatte sie gezischt.

„Ich bin gerade aus London zurückgekommen und nachdem du mich nicht zurückrufst, hielt ich es für nötig, persönlich zu kommen."

„Ich rufe dich nicht zurück, weil ich nicht mit dir reden will."

„Warum?"

Sie hatte ihre Augen verdreht. Sie *hatte ihre Augen verdreht*. Er hatte Wochen verbracht, in denen er sich ausgeschlossen gefühlt hatte, frustriert gewesen war. Sich Sorgen über ihre Sicherheit gemacht hatte. Sich gefragt hatte, ob sie noch lebte. Er war... wütend gewesen. Ängstlich. Besorgt. Und sie hatte ihre Augen verdreht?

Sein Gesicht muss etwas von dem, was er gedacht hatte, gezeigt haben, denn sie trat vor ihm zurück, ihr Gesichtsausdruck war plötzlich verschlossen und argwöhnisch gewesen.

„Warum?", hatte er gefragt. „Habe ich dich irgendwie verärgert? Habe ich dir wehgetan? Ist dein *Ehemann* plötzlich der Mann deiner Träume geworden?"

Adelinas Antwort kam sofort; eine laute Ohrfeige, die auf seinem Gesicht brannte. „Wie kannst du es wagen?", hatte sie gefragt. „Du weißt, was er mir angetan hat."

George-Phillip war zurückgestolpert. „Und ich weiß, was du mir angetan hast, Adelina. Du hast mir das Herz gebrochen."

„Ich will dich niemals wiedersehen", hatte sie gesagt.

Er hatte seine Augen geschlossen, sich dazu gezwungen, den überwältigenden Schmerz, den ihre Aussage in ihm ausgelöst hatte, zu verbergen. „Ich verstehe dich nicht, Adelina."

Sie hatte geschluchzt. „Bitte, George. Geh einfach. Lass mich allein."

Sie war wieder reingegangen und hatte die Tür geschlossen. Es waren zwölf Jahre vergangen, bis er Adelina Thompson wiedergesehen hatte.

KAPITEL VIERUNDZWANZIG
Die wichtigste Waffe

Alexandra. 3. Mai

„**B**itte entschuldigt** mich für einen Moment", sagte Alexandra und entfernte sich von ihren Schwestern. Sie waren gerade im Crowne Plaza in Arlington angekommen, wo Julia eine Suite gemietet hatte.

„Hey", sagte Carrie und schaute ihr in die Augen. „Geht es dir gut?"

„Ja", antwortete Alexandra. „Mir geht's gut."

Sie ging in das Schlafzimmer am Ende des Flures und ließ ihre Tasche aufs Bett fallen, dann holte sie ihr Telefon heraus und schaute schnell, ob er sie kontaktiert hatte. Nichts von Dylan, aber sie hatte auf Facebook eine Freundschaftsanfrage von einem Sherman Roberts. Der Name zerriss ihr das Herz. Roberts und Sherman waren Dylans beste Freunde in der Army gewesen – beide waren inzwischen tot.

Sie akzeptierte die Freundschaftsanfrage, dann checkte sie ihre Nachrichten.

Seine war undurchsichtig.

SHERMAN ROBERTS: Hey du. Ich habe mir ein paar Profile angeschaut und deins entdeckt und dachte, wir sollten uns kennenlernen. Wenn du meine Nachricht erhalten hast, gib mir Bescheid.

Sie fragte sich, ob er wohl gerade online war. Vielleicht? Sie tippte ihre Antwort:

ALEXANDRA PARIS: Hallo. Ich rede normalerweise nicht mit Fremden.

Seine Antwort kam sofort. Ihr Telefon klingelte, aber es zeigte keine Nummer an.

Sie beeilte sich, ranzugehen.

„Dylan?"

„Hey, Babe. Wo bist du?"

„Wir sind ins Crowne Plaza in Arlington, Virginia, umgezogen. Der DSS beschützt uns nicht mehr."

„Ach du Scheiße, meinst du das ernst? Warum nicht?"

„Die Untersuchung wird nicht mehr von ihnen durchgeführt. Es scheint, als wären es jetzt das Justizministerium und die Finanzbehörden. Sie sind hinter meinem Vater her. Aber Julia arbeitet daran, einen privaten Sicherheitsdienst für uns zu engagieren."

Am anderen Ende der Leitung war Stille. Atmen. Schließlich sagte Dylan: „Ich möchte, dass du sicher stellst, dass du immer eine Fluchtmöglichkeit hast. Notausgang. Egal was. Stell sicher, dass es einen Weg gibt, herauszukommen. Und du musst eine Waffe kaufen."

„Dylan, ich habe noch nie eine Waffe abgeschossen – "

„Alex. Diese Leute meinen es ernst."

Sie schloss ihre Augen. Vor weniger als achtundvierzig Stunden hatte er zwei bewaffnete Angreifer getötet, als er ihre Schwester beschützt hatte.

„Okay. Okay. Ich habe dich verstanden, Dylan."

„Ich und Sherman haben dir beigebracht, wie du dich in einem Kampf verteidigen kannst. Was ist die wichtigste Waffe, die du hast?"

Heiliger Gott, dachte sie. Seine Stimme war intensiv und voller Gefühl. „Mein Gehirn", flüsterte sie.

„Das ist richtig. Du musst immer einen Schritt voraus sein. Was habt ihr jetzt vor?"

„Wir treffen uns bald mit Bear und einem Typen von der Washington Post, den Julia kennt. Sie sagt, sie denkt, dass er uns vielleicht helfen kann. Im Moment brauchen wir Informationen."

„Richtig. Wir müssen vor allem wissen, wer Carries und Andreas Vater ist."

Alexandra schniefte. „Ja. Du hast recht."

„Ich werde diese SIM-Karte wegwerfen, wenn wir fertig sind. Aber ich werde den Facebook-Account im Auge behalten. Schick mir eine Nachricht und ich werde innerhalb der nächsten paar Stunden zurückrufen. In Ordnung?"

„Dylan...", sagte sie.

„Ja?"

„Sei vorsichtig."

„Das werde ich", antwortete er. Seine Stimme war ernst. „Ich liebe dich."

Julia. 3. Mai

Das Hoteltelefon war laut und schrill, in einer Welt, in der 99% der Telefonanrufe einen angenehmen Klingelton hatten, war das verstörend. Julia stand auf, ging zum Telefon und hob es an ihr Ohr.

„Hallo?"

„Mrs. Wilson?"

„Am Apparat", sagte Julia.

„Hier ist ein Mr. Anthony Walker, der Sie sehen möchte."

„Können Sie ihn bitte hinauf schicken?"

Sie legte das Telefon auf und starrte hinüber zu Crank, der an der Bar stand und einen Drink mixte. „Kannst du mir auch einen machen?", fragte sie.

„Stark?"

„Ja. Mach am besten einen Doppelten daraus. Was ist mit Ihnen", fragte sie Bear, der in der Ecke stand und von seinem Telefon eine Mail verschickte.

„Nein, danke", sagte Bear abwesend.

Carrie lag auf der nahegelegenen Couch, ihr Gesicht sah erschöpft aus und Rachel lag schlafend auf ihrem Bauch. Die Augen des Babys waren geschlossen, seine winzigen Hände zu Fäusten geballt.

Crank hielt Julia ein Glas hin, einen Wodka-Tonic. Sie nippte daran, seufzte vor Erleichterung. Sarah war auf dem Balkon, hatte Kopfhörer im Ohr und ihr Kopf bewegte sich, während sie Musik hörte. Alexandra war in dem Moment, in dem sie in der Suite angekommen waren, in ihr Zimmer verschwunden.

Es klopfte an der Tür. Julia stellte ihren Drink ab, während Crank die Tür öffnete. Er legte einen Finger auf seine Lippen und flüsterte: „Ruhig. Das Baby schläft."

Anthony betrat quasi auf Zehenspitzen den Raum, seine Augen fielen auf Carrie und Rachel. Carrie öffnete ihre Augen nicht, aber sie sagte mit fester Stimme: „Es ist okay, solange Sie nicht schreien. Bitte verzeihen Sie mir, dass ich nicht aufstehe und mich vorstelle. Im Moment bin ich eine Matratze. Eine erschöpfte Matratze. Mein Name ist Carrie Sherman."

„Anthony Walker", antwortete er mit verwirrter Stimme. Seine Lippen zogen sich nach oben zu einem leichten Lächeln und seine Augen schauten länger auf Carrie, als Julia es als angenehm empfand.

Sie hatte gegenüber ihrer Schwester einen riesengroßen Beschützerinstinkt, Julias Augen zogen sich zusammen. „Anthony ist ein *Journalist*", sagte sie mit einer nicht allzu freundlichen Stimme.

Anthony hob seine Augenbrauen. „Das bin ich. Im Übrigen, ich habe eine Frage an Sie. Ich weiß, dass Sie Senator Rainsley ausgeschlossen haben. Aber – komische Frage, aber die Daten passen zusammen. Und auch ein paar andere Dinge. Erinnern Sie sich an George-Phillip Windsor?"

„Wen?", sagte Carrie.

Anthony gab sein Telefon an Julia weiter, die aufstand, um es entgegen zu nehmen. Als sie das Foto ansah, hatte sie plötzlich ein Stechen in der Brust.

Anthony sagte: „Sie kennen ihn."

Mit höherer Stimme, als erwartet, sagte Julia: „Das ist George Lansing. Er hat für die britische Botschaft gearbeitet, als wir in China waren. Meine Mutter – sie hatte eine Affäre mit ihm."

„Lass mich schauen", sagte Carrie. „Ich wusste niemals, wie er aussieht."

Julia gab Carrie das Telefon und bemerkte, dass die Ähnlichkeit zu eindeutig war. „Jetzt ist es offensichtlich, aber ich habe es vorher nie bemerkt. Das ist schon so lange her, und damals hatte ich ganz andere Sorgen."

Carries Augen wurden groß, als sie das Bild sah. Ihre Hände begannen zu zittern, und sie sagte: „Ich kenne ihn. Er hat bei meiner Collegeabschlussfeier gesprochen. Und... und... er ist der Mann auf den Fotos. Aus Spanien. Glaube ich."

„Ich weiß nicht, wer George Lansing ist", sagte Anthony. „Außer es ist einfach der Name, den Ihre Mutter Ihnen genannt hat."

„Warten Sie", sagte Julia. „Sie haben gesagt – "

„Ich sagte George-Phillip Windsor. Also Prinz George-Phillip. Er ist ein Cousin dritten Grades oder sowas der Queen of England. *Und* Chef des Special Intelligence Service."

Carrie stieß ein lautes Husten aus. „Bitte entschuldigen Sie, aber *wie bitte*?" Das Baby rührte sich, aber Carrie war sowieso dabei, sich zu bewegen und versuchte, es Rachel auf ihrem Schoss bequem zu machen. „Wollen Sie mir sagen, dass *er* mein Vater ist? Dass mein Vater ein… irgendwie mit dem britischen Königshaus verbunden ist? Ich *kenne* ihn – er hat die Rede bei meiner Abschlussfeier an der Columbia-Uni gehalten, ich habe seine Hand geschüttelt."

Anthony sagte: „Ich denke nicht, dass es einen Beweis gibt."

„Na ja", sagte Julia. „Sagen Sie uns, was Sie haben."

Alexandra, die in der Tür der Suite stand, sagte: „Ja. Sagen Sie es uns." Ihr Gesicht sah verblüfft aus und sie lief weiter, schaute Anthony dabei an.

Anthony sah zwischen den Schwestern und Crank hin und her. „Okay. Das ist, was ich weiß. Das Timing stimmt. Ich denke, sie haben sich irgendwann im Frühjahr 1984 kennengelernt. George— Phillip war ein Nachwuchsdiplomat in der Britischen Botschaft. Ich weiß nicht, wo sie sich kennengelernt haben, aber wir wissen, dass sie Ende Februar 1984 zusammen in einem Restaurant waren. Genau genommen, waren Sie auch dabei, Julia."

Julia fühlte sich, als hätte man ihr in den Bauch getreten. „Ich war *dabei*? Woher wissen Sie das?"

„Eine Klatschkolumnistin hat Ihre Mutter und George-Phillip gesehen und darüber geschrieben."

Julia spürte, wie sich ihr der Magen umdrehte. „Eine Klatschkolumnistin? Jemand, den ich kenne?"

„Ja", sagte Anthony mit entschuldigender Stimme. „Es war Maria Clawson. Soweit ich gehört habe – und das ist alles nur Hörensagen – war sie kurz mit George-Phillip zusammen. Bevor er Ihre

Mutter kennengelernt hat. Und – na ja – sie hat die Zurückweisung nicht gut weggesteckt."

„Gott", murmelte Crank. „Diese Klatschbase hat Julia zwanzig Jahre später total durch den Dreck gezogen. Was zur Hölle?"

Julia ergriff Cranks Hand und drückte sie. „Jetzt ist sie nicht mehr im Geschäft."

Maria Clawson war nur deshalb nicht mehr im Geschäft, weil Julia eine Klage gegen sie finanziert hatte. Eine neunzehnjährige Collegestudentin war von einem populären Football-Spieler auf dem Campus der University of Alabama vergewaltigt worden und nachdem sie es öffentlich gemacht hatte, hatten sich die Medien, allen voran Maria Clawson, daran gemacht, das Mädchen durch den Dreck zu ziehen. Die junge Frau hatte ihre Klage gewonnen und einen Vergleich ausgehandelt, der gut genug war, um Clawson dauerhaft aus dem Verkehr zu ziehen.

„Also habe ich mit diesem Mann in einem Restaurant gegessen. Wo haben sie sich kennengelernt?"

Anthony zuckte mit den Schultern. „Keine Ahnung."

„Ich kann das wahrscheinlich beantworten", sagte Bear. Er war bis jetzt still gewesen, aber nun schaute Julia ihn an. „In der Personalakte Ihres Vaters gibt es ein Foto von Ihren Eltern zusammen mit George-Phillip. Es wurde 1984 in der Wohnung aufgenommen, in der Sie jetzt leben."

Carrie schüttelte ihren Kopf, während sie Rachel hin und her wiegte. „Das Timing stimmt. Ich bin im Januar darauf geboren worden."

„Richtig", sagte Anthony. „Und dann war George-Phillip von Mai 1996 bis Mai 1997 für ein Jahr in China."

Julia schloss ihre Augen. „Das ist das Jahr, in dem ich – zusammengebrochen bin."

„Die Zwillinge wurden im April 1996 geboren", sagte Carrie.

„Und Andrea im Juni 1997, was bedeutet, dass sie leicht seine Tochter sein könnte. Ihr beide könntet es sein."

Julia sah Carrie in die Augen. Carrie zuckte mit den Schultern, ihr Gesichtsausdruck zeigte keinerlei Gefühl.

„Ich weiß nicht, was ich denken soll", sagte sie.

„Also hatte Mom eine Affäre mit einem britischen Prinzen, der hineingeschwebt kam und sie verzaubert hat", sagte Alexandra sarkastisch.

„Ich denke, es ist verrückt, dass sie weiter mit ihm verheiratet geblieben ist, wenn man bedenkt, was geschehen ist", sagte Carrie.

„Was ist denn genau geschehen?", fragte Alexandra. „Man hat ihn für nichts verurteilt. Er wurde *verdächtigt*. Man hat ihn nicht verhaftet. Man hat die Anklage fallen gelassen."

„Ja, Alex", sagte Carrie. „Weil er ein reicher Diplomat war. Denkst du, er wäre um das Gefängnis herumgekommen, wenn es anders gewesen wäre?"

„Ich bin *nicht* das Kind einer Vergewaltigung", schrie Alexandra.

Das Baby begann sich zu rühren, ein rauer Schrei kam aus seinem Mund. Alexandra bedeckte ihren Mund.

„Wenn ich ihr Tagebuch richtig lese", sagte Julia, „dann bist du es. Und ich auch."

„Was ist mit den Zwillingen?", sagte Alexandra. „Denkst du sie auch? Oder gibt es da noch eine weitere Affäre?"

Julia lehnte sich vor, legte ihren Kopf für eine Sekunde in ihre Hände. Dann stand sie auf, ging hinüber zu Alexandra und sah sie an. Alexandra sah verstört aus, ihre Augen waren wie ein Fenster, in dem man Verwirrung und Schock sah.

„Alexandra, das ist für uns alle ein Schock. Und wir wissen auf vieles keine Antwort. Aber – es ist nur – versuche im Moment aufgeschlossen zu bleiben, okay? Wir sind für dich da. Was auch immer mit unseren Eltern geschehen ist, wir wissen, wer *wir* sind. Wir wissen, was wir schon alles zusammen durchgemacht haben. Okay?"

Alexandra holte tief Luft. Sie nickte leise. „In Ordnung", flüsterte sie. „Tut mir leid."

„Ist schon okay", beruhigte Julia sie. „Ist schon okay."

Eine Minute lang sagte keiner etwas. Dann nahm Julia Alexandras Hand, führte sie zur Couch und sie setzten sich.

„Okay", sagte Julia. „Wir wissen also, dass dieser Prinz George-Phillip und unsere Mutter sich Anfang 1984 kennengelernt haben. Und wir denken, dass es möglich ist, dass er Carries und Andreas Vater ist. Wir wissen, dass sie 1984 mindestens zweimal zusammen waren und ich erinnere mich, ihn in Peking gesehen zu haben."

„Und er sieht aus, wie der mysteriöse Typ in meinem Fotoalbum. *Und* er war bei meiner Abschlussfeier."

Anthony sah verwirrt aus und Julia sagte: „Der mysteriöse Typ?"

Carrie seufzte. „Als ich 2002 mit Andrea in Spanien war, auf zwei Bildern ist ein Typ – eines am Strand und eines im Zentrum des Ortes. Er steht am Rand und beobachtet uns und keines der Bilder ist sehr scharf. Aber er sieht George-Phillip sehr ähnlich. Dass deutlichste Merkmal ist die Größe – ist George-Phillip groß?"

„Richtig groß", sagte Carrie.

Anthony nickte. „Wahrscheinlich knapp zwei Meter. Hoch aufgeschossen. Haare und Augen wie Ihre, aber er hat diese riesigen buschigen Augenbrauen. Seien Sie froh, dass Sie die nicht geerbt haben."

Carrie lachte, ein kurzes, bellendes Lachen. „Vermutlich. Die Frage ist jetzt, wie können wir George-Phillip treffen?"

„Das können Sie nicht", sagte Anthony. „Er ist der Chef des britischen Geheimdienstes. Es wäre so, als ob Sie um ein Treffen mit dem Direktor des CIA bitten würden."

„Oder dem Verteidigungsminister?", forderte Carrie ihn heraus.

„Hmm – gutes Argument. Nur, dass Sie keine solchen Verbindungen zur britischen Regierung haben. Oder doch?"

Oh Scheiße, dachte Julia. Zum ersten Mal, seit diese Unterhaltung begonnen hatte, wollte sie fliehen. Sie wollte einfach aufstehen und rausgehen. Denn *sie* hatte solche Verbindungen zur britischen Regierung. Oder zumindest eine.

Harry Easton.

Harry war ihre erste Liebe gewesen, wenn man es so nennen konnte. Er war neunzehn gewesen, im vierten Jahr an der Internationalen Schule von Peking, als sie mit vierzehn dort angefangen hatte. Er hatte sie umgehauen. Er hatte sie wie Dreck behandelt, sie viel zu früh dazu gedrängt, Sex zu haben, sie geschwängert und dann fallengelassen. Er hatte ihr Leben ruiniert, zumindest ihre Zeit an der High School und am College.

Im Moment war er der stellvertretende Leiter der diplomatischen Vertretung in der Botschaft Groß Britanniens in Washington.

Julia wusste das nur, weil die *Post* vor drei Wochen einen ausführlichen Artikel über das neueste Handelsabkommen zwischen den Briten und den Vereinigten Staaten gebracht hatte. Harry war in dem Artikel zitiert worden.

Sie seufzte laut auf, dann sagte sie: „Ich kenne jemanden in der Botschaft."

Zum ersten Mal, seit er Julia ihren Drink gegeben hatte, sagte Crank etwas. „Teufel, nein."

„Crank, es ist notwendig – "

„Nein. Wir werden einen anderen Weg finden. Er hat dir viel zu viel angetan. Ich werde nicht zulassen, dass du ihn um einen Gefallen bittest."

Bear unterbrach: „Wovon reden Sie?"

Carrie setzte sich auf, drückte Rachel an sich. „Julia, nein. Ich werde einen anderen Weg finden."

Alexandra sah verwirrt aus und Anthonys Augenbrauen zogen sich zusammen, als er die Geschichte in Gedanken zusammensetzte. „Sie reden nicht über – "

Julia sprach in einem lauten, scharfen Ton. Es war kein Schreien, aber laut genug, um durch das plötzliche Chaos hindurch zu dringen. „Seid mal alle leise! *Ich* bin diejenige, die entscheidet, mit wem ich reden werde."

Stille bei den anderen.

Sie holte einen beruhigenden Atemzug und sagte: „All das ist vor fast zwanzig Jahren geschehen. Ich werde den Anruf tätigen." Sie stand auf und Crank erhob sich mit ihr.

„Crank – ich muss dabei allein sein, okay? *Bitte?*" Sie sah Crank in die Augen, dann versuchte sie mit ihrem Blick zu vermitteln, wie viel Verwirrung und Unbehagen sie verspürte. Sie musste das alleine machen. Sie musste diesen Anruf alleine verdauen, und konnte nicht vor anderen Leuten darüber reden.

Er nickte ihr knapp zu. Er verstand.

Sie schämte sich für die plötzliche Erleichterung, die sie durchflutete. Sie lehnte sich vor und küsste ihn in seinen Mundwinkel, dann entfernte sie sich von der Gruppe, ging in ihr Schlafzimmer und schloss die Tür hinter sich.

Sie setzte sich auf das Bett und schloss ihre Augen, arbeitete sich durch die Gefühle, die in ihr wogten.

Sie war eine erwachsene Frau Anfang dreißig. Sie leitete ein Multimillionen-Dollar- Unternehmen, beschäftige hunderte Menschen auf der ganzen Welt. Sie war kompetent, befähigt und hatte ihr Leben selbst in der Hand.

Aber innerlich war ein Teil von ihr immer noch das unglaublich einsame, vierzehnjährige Mädchen, das von ihren Eltern emotional vernachlässigt worden war, und das sich mit einem viel älteren Jungen eingelassen hatte, der ihre Einsamkeit und Unsicherheit ausgenutzt hatte. Obwohl sie die Liebe ihres Lebens getroffen hatte, wachte sie an manchen Tagen immer noch mit einer klaffenden Wunde aus Bedürftigkeit auf, die niemals gestillt werden konnte. Sogar nach zwölf Jahren mit Crank sah sie ihn manchmal an wie einen Fremden. Nicht wegen ihm, sondern weil sie tief innerlich niemandem trauen konnte, sich nicht öffnen konnte, das schrecklich verängstigte Mädchen in sich nicht zeigen konnte.

Sie wollte dieses Telefonat nicht führen.

Trotzdem entsperrte sie ihr Telefon und wählte die Nummer der Auskunft. Die automatisierte Stimme fragte sie nach der gewünschten Auskunft. „Washington, DC. Botschaft des Vereinigten Königreichs."

Die tonlose Stimme, ein Computer, der keinerlei Verständnis für das emotionale Gewicht seiner Worte hatte, sagte: „Bleiben Sie in der Leitung, um verbunden zu werden."

Zwei Klicks und dann ein Klingeln. Ein weiteres Klingeln. Sie fühlte sich mulmig und legte ihren linken Arm um ihren Oberkörper. Ein drittes Klingeln, dann antwortete eine freundliche Frauenstimme.

„Botschaft von Groß Britannien. Wie kann ich Ihnen helfen?"

Julia räusperte sich. Dann sagte sie mit einer Stimme, die für ihren Geschmack zu zaghaft war. „Harry Easton, bitte."

„Darf ich fragen, wer am Apparat ist?"

„Bitte sagen Sie ihm, hier ist Julia Wil – Julia Thompson. Er wird sich daran erinnern, dass er mich von der Internationalen Schule in Peking kennt."

„Ja, Ma'am, bitte bleiben Sie dran."

Julia räusperte sich erneut. Sie würde *nicht* zulassen, dass ihre Stimme zitterte, wenn sie mit Harry sprach.

Dann seine Stimme. Dieselbe melodiöse Stimme, die früher einmal in ihr Ohr geflüstert hatte: *Das war doch gar nicht so schlimm, oder?* Und jetzt klang sie zaghaft und unbehaglich.

„Julia."

Sie räusperte sich, hatte plötzlich einen Würgereiz im Hals vor lauter Angst. Sie brachte kein Wort heraus.

„Hallo? Julia?"

Reiß. Dich. Zusammen. Sie ballte eine Hand zur Faust und sagte: „Harry. Hallo."

„Ich war… überrascht… zu hören, dass du es bist." Seine Stimme klang merkwürdig zaghaft. „Ich habe die Nachrichten über deine Familie gehört – es tut mir leid zu hören, dass so viel Tragisches geschehen ist."

Julia erinnerte sich selbst daran, dass Harry Easton jetzt keinerlei Macht über sie hatte, es sei denn, sie *gab* sie ihm. Und das würde sie nie mehr tun. Nicht nach all den Jahren.

„Ehrlich gesagt", antwortete sie, „hatte ich nicht geplant, dich anzurufen. Aber ich könnte Hilfe brauchen. Und du bist in der Lage, zu helfen."

Sie hörte, wie er tief Luft holte. Er wartete einen Moment, so als fielen ihm die richtigen Worte nicht ein. Dann antwortete er mit leiser, ernster Stimme: „Wenn es etwas gibt, dass ich tun kann, dann werde ich es machen. So viel schulde ich Dir ganz sicher."

Julia war auf Arroganz oder Wut oder Verachtung vorbereitet gewesen – sie hatte nicht mit diesem Tonfall oder diesen Worten gerechnet. Sie zuckte zusammen.

„Ich –", begann sie zu sagen, aber unterbrach sich dann.

„Hör mir zu, Julia…"

„Nein", antwortete sie. „Du musst nicht –"

„Doch", sagte er. „Ich… ich bereue schon seit Jahren, wie ich dich behandelt habe. Ich habe mich so falsch verhalten."

Julia wollte vor Wut schreien. Sie wollte ihr Telefon quer durch den Raum werfen. Sie wollte ihn anschreien oder kreischen oder sonst etwas tun, um ihm die Worte zurückzugeben, um die Reue und den Kummer in seiner Stimme nicht hören zu müssen. *Es stand ihm nicht zu, traurig darüber zu sein, was er ihr angetan hatte. Es stand ihm nicht zu, um Verzeihung zu bitten.*

Sie schüttelte sich. Aber sie sagte nichts. Schließlich sprach Harry erneut.

„Julia, ich würde es niemals wagen, dich um Verzeihung zu bitten oder dich deswegen bedrängen. Aber ich hoffe trotzdem, dass du irgendwann soweit bist. Es tut mir wirklich schrecklich leid. Ich würde alles dafür tun, es zu ändern."

Alles kam wieder hoch. Alles. Die Scham und Angst und Traurigkeit. Der Horror, als sie durch die Flure der High School in ihrem Abschlussjahr gelaufen war und die Worte *Schlampe und Hure* um sie herum geflüstert wurden. Das schreckliche Foto. Die alles überwältigende Scham und der scharfe Schmerz an ihrem Handgelenk, als sie hineingeschnitten hatte.

Sie hatte gedacht, dass sie das alles hinter sich gelassen hätte. Sie hatte gedacht, es hätte keinen Einfluss mehr auf sie – das ihre Karriere und ihr Leben mit Crank diesen Erlebnissen die Macht genommen hatte, ihr wehzutun. Aber dem war nicht so. Sie war nicht geheilt, sie hatte das nicht hinter sich gelassen, und einiges davon hatte immer noch die Macht, sie wieder genau dorthin zu befördern.

Aber jetzt hatte sie die Wahl. Jetzt hatte sie die Wahl, es hinter sich zu lassen, erwachsen zu werden und ihr eigenes Leben zu leben. Es war die Wahl, die sie die letzten zwölf Jahre jeden Tag getroffen hatte, und auch die Wahl, die sie weiterhin treffen würde.

Eigentlich gab es gar keine Wahl. Nicht, wenn sie das Leben führen wollte, das sie sich wünschte. Denn die einzige Möglichkeit, Harry die Macht zu nehmen, die er über sie hatte, war, die Macht aufzugeben, die sie vielleicht über ihn hatte. Sie hörte die Traurigkeit in seiner Stimme. Das Zittern seiner Worte. Irgendwann in seinem Leben hatte er – was – erlangt? Weisheit?

Sie atmete aus, ließ die Spannung gehen. Sie hatte nicht bemerkt, dass sie ihre Luft angehalten hatte. Mit der Luft, die ihre Lungen verließ, spürte sie, wie sie losließ.

„Was ist geschehen?", fragte sie. „Was hat sich geändert?"

„Alles", sagte er. „Aber – das Größte war – ich bin jetzt Vater. Ein kleines Mädchen, sie ist drei. Und irgendwann wird sie in die Schule gehen und Jungen um sich herum haben und alles, was ich tun kann, ist, zu beten, dass sie besser behandelt werden wird als du. Es tut mir wirklich leid, Julia."

Julia schloss ihre Augen. Etwas so Einfaches und doch so Tiefgreifendes. Ein Baby. Harry konnte nicht wissen, dass Julia keine Kinder bekommen konnte. Er konnte nicht wissen, wie viel heillose Wut sie in sich trug. Eine Träne lief ihr über die Wange. Harry Easton war mit etwas Reue davongekommen, aber er hatte eine Tochter. Aber dank ihm, dank der Abtreibung in einem Hinterzimmer in dieser schrecklichen Klinik in Peking, würde *sie* niemals eine eigene Tochter haben.

Sie wollte ihm nicht vergeben. Sie wollte ihn nicht vom Haken lassen. Sie wollte durch das Telefon greifen und ihm die Seele aus dem Leib reißen.

Julia schloss ihre Augen. Sie dachte an die Bekräftigungen, die ihre Therapeuten ihr mitgegeben hatten, und die Gebete, die sie gelernt hatte. Sie suchte nach der inneren Ruhe, die manchmal so schwer zu erreichen war.

Schließlich flüsterte sie: „Ich verzeihe dir."

Dann presste sie ihre Faust gegen ihre Brust, denn sie wusste nicht, ob sie es auch so gemeint hatte. Aber selbst, wenn es nicht so war, musste sie so handeln, als ob es so wäre.

Harry keuchte. Dann, es war unglaublich, hörte sie ihn schniefen, als ob er beginnen würde, zu weinen. „Ich verdiene das nicht", sagte er mit gebrochener Stimme.

Sie seufzte. „Lass es gut sein, Harry. Lass es hinter dir. Zieh deine Tochter groß und beschütze sie.

„Das werde ich", antwortete er.

„Und jetzt, der Gefallen."

„Alles."

„Meine Schwester Carrie und ich müssen Prinz George-Phillip treffen."

Am anderen Ende der Leitung war verblüffte Stille. Schließlich sagte er: „Du willst mich sicher verarschen."

„Nein, Harry. Es ist wichtig."

„Ich weiß nicht – Julia, er ist der Chef des Special Intelligence Service. Und ein Mitglied der königlichen Familie. Ich habe nicht die Macht, ein solches Treffen zu arrangieren."

„Ich muss dich bitten, es zu versuchen", antwortete sie.

„Dafür müsste ich weit außerhalb meines normalen Aktionsradius' gehen. Was bedeutet, dass ich Erklärungen abgeben muss."

Sie seufzte und sagte: „Es ist etwas äußerst Persönliches."

„Was für eine persönliche Angelegenheit kannst du wohl mit ihm haben?"

Sie hustete. Dann sagte sie: „Es hat mit den Angriffen auf meine Schwestern zu tun. Wenn du ihm eine Nachricht zukommen lassen kannst, dass Adelina Thompsons Töchter ihn treffen möchten, wird er wissen, worum es geht."

„Nicht *Richard* Thompsons Töchter?"

Julia stieß ein bitteres Lachen aus. „Er wird es so oder so verstehen."

„Dann werde ich tun, was ich kann. Kann ich dich unter dieser Nummer zurückrufen?"

„Das ist meine Handynummer."

„Ich werde mich melden, Julia."

KAPITEL FÜNFUNDZWANZIG
Mister Oz

Dylan. 3. Mai

Es war später Nachmittag, fast schon Abend, als Dylan aus dem Küchenfenster schaute. Mendoza saß rauchend am Tisch vor einem unberührten Kartensatz. Dylan konnte sich vorstellen, dass Mendozas Mutter ihn nachher zur Sau machen würde, weil er im Haus geraucht hatte. Andrea saß ihm gegenüber und schaute sich auf dem Tablet, das sie gestern Abend gekauft hatten, die Nachrichten der Washington Post an. Zusammen mit dem Tablet hatten sie ein halbes Dutzend Wegwerftelefone und zwei Dutzend Pre-Paid-SIM-Karten gekauft. Dafür waren sie zu mehreren Lokalitäten gefahren und hatten Mendoza auf einer dreistündigen Tour von Geschäft zu Geschäft geschleppt.

Dylan machte sich immer noch Sorgen, dass es gefährlich sein könnte, online zu gehen, aber sie hatten fast keine Wahl. Sie brauchten Informationen.

„Sieh dir das an", sagte Andrea. „Hier heißt es, unser Präsident ist unentschlossen, ob er die Nominierung widerrufen soll oder nicht."

„Ja?", sagte Dylan.

Sie schob das Tablet zu ihm hinüber und er schaute sich den Artikel an. Dylan interessierte sich überhaupt nicht für Politik, also waren die meisten Namen, die in dem Artikel erwähnt wurden, unbekannt für ihn. Aber eines war klar −der Präsident saß in der Klemme, er musste sich entscheiden, ob er seinen Kandidaten für das Amt des Verteidigungsministers unterstützte. Die Anhörungen zu seiner Ernennung waren in den nächsten Tagen geplant.

„Ich wette, der Präsident hofft, dass dein Vater zurücktritt."

„Richard Thompson ist nicht mein Vater", sagte sie. Ihr Ton war endgültig.

„Du weißt, was ich meine."

„Das tue ich. Aber ich fände es besser, wenn du dich genauer ausdrückst. Im Moment wissen wir nicht, wer mein Vater ist, aber wir wissen, dass dieser Mann es nicht ist."

„Okay", antwortete er. Langsam.

Ein großer, schwarzer SUV mit glänzenden Felgen fuhr die Straße entlang. Dylan lehnte sich ein bisschen näher ans Fenster, um ihn zu sehen. Er hielt direkt vor dem Haus an und die Autotür öffnete sich. Ein Mann stieg aus − kurze, schwarze Haare, ein dunkler Stoppelbart verdunkelte ein kantiges Gesicht.

Dylan verspannte sich, Andrea folgte seinem Beispiel und erhob sich halb von ihrem Stuhl. „Achtung, Mendoza. Kennst du diesen Typen?"

„Ja. Entspannt euch. Das ist unser Lieferant. Bleibt einfach hier."

Mendoza stand auf und verließ die Küche. Andrea deutete zur anderen Tür der Küche, eine Seitentür, die in den schmalen Gang zwischen den Häusern führte. Dylan lehnte sich zurück und entriegelte die Tür, dann drehte er vorsichtig am Knauf, um die Tür leicht zu öffnen. Er wollte in der Lage sein, schnell zu verschwinden, falls es nötig wurde.

Eine Minute verging, dann eine weitere. Dylan konnte Stimmen vor der Eingangstür hören, Mendoza und ein weiterer Mann, aber er konnte nicht verstehen, was sie sagten.

Vor einem Jahr hätte Dylan niemals an Mendoza gezweifelt. Sie waren zusammen in der Army gewesen. Aber jetzt lagen die Dinge anders. Zum einen war Mendoza verletzt worden und hatte ihre Einheit früh verlassen. Zum anderen hatten die Mitglieder von Dylans Einheit sich gegeneinander gerichtet wie wilde Haie, als es darum gegangen war, ihren eigenen Arsch zu retten. Dylan vertraute außer seiner Familie inzwischen niemandem mehr. Langsam und vorsichtig schob er seine Hand unter sein Shirt und legte sie auf den Griff der Pistole, die er den toten Killern weggenommen hatte. Es war eine 45mm Glock, designt nach der M1191 Colt Automatik und sie fühlte sich gut in seiner Hand an.

Andrea hob eine Augenbraue.

„Ich bin nur vorsichtig", flüsterte er.

Die Vordertür wurde mit einem dumpfen Schlag geschlossen und Dylan hörte Fußstapfen, die sich der Küche näherten. Sein Griff um die Pistole wurde fester.

Draußen ging der Typ zurück zu seinem SUV.

Mendoza erstarrte in der Tür, als er Dylan sah. „Paris – alles in Ordnung?"

„Ja, Mann, alles okay?"

Der Mann vor dem Haus stieg in seinen SUV und fuhr davon.

„Ich habe eure Ausweise. Sie sind ziemlich gut."

Mendoza legte eine Karte vor Dylan und eine weitere vor Andrea.

Dylan hob seine Augenbrauen. Es war ein Führerschein aus Tennesse auf den Namen Sherman Roberts. Er sah ziemlich echt aus, hatte sogar den Barcode auf der Rückseite.

„Der Barcode funktioniert nicht wirklich. Du möchtest damit nicht angehalten werden, okay? Aber für Hotels oder andere Dinge sollte es reichen."

Dylan sagte: „Der sieht gut aus. Wie ist deiner?"

Andrea gab ihren an ihn weiter. Er war von einem echten Führerschein nicht zu unterscheiden. Mendozas *Freund* hatte sie ein paar Jahre älter gemacht, aber zumindest war sie laut dem Führerschein achtzehn und nicht schon einundzwanzig. Das war gut, denn sie sah dafür viel zu jung aus. Sie mussten so unauffällig wie möglich bleiben. Er gab ihr die Karte ohne einen Kommentar zurück.

„Wir müssen bald los", sagte Dylan. „Ich möchte dich nicht in größere Gefahr bringen, als wir es eh schon getan haben."

„Mach dir um mich keine Sorgen, Mann."

Andrea stand schon.

Dylan sagte. „Lass mich ganz kurz nach Alex schauen." Er griff nach dem Tablet und loggte sich mit seinem neuen Account auf Facebook ein.

Er hatte eine Nachricht von Alex.

Sag Andrea, sie soll nach Prinz George-Phillip googlen.

Merkwürdig. Er zeigte Andrea die Nachricht, die ihre Augenbrauen zusammen zog.

„Mach es", sagte sie.

Dylan tippte die Worte ein. Einen Augenblick später zeigte Google die Wikipedia-Einträge und ein Bild. Andrea, die hinter ihm stand und über seine Schulter schaute, fluchte in sich hinein. Dann sagte sie: „Das ist der Mann auf den Fotos in Spanien."

Dylan schaute sich den Wikipedia-Eintrag an. Er war ziemlich detailliert.

„Er war in den frühen 1980ern in der Botschaft in Washington DC stationiert", sagte er.

„Was ist mit den 1990ern?"

Dylan sah zu ihr hoch und zeigte auf den Bildschirm.

Ihr Gesicht versteifte sich. „Er war in China."

„Die Ähnlichkeit ist sehr groß", sagte er. „Du und Carrie seht aus wie er."

Er scrollte weiter nach unten.

Sie holte schnell Luft und sagte: „Stopp."

Sie bückte sich nach unten zum Tisch, ihr Gesicht war dicht am Tablet. Auf dem Bildschirm war nun ein Foto. George-Phillip in einer Militäruniform, vollständig mit Schärpe und Medaillen. An seiner Seite stand ein kleines Mädchen in einem Kleid mit roten Punkten. Das kleine Mädchen hatte rabenschwarze Haare und grüne Augen. Sie konnte leicht für eine Schwester von Carrie oder Andrea gehalten werden.

„Ich verstehe es nicht", sagte Dylan. „Deine Mom hatte eine Affäre mit diesem Mann?"

„Ich vermute es", sagte Andrea. „Und nicht nur eine Kurze. Carrie ist zwölf Jahr älter als ich." Ihr Gesichtsausdruck wurde nachdenklich. Sie nahm das Tablet in die Hand und tippte etwas.

„Ich verstehe das nicht", sagte Mendoza.

Dylan nickte in Richtung Andrea, dann begann er, zu erklären. Aber er stoppte, als Andrea eine ganze Reihe Flüche auf Spanisch ausstieß.

„Was ist los?", fragte er.

„Er kommt nach Washington", sagte sie. „Er trifft sich morgen mit dem Präsidenten."

Dylan sah sie an. „Okay, und...?" Seine Stimme verstummte.

Sie sah ihn mit ruhigen Augen an und Dylan wusste, was sie tun wollte.

„Das ist verrückt, Andrea."

„Ich habe noch gar nichts gesagt."

„Es ist trotzdem verrückt."

„Verrückt oder nicht, denkst du nicht, dass es Zeit ist, wenn er mein Vater ist?"

Blaine, Washington. 4. Mai

Nick Larsden war frustriert.

Er war seit Freitag früh morgens unterwegs, hatte sich an der kalifornischen Westküste nach oben gearbeitet, dann durch Oregon und Washington. Eine frustrierende und vermutlich zwecklose Suche, zumindest hatte er das gedacht, bis er gestern in Kalifornien auf ihren Campingplatz gestoßen war. Zwei Stunden nachdem er den alten Mann tot auf seinem Campingplatz zurückgelassen hatte, hatte Nick den Minivan gefunden. Er war auf dem Parkplatz eines Supermarktes neben der Greyhound-Bus-Station in Medford, Oregon geparkt gewesen.

Die Nummernschilder hatten gepasst und was noch wichtiger war, er hatte auch im Van selbst etliche Beweise gefunden: Die Tochter hatte große Mengen an Fast-Food-Verpackungen und anderen Müll auf dem Boden hinter ihrem Sitz liegen gelassen. Als Nick das Handschuhfach geöffnet hatte, hatte er gefunden, was er erwartet hatte: Der Van war auf den Namen Richard Thompson zugelassen. Das musste der Ehemann der Frau sein. Sie hatte ihren Van zurückgelassen und den Bus genommen, irgendwann an diesem Morgen.

Nick folgte der Spur. Von dort war es nicht schwer, es herauszufinden. Sie war vermutlich um neun oder zehn Uhr morgens angekommen. Die nächsten Busse nach Norden fuhren nach Seattle und Bellingham um zehn und um zehn Uhr dreißig. Und der Bus nach Bellingham fuhr weiter nach Blaine an der kanadischen Grenze. Er würde alles darauf verwetten, dass die Frau und ihre Tochter in diesem Bus waren.

Er sah sich an der Busstation um. Medford hatte eine winzig kleine Station und vermutlich nicht mehr als zwei Dutzend Fahrgäste pro Tag. Er hatte der Frau hinter dem Schalter einen falschen Ausweis gezeigt, danach war er ein staatlicher Ermittler, und ihr dann die Bilder von Adelina und Jessica Thompson gezeigt.

Bestätigung. Er war acht Stunden hinter ihnen, aber der Bus würde unterwegs immer wieder anhalten. Vielleicht konnte er sie einholen, bevor sie die Grenze überschritten.

Leider sollte es nicht sein. Der Bus war acht Stunden vor ihm gestartet und erreichte Blaine drei Stunden vor ihm. Es gab kein Zeichen von der Frau und ihrer Tochter.

Also beobachtete er und wartete, er saß in einer Ecke des Mc-Donald's und hatte eine ungelesene Zeitung vor sich auf dem Tisch liegen. Die Grenzstation von Sumas war nur knapp zweihundert Meter entfernt, einige Autoschlangen warteten darauf, die Grenze zu überqueren. Es schien viel Verkehr zu sein, für einen Sonntagmorgen. Das Wetter war klar und hell, aber um einiges kälter als im San Fernando Valley, wo er lebte.

Sein Telefon begann zu vibrieren. UNBEKANNTE NUMMER. Interessant. Er hob es hoch und ging ran.

„Hallo?"

Der Anrufer hatte einen deutlich harschen irischen Akzent. „Mister Larsden, hier ist Oz."

„Was kann ich für Sie tun?", antwortete Larsden, sein Ton war respektvoll aber kurz angebunden. Es war ein schmaler Grat – Mister Oz, der ganz offensichtlich einen Decknamen verwendete, hatte ihm eine Million Dollar für diesen Job geboten. *Eine Million Dollar.* Larsden wollte diesen Ort mit den Bergen unbedingt haben.

„Ihre Freunde haben mir versichert, dass Sie in der Lage sind, den Job auszuführen. Aber es scheint, als machen Sie keinerlei Fortschritte."

Larsden biss die Zähne zusammen, dann antwortete er so ruhig, wie es ihm möglich war: „Ich bin in Blaine, Washington. Ich habe sie bis zur Grenze verfolgt. Es sieht so aus, als würden sie versuchen, nach Kanada zu gelangen."

„Mister Larsden, sie dürfen nicht nach Kanada gelangen. Haben Sie verstanden?"

„Ich werde das vielleicht nicht verhindern können."

„Das werden Sie, wenn Sie weiterarbeiten wollen. Oder auch nur irgendeine Arbeit machen möchten. Habe ich mich klar genug ausgedrückt, Larsden? Adelina Thompson und ihre Tochter dürfen die Grenze nicht lebend erreichen. Mir ist egal, wie Sie das anstellen."

„Roger." Er sprach so leise, dass es nur noch ein Flüstern war. „Und was soll ich machen, nachdem ich in Sichtweite der Grenzsoldaten angefangen habe, auf Menschen zu schießen?"

„Ich würde vorschlagen, Sie stellen sicher, dass man Sie nicht sieht."

Gott.

„Machen Sie drei Millionen daraus."

„Bitte?"

„Sie haben mich gehört. Zu Beginn des Jobs wollten Sie nur, dass sie gefangen werden. Jetzt haben Sie Mord daraus gemacht. Wenn es so wichtig ist, dann müssen Sie dafür auch zahlen."

Zögern am anderen Ende der Leitung. Dann die Antwort: „Na gut."

„Ich werde mich melden", sagte Larsden, seine Stimme war wieder normal. Dann legte er auf und erhob sich. Keiner in dem Restaurant schien etwas Ungewöhnliches bemerkt zu haben. Jetzt war nur noch die Frage, wann Adelina und Jessica Thompson auftauchen würden. Oder hatten sie die Grenze bereits überquert? Das konnte er nicht wissen.

Im Moment musste er einen guten Aussichtspunkt finden, wo er eine geschützte Position mit seinem Gewehr beziehen konnte.

Es war nicht ideal, aber er hatte kaum andere Möglichkeiten. Er ging hinaus auf den Parkplatz, die Temperatur unter fünf Grad verursachte ihm eine Gänsehaut. Er schaute auf seine Uhr. Es war elf Uhr morgens.

Die Autos stauten sich auf der Cherry Street, weg von der Grenze. Auf der anderen Seite der Straße war der Übergang für Fußgänger. Ein paar verstreute Menschen liefen dort entlang auf die Metalldrehkreuze zu, die die Grenze markierten. Sobald sie durch waren, gab es kein direktes zurück in die Vereinigten Staaten. Stattdessen war der nächste Halt die kanadische Grenzstation.

Nick lief für einen Moment frustriert auf dem Parkplatz hin und her. Vielleicht waren sie direkt von der Bushaltestelle zur Grenze gelaufen. Sie konnten schon lange in Kanada sein.

Er wusste nicht, warum *Oz*, sein namenloser Gönner, sicher gehen wollte, dass sie es nicht über die Grenze schafften. Aber er war ihm von Marky Lovecchio vermittelt worden, einem alten Kumpel aus der Army. Als Nick die Army verlassen hatte, hatte Marky eine Laufbahn bei den Spezialeinheiten begonnen. Im Jahre 2006 hatte er die Army verlassen, um für einen privaten Militärunternehmer zu arbeiten – die Bezahlung war um Längen besser hatte er gesagt und man durfte seine Waffen selbst wählen. Marky hatte eine Menge Kontakte und verbürgte sich für *Oz* und seine Fähigkeit, astronomische Summen zu zahlen.

„Ich habe schon früa für ihn gearbeitet", hatte Marky gesagt. Sogar nachdem er schon fünfzehn Jahre nicht mehr in Ost-Boston lebte, konnte Marky nicht deutlich sprechen. „Er nennt sich *Oz* – ich kenne seinen richtigen Namen nicht – aber das Geld ist echt genug. Ich habe letztes Jahr ein paar Aufträge für ihn erledigt."

„Irgendeine Idee, wer er ist?", hatte Nick gefragt.

„Nee. Ich denke er ist in England irgendein hohes Tier. Oder gehört zur IRA. Mir ist ziemlich egal, wer er ist, sein Geld ist gut."

Das war alles nett, aber jetzt hatte Nick einen Job, der sich sehr auszahlen würde, wenn er ihn beenden konnte und ihn bedrohte, falls nicht. Und es gab keinerlei Garantie, dass die zwei Frauen, wirklich hier hergekommen waren –

Moment mal.

Seine Augen folgten der Cherry Street einen Block entlang. Die Abzweigung zu einer Tankstelle führte zu einigen Industriegebäuden. Dahinter waren ein paar Häuser und Wald. Er holte sein Handy heraus und öffnete die Karten-App. Auf der einen Seite der Grenze endete die Harrison Avenue in einer Sackgasse vor einer Farm, weniger als hundert Meter von der Boundary Road auf der kanadischen Seite der Grenze entfernt.

Dort gab es nichts, als ein Feld. *War da nicht mal ein Zaun?* Von dort wo er stand, konnte er das nicht sehen. Aber er stellte sich vor, er wäre Adelina Thompson, die schnell rannte. Sie versuchte, sich vor den Cops und wer noch hinter ihr her war, zu verstecken. Würde es für sie nicht viel mehr Sinn ergeben, die Grenze *irgendwo*, nur nicht an der offiziellen Grenze zu überqueren, wo sie nicht angehalten und befragt werden konnte?

Nick setzte sich so schnell er konnte in sein Auto und startete den Motor. Er fuhr zur Ausfahrt des McDonald's. Verkehr – viel zu viel Verkehr. Die Autos stauten sich von der Grenze zurück bis zur Kreuzung. Er fuhr mit seinem Hummer auf die Kreuzung und provozierte eine Menge Gehupe. Er zwängte sich hindurch, touchierte dabei leicht einen verrosteten alten Oldtimer.

In der Ferne, ganz am Ende der Harrison Avenue, sah er das, was er befürchtet hatte.

Zwei Frauen, eine davon unterernährt, die im Schatten der Bäume liefen, als wären sie am Spazierengehen.

Er hupte.

KAPITEL SECHSUNDZWANZIG
Ein Versuch

Dylan. 4. Mai

Dylan drehte sich zu Andrea und lockerte seinen Griff um das Lenkrad ein wenig. Seine Knöchel waren ganz weiß.

„Sobald du ausgestiegen bist, musst du ganz normal laufen. Warte, bis du das Hupen hörst, bevor du irgendetwas tust. Wenn du es hörst, hast du maximal sechzig Sekunden, um über den Zaun zu gelangen. Dann bist du auf dich allein gestellt."

Sie nickte, ihr Gesicht war finster. Sie trug eine enge Jeans und ein Sweatshirt mit einer großen Kapuze, auf dem stand: „George Mason University."

„Sobald du drin bist, schaust du, wo das Wohnhaus ist."

„Richtig. Es ist ein zweistöckiges Backsteingebäude. Wir haben die Satellitenfotos angeschaut, Dylan. Ich bin keine Idiotin."

„Du bist alles andere als eine Idiotin. Aber wir versuchen etwas unglaublich Waghalsiges, Andrea. Du hast nur einen Versuch."

Sie nickte. „In Ordnung."

„Was machst du, wenn die Wachen dich erwischen?"

„Ich werfe meine Arme in die Höhe und schreie, dass ich um politisches Asyl bitte. Dann sage ich allen ganz laut, dass ich Prinz George-Phillips Tochter bin."

Dylan nickte. Der Verkehr bewegte sich und er trat aufs Gas. Mendozas alter grüner Oldtimer zitterte und spuckte eine Rußwolke aus, als er sich vorwärtsbewegte. Er schaute hinüber zu Andrea. Sie sah total verängstigt aus.

„Ich werde für dich beten", sagte er.

Sie schüttelte ihren Kopf. „Den Teufel wirst du tun. Aber ich wäre trotzdem dankbar."

„Ich kann es zumindest versuchen", antwortete er. „Ich *glaube* nicht, dass mich ein Blitz treffen wird."

Sie kicherte. „Ich bin mir sicher, dass das nicht geschehen wird." Sie reckte ihren Hals.

Er folgte ihrem Blick.

Auf der anderen Seite der Straße, auf der Massachusetts Avenue Richtung Südosten, stockte der Verkehr, bewegte sich langsam um drei Polizeifahrzeuge mit Blaulicht herum. Dylan achtete darauf, einen unbeteiligten Blick zu bewahren, während er die Polizeifahrzeuge genau anschaute. Zwei davon gehörten zur District of Columbia Polizei und das dritte hatte ein kleines Logo an der Tür. Als er näher kam sah er es deutlich: Diplomatischer Sicherheitsdienst. Sie parkten vor der japanischen Botschaft und mehrere uniformierte Polizisten standen vor dem Zaun und blockierten den Weg zum Eingang des Gebäudes vor einer Gruppe aus etwa zwanzig Demonstranten. Vom Teenager bis zu einer alten Dame im Rollstuhl war alles vertreten, sie hatten Schilder auf denen stand: „Stoppt das Schlachten" und „Hupt, wenn ihr Delphine liebt."

Zwei Männer hielten ein großes Banner in die Luft. Es war ganz bunt und man sah einen blutigen Strand, auf dem die Kadaver von einem Dutzend Delphinen zu sehen war.

Dylan zuckte zusammen, als er das Blut sah. Er hasste den Anblick eines Schlachtfelds und Tod.

„Geht es dir gut?", fragte Andrea.

„Ja. Scheißkerle." Er drückte auf die Hupe und winkte den Demonstranten zu. „Wir sind fast da", sagte er. Sie fuhren jetzt über
eine Brücke, auf beiden Seiten der Straße waren große Bäume.
Dylan setzte den Blinker rechts und stoppte direkt nach der 30.
Straße.

„Hier steigst du aus. Du hast drei Minuten."

Andrea sah ihm in die Augen. „Dylan – sei vorsichtig."

„Das Gleiche gilt für dich."

Sie nickte, dann streckte sie ihre Hand aus und drückte seinen
Arm. Sie stieg aus dem Auto, genau in dem Moment, in dem ein
Taxi hinter Dylan zu hupen begann. Dylan blieb stehen, während
sie in beide Richtungen schaute, dann über die gelben Linien ging,
sich zwischen den Autos durchschlängelte und danach die White-
haven Street, eine schmale Straße, die an die brasilianische Botschaft und einige sehr große Häuser grenzte, entlanglief.

Als sie auf dem Weg war, setzte Dylan den Linksblinker und
fädelte sich wieder in den Verkehr ein. Er fuhr absichtlich langsam,
ließ das Auto leicht nach links und rechts schlenkern und machte
damit das Taxi hinter sich ganz wütend. Einen Augenblick später
erreichte er die britische Botschaft, die auf der rechten Seite der
Straße lag.

Dylan hatte sich die Satellitenfotos und Bilder bei Google so
genau wie möglich angeschaut. Obwohl ihm diese Fotos nichts über
die Sicherheitsvorkehrungen der Botschaft gesagt hatten, wusste
er, dass die ersten zwei Zufahrten vor den Gebäuden mit Stahl-
pfählen vor dem Zaun und dem Tor gesichert waren. Er würde den
Oldtimer niemals daran vorbeibringen. Auf dem Gras zwischen
den Zufahrten standen stabil aussehende Backsteinpflanztröge
zwischen einem gut gepflegten Rasen. Es sah schön aus, war aber
auch funktional.

Die dritte Zufahrt hatte keine Stahlpfähle. Ein stabil aussehendes Tor war zwischen zwei Steinpfosten befestigt, dahinter befand sich auf der linken Seite ein kleines Wachhäuschen. Auf den Steinpfosten waren gemeißelte Greife angebracht.

Um das Chaos seiner Ankunft noch ein bisschen zu verstärken, drehte Dylan das Radio auf volle Lautstärke. Der Sound von Jason Derulo, der *Talk Dirty to Me* sang, donnerte aus dem Auto, die Bässe dröhnten so laut, dass die Fenster der nahegelegenen Häuser vibrierten. Dylan hielt auf der Straße an und hatte seinen linken Blinker gesetzt. Der Wachmann trat aus seiner Hütte und starrte Dylan von der anderen Seite des Zaunes an.

Das machte er genau so lange, bis Dylan abbog, aufs Gaspedal trat und sehr schnell auf den Zaun zufuhr.

George-Phillip. 4. Mai

Die Schlagzeile der Zeitung war besorgniserregend, aber noch lange nicht so schlimm, wie einige Zitate in dem Artikel. Köpfe würden rollen und vermutlich würden einige Mitarbeiter der Zeitung angezeigt werden, weil sie Staatsgeheimnisse preisgegeben hatten, aber das würde den Schaden nicht ungeschehen machen. Zum Teil würde es dadurch sogar noch schlimmer werden. Der Spezial-Bericht war noch nicht mal zehn Minuten online gewesen, als der erste Anruf eingegangen war. George-Phillip hatte gerade sein Frühstück beendet. Jetzt saß er da, starrte auf den Bildschirm seines Tablets und wünschte sich, er hätte noch nichts gegessen.

Spezial-Bericht. MI6 Insider werfen der Regierung Vertuschung des Afghanistan Massakers vor

Dies ist ein Guardian Spezial-Bericht.

Weitere Spezial-Berichte:

Σ **Wer war am Massaker beteiligt?**

Σ   Interviews mit Überlebenden

Σ   Wie sich die Tragödie abspielte

In einer eiskalten Nacht in Afghanistan im Dezember 1983 wurden die Bewohner des Dorfes Bozai Gumbaz in ihre Hütten und Jurten, große runde Zelte, die die Nomaden der Steppe in Zentralasien verwenden, gedrängt. Seit vier Jahren tobte ein Krieg in Afghanistan, der der Invasion der Sowjets im Jahre 1979 folgte. Aber für die armen Dorfbewohner im Wakhan-Korridor, einer fingerförmigen Landzunge, die zwischen Pakistan, China und der damaligen Sowjetunion (jetzt Usbekistan) liegt, war der Krieg weit entfernt. Die Dorfbewohner und Hirten dieser Region, die früher einmal Teil der Seidenstraße war, waren bislang weitgehend vom Krieg verschont worden. Ohne Straßen und Infrastruktur waren ihre minimalen Ressourcen für Außenstehende kaum von Interesse.

Ohne dass die Dorfbewohner es wussten, war der Krieg dabei, sie in dieser Nacht zu erreichen. Zwei nicht gekennzeichnete Hubschrauber verließen die Berge in Pakistan und überquerten das Hindu Kush Gebirge zum Wakhan Korridor. Am 13. Dezember 1983 erreichten sie etwa um Mitternacht das Dorf. Überlebende beschrieben einen Eisregen, weil die Rotoren des Hubschraubers frischen Schnee aufwirbelten. Keiner in den Außenbereichen des Dorfes (die Überlebenden) konnte ahnen, was danach geschah. Dorfbewohner, die in den Eingangstüren ihrer Hütten standen oder zum Fenster hinaus zu den Hubschraubern hinauf schauten, begannen umzukippen. Männer, Frauen und Kinder starben innerhalb von Sekunden, ihr Dorf wurde durch eine Sarin-Wolke ausgelöscht, einer tödlichen chemischen Waffe, die einen fast sofortigen Tod bei denen verursacht, die ihr ausgesetzt sind.

Mehr als sechs Wochen vergingen, bis die Welt von dem Massaker erfuhr, und es dauerte weitere Monate, bis die ersten Außenstehenden das Dorf erreichten. Zwei Ermittler der Helsinki Watch (jetzt Human Rights Watch) kamen in Schneemobilen von Pakistan aus ins Land. Was sie fanden, verursachte eine Internationale Krise, der US-Präsident Ronald Reagan warf den Sowjets vor, in Afghanistan chemische Waffen eingesetzt zu haben.

Unsere Untersuchungen haben jedoch ergeben, dass die chemischen Waffen nicht, wie die ganze Welt im Jahre 1983 dachte, von den Sowjets bereitgestellt worden waren, sondern von einer Gruppe amerikanischer und saudi-arabischer Geheimdienstagenten, die vom derzeitigen Anwärter für den Posten des Verteidigungsministers, Richard H. Thompson (siehe Foto rechts), angeführt wurde. Außerdem hat *The Guardian* anhand von vertraulichen Insiderinformationen erfahren, dass der derzeitige SIS Chef George-Phillip Windsor (Cousin zweiten Grades Ihrer Majestät) für die Untersuchung und die spätere Vertuschung des Massakers verantwortlich war.

George-Phillip schloss seine Augen, als er den letzten Absatz las. Seine Möglichkeiten, die Dinge zu Gunsten von Adelina zu beeinflussen, würden ein schwieriges Ende nehmen, wenn er jetzt nicht schnell reagierte.

Wo lag seine Verantwortung? Bei einer früheren Premierministerin und damit, der gesamten Regierung? Bei Adelina? Oder bei den armen Dorfbewohnern, die niemals einen Fürsprecher gehabt hatten? Oder lag sie bei Jane, die bereits ihre Mutter verloren hatte?

George-Phillip seufzte. Seine Tochter. Sie war das fröhlichste aller Babys gewesen, hatte immer gelächelt und geblubbert und gesabbert. Aber nachdem Anne gestorben war, hatte sie monatelang geweint, war nicht zu trösten gewesen. Er hatte alles getan, was er konnte, inklusive einer längeren Abwesenheit beim SIS, aber erst als er Adriana Poole eingestellt hatte, hatte Jane begonnen, sich zu erholen.

Adriana war flatterhaft. Manchmal dachte George-Phillip wirklich, sie sei dumm. Aber sie war auch freundlich und kümmerte sich sehr um Jane – egal, ob sie Janes Vater mochte. Wie jeder andere Mann oder jede Frau in seiner Position – ein reicher Witwer und eine junge Frau guter Herkunft, hatten sie kurz mit dem Gedanken gespielt, aber ihn dann ganz schnell verworfen. Zwei weniger kompatible Menschen konnte es kaum geben.

Er stand auf und ging zum Fenster, dann schaute er auf seine Uhr. Es war 14 Uhr. O'Leary sollte bald hier sein. Es gab keinen Tag, an dem er Gott nicht dafür dankte, dass der streitsüchtige, kleine Mann für ihn arbeitete. Er widmete sich wieder dem Artikel und las weiter.

Laut den internen Informationen von einem Mitarbeiter des MI6, die dem Guardian vorliegen, hat Prinz George-Phillip im Frühjahr 1984 die Untersuchung des Wakhan-Massakers geleitet, während er als Mitarbeiter in der britischen Botschaft in Washington DC tätig war. Sein abschließender Bericht deutete auf Minister Thompson – damals ein einfacher Mitarbeiter des Außenministeriums – als Anführer einer kleinen Gruppe von Geheimdienstagenten, die dafür verantwortlich waren, dass die chemischen Waffen an Ahmad Shah Massoud, dem Anführer der Anti-Sowjet-Miliz, die in der Badakhshan Provinz operierte, geliefert wurden.

Laut einem hohen Mitarbeiter des MI6 hat Prinz George-Phillips Bericht diese Verantwortlichkeiten aufgedeckt und dann hat er empfohlen, die Geschehnisse zu begraben.

George-Phillip fluchte leise. Der letzte Absatz war schlicht und einfach nicht wahr. Er hatte empfohlen, die Vereinigten Staaten öffentlich mit den Dingen zu konfrontieren. Aber die Eiserne Lady hatte nicht nur befohlen, den Bericht unter Verschluss zu halten, sie hatte auch ein sehr gutes Argument dafür gehabt. Heute vergaßen die Leute, dass in den frühen 1980ern die Vereinigten Staaten und Russland gleich gut gerüstet waren, um die Erde mit ihren Nuklearwaffen zu zerstören. Der Kalte Krieg war auf seinem Höhepunkt gewesen und George-Phillips Bericht hätte einen unglaublich großen Sieg für die Propaganda der Sowjetunion bedeutet und alles untergraben, wofür die Regierung der Queen gearbeitet hatte.

Im Laufe der Zeit wurde diese Argumentation immer wertloser, jahrelang hatte er die verdrehten und aufgedunsenen Leichen der Kinder angeschaut. Er fragte sich, wie er seine Entscheidung seinem Kind erklären sollte. Jane würde nichts vom Kalten Krieg, Ronald Reagan und der Wettrüstung wissen. Sie würde nur sehen, dass Kinder und ihre Mütter ermordet worden waren und eine Generation vergangen war und niemand etwas getan hatte. Niemand hatte auch nur irgendetwas für diese Kinder getan.

George-Phillip fragte sich, wie er seine Taten Gott erklären würde, wenn er eines Tages zur Rechenschaft gezogen werden würde. Er seufzte. Er bereute so vieles. So vieles. Er erinnerte sich an eine seiner letzten Unterhaltungen mit Adelina, als er sie angefleht hatte, Richard zu verlassen und mit ihm durchzubrennen.

Du meinst es nicht ernst, hatte sie gesagt. *Dein Pflichtgefühl ist zu groß, um durchzubrennen.*

Das letzte Mal hatte er Adelina in China gesehen, im Herbst 1996, vor einer Ewigkeit. Die amerikanische Botschaft hatte ein Abendessen für die Botschafter, Mitarbeiter der britischen und der australischen Botschaft und ihre Ehegatten ausgerichtet – sogar in den 1990ern waren die diplomatischen Dienste aller drei Staaten von Männern dominiert gewesen. Zu der Zeit war George-Phillip ein hoher Mitarbeiter des Geheimdienstes gewesen, aber offiziell hatte er als Mitarbeiter des Außenministeriums fungiert. Im Rahmen seiner Tarnung als Nachwuchsdiplomat wurde erwartet, dass er an solchen Empfängen teilnahm.

Das Essen war angespannt gewesen, ungewöhnlich ruhig für einen diplomatischen Empfang. Alle seine Instinkte hatten geschrien, dass es Zeit war, darauf zu bestehen, dass Adelina Richard verließ. Wie war es nur möglich, dass die anderen Mitarbeiter der Botschaften nicht bemerkten, wie offensichtlich kaputt diese Familie war? Adelina hatte sich durch das Essen genuschelt, hatte ihre Augen niemals von ihrem Teller gewandt und hatte auf Fragen nach ihrer Gesundheit nur mit den knappsten Höflichkeiten geantwortet.

George-Phillip war erstarrt, als er die elfjährige Carrie zum ersten Mal gesehen hatte. Sie war während des Essens dabei gewesen und dann von ihrem Kindermädchen weggebracht worden. Sie war ungewöhnlich groß für eine Elfjährige, hatte schwarzes Haar, blaugrüne Augen und eine leichte Stupsnase, die überhaupt nicht nach ihrer Mutter oder ihrem Vater aussah. Sie sah seiner Cousine Eloise Percy ziemlich ähnlich, bis hin zu dem unheilverheißenden Glanz in ihren Augen. Augenblicke nach der Vorstellung waren George-Phillips Augen ungewollt zu Adelina gewandert, deren Gesicht keine Regung gezeigt hatte.

Sie hatte ihm niemals gesagt, dass Carrie seine Tochter war. Aber es war offensichtlich, jetzt wo er das Mädchen getroffen hatte. Er hatte es nicht verstanden. Auch hatte er die plötzliche Wut nicht auslöschen können, die in ihm bei dem Gedanken hochgeschossen war, dass er eine Tochter hatte, die man ihm verheimlicht hatte.

Adelinas älteste Tochter Julia, damals vierzehn Jahre alt, hatte einen verfolgten, blassen Gesichtsausdruck gehabt. George-Phillip war alarmiert gewesen, als er gesehen hatte, dass Harry Easton, der Sohn des Botschafters, sie nach dem Essen bedrängt und heftig auf sie eingeredet hatte, seine Hände hatten wild herumgefuchtelt, während sie zurückgeschreckt war. Ihre lockigen braunen Haare waren ein einziges Durcheinander gewesen, hatten in ihre Augen gehangen und sie hatte ihren Blick auf den Boden gerichtet gehabt. Während des Essens war sie verschwunden, und Harry auch.

Weder Richard noch Adelina hatten es bemerkt. Adelina hatte ihren Kopf gesenkt gehalten, hatte ganz offensichtlich Angst vor Richard, der ihr hin und wieder drängende Worte zugeflüstert hatte. Jedes Mal, wenn er sie berührt hatte, war sie zusammengezuckt.

George-Phillip hatte schreien wollen, denn alle anderen hatten das alles ignoriert. Er hatte am Ende seine eigene Wahrnehmung infrage gestellt. War alles in Ordnung und er sah es nur mit falschem Blick? Wie konnten sie einfach herumstehen, trinken und lachen und es sich gut gehen lassen, wo das alles so offensichtlich falsch war?

Schließlich hatte er die Geduld verloren. Ronald Easton, der britische Botschafter war in einer Unterhaltung mit Richard Thompson versunken gewesen und Adelina hatte sich gerade aus einer Unterhaltung mit dem australischen Generalkonsul verabschiedet, als George-Phillip auf sie zugegangen war, sein Herz hatte wie wild geklopft.

„Hallo Adelina, wie geht es dir?"

Sie war erstarrt, ihre Augen hatten schnell zu ihm geschaut, dann wieder weg. Sie hatte nichts gesagt.

„Du hast dich nicht gemeldet", hatte er gesagt.

„Ich bin schwanger", hatte sie geflüstert.

Er hatte geschluckt. „Du hast mir nichts von Carrie gesagt."

„Das liegt daran, dass ich weiterleben will", hatte sie geflüstert. „Er hat mich krankenhausreif geschlagen, als er herausgefunden hat, dass sie nicht von ihm ist. Ich weiß nicht, was er tun wird, wenn er herausfindet, dass ich erneut schwanger bin."

„Ist das Baby – ist das Baby von mir?", hatte er gefragt, seine Stimme war leise und drängend gewesen.

„Ja. Natürlich. Ich berühre ihn niemals *freiwillig*."

Das hatte er natürlich gewusst. Er hatte ihr in die Augen geschaut und gesagt: „Adelina, du musst ihn verlassen. Er macht dich *und* deine Kinder kaputt."

„Du weißt nicht, worum du bittest. Wenn du es wüsstest, würdest du das nicht sagen. Ich würde meine Kinder verlieren. Ich würde alles verlieren." Auf ihrem Gesicht war ein Lächeln erschienen und sie hatte mit wesentlich lauterer Stimme gesagt: „Ja, mir hat die Show sehr gut gefallen! Ich hoffe, dass wir mit Julia nochmals hingehen können. Ich denke, das würde ihr gefallen. Sie mag Musik sehr gerne."

George-Phillip hatte sich zurückhalten müssen, um nicht vor Abscheu zurückzuzucken, als Richard Thompson ihm freundlich auf die Schulter geschlagen hatte. „Prinz George-Phillip, ich freue mich, sie wieder zu sehen."

„Ich mich auch, Botschafter."

„Bitte entschuldigen Sie mich", hatte Adelina gesagt. „Ich muss Julia finden, sie scheint verschwunden zu sein."

George-Phillip hatte das Gesicht verzogen. „Ich fürchte, sie hat vor einer Weile mit Harry Easton gesprochen und er ist auch verschwunden."

Adelinas Lippen hatten sich zusammen gezogen und sie hatte genickt. Sie war davongegangen, in Richtung einer der Seitentüren des Raumes.

George-Phillip war von Richard Thompson in eine Diskussion über Politik verwickelt worden. Es war bizarr und irritierend gewesen, aber als Diplomat hatte er es über sich ergehen lassen müssen. Man konnte nicht einfach den amerikanischen Botschafter stehen lassen. Aber wo war sie hingegangen? Seine Augen hatten den Raum immer und immer wieder abgesucht, aber sie war nie mehr aufgetaucht.

Sie war nie mehr aufgetaucht. Weder an dem Tag, noch in dem Monat.

Die diplomatische Gemeinde war klein, und es begann sich herumzusprechen. Etwas war mit Adelina geschehen. Oder einer ihrer Töchter. Harry Easton verschwand im Juni aus Peking, er wurde zurück nach London geschickt, obwohl sein Vater noch ein weiteres Jahr als Botschafter dort eingesetzt war. Adelina Thompson sah man gar nicht mehr, und wenn Richard Thompson Empfänge alleine besuchte, hatte er einfach gesagt, dass sie sich nicht wohl fühlte.

Schließlich, im Mai 1997, war das Ende von George-Phillips Einsatz in China gekommen. Er hatte jegliche Diskretion über Bord geworfen und war am Tag bevor er abreiste zur Wohnung der Thompsons gefahren. Er hatte so lange geklopft, bis eine junge amerikanische Frau geöffnet hatte.

„Miss Adelina ist nicht hier", hatte die Frau gesagt. „Sie kann sie nicht empfangen."

„Sagen Sie ihr, hier ist George Lansing."

„Sie kann Sie nicht empfangen", hatte die Frau erneut gesagt. Dann hatte sie sich vorgelehnt und geflüstert: „Sie hat mir gesagt, dass ich Ihnen das geben soll, falls Sie kommen. Aber Sie möchte Sie nicht mehr treffen. Gehen Sie dorthin, von wo Sie gekommen sind, und lassen Sie sie in Ruhe. Diese Frau verdient Ruhe."

Sie hatte ihm einen dicken, cremefarbenen Umschlag in der Größe einer Grußkarte herausgereicht.

George-Phillip war davongestolpert und den Block bis zum Eingang des Geländes entlanggelaufen. Es war später Nachmittag gewesen und ein schwarzer Ford hatte vor dem Tor gehalten – eines der vielen Autos, das von den Mitgliedern der diplomatischen Gemeinde gemietet worden war. Drei Mädchen waren aus dem Auto ausgestiegen und schnell durch das Tor gegangen.

Die älteste, die vierzehnjährige Julia, hatte ihren Kopf gesenkt, ihre lockigen braunen Haare, fielen ihr fast ins Gesicht, sie hatte Bücher gegen ihre Brust gedrückt. Sie hatte ihren Kopf nicht gehoben und war ohne ein Wort an George-Phillip vorbeigerauscht.

Hinter ihr war die zwölfjährige Carrie gegangen und hatte ihre Schwester an der Hand gehalten. Die Schwester, die Adelina nach George-Phillips Tante, Prinzessin Alexandra, benannt hatte. Carrie war für eine Zwölfjährige schon sehr groß gewesen und hatte die junge und blonde Alexandra weit überragt. Für einen Augenblick hatte sie George-Phillip in die Augen geschaut.

„Guten Tag", hatte er zu ihr gesagt.

„Hallo", hatte sie geantwortet. Sie hatte ihm ein kurzes unpersönliches Lächeln geschenkt und dann ihre Schwester mit sich gezerrt. „Komm schon, Alexandra. Lass uns reingehen. Ich wette, Grace hat wieder Plätzchen gebacken."

George-Phillip war schnell davon gegangen, hatte darum gekämpft, seine Tränen zu verbergen, die ihm in die Augen gestiegen waren, als er sich von seiner Tochter entfernt hatte. Seiner Tochter, die nicht wusste – und niemals wissen würde – dass er existierte.

Am Tor hatte der Wachmann ihn hinaus gewunken und er hatte den Umschlag aufgerissen.

Er hatte eine Nachricht enthalten.

Um meiner Sicherheit willen, darfst du mich niemals wieder kontaktieren.

Im Umschlag war außerdem ein Ultraschallbild gewesen. Das Baby war ein Mädchen.

In den Jahren danach hatte George-Phillip Adelinas Schritte verfolgt, natürlich hatte er das, genau, wie die aller ihrer Töchter. Durch O'Leary hatte er ein geheimes Auge auf die Mädchen gehabt und als er erfahren hatte, dass Carrie und Andrea 2002 in Spanien waren, hatte er den riskanten Schritt gewagt und war dorthin gereist, um selbst einen Blick auf seine Töchter zu werfen. Er war im Hintergrund geblieben, aber es hatte ihn danach verlangt, sich ihnen zu erkennen zu geben. Vier Jahre später hatte er es arrangiert, die Rede an der Columbia Universität im Jahr, in dem Carrie ihren Abschluss machte, zu halten. So war er in der Lage gewesen, ihre Hand zu schütteln, sie anzulächeln und ihr zu gratulieren, als sie ihr Diplom erhielt. Sie hatte es natürlich nicht gewusst. Wie hätte sie auch? Er bezweifelte, dass sie sich überhaupt an ihn erinnerte. Er war einfach ein alter Mann gewesen, der an ihrem College eine Rede gehalten hatte.

Er hatte niemals einen Hinweis darauf erhalten, dass Adelina ihn hätte kontaktieren wollen. Er hatte niemals mehr etwas von ihr gehört. Und schließlich hatte er aufgegeben und sein Leben weitergelebt. Er hatte Lady Anne geheiratet und sie hatten ein Kind bekommen und dann war seine Frau frühzeitig gestorben. Und nun wollte er – mehr als alles andere – wissen, wo seine Tochter Andrea war, wo Adelina, die Liebe seines Lebens, war.

Das Klopfen an der Tür schreckte ihn auf. Er drehte sich vom Blick auf die Bäume und die großen Backsteinhäuser auf der anderen Seite des Zaunes weg.

„Kommen Sie herein", sagte er.

Die Tür öffnete sich. Es war Oswald O'Leary. Er sah ungewöhnlich durcheinander aus.

„Was haben Sie?", fragte George-Phillip ohne weiteres Vorgeplänkel.

„Nichts Genaues, Sir, aber einer unserer Agenten berichtet, dass er sie bis in die Nähe der mexikanischen Grenze verfolgt hat. Es scheint, als versucht sie, die Grenze zu überqueren."

„Und haben wir irgendjemanden auf der mexikanischen Seite der Grenze? Für den Fall, dass sie es hinüber schafft?"

„Wir haben ein kleines Team in Tijuana, Sir, das die Grenze kontrolliert. Wenn sie dort herüber kommt, werden wir sie gleich haben."

George-Phillip nickte. „In Ordnung. Das sind gute Neuigkeiten, denke ich. Und wie viel kostet uns das alles?"

„Wir sind leider schon bei vier Millionen, Sir. All die Auftragnehmer. Sie verlangen horrende Summen in den Staaten."

„Bastarde", murmelte George-Phillip. „In Ordnung. Machen Sie weiter."

„Ja, Sir." O'Leary begann sich wegzudrehen, dann legte er eine Hand an den Knopf im Ohr, den er immer trug. Sein Gesicht verspannte sich, Besorgnis erschien darauf.

„O'Leary?"

„Eine Störung am Tor, Sir. Nichts, um sich Sorgen zu machen."

Jessica. 4 Mai

„Hier", sagte Jessicas Mutter.

Hier war ein matschiges Feld mit kniehohem Gras, das zumeist niedergetrampelt war, entweder von Vieh oder illegalen Aliens oder Gott weiß wem. Was Jessica sah, war offensichtlich. Ein schmaler Betonpfosten, etwa einen Meter hoch, auf der anderen Seite des

Feldes, markierte die Grenze. Eine Straße und ein paar Häuser waren direkt auf der anderen Seite.

Ein lautes Hupen hinter ihnen in der Straße weckte Jessicas Aufmerksamkeit. Sie schaute in diese Richtung. Drei Blocks entfernt, hinten auf der Kreuzung in der Nähe der Grenzstation, war ein glänzender schwarzer Sportwagen – ein Hummer, vermutete sie – der sich durch den Verkehr schlängelte. Ihre Mom hielt an und schaute auch dorthin.

„Was zur Hölle?", keuchte Jessica, als der Hummer in ein anderes Auto fuhr und ihn zur Seite schob.

Ihre Mutter hielt nur für einen kurzen Augenblick inne, sie waren beide angespannt.

Der Hummer schob langsam ein weiteres Auto aus dem Weg. Jetzt kam das Hupen von mehreren Autos.

Jessica sah über das Feld, dann zurück zum Hummer.

„Mom", sagte sie, ihre Stimme bebte. „Renn. Lass uns rennen. *Jetzt.*"

Adelina atmete plötzlich schnell und nickte.

Jessica ergriff die Hand ihrer Mutter und zog daran, rannte von der Straße in das matschige Feld. Sofort waren ihre Stoffschuhe durchnässt, der kalte Schlamm griff nach ihren Füßen, als ob die Untoten versuchten, sie in die Unterwelt zu ziehen. Ihr wurde das Herz schwer. Das ganze Feld war matschig, sie würden den ganzen Tag brauchen, um es zu durchqueren.

Man hörte weiteres Hupen von der Kreuzung.

Jessica fühlte, wie Panik in ihr aufstieg. In den letzten paar Tagen hatte jemand ihre Schwester entführt, ihre anderen Schwestern angegriffen und ihr Haus in die Luft gejagt. Irgendetwas war völlig schief gegangen.

„Renn!", schrie sie, als Adelina stolperte. Sie lehnte sich runter, legte ihre Arme um sie und zog sie wieder auf die Beine. Hand in Hand begannen sie, durch das Feld zu rennen.

Als sie etwa zehn Meter im Feld waren, spürte Jessica, wie ihr Schuh im Matsch festsaß und ihr vom Fuß rutschte. Sie hielt nicht an, um etwas zu tun, denn der Hummer war nun durch den Verkehr hindurch und fuhr sehr schnell die drei Blocks auf sie zu, der Motor röhrte. Stattdessen bewegte sie sich weiterhin so schnell, wie möglich. Irgendwo hinter dem Hummer und in Richtung der Grenzstation hörte sie Polizeisirenen.

Sie hatten immer noch mindestens siebzig Meter, um das Feld zu durchqueren. Jessica spürte Schmerzen in ihrer Stirn, während sie rannte, strauchelte und ihre Mutter mit sich zog. Adelina war nur fünfzig, aber sie war nicht sportlich und sie hatte ihr Leben lang Stress aushalten müssen. Sie kämpfte hart, um es durch das Feld zu schaffen, ihr Gesicht wurde rot.

Die Sirenen hinter ihnen wurden lauter. Jessica riskierte einen Blick zurück, als sie es bis zur Hälfte des Feldes geschafft hatten. Der Hummer hatte direkt auf der Straße angehalten. Das Fenster auf der Fahrerseite war heruntergelassen.

Ein weiteres Polizeiauto erschien auf der kanadischen Seite der Grenze, seine Reifen quietschten, als es anhielt. Zwei Polizisten stiegen aus dem Auto.

Jessica schrie: „Helfen Sie uns!"

Ein lautes Krachen war hinter ihnen zu hören, und ein Platschen, als direkt zu ihrer Rechten eine Kugel auf dem Boden aufschlug.

Die zwei kanadischen Polizisten hüpften hinter ihr Auto, als man einen Gewehrschuss hörte. Der Schmerz in ihrer Stirn wurde stärker, wanderte ihren Nacken herunter und in ihren rechten Arm. Jessica stolperte.

KAPITEL SIEBENUNDZWANZIG
Im finsteren Tal

Adelina. 4. Mai

Adelina schrie auf, als Jessica plötzlich neben ihr zusammensackte und im Matsch auf die Knie sank. Panik durchschoss sie. War ihre Tochter getroffen worden? Wo? Hinter sich hörte sie einen weiteren Schuss und eine Kugel streifte ihren Arm. Sie zog Jessica auf den Boden, dann legte sie sich auf sie, damit war sie eine Art Schutzschild zwischen ihrer Tochter und dem Schützen. Sie betete, dass das Gras ausreichen würde, um die Kugeln aufzuhalten.

„Helfen Sie uns", schrie sie.

Man hörte weitere Schüsse, diesmal kamen sie von der kanadischen Seite der Grenze. Diese Schüsse klangen heller, nicht so tief, wie die des Gewehres.

Jessicas Gesicht war grau und ihre Augen weit geöffnet. Ihr linkes Auge war geweitet, es bewegte sich unabhängig vom rechten Auge, das Adelina anschaute. Sie atmete schwer, ihr Mund bewegte sich, aber es kam kein Laut heraus, außer einem hohen keuchenden Heulen. Ihr rechtes Auge war groß, zeigte schreckliche Angst. Adelina konnte keinerlei Verletzungen sehen, kein Blut. *Was war nur mit ihr los?*

„Es wird alles gut werden", flüsterte Adelina. „Ich werde dich beschützen." Sie begann ein Gebet zu sprechen, während sie die

Hand ihrer Tochter festhielt und ihr in die Augen sah: „Der Herr ist mein Hirte, mir wird nichts mangeln. Er weidet mich auf einer grünen Aue... und führet mich zum frischen Wasser. Er erquicket meine Seele und führet mich auf rechter Straße um seines Namens willen."

Adelina zuckte beim Klang eines weiteren Gewehrschusses zusammen. Die Kugel schlug knapp zwei Meter von ihr entfernt in den Schlamm. Eine weitere nur etwa einen Meter entfernt.

„Und ob ich schon wanderte im finsteren Tal, fürchte ich kein Unglück... den du bist bei mir... dein Stecken und Stab – trösten mich..."

Irgendwo hinter ihr ertönten Sirenen, und sie hörte, wie das Motorgeräusch des Hummers zu einem Dröhnen wurde. Plötzlich entfernte es sich und die Sirenen folgten. Sie hob ihren Kopf und sah sich um, danach schaute sie direkt zu den kanadischen Polizisten.

„Helfen Sie mir! Meine Tochter ist verletzt!"

Auf der anderen Seite des Feldes standen zwei Fahrzeuge des US-Grenzschutzes, sogar, als zwei Polizeifahrzeuge den Hummer verfolgten.

Drei Grenzbeamte stiegen aus den Fahrzeugen und betraten das Feld.

Adelina begann, in Panik zu verfallen. Sie konnte nicht zulassen, dass die Grenzbeamten sie oder Jessica mitnahmen. Sie lehnte sich hinunter, legte ihre Arme unter Jessicas Achseln, hob sie an ihre Brust und ging weiter in Richtung der kanadischen Grenze.

Sie betete weiter, innerlich, als sie sich mit ihrer Tochter von den Grenzsoldaten entfernte, die begonnen hatten, zu rennen.

Du bereitest vor mir einen Tisch im Angesicht meiner Feinde.

Du salbest mein Haupt mit Öl und schenkest mir voll ein.

Gutes und Barmherzigkeit werden mir folgen mein Leben lang, und ich werde bleiben im Hause des Herrn immerdar.

Adelina strauchelte, als sie gegen den Betonpfosten stieß, der die Grenze markierte. Sie fiel auf ihren Po und zog Jessica mit sich.

„Ich bin Adelina Thompson", keuchte sie. „Mein Ehemann ist der Verteidigungsminister der Vereinigten Staaten."

Sie sah, dass der kanadische Polizist verblüfft aussah, die amerikanischen Grenzbeamten stoppten genau auf der amerikanischen Seite der Grenze.

„Ich bitte um politisches Asyl. Ich brauche sofort medizinische Hilfe für meine Tochter. Bitte helfen Sie mir."

Sie sah dem Polizisten in die Augen.

Er nickte, dann sagte er zu seinem Partner: „Ruf einen Krankenwagen", während er sich neben Jessica kniete.

George-Phillip. 4. Mai

„Was für eine Störung?", fragte George-Phillip. Er schaute zum Fenster hinaus. Er konnte gerade so ein Hupen hören und einen schrecklichen Bass aus einem Autoradio. Die Musik klang widerlich, schlecht und schrill.

„Ein betrunkener Amerikaner ist gegen das Tor gefahren. Niemand ist verletzt. Die Wachleute kümmern sich darum."

„Tja dann. Halten Sie mich auf dem Laufenden. Es ist Sonntag und ich muss zu meiner Tochter."

„Na gut, Sir."

George-Phillip verließ das kleine Büro. Der offizielle Amtssitz, der für hochrangige Besucher reserviert war, hatte vier Schlafzimmer im ersten Stock, plus etliche weitere Räume – Wohnzimmer, Büros und Küchen, dazu gehörte auch eine kleine Anzahl lokal angestellter Bediensteter, die immer hier arbeiteten.

Nachdem O'Leary sich zum Ausgang gewandt hatte, ging er alleine den Flur entlang. Er streckte seinen rechten Arm aus und öffnete die polierte Holztür zum Spielzimmer.

Jane saß auf dem Boden und summte vor sich hin, während sie mit mehreren Puppen spielte. Adriana saß in einer Ecke des Raumes und strickte einen Schal oder sowas.

Als die Tür aufging, wurde Janes Gesichtsausdruck heller.

„Daddy!", rief sie und sprang auf die Füße.

Sie rannte zu ihm und er hob sie in die Luft. Sie schlang ihre Arme um ihn. Er war immer wieder überrascht, wie robust und groß sie für ihr Alter war. Er hielt sie mit seiner linken Hand fest und kitzelte sie, was sie dazu veranlasste, heftig zu kichern.

„Miss Poole, ich habe mir überlegt, heute Nachmittag mit Jane in den Zoo zu gehen. Sie können uns begleiten, oder wenn Sie lieber frei haben möchten, um die Stadt zu erkunden, ist das auch okay."

Adriana stand auf und sagte: „Wenn es Ihnen egal ist, Sir, würde ich gerne mitkommen."

„Der Zoo? Du gehst mit mir in den Zoo? Zoo!", trällerte Jane.

„Ja. Ich denke, wir werden uns die Pandas ansehen."

„Und die Löwen!" Jane warf ihren Kopf nach hinten und brüllte.

„Bitte entschuldigen Sie, Sir, sie sollte vorher noch eine Kleinigkeit essen. Sie isst normalerweise um 14.30 Uhr immer eine Kleinigkeit."

„Auf jeden Fall", sagte er. Es verursachte ihm einen stechenden Schmerz, dass er das nicht wusste. Er verbrachte viel zu wenig Zeit mit Jane. Es war Zeit, das zu ändern.

Er öffnete die Tür. In dem Augenblick erschien einer der Wachleute, der den Flur entlang rannte.

„Eure Hoheit, bitte bleiben Sie für einen Moment im Zimmer."

„Wie bitte?"

„Wir haben einen Eindringling auf dem Gelände, Sir."

In diesem Augenblick hörte er einen gellenden Schrei, dann ein dumpfes Krachen, gleich am anderen Ende des Ganges. Eine hohe Frauenstimme schrie: „Nicht schießen! Ich bitte um Asyl!"

Ein Mann rief etwas, man hörte ein weiteres Krachen und dann einen Schrei. Danach hörte er geschriene Worte im Gang, die ihn überwältigten.

„Ich bin Prinz George-Phillips Tochter!"

Stille. Es klang, als hätten sie den weiblichen Eindringling in ihre Gewalt gebracht.

Ich bin George-Phillips Tochter! Es konnte nicht wahr sein. Oder doch?

„Gehen Sie bitte aus dem Weg", sagte George-Phillip zu dem Wachmann.

„Eure Hoheit, warten Sie, bis man alles aufgeräumt hat – "

„Sie haben mich gehört", sagte George-Phillip. Er setzte Jane ab und sagte: „Bleib hier." Dann drängte er sich an dem Wachmann vorbei.

Am Ende des Flures hielten zwei Wachleute eine junge Frau am Boden fest. Einer kniete auf ihrem Rücken, war dabei, ihre Hände mit Kabelbindern zusammenzubinden.

Sie sah mit großen blaugrünen Augen zu ihm hoch.

„Lassen Sie sie los", sagte George-Phillip.

Einer der Wachleute sah zu ihm auf, war verblüfft.

„Lassen Sie sie los, sofort", kommandierte er.

Beide Wachleute traten zurück. Langsam kam Andrea Thompson auf ihre Füße, ihre misstrauischen Augen waren auf George-Phillip und Jane gerichtet. Sie war zerzaust, hatte ein bisschen Dreck im Gesicht, ihr schwarzes und türkisfarbenes Haar war vom Kampf mit den Wachleuten durcheinander. Er dachte daran, was er über sie gelesen hatte. Wie sie sich, als man sie entführt hatte,

freigekämpft hatte und dann irgendwie über die Brüstung im achtzehnten Stock geklettert war, als Killer hinter ihr her gewesen waren. Diese junge Frau, seine Tochter, hatte weit mehr innere Kraft,
als er es sich jemals hätte vorstellen können.

In dem Moment stieg in George-Phillip die schmerzvolle Reue
von dreißig Jahren auf. Dreißig Jahre der Reue, weil er nicht in
der Lage gewesen war, Adelina zu beschützen, weil er Carrie und
Andrea niemals kennengelernt hatte, weil er niemals Teil ihres Lebens gewesen war. Schlimmer noch, er sah all den Schmerz und die
Angst in ihrem Gesicht. Angst, dass er sie zurückweisen würde,
dass sie allein gelassen werden würde, Angst, dass er die Wahrheit
nicht zugeben würde. Er fühlte, wie seine Wange plötzlich zuckte,
seine unkontrollierbaren Augenbrauen veranstalteten ihren eigenen
Tanz in seinem Gesicht, und dann lief ihm eine Träne über seine
Wange.

„Jane", sagte er mit leiser Stimme, die zitterte. Er bedeutete ihr,
hinaus in den Flur zu kommen. „Ich möchte, dass du deine Schwester kennenlernst. Ihr Name ist Andrea."

Andreas Augen wurden groß und feucht.

Jane klatschte in ihre Hände. „Schwester!", rief sie. Sie ging
ganz hinaus in den Flur, rannte zu Andrea und warf ihre Arme um
die Schwester, die sie niemals zuvor getroffen hatte.

Epilog

Dylan. 4. Mai

Ich dachte, *die Briten tragen keine Waffen.* Dylans Hirn war benebelt. Er war, als er gegen das Tor gefahren war, nicht schnell gewesen, vielleicht etwa 20 km/h, aber der plötzliche Aufprall hatte ihn ziemlich durchgerüttelt. Die Musik schallte immer noch aus den Lautsprechern, bum, bum bum, obszöne Texte, sexuelle Avancen, Verbalerotik.

Er schüttelte seinen Kopf und sah wieder direkt in die Mündung einer Pistole.

„Steigen sie AUS dem AUTO!", schrie der Mann mit der Waffe.

„WAS?", schrie Dylan. „Ich kann sie nicht hören!"

„Steigen sie aus dem Auto, *sofort!*"

Dylan hörte in der Ferne Sirenen. Viele Sirenen. Die Musik wechselte. Pitbull und Ke$ha. Timber. Yelling. Going down. Twerking. *Was soll dieser ganze Lärm?* Dylan streckte seine Hand aus und schaltete das Radio aus.

„Sie müssen nicht gleich so ausrasten", sagte er. „Tut mir leid, ich wollte ihr Tor nicht – "

„*Aussteigen!*", schrie der Wachmann.

„Okay, okay, okay...", sagte er. Er öffnete die Tür und stieg aus.

Sofort drückte einer der Wachleute ihn gegen das Auto. Dylan spürte, wie seine Rippen blaue Flecken bekamen. Er wehrte sich nicht, als sie seine Arme auf seinen Rücken drehten.

Er spürte, wie sein Mund sich zu einem leichten Lächeln verzog, als er sich daran erinnerte, wie Alex gemurmelt hatte: *Was ist das nur mit dir und den Cops?*

Er musste sie hinhalten und ihre Aufmerksamkeit für ein paar Minuten auf sich ziehen, um Andrea genug Zeit zu geben, in das Gebäude zu gelangen. Er wusste nicht, ob sie es schon geschafft hatte – vermutlich nicht, es war noch zu früh.

Er lallte, als er sagte: „Wo ist Harry?"

„Hier gibt es niemanden mit den Namen Harry, Sie Schuft – "

„Was meinen Sie?", fragte er und lallte dabei immer noch. „Captain Harry. Er... Captain Wales, so haben sie ihn glaube ich genannt. Ich war mit ihm zusammen in Afghanistan."

Nehmt das, ihr Wichser. Er war zwar niemals wirklich in Prinz Harrys Nähe gewesen, aber er war zur gleichen Zeit wie er in Afghanistan gewesen, zumindest hatte er das damals in der Zeitung gelesen. Aber jetzt war ein guter Moment, um die Wahrheit ein bisschen zu beugen.

„Ich wollte ihr Tor nicht kaputtmachen. Er hat mir gesagt, dass ich vorbei schauen soll. Er meinte, egal wann."

Die Wachleute drängten sich zusammen. Der Verkehr auf der Massachusetts Avenue stand nun völlig still. Gaffende Fahrer, die durch die Demonstration vor der japanischen Botschaft sowieso schon langsam waren, konnten nun auch noch ein weiteres Spektakel mit einem leuchtend grünen Oldtimer in der Einfahrt der britischen Botschaft sehen.

Gut. Dylan hoffte, dass das alles geklärt sein würde, bevor die Polizei von DC ankam.

Genau in dem Moment hörte er eines ihrer Funkgeräte. Schreie.

„Eindringling gesichtet, der das Haus betritt. Höchster Alarm. Höchster Alarm."

Die schlechte Nachricht war, dass das die Wachleute dazu veranlasste, Dylan auf den Boden zu werfen. Einer von ihnen kniete sich auf ihn, sein Knie drückte fest in Dylans Wirbelsäule.

„Ganz ruhig, Kumpel, ich wehre mich nicht", murmelte er.

Zwei unglaublich lange Minuten später kam ein Funkspruch herein. Er hörte eine Diskussion, konnte aber nichts sehen, weil sein Gesicht auf das Gras gedrückt wurde. Es fing langsam an zu jucken. Er hoffte, dass er nicht wieder ins Gefängnis musste.

Dann hörte er eine Stimme. „Lassen sie ihn aufstehen. Wir haben Befehl, ihn hineinzulassen."

„Was?", sagte einer der anderen Wachleute. „Quatsch."

Gemurmel. Weitere Diskussionen. Dann wurde er hochgezogen und die Wachleute öffneten das Tor.

„Ich werde Ihr... Ihr... Auto... hineinfahren", sagte einer der Wachmänner.

Der Anführer sagte: „Folgen Sie mir, Sir. Wir sollen Sie zum Prinzen bringen, Gott weiß warum."

Dylan hustete, dann riss er sich zusammen. Er konnte nicht anders, als dem Wachmann zuzuzwinkern, und dann folgte er ihm auf das Gelände der Botschaft.

Adelina. 4. Mai

Adelina klammerte sich an den Mantel, den einer der Polizisten ihr geliehen hatte. Es war kalt, vor allem weil ihre Kleidung mit Wasser und Matsch vollgesogen war. Der Krankenwagen war so laut, dass sie nicht hören konnte, was die Sanitäter sagten. Aber es klang nicht gut. Sie hatten eine Infusion gelegt und checkten

Jessicas lebenswichtige Organe, während der Krankenwagen den Highway entlangraste.

Einer der Sanitäter lehnte sich nah an sie heran und sagte: „Wir fahren ins Abbotsford Regional Krankenhaus."

„Was hat sie? Sie ist nicht angeschossen worden."

„Ma'am, es sieht wie ein Schlaganfall aus. Wie alt ist sie?"

„Achtzehn! Sie kann keinen Schlaganfall haben."

„Im Abbortford-Krankenhaus gibt es gute Ärzte, sie werden ihr Bestes tun, um ihr zu helfen. Aber ich muss Ihnen ein paar Fragen stellen, okay?"

Adelina nickte, klammerte sich weiter an den Mantel.

„Nimmt sie irgendwelche Drogen? Alkohol?"

„Im Moment nicht. Sie wurde gerade aus einem Entzug entlassen."

Die Sanitäter sahen sich an, dann wieder zurück zu ihr. „Was hat sie genommen?"

„Alkohol. Und… Crystal Meth."

Der Sanitäter nickte. „Das kann den Schlaganfall erklären. Nimmt sie irgendwelche Medikamente?"

„Ibuprofen. Sie hatte schreckliche Kopfschmerzen. Und sie hat für drei Leute gegessen. Ich habe gedacht, dass sie auf dem Weg der Besserung ist!"

„Das war sie vermutlich auch. Aber ihr Rennen über die Grenze war wahrscheinlich einfach eine zu große Anstrengung. Meth kann die Blutgefäße im Gehirn schädigen, leider. Wie lange waren sie beide schon auf der Flucht?"

Adelina seufzte und dachte nach. Drei Tage? Vier? Sie konnte sich nicht mal genau erinnern. „Ein paar Tage."

Der Sanitäter nickte. „In Ordnung. Im Krankenhaus werden wir einen Beamten der Einwanderungsbehörde treffen, um ihren Asylantrag zu besprechen. In der Zwischenzeit wird sie so gut wie nur möglich versorgt werden. Ich verspreche, dass wir unser Bestes geben werden."

Adelina nickte, sah ihre Tochter an. Jessicas Gesicht war grau, ihre Augen starrten an die Decke. Sie war immer noch wach und hatte ganz offensichtlich schreckliche Angst.

Adelina wusste nicht, was jetzt geschehen würde. Aber sie wusste, dass sie auf gar keinen Fall zurück zu Richard gehen würde. Sie würde alles nur Erdenkliche tun, um ihre Töchter zu beschützen. Sie würde Andrea finden. Und das Einzige, was sie im Moment für Jessica tun konnte, war, sie zu trösten. Sie streckte ihren Arm aus und griff nach Jessicas Hand.

Die Geschichte wird in „Mädchen der Rache" fortgesetzt.

Anmerkung des Autors

Wenn man einen Roman über Politik schreibt, sind die Parallelen zum wahren Leben manchmal unausweichlich.

Ronald Reagan, Eugene Jackson, Henry Kissinger sind bekannte historische Persönlichkeiten. Ihre Rollen in dieser Geschichte sind allerdings frei erfunden.

Der Wakhan-Korridor wurde von der Gewalt der sowjetischen Invasion in Afghanistan weitestgehend verschont, so wie er auch vom aktuellen Krieg in Afghanistan bisher weitgehend verschont wurde. Die Kämpfe in Afghanistan halten jedoch bereits seit fünfunddreißig Jahren an, mehr als eine Generation – erst mit den Sowjets, dann den Taliban und schließlich mit den Vereinigten Staaten. Viel von der Gewalt, die ich beschrieben habe war typisch, auch die Massaker an Zivilsten. Es gab aber keinen Einsatz von chemischen Waffen, wie im Buch beschrieben.

Die Ereignisse auf den Falkland Inseln und das Attentat auf die Unterkünfte der Marines in Beirut, Libanon, sind so geschehen, wie ich sie hier beschrieben habe. Aber ich habe gewissermaßen alle Details außen vor gelassen.

Prinz George-Phillip existiert ganz offensichtlich nicht. Einige andere Mitglieder der königlichen Familie, die in dieser Geschichte erwähnt werden, jedoch schon. Trotzdem ist alles, was ich über die königliche Familie geschrieben habe, frei erfunden. Die ABC-Affäre, die George-Phillip erwähnt, geschah so und war damals ein Presse-Desaster für die britische Regierung.

Ich weiß wenig über die Tätigkeiten des Diplomatischen Sicherheitsdienstes des Außenministeriums. Wenn ich bei Google keine Informationen finden konnte, habe ich sie einfach erfunden.

Die Leser werden sehen.

Nachwort zur deutschen Ausgabe

Auch dieses Mal geht mein großer Dank wieder an meine drei unermüdlichen Lektorinnen, ohne die es die deutschen Übersetzungen nicht gäbe: Regina, Rita und Sandra – ihr seid toll!

Die Übersetzungsarbeiten sind ein wichtiger Bestandteil meines Lebens geworden und es sind Freundschaften entstanden, die ich mir nicht mal hätte erträumen können, als ich vor etwa zwei Jahren die verrückte Idee hatte, *Just Remember to Breathe – Vergiss nicht zu atmen* ins Deutsche zu übersetzen. Niemals hätte ich damit gerechnet, dass dadurch eine enge Freundschaft mit dem Autor der Bücher entstehen würde. Danke für alles, Charles!

Und wie immer gilt mein größter Dank meinem Mann Peter, Du bist im wahrsten Sinne des Wortes meine bessere Hälfte!

Dimitra Fleissner